Uma história de
SOLIDÃO

Obras de John Boyne publicadas pela Companhia das Letras

A casa assombrada
A coisa terrível que aconteceu com Barnaby Brocket
O garoto no convés
Uma história de solidão
O ladrão do tempo
O menino do pijama listrado
Noah foge de casa
O pacifista
O Palácio de Inverno
Tormento

JOHN BOYNE

Uma história de SOLIDÃO

Tradução
HENRIQUE DE BREIA E SZOLNOKY

COMPANHIA DAS LETRAS

Copyright © 2014 by John Boyne

Todos os direitos mundiais reservados ao proprietário.

*Grafia atualizada segundo o Acordo Ortográfico da Língua
Portuguesa de 1990, que entrou em vigor no Brasil em 2009.*

Título original
A History of Loneliness

Capa
Claire Ward/ TW

Foto de capa
© Steve Mulcahey/ Arcangel e Shutterstock

Preparação
Leny Cordeiro

Revisão
Renata Lopes Del Nero
Adriana Bairrada

Dados Internacionais de Catalogação na Publicação (CIP)
(Câmara Brasileira do Livro, SP, Brasil)

Boyne, John

    Uma história de solidão / John Boyne ; tradução
Henrique de Breia e Szolnoky. — 1ª ed. — São Paulo :
Companhia das Letras, 2016.

    Título original: A History of Loneliness.
    ISBN 978-85-359-2672-9

    1. Ficção irlandesa I. Título.

15-10408   CDD-ir823.9

Índice para catálogo sistemático:
1. Ficção : Literatura irlandesa ir823.9

[2016]

Todos os direitos desta edição reservados à
EDITORA SCHWARCZ S.A.
Rua Bandeira Paulista, 702, cj. 32
04532-002 — São Paulo — SP
Telefone: (11) 3707-3500
Fax: (11) 3707-3501
www.companhiadasletras.com.br
www.blogdacompanhia.com.br

*A vida é fácil de narrar,
mas atordoante de se praticar.*
E. M. Forster

2001

Só depois que cheguei à meia-idade é que passei a ter vergonha de ser irlandês.

Talvez seja melhor começar pela noite em que fui à casa da minha irmã jantar e ela não se lembrava de ter feito o convite. Creio que aquela foi a primeira vez que ela deu sinais de estar perdendo a cabeça.

Naquele dia, George W. Bush tinha tomado posse como presidente dos Estados Unidos para seu primeiro mandato e, quando cheguei à casa de Hannah na Grange Road, em Rathfarnham, ela estava grudada na televisão, assistindo a destaques da cerimônia realizada em Washington na hora do almoço.

Quase um ano havia se passado desde minha última visita e fiquei envergonhado ao pensar que, depois do aumento no número de visitas logo após a morte de Kristian, eu tinha voltado ao meu antigo hábito de um telefonema esporádico ou um almoço ainda mais raro no Bewley's Café, na Grafton Street, lugar que nos lembrava a infância, pois era aonde mamãe nos levava para comer coisas gostosas quando íamos à cidade para ver a vitrine de Natal da Switzer's, há tantos anos. Era ali que almoçávamos linguiça, feijão e batatas fritas quando íamos a Clerys para provar nossas roupas da primeira comunhão; tardes animadas em que ela nos deixava pedir o maior bolo que encontrássemos e Fanta laranja para ajudar a descer. Pegávamos o ônibus 48A na frente da igreja Dundrum com destino ao centro da cidade; Hannah e eu subíamos correndo para o assento da frente do segundo andar e agarrávamos a barra de ferro quando o ônibus passava por Milltown e Ranelagh, pela lombada da Charlemont Bridge, na direção do velho cinema Metropole, atrás da estação na Tara Street, onde certa vez fomos levados para ver *O grande motim*, com Marlon Brando e Trevor Howard, e nos arrastaram para fora quando as mulheres seminuas de Otaheite se aproximaram de caiaque dos marujos viris, os colares de flores no pescoço como única proteção de seus pudores. Naquela noite, mamãe escreveu uma carta ao *Evening Press*, exigindo que o filme fosse banido. Aqui é um país católico, ela perguntou, ou não é?

O Bewley's Café não mudara muito nesses trinta e cinco anos e sempre tive muito carinho por aquele lugar. Sou um homem de nostalgias; às vezes, isso é uma maldição. O alento da minha infância se faz presente quando vejo as mesas com divisórias altas que ainda atendem todo tipo de dublinense. Cavalheiros aposentados, de cabelo branco e barba feita, perfume Old Spice, encobertos por seus ternos e gravatas desnecessários enquanto leem o caderno de negócios do *Irish Times*, apesar de aquilo não ter mais relevância nenhuma em suas vidas. Mulheres casadas que se entregam ao prazer de uma xícara de café no meio da manhã, acompanhadas por mais ninguém. Estudantes do Trinity College, vadiando com grandes canecas de café e pães de linguiça, barulhentos e expansivos, reluzindo com o entusiasmo de serem jovens e estarem na companhia uns dos outros. Alguns infelizes sem dinheiro, dispostos a pagar o preço de uma xícara de chá em troca de uma ou duas horas de abrigo do frio. A cidade sempre usufruíra da hospitalidade sem distinção do Bewley's, e de vez em quando Hannah e eu fazíamos o mesmo, um homem de meia-idade e sua irmã viúva, bem vestidos, de conversa cautelosa, ainda amantes de bolo, mas já sem estômago para Fanta.

Hannah telefonara para fazer o convite alguns dias antes e eu aceitei de imediato. Talvez se sentisse solitária, pensei. Seu filho mais velho, meu sobrinho Aidan, estava longe, em Londres, e quase nunca voltava para casa. Seus telefonemas, eu bem sabia, eram ainda menos regulares que os meus. Mas era um homem difícil. Certo dia, sem aviso, o menino alegre e extrovertido, que demonstrava precoce vocação artística, se transformou em uma presença distante e raivosa na casa de Hannah e Kristian, e essa fúria, que pareceu chegar do nada para envenenar o sangue de suas veias, não diminuiu ao longo da adolescência — pelo contrário, apenas acumulou e inflou e destruiu tudo que encontrou pela frente. Alto e encorpado, com a ascendência nórdica garantindo pele alva e cabelos loiros, ele podia conquistar as mulheres com o menor movimento das sobrancelhas, e tinha um gosto pelo sexo feminino que parecia insaciável. Aconteceu de ele deixar uma garota em uma situação difícil quando os dois não tinham idade nem para dirigir, e isso foi uma verdadeira guerra durante algum tempo; no fim, a criança foi entregue para adoção depois de uma briga terrível entre Kristian e o pai da moça, que chegou a envolver a polícia. Hoje em dia, nunca tenho notícias de Aidan. Ele tendia a me olhar com desprezo. Certa vez, embriagado, se aproximou de mim em uma reunião de família, pôs a mão na parede e se reclinou perto demais. O fedor de cigarro e álcool me forçou a desviar o rosto, e ele então passou a língua por dentro da bochecha ao dizer, em tom perfeitamente amigável: "Ei, escute. Você nunca pensa que jogou a vida fora? Nunca desejou poder voltar e viver tudo outra vez? Fazer tudo diferente? Ser um homem normal, em vez do que você é?". Eu fiz que não com a cabeça e respondi que na essência da minha vida estava uma sensação de grande contentamento; que, apesar de eu ter tomado minha decisão muito novo, não me arrependia. Não me arrependia, insisti, e, mesmo que ele não conseguisse enxergar o sentido das minhas decisões, elas tinham dado clareza e significado à minha existência, qualidades de que a vida dele parecia carecer, infelizmente. "Você não está errado, Odran", ele disse, se afastando, libertando-me da prisão imposta por seu tronco e braços. "Ainda assim, eu jamais conseguiria ser o que você é. Preferia dar um tiro na cabeça."

É verdade, Aidan nunca teria tomado as decisões que tomei, e hoje sou grato por isso. O fato é que ele não era inocente como eu nem incapaz de confronto. Mesmo quando jovem, era muito mais homem do que eu jamais serei. Hoje, dizem que ele mora em Londres com uma mulher um pouco mais velha, mãe de dois filhos, o que me pareceu curioso, já que ele não quis nenhum envolvimento com a criança que poderia ser sua.

A outra pessoa na casa de Hannah era o rapaz mais novo, Jonas, sempre introvertido e quase incapaz de sustentar uma conversa sem olhar para os pés ou agitar os dedos no ar como um pianista inquieto. Enrubescia quando alguém olhava para ele e preferia ficar isolado no quarto, lendo, mas, sempre que eu perguntava sobre seus autores favoritos, parecia relutante em responder ou dava nomes de que eu nunca ouvira falar — em geral, um estrangeiro, japonês, italiano, português, em um gesto quase calculado de provocação. No enterro de seu pai, em março do ano passado, tentei desanuviar o ambiente perguntando: Jonas, você está aí atrás da porta lendo ou fazendo outra coisa? Não tive má intenção, claro — era para ter sido uma brincadeira —, mas, assim que as palavras saíram da minha boca, percebi como pareciam vulgares, e o pobre rapaz — acho que havia três ou quatro pessoas testemunhando a cena, inclusive a mãe — ficou escarlate e engasgou com o 7-Up. Eu quis explicar o quanto lamentava tê-lo constrangido, quis com todas as forças, mas isso só pioraria a situação, e então não fiz nada e o deixei em paz. Às vezes sinto que talvez nunca nos recuperemos daquele momento, pois ele decerto achou que eu queria humilhá-lo, algo que eu jamais teria feito e jamais cogitaria fazer.

Naquela época, na época à qual me refiro, Jonas tinha dezesseis anos e estudava para o Leaving Certificate, prova que decerto não representaria grandes dificuldades. Sua inteligência ficou evidente desde o nascimento. Ele aprendeu a falar e a ler muito antes das outras crianças da mesma idade. Kristian, quando Kristian estava vivo, gostava de dizer que, com um intelecto como o dele, Jonas poderia ser cirurgião ou advogado, primeiro-ministro da Noruega ou presidente da Irlanda, mas, sempre que eu ouvia essas palavras, pensava que não, não é esse o destino desse menino. Eu não sabia qual poderia ser seu destino, mas não, não era esse.

De vez em quando eu achava que Jonas era um garoto perdido. Nunca falava de amigos. Não tinha namorada e não levara ninguém, nem a si mesmo, para o baile de Natal da escola. Não fazia parte de clubes, não praticava esportes. Ia para a escola, voltava da escola. Ia ao cinema sozinho nas tardes de domingo, quase sempre para ver filmes estrangeiros. Ajudava em casa. Era um garoto solitário, eu pensava. Eu sabia como era ser um garoto solitário.

Portanto, naquela casa havia apenas Hannah e Jonas. Um marido e pai morto, um filho e irmão longe. E, considerando o pouco que eu sabia sobre a vida em família, disto eu sabia: uma mulher de quarenta e poucos anos e um adolescente ansioso teriam pouco assunto para conversar, então talvez fosse uma casa de silêncio, o que levou a mulher de quarenta e poucos anos a pegar o telefone e ligar para o irmão mais velho e dizer você não quer vir jantar um dia desses, Odran? Você anda muito sumido.

Eu estava com o carro novo naquela noite. Ou melhor, o carro novo usado, um Ford Fiesta 1992. Tinha comprado havia mais ou menos uma semana e estava bem contente, pois era um carrinho estiloso que rodava tranquilamente pela cidade. Estacionei diante da casa de Hannah, saí do carro e abri o portão, um pouco torto nas dobradiças, e passei o dedo na tinta preta descascada que danificava a superfície. Por que Jonas não conserta?, pensei. Sem Kristian e com Aidan longe, não era ele o homem da casa agora, mesmo sendo pouco mais que um menino? Mas o jardim estava bonito. Os meses de frio não tinham destruído as plantas e um canteiro bem cuidado parecia esconder sob o solo mil segredos que se revelariam e derramariam suas ramificações quando o inverno cedesse espaço à primavera, que para mim nunca chega cedo demais, pois sempre fui um admirador do sol, apesar da pouca convivência com ele, por ter passado a vida inteira na Irlanda.

Desde quando Hannah era jardineira?, pensei ao passar por ali. Será que era uma coisa recente?

Toquei a campainha e dei um passo para trás, observando a janela do segundo andar, onde havia uma luz acesa e, no mesmo instante, uma sombra passou rápido por ela. Jonas devia ter ouvido o carro chegar e olhou pela janela enquanto segui o curto trajeto até a porta. Desejei que ele tivesse reparado no Fiesta. Que mal havia em querer que ele visse algo de interessante no tio? Ocorreu-me que eu deveria me esforçar mais com o garoto. Afinal, com o pai morto e o irmão mais velho longe, ele talvez precisasse de uma figura masculina em sua vida.

A porta se abriu e, quando Hannah olhou para fora, me fez lembrar nossa falecida avó, a postura e o jeito como ela espiava, um pouco inclinada, tentando entender por que uma pessoa estaria na varanda àquela hora da noite. Em seu rosto, pude ver a mulher que ela talvez se tornasse dali a quinze anos.

"Ora, ora", ela disse, meneando a cabeça, satisfeita ao me reconhecer. "Os mortos ressuscitaram."

"Ah, deixe disso", respondi, sorrindo e me inclinando para dar-lhe um beijo na bochecha. Seu perfume era o daquelas loções e daqueles cremes que mulheres da sua idade usam. Reconheço a fragrância sempre que as mulheres se aproximam para me cumprimentar e perguntar como foi minha semana e será que eu gostaria de vir jantar dia desses e como estão seus filhos, eles não estão lhe causando problemas, não é? Não sei como chamam essas loções. Loção não deve nem ser a palavra certa. Os anúncios da tv diriam outra coisa. Deve haver uma palavra moderna. Mas o que não sei sobre mulheres e seu comportamento seria suficiente para preencher todos os livros da Antiga Biblioteca de Alexandria.

"Que bom ver você, Hannah", eu disse ao entrar e tirar meu sobretudo, pendurando-o em um dos ganchos vazios do vestíbulo, ao lado do velho casaco azul-marinho de Hannah e de uma jaqueta de camurça marrom que só poderia pertencer a Jonas. Olhei para o topo das escadas, subitamente ansioso para vê-lo.

"Entre, entre", disse Hannah, conduzindo-me para a sala, que estava quente e acolhedora. Havia lenha acesa na lareira e o lugar em si tinha um clima que me fez imaginar que seria muito confortável sentar ali à tarde e ver programas de televisão, escutar Anne Doyle descrevendo o que

Bertie andava fazendo, se Bruton retomaria sua força e o que seria da vida do infeliz Al Gore, agora que estava na pilha da sucata.

Em cima da televisão havia um retrato do pequeno Cathal, gargalhando como se tivesse a vida toda pela frente, pobrezinho. Era uma fotografia que eu nunca tinha visto. Olhei com atenção: ele estava em uma praia, de short, cabelo bagunçado, um sorriso no rosto de partir o coração. Senti uma breve tontura tomar conta de mim. Cathal estivera em apenas uma praia em toda sua vida, e por que Hannah deixaria à mostra uma lembrança daquela semana terrível? E onde havia encontrado aquilo?

"E o trânsito, como estava?", ela perguntou do outro lado da sala; virei-me e a observei por um instante antes de responder.

"Tranquilo", respondi. "Estou com um carro novo aí fora. Anda como o vento."

"Um carro novo? Que chique. Isso é permitido?"

"Não é novo em folha", respondi, pensando comigo mesmo que eu deveria parar de pensar naqueles termos. "Quero dizer, novo para mim. É de segunda mão."

"E *isso* é permitido, então?", ela perguntou.

"Sim", respondi, rindo um pouco, sem saber ao que ela se referia exatamente. "Preciso me locomover, não é?"

"Sim, acho que sim. E que horas são?" Ela conferiu o relógio de pulso e olhou para mim. "Não quer sentar? Está me deixando nervosa assim, de pé."

"Claro", eu disse, sentando. Então ela levou a mão à boca e me encarou como se estivesse em choque.

"Santo Deus", ela disse. "Eu o convidei para jantar, não é?"

"Convidou", admiti, agora me dando conta de que o cheiro de comida no ar parecia ser mais a memória de um jantar do que a promessa de uma nova refeição. "Você esqueceu?"

Ela desviou o rosto e pareceu confusa por um instante, estreitando os olhos, o que deixou seu rosto com uma expressão inusitada, e então sacudiu a cabeça. "Claro que não", respondeu. "Bom, quer dizer, sim, acho que esqueci. Pensei que fosse... Não combinamos para quinta?"

"Não", eu disse, certo de que havíamos combinado para sábado. "Talvez eu tenha entendido errado", acrescentei, sem querer apontá-la como culpada.

"Não, você não entendeu errado", ela respondeu, sacudindo a cabeça com uma expressão mais irritada do que considerei necessário. "Minha cabeça anda longe, Odran. Estou muito dispersa ultimamente. Não vou nem contar todos os erros que ando cometendo. A sra. Byrne já me avisou, disse que eu preciso organizar as ideias. Mas ela está sempre me repreendendo, aquela lá. Para ela, nunca faço nada direito. Olha, não sei o que dizer. O jantar já acabou. Eu e Jonas comemos faz meia hora, e eu estava vendo TV. Posso fazer um sanduíche de linguiça. Você quer?"

Pensei um instante e concordei. "Seria ótimo", eu disse, e então, me lembrando de como meu estômago roncara no carro, disse que aceitaria dois, se não fosse muito trabalho, e ela disse claro que não seria trabalho, ela tinha passado metade da vida fazendo sanduíches de linguiça para aqueles dois moleques lá em cima, não é?

"Dois moleques?", perguntei, imaginando que a sombra na janela poderia ter sido do irmão mais velho, não de Jonas. "Aidan está em casa?"

"Aidan?", ela se surpreendeu, virando com a frigideira em mãos. "Ah, não, ele deve estar em algum lugar de Londres. Você sabe disso."

"Mas você disse dois moleques."

"Eu quis dizer Jonas", ela respondeu. Eu a deixei em paz e me concentrei no televisor.

"Você estava assistindo a isso?", eu disse, elevando a voz para ela me ouvir. "Esses ianques fazem estardalhaço por qualquer coisa, não é?"

"Chegam a dar dor de cabeça", ela respondeu, mais alto que o som do óleo espirrando na panela conforme colocava três ou quatro linguiças para fritar. "Mas, sim, assisti por um bom tempo. Você acha que ele prestará para alguma coisa?"

"Ele nem começou ainda e todo mundo já o odeia", eu disse, pois também tinha visto um pouco da cobertura naquela tarde e me surpreendera com as multidões protestando nas ruas da capital. Diziam que ele não havia ganhado coisa nenhuma, e talvez não tivesse mesmo, mas era tudo tão arranjado que eu achava difícil acreditar que uma posse de Gore teria sido mais legítima.

"Sabe quem eu amava?", perguntou Hannah com a voz distante, como se fosse uma menina outra vez.

"Quem? Quem você amava?"

"Ronald Reagan", ela disse. "Você se lembra dele nos filmes? Passam de vez em quando nas tardes de sábado, na BBC2. Teve um algumas semanas atrás, e Ronald Reagan trabalhava em uma ferrovia e sofreu um acidente. Quando deu por si, estava acordando em uma cama, com as duas pernas amputadas. *Cadê o resto de mim?*, ele gritava. *Cadê o resto de mim?*"

"Ah, sim", respondi, apesar de nunca ter visto um filme de Ronald Reagan na vida. Eu sempre me surpreendia quando as pessoas falavam sobre como ele era nos filmes. Dizem que sua esposa era uma criatura terrível.

"Ele parecia estar sempre no controle", disse Hannah. "Gosto disso em um homem. Kristian tinha essa qualidade."

"Tinha mesmo", concordei, pois era verdade. Tinha mesmo.

"Você sabia que ele era apaixonado pela Thatcher?"

"Kristian?", perguntei, franzindo as sobrancelhas. Era difícil imaginar.

"Não, não Kristian", ela disse, impaciente. "Ronald Reagan. Bom, é o que dizem, pelo menos. Que os dois eram apaixonados."

"Não sei", respondi, dando de ombros. "Duvido. Ela deve ser uma mulher difícil de amar."

"Vou ficar feliz quando aquele Clinton for embora", ela disse. "Sujeitinho obsceno, não?"

Concordei com a cabeça, sem dizer nada. Eu mesmo estava cansado de Clinton. Até gostava de sua postura política, mas ele se tornara tão difícil de confiar, tão preocupado com a própria pele, que perdera meu respeito havia muito tempo. Todas aquelas negações de rosto sério, aquele dedo fazendo advertências. E nenhuma palavra verdadeira.

"Ele e o sexo oral", continuou Hannah, e me virei para ela, surpreso. Nunca a tinha ouvido dizer aquelas palavras, tampouco estava certo de ter ouvido direito naquele momento, mas jamais ousaria perguntar. Ela virava as linguiças na frigideira e cantarolava para si mesma. "Odran, você usa ketchup ou prefere molho inglês?", ela perguntou da cozinha.

"Ketchup", respondi.

"Acabou o ketchup."

"Então molho inglês está ótimo", eu disse. "Não consigo me lembrar da última vez que comi molho inglês. Você se lembra de como papai tinha mania de usar em tudo? Até no salmão?"

"Salmão?", ela perguntou ao me entregar um prato com dois apetitosos sanduíches de linguiça. "Tem certeza que a gente comia salmão quando era pequeno?"

"Ah, de vez em quando tinha um pouquinho."

"Não que eu me lembre", ela disse, sentando na poltrona e olhando para mim. "Como está o sanduíche?"

"Delicioso."

"Eu devia ter feito jantar para você."

"Não tem problema."

"Não sei onde estou com a cabeça ultimamente."

"Não se preocupe, Hannah", eu disse, querendo que a conversa tomasse outro rumo. "O que vocês jantaram, afinal?"

"Frango", ela respondeu. "E purê, em vez de batata cozida. Kristian prefere sempre purê."

"Jonas", eu disse.

"Jonas?"

"Você disse Kristian."

Ela pareceu um tanto confusa e sacudiu a cabeça, como se não entendesse onde eu queria chegar. Eu ia explicar, mas naquele momento ouvi uma porta ser aberta no andar de cima e passos lentos e pesados pela escada. Logo depois, o próprio Jonas entrou e me cumprimentou com a cabeça, um sorriso tímido, mas agradável. Seu cabelo estava mais comprido que da última vez que eu o tinha visto e tentei imaginar por que ele não cortava. As maçãs do rosto daquele rapaz, se fossem minhas, estariam à vista de todos, eu as colocaria sempre na vitrine.

"Como vai, tio Odran?", ele perguntou.

"Estou bem, Jonas", eu disse. "E você, está mais alto que da última vez que nos vimos?"

"Esse daí nunca para de crescer", comentou Hannah.

"Talvez um pouco", disse Jonas.

"E esse cabelo?", perguntei, tentando parecer amigável. "É a última moda?"

"Sei lá", ele disse, dando de ombros.

"Ele precisa cortar o cabelo, é isso que ele precisa

fazer", disse Hannah. "Por que você não corta o cabelo, filho?", ela perguntou, virando-se para vê-lo.

"Eu corto se a senhora me der três e cinquenta", ele respondeu. "Não tenho nenhum tostão."

"Bom, não olhe para mim", disse Hannah, virando-se em outra direção. "Já estou com problemas suficientes. Odran, escute essa. A sra. Byrne, lá do trabalho, disse que eu preciso organizar as ideias, senão... Eu não teria ficado ofendida, mas estou naquele emprego oito anos a mais que ela."

"Sim, você comentou", respondi, terminando um dos sanduíches e começando o outro. "Por que você não senta, Jonas?", perguntei, e ele sacudiu a cabeça.

"Só vim pegar uma coisa para beber", ele disse, seguindo para a cozinha.

"Como andam os estudos?", perguntei.

"Bem", ele disse enquanto abria a geladeira e olhava para dentro, seu rosto entregando tanto desapontamento quanto resignação pelo que encontrou lá.

"Esse menino está sempre com a cabeça enfiada num livro", disse Hannah. "Mas ele não é um verdadeiro crânio?"

"Você já sabe o que gostaria de fazer, Jonas?", perguntei.

Ele murmurou alguma coisa, mas não consegui entender o que era. Uma resposta irônica, pensei.

"Ele pode ser o que quiser, esse aí", disse Hannah, seus olhos fixos no rosto de George W. Bush fazendo o discurso de posse.

"Ainda não tenho certeza", disse Jonas, voltando para a sala e observando Bush por um momento. "Uma graduação em letras não prepara a gente para muita coisa, mas é isso que eu gostaria de fazer."

"Então você não vai seguir meu ramo de atividade?", perguntei.

Ele riu e sacudiu a cabeça, mas não de um jeito mal-criado. Seu rosto ficou um pouco vermelho. "Acho que não, tio Odran. Desculpe."

"Existe muita coisa pior por aí, filho", disse Hannah. "Seu tio construiu uma vida ótima, não acha?"

"Eu sei", disse Jonas. "Eu não quis..."

"Estou só brincando", interrompi, sem querer pedidos de desculpa. "Você tem apenas dezesseis anos. Acho que, hoje em dia, qualquer rapaz de dezesseis anos que quisesse fazer o que eu faço estaria implorando para ter problemas com os amigos."

"Não é por isso", disse Jonas, olhando diretamente para mim.

"Você soube que publicaram um artigo dele no jornal?", perguntou Hannah.

"Ah, mãe", disse Jonas, dirigindo-se devagar para a porta.

"O quê?"

"Um artigo", ela repetiu. "No *Sunday Tribune*."

"Um artigo?", perguntei, franzindo as sobrancelhas. "Que tipo de artigo?"

"Não foi um artigo", disse Jonas, agora com o rosto escarlate. "Foi uma história. E não foi nada demais."

"Como assim, não foi nada demais?", perguntou Hannah, levantando-se e olhando para ele. "Quando o nome de algum de nós saiu no jornal?"

"Você quer dizer um conto?", perguntei, deixando o prato de lado e me virando para ver Jonas. "Ficção?" Ele fez que sim, incapaz de olhar nos meus olhos. "Quando foi isso?"

"Faz algumas semanas."

"Ah, Jonas, você devia ter me ligado. Eu queria ter lido. Era o mínimo que eu podia fazer. Uma história, é? Então é isso que você quer fazer? Escrever livros?"

Ele deu de ombros e parecia quase tão envergonhado quanto no ano anterior, quando fiz aquele comentário impróprio no enterro. Virei-me para a televisão para poupá-lo do constrangimento. "Boa sorte para você", eu disse. "É uma bela aspiração."

Ouvi quando ele saiu sem jeito do aposento e então comecei a rir, sacudindo a cabeça e virando-me para Hannah, que estava ocupada conferindo a programação no *RTÉ Guide*. "Escritor, é?", eu disse.

"Existe um longo caminho entre Brow Head e Banba's Crown",* ela respondeu, o que me deixou um tanto intrigado. Em seguida, pôs a revista de lado e olhou para mim como se não tivesse ideia de quem eu fosse.

"Você nunca me contou sobre o que aconteceu com o sr. Flynn", ela disse.

"Com quem?", perguntei, vasculhando minha cabeça, sem conseguir me lembrar de nenhum Flynn.

Ela balançou a cabeça ignorando o assunto, e se levantou para ir à cozinha, deixando-me perplexo. "Vou fazer chá", disse. "Quer uma xícara?"

"Sim."

Quando voltou para a sala alguns minutos depois, trazia duas xícaras de café nas mãos, mas eu não disse nada. Pensei que talvez houvesse alguma coisa em sua mente; ela parecia tão distante.

"Está tudo bem, Hannah?", perguntei. "Você está tão distraída. Está preocupada com alguma coisa?"

Ela pensou na pergunta. "Eu não ia comentar nada", ela disse, inclinando-se para a frente em uma postura conspiratória. "Mas já que você perguntou, e isso fica entre nós, acho que Kristian não está bem. Tem tido umas dores de

---

* Respectivamente, o extremo sul e o extremo norte da Irlanda. (N. T.)

cabeça terríveis. E você acha que ele vai ao médico? Tente convencê-lo a ir, pois ele não me escuta."

Olhei para ela. Não sabia o que responder nem o que ela queria dizer com aquilo. "Kristian?", eu disse por fim, a única palavra que consegui dizer. "Mas Kristian está morto."

Ela olhou para mim como se eu tivesse acertado um tapa no seu rosto. "E você acha que eu não sei?", perguntou. "Eu mesma o enterrei, não foi? Por que falar uma coisa dessas?"

Fiquei confuso. Será que eu tinha ouvido direito? Sacudi a cabeça. Deixei passar. Bebi meu café. Quando o relógio deu nove horas e começou o noticiário, ouvi as manchetes, vi Bill e Hillary embarcarem em um helicóptero e se despedirem da nação, e então disse que era melhor eu ir embora também.

"Bom, não demore tanto para aparecer de novo", ela disse, sem se levantar nem manifestar sinal de que me acompanharia até a porta. "E, na próxima vez, farei o jantar que prometi."

Fiz que sim e deixei por isso mesmo ao sair para o corredor e pegar meu casaco, fechando a porta da sala. Enquanto vestia o casaco, uma porta foi aberta no andar de cima e Jonas, descalço, apareceu no topo da escada e olhou para mim.

"Está indo embora, tio Odran?", ele disse.

"Sim, Jonas. Devíamos conversar mais, eu e você."

Ele concordou com a cabeça, desceu os degraus devagar e me entregou um jornal dobrado. "Pode ficar, se quiser", ele disse, incapaz de olhar nos meus olhos. "É a minha história. Do *Trib*."

"Ah, ótimo", respondi, comovido por ele querer que eu ficasse com um exemplar. "Vou ler hoje à noite e depois devolvo."

"Não precisa", ele disse. "Comprei dez exemplares."

Sorri e guardei o jornal no bolso. "Eu também teria comprado um, se soubesse", eu disse. Ele ficou ali parado, nervoso, olhando de relance para a porta da sala, os pés inquietos. "Está tudo bem, Jonas?", perguntei.

"Sim."

"Parece que você quer me dizer alguma coisa."

Ele respirou fundo pelo nariz e não conseguiu olhar nos meus olhos. "Eu queria perguntar uma coisa", disse.

"Ora, pergunte."

"É sobre a mamãe."

"O que tem ela?"

Ele engoliu em seco e enfim olhou nos meus olhos. "Você acha que ela está bem?", perguntou.

"Sua mãe?"

"Sim."

"Ela me pareceu um pouco cansada", eu disse, colocando a mão no trinco da porta. "Talvez precise dormir mais. Acho que todos nós podíamos descansar mais."

"Espere", ele disse, segurando o batente da porta para me manter ali. "Ela tem se repetido muito e esquecido as coisas. Esqueceu que o papai morreu."

"Chamam isso de meia-idade", respondi, abrindo a porta antes que ele pudesse me impedir. "Acontece com todo mundo. Acontecerá com você também, mas vai demorar, então não se preocupe. Deu uma esfriada aqui fora, não?", acrescentei ao sair. "É melhor você voltar para dentro antes que pegue alguma coisa."

"Tio Odran…"

Mas não permiti que ele continuasse. Cruzei o jardim e ele me observou por um tempo antes de fechar a porta. Senti culpa, mas não podia fazer nada; queria apenas voltar para casa. Enquanto me encaminhava para o Fiesta, alguém bateu na janela. Olhei para trás e ali estava Hannah, segurando a cortina aberta, gritando alguma coisa para mim.

"O que disse?", perguntei, apoiando a orelha com a mão para ouvir melhor, e ela fez um gesto para eu me aproximar.

"*Cadê o resto de mim?*", ela falou aos berros e então deu uma gargalhada, fechando a cortina e sumindo lá dentro.

Naquele instante, eu soube que Hannah não estava bem, que aquilo era o começo de algo que traria apenas problemas para todos nós, mas àquela altura, em meu egoísmo, optei por ignorar. Decidi que telefonaria para ela em uma semana. Eu a convidaria para ir ao Bewley's Café, na Grafton Street, para almoçar. Carne frita com bacon e um pão doce recheado de creme de baunilha e também um daqueles cafés cobertos com espuma. Eu me esforçaria para saber como ela estava com mais frequência.

Seria um irmão melhor do que tinha sido no passado.

Antes de voltar para casa, decidi fazer uma visita noturna a Inchicore — era um caminho mais longo, claro, mas eu queria parar o carro na igreja e passar um tempo no santuário, uma réplica da gruta em Lourdes, cidade que não conhecia nem queria conhecer. Eu tinha pouca paciência para lugares de peregrinação — a própria Lourdes, Fátima, Medjugorje, Knock —, que pareciam sempre invenções de crianças impressionáveis ou fantasias de bêbados de andar trôpego. Mas Inchicore não era um destino para peregrinos, e sim uma igreja simples, com um santuário e uma imagem. Eu ia até lá com frequência, sempre que me sentia perdido.

Cheguei rápido graças às ruas vazias, estacionei e entrei pelo portão aberto. A lua estava visível naquela noite, brilhante e coberta de manchas, o que emprestava certa luminosidade ao lugar. Virei uma esquina e fiquei surpreso ao ouvir uma espécie de lamúria, um gemido terrivelmente aflito vindo da direção da gruta. Hesitei, tentando decifrar o som. Se houvesse jovens por ali aprontando o que quer que fosse, eu não queria ver, não queria saber, preferiria voltar ao carro e ir para casa, mas depois de um instante percebi que não eram manifestações de prazer, e sim uivos de choro incontrolável nascidos das entranhas mais profundas.

Segui adiante com cautela e, conforme meus olhos se acostumaram, vi o que parecia um corpo virado para baixo, braços e pernas esticados, um crucifixo humano prostrado no cascalho. A primeira coisa que me ocorreu foi que um crime havia sido cometido, um assassinato. Alguém tinha matado um homem diante da gruta na igreja de Inchicore. Mas então o corpo se mexeu, levantou-se e ficou de joelhos. Vi que não se tratava de um homem ferido, mas sim um homem rezando — um padre, pois usava a batina preta de mangas compridas dos ordenados; a vestimenta sacudia com a brisa logo acima dos tornozelos. Ajoelhado, ele ergueu as mãos para os céus antes de fechar os punhos e bater na própria cabeça várias vezes, pancadas de tamanha ferocidade e selvageria que me preparei para intervir, mesmo se houvesse o risco de ele se voltar contra mim em seu luto ou insanidade e acabar me ferindo. Ele se virou um pouco e vi a silhueta de seu rosto contra a luz da lua. Era um jovem — uns dez anos mais novo que eu, pelo menos, talvez trinta e poucos anos. Cabelo preto bagunçado e um nariz proeminente que se alargava na parte de cima. Ele soltou um grito e desmoronou outra vez para a posição na qual eu o tinha encontrado. E, apesar de ele agora estar quieto, os gemidos continuaram, um choro perpétuo, e senti um arrepio descer pela espinha quando olhei à sua esquerda e percebi que não estava sozinho.

Sentada no canto da caverna, quase escondida, estava uma mulher muito mais velha, perto dos setenta anos, e ela balançava para a frente e para trás com lágrimas correndo pelo rosto, o sofrimento distorcendo seus traços. Quando seu rosto foi iluminado pelo luar, reparei que tinha algo em comum com o jovem padre, o nariz aquilino, e soube no mesmo instante que ele herdara tal característica dela, sua mãe.

E ali estavam eles, o jovem deitado, suplicando ao mundo que seu tormento acabasse, a mãe trêmula de sofrimento, querendo que os céus se abrissem e Deus a chamasse para cima sem mais demora.

Era uma imagem aterradora. Perturbou-me imensamente. Alguém no meu lugar talvez tivesse se dirigido aos dois e oferecido o conforto que pudesse, mas eu dei meia-volta e parti com rapidez e nervosismo. Havia alguma coisa ali, algum horror crescente à espreita de todos nós, com o qual eu não estava pronto para lidar.

Hoje, mais de uma década depois, penso naquela noite e me lembro daqueles dois incidentes como se tivessem acontecido há uma semana. George W. Bush estava no passado. Mas me lembro de Hannah sentada na poltrona, dizendo que seu falecido marido tinha dores de cabeça terríveis. E me lembro dessa mãe e desse filho, chorando e sofrendo na gruta em Inchicore. Enquanto retornava pelas ruas a caminho do conforto da minha cama solitária, eu sabia, sem sombra de dúvida, que o mundo que eu conhecia, e também a fé que eu depositara nele, estava prestes a terminar, e quem poderia saber o que tomaria seu lugar?

2006

Cerca de cinco anos depois, fui afastado do Terenure College, instituição onde vivi e trabalhei por vinte e sete anos. Eu tinha aceitado há muito tempo que era mais feliz quando me escondia atrás dos muros altos e portões fechados daquele enclave isolado e erudito, e a mudança veio como um choque.

Nunca tinha sido minha intenção ficar um período longo em Terenure. Ao voltar de Roma para Dublin em meados de 1979 — enfim ordenado depois de sete anos de estudos, mas ainda com um vestígio de escândalo atrelado ao meu nome —, fui designado para a capelania da escola, com planos de me transferir para uma paróquia em seguida. Mas, por algum motivo, tal transferência nunca aconteceu. Em vez disso, passei no exame para o curso superior e acabei dando aulas de língua inglesa com um pouco de história. Fora do horário de aula, eu administrava a biblioteca e rezava a missa todas as manhãs, às seis e meia, para o mesmo pequeno grupo de idosos, todos aposentados que não tinham aprendido a dormir até tarde ou que receavam não acordar se o fizessem. Eu deveria ser o conselheiro espiritual dos alunos, função cuja demanda caiu de forma drástica à medida que os anos 80 foram substituídos pelos 90 e estes, por sua vez, cederam espaço para o século XXI. A vitalidade do espírito parecia cada vez menos importante para os estudantes conforme os anos passaram.

Nossa instituição era uma escola de rúgbi, um daqueles estabelecimentos de elite no Southside de Dublin, ocupado por filhos de pais ricos — donos de empreiteiras, banqueiros, executivos que não cogitavam um fim para seus dias prósperos — e, apesar de eu não saber quase nada sobre o esporte, fiz o melhor que pude para cultivar interesse pelo assunto, caso contrário era impossível sobreviver em Terenure. No geral, eu tinha um bom convívio com os garotos, pois não os intimidava nem tentava ser amigo deles — os dois erros que muitos dos meus colegas cometiam. De alguma maneira, isso funcionou a meu favor e me descobri popular — tanto quanto possível — na areia movediça de calouros e formandos. Eram, muitas vezes, uns moleques arrogantes que podiam ser odiosos e cruéis com os que não tinham nascido com privilégio semelhante, mas fiz o melhor que pude para humanizá-los.

O telefonema do secretário do arcebispo Cordington veio em uma tarde de sábado e, se fiquei ansioso, foi por não ter entendido o motivo por trás da convocação.

"Só eu?", perguntei ao padre Lomas, o secretário do arcebispo no outro lado da linha. "Ou muitos de nós estão sendo chamados?"

"Só você", ele respondeu, no tom mais seco imaginável — alguns dos que trabalhavam na casa do arcebispo podiam ser de uma presunção feroz.

"O senhor acha que vai demorar?", perguntei.

"Sua excelência reverendíssima o receberá na quinta-feira, às duas horas", ele disse, o que imagino ter sido um *não*, e em seguida desligou. Fui à Drumcondra no dia agendado, com o coração pesaroso. O que eu responderia, pensei, se ele perguntasse se eu desconfiara de alguma coisa sobre Miles Donlan? E, se sim, por que nunca mencionara nada ao arcebispo? Como responder, se eu tinha feito tal pergunta a mim mesmo inúmeras vezes — e encontrado apenas silêncio como resposta?

"Padre Yates", disse o arcebispo, levantando o rosto e sorrindo quando entrei em seu escritório particular, tentando ao máximo não deixar transparecer em minha fisionomia como o luxo de sua residência me deixava constrangido. Havia pinturas nas paredes que não teriam ficado deslocadas na National Gallery irlandesa — aliás, deviam ser seleções da *própria* National Gallery; era um dos benefícios do cargo, afinal. O tapete sob meus pés era tão espesso que imaginei ser possível deitar sobre ele e ter uma ótima noite de sono. Tudo naquele lugar apregoava prosperidade e fartura, conceitos em contraste absoluto com os votos que nós dois tínhamos feito. A opulência do Palácio Episcopal guardava certa semelhança com o Vaticano, em escala muito menor, e minha mente voltou, como fazia com frequência, a 1978, quando servi três mestres ao longo de um único ano, preenchendo minhas manhãs e noites com servidão, meus dias com estudo e meus fins de tarde com momentos contemplativos à janela na Vicolo della Campana, tomado por desejos ardentes e confusos.

Como pode uma coisa continuar tão dolorosa depois de vinte e oito anos?, perguntei a mim mesmo. Será que não existe superação para os traumas da nossa juventude?

"Boa tarde, vossa excelência reverendíssima", eu disse, ajoelhando-me e permitindo um breve contato dos meus lábios com o ouro pesado que ele usava no quarto dedo da mão direita, antes que ele me conduzisse a um par de poltronas perto da lareira.

"É um prazer vê-lo, Odran", ele disse, desmoronando na poltrona. Jim Cordington, dois anos à minha frente no seminário da Clonliffe College e o melhor meio-campista que o time de *hurling* de Dublin perdera para o sacerdócio, tinha engordado por indulgência e falta de exercícios físicos. Eu me lembrava de quando ele disparava pelos campos em Holy Cross, o vento às suas costas, e nenhum de nós conseguia parar seu ímpeto. O que teria acontecido com ele nos anos desde então?, pensei. Seus traços, antes bem definidos, eram agora flácidos e com manchas vermelhas; seu nariz, espesso e cheio de vasos capilares avermelhados. Quando ele sorria e baixava a cabeça daquele jeito curioso que lhe era característico, uma série de papos se fazia visível, um em cima do outro, como dobras de clara em neve.

"O prazer é meu, vossa excelência", respondi.

"Ah, por favor", ele disse, sacudindo as mãos no ar, "pode parar com o *vossa excelência*, Odran. É Jim, você sabe disso. Não há mais ninguém aqui. Podemos deixar as formalidades para outra ocasião. Como você está? Sua vida vai bem?"

"Estou bem", eu disse. "Ocupado, como sempre."

"Faz tempo desde a última vez que o vi."

"Acho que foi na conferência em Maynooth, ano passado", eu disse.

"Sim, provavelmente. É ótima essa escola em que você está, não é?", ele perguntou, coçando as bochechas, as unhas fazendo um barulho áspero na barba de início de tarde. "Você sabia que eu mesmo fui aluno da Terenure?"

"Sabia, vossa excelência", eu disse. "Jim."

"Eu diria que agora é diferente de quando eu era moleque."

Concordei com a cabeça. Tudo era diferente, claro que era.

"Você já ouviu falar de um padre chamado Richard Camwell?", ele perguntou, inclinando-se para a frente. "Era

30

um homem terrível. Costumava tirar os meninos da cadeira puxando pela orelha e, enquanto os segurava para cima desse jeito, dava um tapa colossal na bochecha, estatelando-os em cima das mesas. Uma vez, pendurou um menino na janela do sexto andar, segurando só pelos tornozelos, enquanto os alunos no pátio lá embaixo gritavam *padre, padre, não solte!*" Ele riu e sacudiu a cabeça. "Tínhamos medo dos padres naquela época. Havia verdadeiros horrores entre eles." Ele franziu as sobrancelhas e olhou direto para mim. "Mas veneráveis", acrescentou, apontando o dedo. "Homens veneráveis, mesmo assim."

"Se alguém tentasse uma coisa assim hoje em dia, os meninos com certeza reagiriam", eu disse. "E estariam certos em reagir."

"Bom, não tenho tanta certeza", ele respondeu, reclinando-se na poltrona outra vez e desviando o rosto.

"Não?"

"Meninos são criaturas terríveis. Precisam de disciplina. Mas quem sou eu para falar? É você que passa cinco dias da semana na companhia deles durante o ano letivo, não é? Quando penso em algumas das surras que levei naquela escola, é incrível que eu tenha saído vivo dali. Mas eram dias felizes. Terríveis dias felizes."

Fiz que sim, mordendo o lábio. Eu gostaria de dizer muita coisa, mas o meu medo não deixou. Um professor do Terenure, no ano passado — um leigo, não um padre —, estapeou a orelha de um menino de catorze anos por causa de uma resposta malcriada. E não é que o moleque se levantou e socou o rosto do pobre homem, quebrando seu nariz? Era um fedelho forte, aquele aluno, e muito arrogante. O pai era diretor de uma filial de um banco estrangeiro e o moleque nunca parava de falar sobre quantas milhas aéreas havia acumulado. Na minha época teria sido expulso, mas hoje as coisas são diferentes. O professor —

um bom sujeito, mas completamente inadequado para o cargo — foi demitido e processado por lesão corporal pelos pais, enquanto o aluno recebeu quatro mil euros da escola, indenização por seu "trauma emocional".

"Minha avó morava na rua do Terenure, sabe?", continuou o arcebispo. "Perto da Dodder Bridge. Nós morávamos mais para os lados de Harold's Cross, mas passei metade da minha vida na casa da minha avó. E como sabia cozinhar, aquela senhora. Nunca saía da cozinha. Teve catorze filhos em dezesseis anos, dá para acreditar? E nunca reclamou. Criou todos em uma casa de dois quartos. Hoje em dia, duvidamos que seja possível. Catorze filhos, um marido e uma esposa em dois quartos. Quase sardinhas em lata."

"Então o senhor deve ter muitos primos", eu disse.

"Já perdi a conta. Tenho um primo que trabalha na Fórmula 1, nos *pit stops*. Ele troca os pneus quando os pilotos entram. Me contou que eles precisam receber o carro e devolver para a pista em exatos quarenta segundos, ou perdem o emprego. Dá para imaginar? Eu ainda estaria procurando pela chave inglesa. Não que eu veja minha família com tanta frequência. São tantas demandas neste trabalho, você não acreditaria se eu contasse. Devia se considerar sortudo, Odran, por nunca ter sido promovido."

Não havia resposta que eu pudesse dar. Eu tinha me destacado nas provas do Clonliffe College e então fui selecionado para o Pontifical Irish College em Roma, onde, em 1978, me ofereceram um cargo inesperado que se tornaria uma bênção e uma maldição. Se eu tivesse terminado aquele ano com sucesso, teria decerto garantido uma ascensão rápida na hierarquia. Mas, como era de se imaginar, meu trabalho foi tirado de mim antes do fim do ano e uma mancha negra indelével foi atribuída ao meu nome.

Os outros rapazes no seminário eram muito ambiciosos no que dizia respeito à carreira, mas tal palavra nunca me agradou. Talvez no começo eu também tenha sido ambicioso, mas não me lembro de nenhum grande desejo de promoção, nem mesmo quando jovem. Parecia claro, desde o princípio, quem era destinado ao arcebispado ou, no caso de um sujeito apenas um ano à nossa frente, ao solidéu escarlate de cardeal. Tudo que eu queria era ser um bom padre, ajudar as pessoas de alguma maneira. Parecia ambicioso o suficiente para mim.

"E você está feliz trabalhando lá?", perguntou o arcebispo, e fiz que sim.

"Estou", respondi. "São bons meninos, na maioria. Tento oferecer o melhor de mim a eles."

"Oh, não tenho dúvida, Odran, não tenho dúvida. Ouvi apenas opiniões boas sobre você, de todo mundo." Ele conferiu o relógio. "Já é tão tarde assim? Aceita uma bebidinha?"

"Não, obrigado."

"Aceite. Eu vou beber uma dosezinha e você não vai me deixar bebendo sozinho, não é?"

"Estou de carro, vossa excelência", respondi. "Não seria apropriado."

"Bah", ele disse, com um gesto de mão, menosprezando o conceito de dirigir sóbrio como algum tipo de moda New Age. Ele se levantou com esforço e foi até um armário que servia de base para uma bela estátua de bronze de John Charles McQuaid, cujo enterro na Pro Cathedral, em 1973, foi acompanhado por todos os seminaristas, inclusive eu. Abriu a porta do armário — creio ter visto menos bebidas alcoólicas atrás do balcão do Slattery's, na Rathmines Road — e pegou uma garrafa do canto, servindo-se uma dose generosa, completando com água e então voltando para desmoronar na poltrona com outro gemido alto.

"Me ajuda a suportar o resto da tarde", ele disse, com uma piscadela, ao tomar o primeiro gole. "Vou receber uma delegação de freiras depois de você. Alguma coisa sobre novos banheiros para o convento. É claro que não tenho dinheiro para gastar com elas, com padres ligando todo dia para instalar banda larga em casa. Isso não é barato."

"O senhor poderia dividir o dinheiro", sugeri. "Metade para os padres, metade para as freiras."

Ele gargalhou e eu sorri para ser sociável. "Muito bom, Odran, muito bom", disse. "Você foi sempre rápido na piada, não? Mas, me diga uma coisa, o que você acha de mudar um pouco?"

Meu coração afundou. Achei que estava ali para determinada conversa, mas não, parecia ser para outra. Eu seria transferido? Depois de todos esses anos? Gostava dos muros que cercavam os campos de rúgbi, da alameda que levava ao prédio principal, da paz no meu corredor, do silêncio no meu pequeno quarto, da segurança na sala de aula. Eu temera a conversa para a qual tinha sido chamado, mas essa era pior. Muito pior.

"Não estou em busca de mudança" — afinal, não custava tentar. Talvez ele se apiedasse de mim. "Tenho a sensação de que ainda há trabalho a ser feito. Ainda há muitos meninos que precisam de ajuda."

"Bom, o trabalho não termina nunca", ele respondeu. "Passa a ser do próximo da fila. Tem um rapaz ótimo que quero mandar para Terenure. Acho que será excelente para ele. Padre Mouki Ngezo. Você chegou a conhecê-lo?"

Fiz que não. Não conhecia muitos dos mais jovens. O que não significa que houvesse muitos para conhecer.

"Ele é preto", disse o arcebispo. "Você deve tê-lo visto por aí."

Olhei para ele, sem saber se era apenas uma descrição factual ou se houve algo de pejorativo na maneira como falara. Era permitido dizer *preto* hoje em dia, ou isso fazia de você um racista? "Eu não…", comecei, inseguro de como terminar a frase.

"É um rapaz ótimo", ele repetiu. "Veio para cá da Nigéria faz alguns anos. Era costume mandar nossos meninos para as missões, e hoje as missões estão mandando os meninos deles de volta para nós. Isso é lastimável, não é?"

"Isso não faz de *nós* as missões?", eu disse, e ele pensou por um instante antes de assentir.

"Sabe que nunca tinha pensado dessa maneira?", ele respondeu. "Acho que você tem razão. Que mudança estranha. Sabe quantas candidaturas para padre da diocese de Dublin recebi este ano?" Fiz que não. "Uma. Uma! Dá para acreditar? E conheci o menino, estava longe de ser o que precisamos. Era um tanto simplório, eu achei. Ficou rindo e roendo as unhas enquanto eu tentava conversar com ele. Foi como falar com um coiote."

"Uma hiena", intervim.

"Sim, uma hiena. Foi o que eu disse. No fim das contas, falei que ele devia refletir se tinha ou não a vocação para aquilo e então conversaríamos, e ele começou a chorar, e eu precisei praticamente carregá-lo para fora. A mãe dele estava na sala de espera. Ela o estava forçando a fazer aquilo, pude perceber."

"As mães forçaram todos nós a fazer isso", eu disse, as palavras saindo da minha boca antes de eu ter tempo de pensar.

"Ah, Odran", ele disse, sacudindo a cabeça. "Acho melhor não entrar nesse assunto, não acha?"

"Eu só quis dizer que…"

"Não se preocupe, não se preocupe." Ele deu outro gole no copo, mais longo dessa vez, e fechou os olhos por um instante, apreciando o sabor. "Miles Donlan", ele disse depois de um tempo e eu baixei os olhos. Era *aquela* a conversa que eu esperava.

"Miles Donlan", repeti baixinho.

"Você leu os jornais, não leu? Viu os noticiários?"

"Sim, vossa excelência."

"Seis anos", ele disse, assobiando entre os dentes. "Você acha que ele sobreviverá?"

"Ele não é mais tão jovem", eu disse. "E dizem que os presos podem ser cruéis com..." Eu tinha a palavra na boca, claro, mas não pude dizer.

"Você nunca ouviu nenhum boato, não é, Odran?"

Engoli em seco. Claro que eu tinha ouvido boatos. Padre Donlan e eu trabalhamos lado a lado durante anos em Terenure. Jamais gostei dele, para ser sincero; tinha um jeito amargo e falava dos meninos como se o fascinassem e enojassem ao mesmo tempo. Mas, sim, eu tinha ouvido boatos.

"Eu não o conhecia muito bem", eu disse, evitando a pergunta.

"Você não o conhecia muito bem", ele repetiu baixinho, e olhou em meus olhos até eu ser forçado a desviar o rosto. "Mas, se você tivesse ouvido boatos, Odran, ou se ouvisse boatos sobre alguma outra pessoa, o que faria?"

Nada era a resposta honesta. "Acho que conversaria com ele."

"Você conversaria com ele. Entendo. Você conversaria comigo sobre o assunto?"

"Creio que sim."

"Você falaria com a Gardaí?"

"Não", respondi na mesma hora. "Não imediatamente, pelo menos."

"Não imediatamente. Quando?"

Fiz que não, tentando entender o que ele queria ouvir de mim. "Para ser sincero, Jim", eu disse, "não sei o que faria, a quem contaria ou se chegaria a contar alguma coisa. Teria que resolver quando acontecesse."

"Você contaria a mim, é isso que você faria", ele respondeu, em tom agressivo. "E a mais ninguém. Você percebe que os jornais estão atrás de nós, não é? Nós perdemos o controle. E precisamos retomá-lo. Precisamos deixar a mídia de joelhos." Ele olhou para o armário de bebidas e para a estátua do arcebispo McQuaid. "Você acha que *ele* teria tolerado esse tipo de loucura?", perguntou. "Ele teria fechado as gráficas. Teria assumido o aluguel da Montrose e expulsado todo mundo."

"Hoje é diferente", eu disse.

"Hoje é pior, isso sim. Mas estou desviando do assunto. O que eu dizia antes de tudo isso?"

"O padre nigeriano", eu disse, aliviado por mudar de assunto.

"Ah, sim, padre Ngezo. Apesar de tudo, ele é um bom homem. Preto como o ás de espadas, mas fazer o quê? Ele não é o único, claro. Temos três rapazes do Mali, dois quenianos e um sujeito do Chade, ali em Donnybrook. E disseram que no próximo mês um menino de Burkina Faso vem ser o pároco em Thurles. Você já ouviu falar de Burkina Faso? Eu não, mas parece que existe."

"Fica em algum lugar ao norte de Gana?", perguntei, examinando um mapa-múndi na cabeça.

"Não tenho ideia. E muito menos interesse. Podia ser uma das luas de Saturno, para mim dava na mesma. Mas acontece que hoje em dia precisamos aceitar o que tem. E quero dar ao jovem Ngezo uma oportunidade em Terenure. Ele precisa de mudança e é um grande apoiador do rúgbi. Você nunca teve muito interesse por isso, não é, Odran?"

"Raramente perco uma partida de campeonato", respondi, na defensiva.

"É mesmo? Não achei que gostasse. Mas ele será ótimo com os meninos e será muito bom para eles ter contato com outras culturas. Você pode ceder o espaço para ele?"

"Estou lá há vinte e sete anos, vossa excelência."

"Eu sei."

"É a minha casa."

Ele suspirou e deu de ombros com um meio sorriso. "Não temos casa. Ou melhor, não temos casa própria. Você sabe disso."

Para você é fácil falar, pensei, passando os olhos pelas almofadas de veludo brilhante e as cortinas rendadas.

"Eu sentiria falta", respondi.

"Mas talvez seja bom para você se afastar do ensino por um tempo e voltar a servir uma paróquia. Só por um tempo."

"O senhor sabe que nunca cheguei a trabalhar em uma paróquia, vossa excelência?", perguntei.

"Jim, Jim", ele disse, em tom entediado.

"Não estou certo nem de que saberia por onde começar. E qual lugar o senhor tinha em mente?"

Ele sorriu e baixou os olhos para o tapete, respirando pesado, uma expressão de ligeiro constrangimento no rosto. "Você deve imaginar. Não seria permanente, claro. Mas preciso de alguém para assumir o lugar de Tom."

"Tom de quê?", perguntei.

"Qual Tom você acha?"

Arregalei os olhos, surpreso. "Tom Cardle?"

"Na verdade, foi ele que sugeriu você."

"Foi ideia dele?"

"Foi ideia minha, padre Yates", ele disse, austero. "Mas Tom estava presente quando todas as opções foram consideradas."

Achei difícil acreditar. "Eu o vi na sexta à tarde. E ele não disse uma só palavra sobre tudo isso."

"Bom, eu o vi no sábado de manhã", respondeu o arcebispo. "Ele passou aqui para bater um papo. Achou que você gostaria de uma mudança. E eu também achei."

Eu não soube o que dizer. Achava difícil entender por que Tom discutiria tal assunto com Jim Cordington sem ter mencionado nada para mim antes. Afinal, nos conhecíamos havia tanto tempo e éramos amigos tão próximos.

Tom Cardle e eu chegamos ao seminário no mesmo dia, em 1973, e acabamos por sentar lado a lado enquanto o cônego explicava a organização da nossa rotina diária pelos próximos meses. Tom era do campo, um menino de Wexford alguns meses mais velho que eu, com dezessete anos completados na semana anterior. Vir para Clonliffe não o deixou nada feliz, pude perceber desde o início. Ele exalava um ar de puro desespero. Quis me aproximar dele de imediato, não por compartilhar tal emoção, mas sim porque temia a solidão e tinha decidido fazer um amigo o mais rápido possível. Eu já sentia saudade de Hannah e, de alguma maneira, mesmo tão novo, eu sabia que precisaria de algum tipo de confidente; assim escolhi Tom, ou melhor, escolhemos um ao outro. Nos tornamos amigos.

"Você está bem?", perguntei conforme desfazíamos as malas na pequena cela que dividiríamos — nos puseram juntos porque sentamos lado a lado na orientação —, testando um pouco de caridade cristã para ver se me caía bem. O quarto não era muito atraente: duas camas encostadas nas paredes, com espaço suficiente para os dois ficarem de pé entre elas, um único guarda-roupa para todos os nossos pertences, uma bacia e uma jarra em uma mesinha, um balde no chão. "Você parece meio pálido."

"Não estou me sentindo muito bem", ele disse, com um sotaque acentuado que me deixou contente, pois eu não queria ter ficado com alguém de Dublin. Porém, quando ele me contou que era de Wexford, senti a ferida se abrir dentro de mim outra vez, pois era impossível ouvir sobre aquele condado sem vir junto uma explosão de tristeza.

"Foi o caminho para cá?", perguntei.

"Sim, talvez", ele disse. "Essas estradas são a morte. E vim para cá no trator do meu pai."

Olhei para ele. "Você fez o caminho de Wexford a Dublin em um trator?", perguntei, incrédulo.

"Fiz."

Respirei fundo e duvidei. "Isso é possível?"

"Viemos devagar", ele disse. "E o trator quebrou muito."

"Antes você do que eu, meu amigo", respondi. "E qual é o seu nome?"

"Tom Cardle."

"Odran Yates", eu disse, estendendo a mão, e ele me cumprimentou, olhando diretamente para mim — e por um momento achei que ele ia cair no choro. "Você está feliz de vir para cá?", perguntei, e ele resmungou alguma coisa ininteligível. "Será ótimo, pode ter certeza. Não tem nenhum motivo para se preocupar. Um menino que eu conheço veio para cá há alguns anos e disse que foi muito divertido. Não é só ficar rezando. Tem jogos, esportes e canto o tempo todo. Será incrível, pode esperar."

Ele fez que sim, mas não pareceu convencido. Abriu a mala, havia pouca coisa dentro, apenas umas camisas e calças, dois pares de meias e cuecas. Em cima de tudo estava uma Bíblia de aspecto luxuoso, que peguei para ver.

"Minha mãe e meu pai me deram", ele disse. "Quando eu estava indo embora."

"Deve ter custado caro", comentei, estendendo-a para ele.

"Pode ficar, se quiser. Eu nunca vou usar."

Eu ri, me perguntando se tinha sido uma brincadeira, mas sua expressão dizia o contrário. "Não, é sua", eu disse e ele deu de ombros, pegou da minha mão e jogou na mesinha do canto sem dar importância. Nos anos seguintes, foram raras as ocasiões em que o vi abrindo aquele livro.

"Tom está naquela paróquia há apenas dois anos", eu disse ao arcebispo Cordington, surpreso, pois era cedo demais para uma transferência e Tom já havia se sujeitado a muitas nos últimos vinte e cinco anos. Eu costumava dizer que ele sempre deixava uma mala pronta a postos.

"Dezoito meses. Um período considerável."

"Mas só agora ele deve ter se adaptado."

"Ele precisa de uma mudança."

"Não cabe a mim dizer", arrisquei, pensando que talvez conseguisse me livrar daquilo com um pouco de retórica, "mas o pobre Tom já foi transferido tantas vezes, não é? Não seria justo deixá-lo quieto por um tempo?"

"O que dizia Shakespeare, mesmo?", perguntou o arcebispo com um sorriso largo. "Não cabe a nós perguntar por quê?"

"Não cabe a eles perguntar por quê/ só cabe a eles fazer e morrer", respondi, corrigindo-o. "Tennyson."

"Não é Shakespeare?"

"Não, vossa excelência."

"Eu podia jurar que era Shakespeare."

Não respondi.

"Mesmo assim, está decidido", ele disse, em tom frio. "Não cabe a Tom Cardle perguntar por quê. Nem a Odran Yates", acrescentou, bebericando outra vez.

"Desculpe", eu disse. "Só quis dizer que…"

"Não se preocupe", ele interrompeu, batendo a mão com firmeza na lateral da poltrona e sorrindo outra vez; ele mudava num piscar de olhos. "Você precisará de um tempinho para se acostumar, claro. Todos aqueles paroquianos na sua orelha todo dia. E se entupirá de chá nos primeiros meses, pois todas as velhotas vão convidá-lo para uma visita a fim de medi-lo de cima a baixo." Ele fez uma pausa e olhou para as próprias unhas, impecavelmente feitas. "E você deve também se encarregar dos coroinhas. Está acostumado com a molecada."

Eu suspirei. Os meninos com os quais estava acostumado tinham quinze ou dezesseis anos; eu sabia como lidar com eles. Mas tinha pouco conhecimento ou experiência com meninos de sete ou oito. Para ser sincero, sempre os considerei um tanto ruidosos e irritantes. Nunca ficavam quietos durante a missa e os pais de hoje não têm o menor controle sobre eles.

"Será que um dos outros padres não pode cuidar deles?", perguntei. "Esses meninos mais novos podem ser terrivelmente barulhentos. Não sei se teria paciência."

"Então desenvolva", ele respondeu, o sorriso desaparecendo rápido. "Desenvolva, Odran. Além disso, Tom já domou todos eles, então você não tem nada com que se preocupar." Ele riu um pouco. "Ouvi dizer que os coroinhas têm até um apelido para ele. Sabe do que o chamam? Satanás! Deus que me perdoe, mas é muito engraçado, não é?"

"É horrível", eu disse, chocado.

"Ah, que nada. Meninos são sempre meninos. Não há maldade em nenhum deles. Não naqueles que não mentem, pelo menos. Eles têm sempre apelidos. Nós mesmos dávamos nomes para todos os padres no seminário, não é?"

"Dávamos, Jim", concordei. "Mas nada tão ruim quanto Satanás."

Um silêncio pairou entre nós; o arcebispo parecia ter algo a mais para dizer.

"Tem outra coisa", ele disse.

"Sim?"

"É um tanto delicado. Não é para os ouvidos do público."

"Está bem."

Ele pensou no assunto e desistiu. "Não, isso pode esperar. Falo noutra hora." Ele fechou os olhos por um instante e pensei que fosse dormir, mas então os abriu de repente, me surpreendendo. "Eu queria perguntar", ele disse. "Seu sobrinho é aquele escritor, estou certo?"

Fiz que sim, surpreso e um pouco aborrecido com a mudança abrupta de assunto.

"Sim, Jonas", respondi.

"Jonas Ramsfjeld", ele disse. "Que nome. De onde era o pai dele? Suécia?"

"Noruega."

"Ele não sai dos jornais hoje em dia, não é? Dia desses eu o vi no noticiário das nove, falando sobre o livro. Estão dizendo que agora foi adaptado para o cinema."

"Sim, foi mesmo", eu disse.

"O menino sabe do que está falando, não é mesmo? É muito eloquente. E ainda tão novo. Quantos anos ele tem, afinal?"

"Vinte e um", respondi.

"É o que chamam de prodígio", ele disse, assentindo. "Não sei se isso é bom para ele, nessa idade."

"Bom, desejo boa sorte. Eu não li nenhum dos livros, claro."

"São apenas dois", eu disse.

"Então não li nenhum dos dois. Imagino que você tenha lido."

"Sim, eu li."

"E prestam? Ouvi dizer que são repletos de palavrões. E de rapazes e moças fazendo todo tipo de coisa juntos. Que tipo de livros são, hein? São livros obscenos?"

Eu sorri. "Não são tão ruins assim", respondi. "Ele

talvez dissesse que o jeito como escreve é o jeito como as pessoas falam. E que não está escrevendo para velhos como nós."

"Mas os jovens gostam dessas coisas? Não é escrita de verdade, é? Não é literatura. Não me lembro de W. B. Yeats viajando para a porra de Bizâncio ou Paddy Kavanagh falando sobre a merda do solo cinzento de Monaghan."

Olhei para ele, espantado com a vulgaridade de suas palavras.

"Bom", eu disse, pronto para defender Jonas, "como o senhor mesmo disse, o senhor não leu nenhum dos dois livros."

"Não preciso comer um gato para saber que não apreciaria o gosto", ele respondeu. "Aliás, já que estamos falando nisso, talvez seja melhor você manter isso em segredo. Acho que as pessoas não precisam saber que você é parente dele. Não seria bom."

Uma centena de respostas passou pela minha cabeça, mas fiquei em silêncio.

"Escute, Odran", disse o arcebispo, inclinando-se para a frente, retomando um assunto que eu tinha dado por encerrado, mas que parecia ainda estar em sua mente, "eu sei que isso deve parecer um tanto inesperado. Mas já conversei com Tom e ele acredita que você é perfeito para o cargo. Tem total confiança em você. E eu também. E você, Odran, confiará em mim?"

"Claro que sim, vossa excelência", respondi. "Estou surpreso que Tom tenha me recomendado, só isso. Sem ter falado comigo antes."

"Mas por que não recomendaria?", ele perguntou, reclinando-se outra vez e sorrindo ao abrir as mãos em um gesto magnânimo. "Afinal, vocês são melhores amigos, não são, você e Satanás?"

* * *

A ideia de Tom Cardle como um homem que os meninos temiam ou odiavam era estranha para mim, especialmente quando eu pensava em quem ele tinha sido aos dezessete anos.

Naquela primeira noite, depois de desfazer as malas, descemos juntos ao amplo refeitório e jantamos lado a lado. Ainda me lembro: linguado frito com massa empanada cheia de rachaduras, um prato de batatas fritas e uma tigela de feijão no centro da mesa. Catorze moleques esfomeados passaram a tigela para lá e para cá e cobriram os pratos com feijão para disfarçar o gosto. Todos se animaram, com exceção de Tom, cuja cor voltara ao normal, mas que ainda parecia bravo e amedrontado em medidas iguais. Éramos todos desconhecidos, uma refeição entre estranhos. Nossas mães conversaram a sério com todos nós, disseram que tínhamos vocação, e por isso ali estávamos, prontos para dedicar nossas vidas a Deus. Era uma coisa ótima — ou pelo menos era o que pensávamos. Apenas Tom parecia infeliz.

Ficamos envergonhados com a presença um do outro quando voltamos ao quarto. Demos as costas para nos despir e vestir os pijamas e as luzes foram apagadas às nove, com o sol ainda espiando pela cortina fina. Fiquei ali deitado, as mãos sob a cabeça, olhando para o teto, pensando que aquele era o início da minha nova vida, e será que eu estava pronto?, perguntei a mim mesmo. Sim, respondi em silêncio. Pois havia fé dentro de mim, uma fé que me pareceu incompreensível em determinados momentos. Mas havia.

"Você tem irmãos ou irmãs?", perguntei ao quarto escuro quando o silêncio ficou insuportável.

"Nove", disse Tom.

"Bastante. Em que posição você está na ordem?"

"Por último", ele disse, e pensei ter ouvido sua voz engasgar um pouco. "Sou o mais novo. Por isso, devo ser padre. Duas das minhas irmãs já são freiras. E você?"

"Somos apenas eu e minha irmã", respondi. "Eu tinha um irmão, mas ele morreu."

"E você quer estar aqui?", ele perguntou.

"Claro", eu disse. "Tenho vocação."

"Quem disse?"

"Minha mãe."

"E como ela sabe?"

"Um dia ela teve uma epifania quando estava assistindo a *The Late Late Show*."

Ouvi um som estranho vir do outro lado do quarto, uma espécie de pigarro, quase uma risada. "Jesus, Odran", ele disse e arregalei os olhos. Um menino que conheci na escola tinha dito "Jesus" uma vez no meio de uma aula de geografia e levou umas cintadas por isso, dez vezes em cada mão. Nunca mais repetiu. "Você é um idiota."

"Não precisa se preocupar", eu disse, depois de um momento. "Aqui vai ser bom. Tenho certeza que vai."

"Você fica repetindo isso. Quem está tentando convencer, a mim ou a si mesmo?"

"Só estou tentando ajudar."

"Você é bem otimista, então, não é?"

"Você não acha que será feliz aqui?", perguntei.

"Não", ele respondeu, em tom amargo. "Não pertenço a este lugar. Não tenho nenhum motivo para estar aqui."

"Então por que veio?"

"Porque aqui estou mais seguro", ele disse baixinho, depois de uma pausa.

Foram suas últimas palavras naquela noite. Ele virou para uma parede e eu virei para a outra. Passei mais de uma hora acordado por causa do entusiasmo e da apreensão; por isso ouvi quando ele começou a chorar, um lamento baixo e abafado pelo travesseiro. Pensei em ir até ele, sentar na beirada da cama e dizer que ele não precisava se preocupar, que tudo ficaria bem. Mas, no fim, não fiz nada.

"Então estamos de acordo?", perguntou o arcebispo Cordington. "Você aceita?"

Suspirei, já resignado com o fato. "Se o senhor faz questão", respondi.

"Que bom", ele disse, colocando a mão pesada no meu joelho. "E, veja bem, não será para sempre, não precisa se preocupar. Só alguns anos. E então eu o mando de volta para sua escola. Prometo."

"É mesmo?", perguntei, cheio de esperança.

"Tem minha palavra de honra", ele disse, sorrindo. "Talvez nem demore tanto assim. É só até esclarecerem as coisas."

"Não entendi", respondi. "Até esclarecerem o quê?"

Ele hesitou. "O problema todo com as candidaturas", respondeu. "Em breve, mais rapazes devem vir para cá, sem dúvida. Então levaremos você de volta a Terenure, Odran. Faça isso por mim, cuide da paróquia de Tom, e, antes que perceba, devolveremos você ao lugar ao qual pertence. Bom", ele disse, levantando-se, "preciso mandá-lo embora agora, a não ser que queira estar aqui quando oito freiras chegarem para reclamar de instalações."

Eu ri. "Agradeço, mas não estou interessado", respondi.

"Pode agradecer a Tom Cardle", falou, dando as costas para mim ao se dirigir para a escrivaninha. "Tudo isso é por causa dele. Oh, aliás", ele acrescentou antes de eu sair, "como está sua irmã? Ele me disse que ela não anda bem."

"Já faz alguns anos que ela não está bem", respondi. "Fizemos o melhor possível para tomar conta dela em casa, mas parece que ela precisará de um asilo, um lugar com cuidados especializados."

"E o que há de errado com ela, se me permite a pergunta?"

"Demência precoce. Contratamos uma acompanhante terapêutica para cuidar dela em casa, mas já não é suficiente. Às vezes ela me reconhece quando eu a visito. Mas nem sempre."

"Talvez seja até melhor que ela não reconheça um filho como aquele", ele comentou com aspereza. "Com aquele monte de palavrões. E é bicha também, não é? Acho que li em algum lugar."

Fiquei aturdido, como se ele de repente tivesse cuspido no meu rosto, mas ele não estava olhando para mim e não parecia esperar resposta; já analisava a papelada na escrivaninha, preparando-se para o próximo compromisso. Não respondi nada. Simplesmente fui embora, fechando a porta, e segui pelo corredor. Oito freiras vieram na minha direção; quando passei, elas se separaram como o mar Vermelho e ficaram ali paradas, um coro de vozes dizendo "Boa tarde, padre" em harmonia perfeita.

Então era isso. Não recebi notícias do arcebispo por bastante tempo. Uma vez que a decisão fora tomada, ficou mantida, e era esperado que eu seguisse em frente, apesar de mais de um quarto de século da minha vida ter sido arrancado de debaixo dos meus pés.

1964

No começo éramos três, então nos tornamos quatro, depois cinco e, certo dia, sem nenhum aviso, voltamos a ser três.

Eu era o mais velho, sozinho em casa com minha mãe e meu pai por três anos, novo demais para valorizar o privilégio de tal posição. Pelo que consta, não fui um bebê difícil; dormia quando me mandavam dormir e comia o que fosse colocado à minha frente. Durante a infância, tive um problema de vista que provocou receio de que eu ficasse cego mais tarde, e fui levado a um especialista no hospital Holles Street. Mas a enfermidade, fosse qual fosse, deve ter se curado sozinha com o tempo, pois nenhuma dificuldade se desenvolveu quando fiquei mais velho.

Hannah chegou em 1958, uma presença birrenta e estridente, propensa a crises de choro que causavam discussões entre nossos pais; mamãe dizia que não conseguia lidar e papai fugia para o pub. O bebê se recusava a comer e tiveram consultas com outro médico, que disse que ela precisava comer ou morreria.

"E o senhor acha que eu não sei disso?", perguntou minha mãe, olhando à volta no consultório, com o ar de alguém em busca de ajuda que se dá conta de que pouca lhe será oferecida. Eu estava sentado num canto, observando sua frustração crescer. "Não sou uma completa idiota."

"A senhora já tentou engambelar sua filha, sra. Yates?", perguntou o médico.

"O que o senhor quer dizer, exatamente?"

"Sei que minha esposa muitas vezes engambelava nossos filhos para que eles comessem. Funcionava de maneira espantosa."

"O senhor pode me explicar o significado da palavra 'engambelar', doutor? E dizer de que maneira isso ajudaria?"

"Ora, é um termo antigo, não?", ele respondeu, sorrindo para ela. "Engambelar. Persuadir uma pessoa a fazer algo que ela está relutante de fazer."

"Hannah tem sete meses de vida", disse minha mãe. "Duvido que meus poderes de persuasão funcionem com ela. Até agora não funcionaram."

"Tente, sra. Yates", respondeu o médico, abrindo os braços como se os mistérios do universo pudessem estar contidos entre aquelas mãos. "Tente. Uma boa mãe continua tentando até conseguir."

Tal comentário provocou uma fúria silenciosa em minha mãe, mas ela estava intimidada demais pelo terno de três peças, pela casa na Darmouth Square, pelo emblema de bronze no portão e pelo preço de quarenta pence a consulta para contrariá-lo. Mas, assim como foi com meus olhos, os problemas de Hannah talvez tenham se corrigido com o tempo, ou ela ficou com fome demais para continuar a resistir à comida, pois por fim se acomodou em um padrão regular de alimentação. E a paz foi restaurada.

Eu não sabia o quanto queria um irmão mais novo até ser forçado a ter um, e amei Hannah desde o início. Ela parava de chorar quando eu entrava no quarto, olhando para mim com seus imensos olhos lacrimosos, e sua cabeça se virava devagar conforme eu cuidava dos afazeres, convencida de que, se desviasse o rosto, perderia alguma coisa importante. Ela chorava quando eu a deixava sozinha e batia palmas quando eu reaparecia.

Mamãe não tinha mais emprego; não lhe seria permitido. Antes de se casar com meu pai, trabalhara como aeromoça para a Aer Lingus, emprego que naqueles tempos era equivalente a ser uma estrela de cinema. Quando envelheceu, adorava contar histórias sobre o glamour que testemunhara quando jovem. Certa vez, servira almoço a Rita Hayworth em um voo de Bruxelas a Dublin; em outra ocasião, ajudou David Niven a ajustar um cinto de segurança defeituoso quando ele veio de Londres para a pré-estreia de um filme.

"A srta. Hayworth era linda", ela me contou. "Cabelos tão longos e ruivos. E muito educada. Ficou no assento com uma piteira entre os dedos e não se incomodou de dar autógrafos a qualquer um que a abordasse. Leu durante todo o voo, alternando entre uma edição da revista *Look* e um roteiro de filme. As opções eram carne ou frango e ela quis o frango. O sr. Niven estava mais bem vestido do que qualquer homem que eu já tinha visto, todo garboso, e falava cheio de pompa, como eles sempre falam. Mas era terrivelmente impaciente e não conseguia ficar parado no assento. E bebia feito um gambá."

Ela precisou desistir do emprego quando se casou, pois na época a Aer Lingus não manteria uma funcionária casada. A mãe dela, que eu não conheci, disse que ela era louca de abrir mão da alta sociedade por uma casa geminada em Churchtown, mas ela respondeu que era o que queria — e no fim das contas era o que as mulheres faziam naqueles tempos: iam para a escola, arranjavam um emprego, encontravam um marido, abriam mão do emprego e se dedicavam à vida doméstica para cuidar da família.

"O dia mais empolgante de todos", ela me disse uma vez, "foi quando eu estava passando pelo aeroporto Heathrow e vi a princesa Margaret em pessoa. Ela sacudia as mãos estendidas, como se pudesse dispersar a multidão com aquele gesto arrogante. Percebi, só de olhar para ela, que era a mulher mais rude da face da Terra, sem nenhum pingo de classe. Mas era a princesa Margaret mesmo assim e eu achei que tinha morrido e ido para o céu. Pena que eu não estava com a minha Box Brownie."

Ela conheceu meu pai em um baile perto da Parnell Square. Ele estava lá com amigos, vestido com seu melhor terno, lã listrada de preto e branco; o cabelo espesso e escuro besuntado de Brylcreem, com marcas de pente, como uma plantação recém-arada. Tinha um cigarro pendurado na lateral da boca; quando falava, o cigarro ficava grudado no lábio inferior, a cinza cada vez mais longa, mas sem cair até ele bater no cinzeiro. Ele a viu no mesmo instante em que ela o viu e foi direto até ela, interrompendo a conversa com os amigos no meio de uma frase.

"Você dança?", ele perguntou.

"É um convite?", ela disse, a resposta-padrão.

"Sim."

"Então vamos."

Ele a conduziu à pista de dança e em meio minuto ela sabia que tinha tirado a sorte grande, pois ali estava um sujeito que sabia o que fazer com os pés. Nada de rigidez, nada de estranheza, nenhum constrangimento sobre onde colocar os braços ou as mãos. Ele dançava com autoconfiança e, como ela também não se movimentava nada mal, os dois fizeram um belo número e as pessoas assistiram à dança com entusiasmo. Os homens cochicharam que era bonitinha aquela moça que Billy Yates segurava nos braços e as mulheres disseram você não acha que ele devia ter tirado o cigarro da boca antes de dançar, onde estava a educação dele?

"Você tem nome?"

"Faz anos que tenho. Gloria Cooper. E o seu?"

"William Yates."

"Como o poeta?"

"A grafia é diferente."

Mais tarde mamãe me contou que a primeira coisa que veio à cabeça foi: *Gloria Yates*. Ela achou bem sonoro.

"Eu já vi você aqui antes, Gloria Cooper?"

"Quer dizer que teria esquecido, se tivesse me visto?"

"Bem feito para mim. O que você faz quando não está dançando?"

"Sou aeromoça da Aer Lingus."

Ele parou por um momento e então a fez dar uma volta para vê-la melhor. "Aeromoça, é?", perguntou, impressionado. A maioria das moças com quem ele dançara naquela noite trabalhava em confeitarias ou estudava para ser professora. Uma delas dissera que viraria freira e seu cigarro quase caiu da boca. Outra afirmara que era patriarcal perguntar aquilo e ele respondera "ah, minha paciência", e se afastou com a lamúria de Frankie Laine cantando "Answer Me". "Como conseguiu um trabalho desses?"

"Me candidatei", respondeu minha mãe.

"Inteligente da sua parte, eu diria."

"E você? O que faz?"

"Sou ator."

"Já o vi em alguma coisa?"

"Você já assistiu *A um passo da eternidade*?"

"O filme?"

"Sim."

"Claro que vi. Em uma sessão no Adelphi."

"Bom, não estou nesse."

Ela riu. "Então em qual você está?"

"Em nenhum, por enquanto. Mas estarei, algum dia."

"E o que você faz enquanto isso, Burt Lancaster?"

"Estoquista da John Player no Merchants Quay."

"Então você consegue cigarros de graça?"

"Com desconto."

"Você sempre sabe o que responder."

"Precisamos ser assim, hoje em dia."

Isso foi tudo que minha mãe contou sobre o primeiro encontro, além de dizer que, quando ele perguntou se poderia ligar para ela na terça-feira seguinte, ela se sentiu orgulhosa ao responder que só estaria em casa depois das sete, pois o voo de Ciampino só aterrissaria às cinco, observação que o fez sorrir, depois gargalhar e então abanar a cabeça como se não soubesse direito com o que estava se envolvendo.

Em seis meses estavam noivos e logo trocaram votos na igreja do Santíssimo Sacramento, na Bachelor's Walk, antes de irem ao Central Hotel, em Exchequer Street, para um jantar no bufê, e mais tarde pegarem um táxi para o aeroporto, onde um voo a Paris os aguardava. Ela conhecia duas das aeromoças a bordo, mas a terceira era uma moça recém-contratada. Vê-la aprender os procedimentos, disse minha mãe, a encheu de uma tristeza avassaladora, como se tivesse se dado conta de que aquilo podia ter sido um erro terrível.

"A senhora sentiu falta de voar?", perguntei a ela certa vez, pois ela deixara a Irlanda em apenas uma ocasião pelo resto da vida, quando ela e Hannah vieram me visitar em Roma, em 1978.

"Claro que sim", ela respondeu, dando de ombros com ar arrependido. "Mas eu não sabia do que estava abrindo mão até não ter mais. A gente nunca sabe, não é?"

O pequeno Cathal chegou apenas dezoito meses depois de Hannah, quando eu já tinha quatro anos. Considerando o comportamento de minha mãe e de meu pai na época, hoje sei que ele foi uma surpresa para os dois, e não exatamente bem-vinda. Havia a hipoteca a ser paga e uma fábrica de cigarros não era a melhor escolha para quem quisesse ficar rico. Ainda assim, seguimos vivendo, nós cinco, por dois anos, até que papai decidiu sair da Player para investir em sua ambição como ator.

Ninguém sabe de onde isso veio. Não conheci os pais de meu pai, tampouco os de minha mãe, pois estavam todos mortos antes de eu fazer cinco anos, mas pessoas confiáveis me disseram que minha avó paterna era uma figura de destaque no Feis Ceoil, o festival de música, e talvez tenha sido esta a origem de seu anseio pelos holofotes. Quando menino, ele conseguiu, de alguma maneira, entrar no coro de algumas pantomimas de Natal no Gaiety Theatre; mais tarde, juntou-se a um grupo amador de teatro em Rathmines, e tal obsessão só piorou depois disso. Sem consultar minha mãe, ele entregou a carta de demissão ao sr. Benjamim, da Player — "Foi um prazer imenso", disse papai, "pois eu detestava trabalhar para um judeu" —, e se dedicou a audições profissionais enquanto trabalhava meio expediente em um pub em Dundrum, o que mamãe considerou um terrível retrocesso. Colocar pacotes de cigarro em caixas maiores e então em plataformas móveis para distribuição nas bancas de jornal e tabacarias da Irlanda era, aparentemente, uma função superior a servir canecas de Harp e Guinness na Eagle House três noites por semana.

"É só até eu conseguir um papel decente", disse papai, que ignorou todas as reclamações sobre falta de dinheiro para cuidar da casa com um gesto de menosprezo digno da princesa Margaret. "Quando eu conseguir, estaremos garantidos pelo resto da vida."

E então aconteceu uma coisa extraordinária. Ele foi indicado para o papel de Jovem Covey em uma montagem de

A charrua e as estrelas, no Abbey Theatre, que na época tinha se mudado para o Queen's, na Pearse Street, após um incêndio que destruiu o prédio original. Ele fez teste diante de Proinnsias MacDiarmada e de Seán O'Casey em pessoa, e deve ter feito uma interpretação decente, pois o convidaram para ser o substituto de Uinsionn O'Dubhláinn, muito popular naqueles tempos. Meu pai sentiu emoções conflitantes em relação à oferta; ficou orgulhoso pelo reconhecimento de seu talento, mas não gostava de ser peça sobressalente de ninguém. De qualquer maneira, a sorte estava ao seu lado, pois não é que ofereceram o papel de Laertes a O'Dubhláinn no Old Vic em Londres e ele fez a travessia sem nenhuma hesitação? MacDiarmada não teve escolha senão promover meu pai, de substituto a integrante do elenco. Aparentemente, O'Casey tinha reservas, mas não havia ninguém que pudesse assumir o papel em tão curto prazo.

"Chegou a hora", ele disse quando nos contou a novidade, esfregando as mãos de alegria. "E é apenas o começo. O papel de Jovem Covey é grande, é um daqueles que fazem você ser notado. Ir para o West End deve ser só uma questão de tempo. Ou até mesmo para a Broadway."

"Vejam só, é Laurence Olivier", disse minha mãe, servindo pratos de peixe e batatas para nós — agora que havia menos dinheiro entrando, carne vermelha se tornara um privilégio raro.

"Ah, pare com isso", respondeu meu pai, cujo entusiasmo não seria diminuído. "Você não fará piadas quando se tornar a esposa do ator mais famoso da Irlanda."

Eoin O'Súilleabháin e Caitlín Ní Bhearáin faziam os papéis principais de Jack e Nora Clitheroe, e, durante semanas, tudo que ouvimos foi "Eoin isso" e "Caitlín aquilo" conforme ele voltava para casa fedendo a bebida e contando histórias sobre o que acontecia nos bastidores para um público cada vez menos apreciativo.

"O que a bebida tem a ver com você ensaiar seu papel?", perguntou mamãe.

"Você não entenderia, Gloria", ele disse. "Precisamos ir ao pub depois dos ensaios para liberar um pouco da energia que se acumula quando se está no palco. É o que os atores fazem."

"É o que os bêbados fazem", ela respondeu. "Logo você, com família."

"Ah, fique quieta, mulher."

"Não vou ficar quieta. Preciso voltar para a Aer Lingus, é isso?"

"Eles com certeza não a aceitariam de volta", ele riu.

"Aceitariam se eu fosse solteira. Posso dizer que você me largou."

O que o assustou, claro, e ele ameaçou ligar para o padre, e quando ela disse que ele estava blefando, ele respondeu que era ela quem estava blefando e, antes que a noite acabasse, ali estava padre Haughton, um homem austero com o rosto parecido com aquelas estátuas da ilha de Páscoa, sentado na sala enquanto Hannah, Cathal e eu ouvíamos através da porta e imaginávamos mamãe e papai lado a lado, um mais constrangido que o outro pelo rumo que aquela discussão tinha tomado.

"Gloria, você não reconhece as necessidades do seu marido?", perguntou padre Haughton, com voz sedosa. "É uma grande chance para ele. Quantos de nós temos a oportunidade de visitar o National Theatre, e ainda mais de se apresentar em seu palco?"

"Não é a atuação que me incomoda, padre, é a bebida", disse mamãe. "Já temos pouco dinheiro entrando, e gastar em cerveja quando tenho cinco barrigas para alimentar nesta casa…"

"Baixe a voz, Gloria, por favor", interrompeu padre

Haughton. "Sou um homem paciente, mas tenho pouca tolerância para mulheres histéricas."

Minha mãe ficou em silêncio por vários minutos depois disso e, quando falou, foi em tom reprimido.

"William, você tentará voltar para a sua família um pouco mais cedo, não é?", perguntou o padre.

"Sim, padre. Farei o possível. Não posso prometer nada, mas farei o melhor possível."

"E eu não peço que você prometa, mas estar disposto a tentar é o que conta. E você, Gloria, será menos insistente com seu marido, sim?"

"Vou tentar."

"Prometa que sim, Gloria."

"Sim, padre."

"Muito bem, garota. Nenhum homem quer voltar para casa e encontrar uma esposa irritante. Mantenha o controle e o jantar quente e não haverá nenhum problema nesta casa, que Deus abençoe todos sob este teto."

Ficou assim por um tempo. Papai foi autorizado a fazer o que bem entendesse e mamãe não teve escolha senão aguentar. Meu pai merece certo reconhecimento por ter se esforçado a ajudar em casa, pelo menos durante um período, mas a bebida ainda fluía várias noites por semana, e a menção a nomes tornou-se indecorosa.

Eu era provavelmente novo demais para gostar da peça — tinha apenas nove anos na época —, mas mamãe me levou para assistir *A charrua e as estrelas* na noite de estreia, deixando Hannah e Cathal aos cuidados da sra. Rathley, nossa vizinha. Apesar da minha juventude, percebi que sem sombra de dúvida meu pai era o pior ator no palco. Ele bradava quando devia estar falando e vinha para a boca de cena quando era óbvio que devia estar ao fundo, olhando para a pessoa com quem dialogava. Confundiu-se com as falas no início do terceiro ato, quando ele e tio Peter trazem notícias da Revolução para Bessie Burgess e ela prevê a derrota dos rebeldes no GPO. E estou convencido até hoje que, no meio de sua discussão com Fluther, ele me viu na quarta fileira e deu uma piscadela, gesto inesperado que fez Philib O'Floinn repetir uma fala e tropeçar em todo o restante da cena.

Quando a peça finalmente terminou e o elenco subiu ao palco um a um para agradecer ao público, os aplausos que ele recebeu foram brandos, para dizer o mínimo, e um grupo no fundo do auditório chegou a vaiar. Pelo que consta, O'Casey o repreendeu na festa do elenco, o que levou meu pai a dizer que o dramaturgo tinha tantos modos quanto um porco no chiqueiro. Mas na manhã seguinte o crítico do *Evening Press* o dizimou em sua resenha, afirmando que também incendiaria o Queen's se visse uma performance como aquela no National Theatre outra vez. Alguns dias depois, MacDiarmada substituiu meu pai e, como se não fosse ruim o suficiente, a situação ficaria ainda pior. Meu pai passou a primeira metade da apresentação da noite seguinte em exílio no Stag's Head, alternando entre canecas de Guinness e copos de uísque, antes de voltar à Pearse Street, entrar pela passagem de serviço e, bêbado e com suas roupas corriqueiras, subir no palco em pleno terceiro ato, onde socou seu substituto, levando ao momento farsesco de dois Jovens Coveys brigando em cena e precisando ser separados pela sra. Gogan e Mollser, enquanto o público coçava a cabeça e se perguntava se aquilo era uma cena nova, incluída para efeito cômico.

O que disse Yeats sobre o tumulto provocado na primeira montagem daquela peça, há mais de trinta anos? "Vocês desonraram a si mesmos outra vez!" Alguma coisa nessa linha. Mas foi para o público, não para o elenco. Ele decerto nunca teria imaginado que seria necessário falar assim com os atores. Não tenho ideia do que pensou O'Casey, mas imagino que não tenha sido bonito.

Meu pai nunca mais pôs os pés no palco. Sóbrio, tentou se desculpar com MacDiarmada, que se recusou a vê-lo. Ele foi à casa de O'Casey, na North Circular Road, mas não deram a mínima. Escreveu um mea-culpa ao *Evening Press*, e a resposta foi que ele não passava de motivo de escárnio e que não envolveriam suas páginas na discussão publicando o texto. Uma semana depois, ele recebeu uma carta informando que estava banido para o resto da vida do Abbey Theatre e, quando tentou deixar tudo isso para trás e começou a ir às audições abertas para outras peças em Dublin, foi recebido na porta por produtores que disseram que o inferno congelaria antes de eles arriscarem seus investimentos em um homem com aquela reputação.

"O problema não é que você tenha dado um tremendo vexame, brigando no palco bêbado", disse um deles no golpe de misericórdia. "Com isso eu conseguiria lidar. O problema é que você é o pior ator que já teve a improvável oportunidade de pisar num teatro. Você não tem nenhum talento. Não percebe isso?"

"Por que você não volta para a Player?", minha mãe perguntou após algum tempo, pois estávamos ficando cada vez mais sem dinheiro. "Temos que comprar a roupa da primeira comunhão de Odran, Hannah precisa de sapatos novos e tudo que tento vestir em Cathal está ficando pequeno."

"Isso é tudo culpa sua", ele grunhiu, sentando-se na poltrona, bebendo — e isso era novidade, pois antes ele sempre restringiu a bebida aos pubs.

"Como pode ser culpa minha, William Yates?", ela perguntou, os nervos quase transbordando.

"Você nunca me apoiou."

"Foi o que mais fiz."

"Que tipo de esposa você é, hein? Fiz uma péssima escolha."

"Que vergonha, na frente das crianças", ela disse, chocada com a profundidade daquela fúria.

"São minhas mesmo? Ou estou casado com uma prostituta?"

Isso a fez correr para o andar de cima, o rosto cheio de lágrimas, enquanto o restante de nós ficou chorando no sofá.

Ele não permitia televisão em casa, mesmo que todos os vizinhos tivessem, porque dizia que os atores nos programas eram todos sujeitos que não conseguiram papéis no palco ou no cinema. Dizia que preferia pedir esmola a trabalhar na televisão, mas sei que não era verdade, pois ele tinha escrito para a RTÉ pedindo um papel em *Tolka Row* e nem sequer recebeu resposta.

No fim, ele não teve escolha, pois precisava de dinheiro para sua própria comida e bebida, e foi se arrastando, chapéu na mão, ao sr. Benjamin, que concordou em dar-lhe um emprego, mas com salário menor, como um mero aprendiz. Os outros funcionários ficaram satisfeitos com sua decadência, claro, pois tinha sido com gosto que ele dissera adeus a todos. Papai nunca se defendeu, mas guardou dentro de si. Guardou tudo dentro de si.

Cinco se tornaram três mais tarde naquele ano, nos últimos dias do verão de 1964.

Meu pai ainda bebia muito e ele e mamãe brigavam o tempo todo por causa de dinheiro. Qual era o sentido de receber salário se tudo acabaria na caixa registradora do Davy Byrne's ou urinado em um mictório no Mulligan's, na Poolbeg Street? Mamãe era dura com ele, isso é inegável, e ele parou de tentar se defender. Talvez tenha perdido a capacidade de brigar.

Foi mamãe quem organizou a Grande Surpresa, férias de uma semana no vilarejo de Blackwater, condado de Wexford, pagas com dinheiro que ela vinha separando com tal finalidade. Alugamos o chalé de uma viúva chamada sra. Hardy, que vivia em um bangalô vizinho com seu filho, um menino estranho de fala enigmática que, hoje me dou conta, devia ser um tanto amalucado, e três *spaniel*, um mais irritante que o outro.

Hannah, Cathal e eu não conseguíamos acreditar na própria sorte ao embarcar em um trem que ia da estação Connolly e passava por Bray e Glendalough, seguia para Arklow, Gorey e então Enniscorthy, até chegar a Wexford, onde pegamos uma carruagem de duas rodas, nós cinco e as malas, para aquele lugar mitológico, nosso lar durante as férias. Eram acomodações sem nenhum luxo, se bem me lembro, mas transbordávamos de entusiasmo, especialmente pelo fato de haver campos para correr, cães para perseguir e galinhas para alimentar todos os dias no quintal da sra. Hardy.

"Os cachorros nunca querem comer as galinhas?", perguntei certa tarde à sra. Hardy, e ela fez que não.

"Eles sabem o que aconteceria se comessem", ela respondeu, e não tive dúvidas de que era uma mulher de temperamento forte.

Havia dois quartos no chalé; mamãe e papai ficaram com o menor, com a cama de casal, enquanto nós três ficamos no maior, com duas camas de solteiro paralelas nos cantos, Hannah em uma e eu e Cathal dividindo a outra, sem nenhum incômodo pelo aperto, dando risadinhas por achar tudo aquilo muito divertido, chutando um ao outro com os pés descalços. Na época, pensei que nunca tinha sido tão feliz.

Durante o dia, brincávamos nos campos ou pegávamos um táxi do vilarejo para ir a Courtown e passar a tarde nos dois parques de diversão, pilotando os carrinhos bate-bate, descendo pelo tobogã e desperdiçando nossos centavos nos caça-níqueis. Eu estava apaixonado por quadrinhos e foi uma escolha difícil entre os almanaques de férias *The Beano*, com Denis, o Pimentinha e The Bash Street Kids, e *The Beezer*, com Banana Bunch e Colonel Blink. Comíamos algodão-doce e comprávamos brinquedos infláveis. Certa tarde, papai me levou para ver *Drácula* em um cinema do vilarejo e derrubei um saco de pipocas na gente quando comecei a gritar por causa do vampiro; precisei ser arrastado para fora do cinema e para a claridade do dia até conseguir me acalmar. Em outros dias, a família toda fazia o trajeto para a praia Curracloe, papai com uma cesta de piquenique nas mãos, e entrávamos e saíamos correndo do mar, construíamos castelos e fossos e mais tarde sentávamos cheios de areia para comer sanduíches de queijo Calvita, sacos de batata frita Tayto sabor queijo com cebola e latinhas quentes de Fanta e Cidona, com a sensação de que os deuses tinham descido do paraíso.

Será que vi Tom Cardle na praia num daqueles dias?, me pergunto. Havia famílias por toda a parte e a fazenda de Tom não era longe de onde escalamos a duna para ver pela primeira vez a água azul, resplandecendo como um arco-íris terrestre à nossa frente. Estaria ele ali, aquele décimo filho, cujo destino foi escrito atrás de uma Bíblia no nascimento e que nunca saberia o que é amar outro ser humano? Será que fizemos piadas juntos quando me juntei a um grupo de meninos do vilarejo que jogavam bola na praia? É possível que tenhamos inocência compartilhada em algum ponto do passado? Sim, claro que sim. Mas que diferença faz agora? Foi tudo levado pela maré.

A discussão que destruiu a vida da minha família aconteceu em nossa quinta noite em Wexford. Hannah e eu tentávamos ensinar Cathal a jogar Ludo, apesar de que tudo o que ele queria era correr atrás de um dos *spaniel* da sra. Hardy que se aproximara para ver se havia alguma novidade, quando mamãe fez o inócuo comentário de que aquelas férias eram justamente o que ela precisava. "Devíamos fazer isso todo ano", ela acrescentou.

"Férias custam dinheiro", disse papai.

"Bebida também."

"Ah, por que você não vai se foder de uma vez, sua puta velha?"

Nós três olhamos para ele, surpresos. Mesmo com toda a fúria acumulada dentro de si, de alguma maneira papai havia parado de expressá-la em voz alta e, mesmo quando o fazia, quase nunca usava linguajar como aquele. Não que tivesse desistido de se defender; em vez disso, parecia que, sempre que mamãe o criticava, ele afundava um pouco mais em si mesmo, às vezes ficando introspectivo por dias. Era uma vítima da depressão, percebo agora, em retrospecto. Sua vida não era a que ele esperava que fosse.

Meu pai e minha mãe trocaram ofensas, palavras difíceis de relatar e ainda mais difíceis de esquecer. Mamãe teve a frieza de citar literalmente as palavras do crítico que ameaçara provocar um incêndio se houvesse a menor chance de William Yates reaparecer nos palcos. Papai perguntou o que ela sabia sobre o mundo do teatro, se não passava de uma nulidade prepotente que vira uma oportunidade e se aproveitara dela.

"Minha oportunidade?", ela rugiu. "Eu já tinha encontrado minha oportunidade, mas fui cega demais para ver! A essa altura, eu seria uma aeromoça intercontinental! Eu seria *presidente* da Aer Lingus! E não o seu capacho."

"Era tudo que eu queria!", ele gritou, encolhendo-se na cadeira, a fúria e o ódio se transformando em amarga autopiedade e recriminação; ele enterrou o rosto nas mãos, o nariz escorrendo, e eu e o pequeno Cathal começamos a chorar por ver o tamanho da sua dor, enquanto Hannah simplesmente empalideceu e observou, a língua para fora da boca por causa do choque. "E você roubou de mim", ele acrescentou, olhando em volta para todos nós. "Vocês todos roubaram de mim."

"Não roubamos nada!", gritou minha mãe, que chegara ao limite. Ela pegou uma panela pesada e a bateu repetidas vezes na mesa de madeira, furiosa, fazendo um som horrível que forçou Cathal a cobrir as orelhas e Hannah a fugir da sala, assustada. "Não roubamos nada de você, seu miserável. Você é miserável, inútil, patético e infeliz como homem, marido e pai. Não roubamos nada de você!"

"Você roubou o que eu amava!", ele retrucou, movimentando-se para a frente e para trás. "Roubou a única coisa que eu amava. E se eu roubasse de você alguma coisa que você ama? Você gostaria disso?"

"Roube!", ela vociferou, agora jogando a panela para longe, que caiu ruidosamente enquanto ela ia para o quarto, furiosa. "Roube tudo, William Yates. Não dou mais a mínima para nada disso!"

O pequeno Cathal foi dormir com minha mãe naquela noite, enquanto papai ficou ao meu lado na cama. Não houve risadinhas nem chutes de pés descalços. Em vez disso, fiquei ali, ansioso e desperto enquanto ouvia um som que me amedrontou e repugnou na mesma medida: meu pai, um homem adulto, murmurando incoerências com o rosto afundado no travesseiro, como um louco. Anos mais tarde, eu ouviria algo parecido vir da cama de Tom Cardle na nossa primeira noite no Clonliffe College.

Não sei que horas acordei na manhã seguinte, mas quando fui para a sala já era dia e, para minha surpresa, meu pai estava ali, com ótimo humor, transbordando de alegria, preparando meu cereal Alpen na tigela vermelha semitransparente que eu adorava — Alpen era um mimo especial dos feriados, nunca permitido em casa. Mamãe estava sentada com um livro em uma cadeira de praia no jardim, longe dele. Ela lia *The Country Girls*, apenas para provocar, pois sabia que ver a bela moça na capa do livro fazia meu pobre pai se distrair. Ele disse que minha mãe tinha opiniões demais e que devia ter sido repreendida havia muito tempo.

"Aí está você, filho", ele disse, sorrindo para mim como se nenhum dos incidentes da noite anterior tivesse acontecido. "Dormiu bem?"

"Na verdade, não."

"Não? Foi por consciência culpada?"

Olhei para ele. Eu não soube como responder àquilo.

"Vou nadar daqui a pouco", ele me disse em seguida. "Quer ir à praia comigo?"

Eu não queria, e foi o que disse.

"Ah, claro que você vem", disse papai. "Vamos nos divertir muito, só nós dois."

Mas fiz que não e respondi que estava cansado demais. Na verdade, depois do trauma da noite anterior, pensar em me arrastar até a praia Curracloe e mergulhar nas ondas frias era, pela primeira vez, uma perspectiva pouco atraente. Eu ainda o via movimentando-se para a frente e para trás, culpando a todos nós por seus fracassos; eu ainda ouvia o som de mamãe batendo aquela panela na mesa. Eu não queria nada com nenhum dos dois.

"Tem certeza?", ele perguntou, agora à minha frente, as mãos em meus ombros. "Não vou pedir de novo."

"Tenho certeza", eu disse e ele pareceu um pouco decepcionado quando deu as costas para mim e se virou na direção do menino de quatro anos brincando no canto. "Então precisa ser você, Cathal", ele disse. "Vá buscar sua roupa."

E, como um cão que nunca recusa um passeio, meu irmão mais novo largou o que estava fazendo e correu para o quarto a fim de se trocar para a praia, saltitando de volta com um balde e uma pá em mãos.

"Você não precisará disso", disse meu pai, tirando os objetos dele e os deixando no chão. "Vamos nadar, só isso. Só nós dois. Nada de brincadeiras."

Alguns minutos depois a dupla partiu, antes mesmo de Hannah ter acordado, e observei enquanto eles desciam pelo caminho e viraram à esquerda, desaparecendo atrás das árvores na direção da Curracloe, e não pensei mais no assunto; em vez disso, perguntei a mim mesmo se o burro no campo vizinho estava solto para o passeio matinal e, se estivesse, será que ele me acharia o menino mais legal do mundo se eu levasse alguns torrões de açúcar para o seu café da manhã, e talvez uma maçã, se eu conseguisse encontrar?

Lembro que foi um Garda com sotaque do condado de Mayo que chegou, duas horas depois, com a notícia. Ele devia estar baseado em Wexford porque sempre os mandam para um condado que não é o deles — onde não conhecem as pessoas que precisarão prender ou a quem terão de dar más notícias. Eu estava correndo pelo jardim; mamãe preparava um almoço tardio na cozinha. Ela saiu para a varanda quando viu a patrulha do Garda se aproximar e parar.

"Odran, vá para dentro", ela disse ao sair, o pano de prato ainda em mãos; olhei para ela, mas não me mexi, e ela não pediu duas vezes. "O senhor está perdido, Garda?", ela perguntou, com um sorriso largo, como se aquilo fosse uma grande piada.

"Ah, não", ele respondeu, dando de ombros e olhando em torno com uma expressão no rosto que dizia que ele preferiria estar em qualquer outro lugar do mundo em vez daquele jardim. Lembro-me de pensar que ele se parecia com John Wayne. "Belo dia, não acha?"

"Concordo", disse mamãe. "O senhor acha que vai chover mais tarde?"

"Pode ficar bem instável", disse o Garda, olhando para mim por um momento e franzindo as sobrancelhas, a testa enrugando bastante.

"De onde é o seu sotaque?", perguntou minha mãe e, mesmo na minha infantilidade, pensei que aquela era uma conversa estranha entre os dois. Os Gardaí não apareciam para jogar conversa fora. Eles decerto tinham coisas mais importantes para fazer.

"Westport", ele respondeu.

"Conheço uma moça de Westport", comentou minha mãe. "Ela trabalhava comigo na Aer Lingus. Sentia medo de altura, por isso nunca olhava pelas janelas dos aviões. Nunca entendi por que havia se candidatado para trabalhar lá."

O Garda riu, mas pareceu mudar de ideia e começou a tossir. "A senhora é a sra. Yates?", perguntou.

"Sim."

"Podemos entrar e conversar por um minuto?"

Olhei para minha mãe e a vi fechar os olhos pelo que pareceu muito tempo. Até hoje acredito que se passou quase meio minuto antes que ela os abrisse outra vez e concordasse, dando meia-volta e abrindo a porta para convidar o Garda a entrar. Eu juraria que ela envelheceu uma década naqueles trinta segundos.

O que se sabe é o seguinte: uma família que visitava a praia Curracloe, um casal com meninos gêmeos, estava montando uma barreira de vento quando viu William Yates e Cathal nas ondas, aparentemente se divertindo muito, nadando com alegria. A mãe disse ter achado que o menino era novo demais para estar tão longe e o pai suspeitou que eles estavam em perigo, então se jogou na água para ajudar. Mas não era um bom nadador e logo começou a ter dificuldades com as ondas, e depois disse que o homem parecia estar tentando afogar o menino, pois o afundava pela cabeça e, toda vez que o pequeno tentava subir para respirar, o homem o empurrava para baixo outra vez, e o segurou sob a superfície até que ele não tentou mais subir. Ele então se afastou, distanciou-se da praia, seguindo para o oceano, mais longe do que qualquer pessoa sensata nadaria, e o menino boiou até a areia, o rosto para baixo, os braços esticados. O pai que estava na praia o arrastou para fora da água, mas não havia nada a ser feito para salvá-lo; o pequeno Cathal tinha se afogado. Duas horas depois, quando o corpo de papai voltou para a praia com a maré, metade dos Gardaí locais estavam ali, e também uma ambulância do vilarejo de Wexford, e o que mais poderia ser feito senão levá-los para o hospital de Courtown — onde o algodão-doce ainda estava em promoção nas ruas, onde os carrinhos bate-bate ainda trombavam uns nos outros sob o sol vespertino —, redigir os certificados de óbito e chamar o agente funerário?

E o que não se sabe é o seguinte: o que aconteceu no mar? Foi o suicídio do meu pai? Deprimido, rejeitado pelo mundo, embrulhando cigarros na fábrica da Player no Merchants Quay, quando preferiria ai-de-ti-pobre-Yorickar no palco do Abbey ou orientar Eliza Doolittle em suas aulas de dicção no Theatre Royal em Drury Lane. Foi suicídio?, eu pergunto. Sim, agora tenho certeza de que foi. E foi assassinato? Sim para essa pergunta também. Mas por que ele escolheu levar um dos próprios filhos consigo? Primeiro eu, que recusei a oferta, e então o pequeno Cathal. Por que quis levar um de nós consigo? Qual o sentido? De que adiantaria? Isso apagaria as palavras do crítico do *Evening Press* ou daria acesso à casa de Seán O'Casey na North Circular Road? Colocaria meu pai diante de Caitlín Ní Bhearáin ou de Elizabeth Taylor, que olhariam em seus olhos ao contracenar com ele?

Pensei nesse assunto centenas, milhares, milhões de vezes ao longo dos anos desde então e respondi, em minha mente, que aquele homem, meu pai, não estava bem da cabeça na época, que estava doente e fez algo que nunca teria cogitado fazer se o mundo o tivesse tratado com um pouco mais de benevolência. "E se eu roubasse de você alguma coisa que você ama? Você gostaria disso?", ele perguntara à minha mãe na noite anterior. Somente um homem tomado pelo sofrimento, que perdera o juízo, pensaria em tal plano. Prefiro acreditar nisso, pois imaginar outras possibilidades abriria um oceano de mágoa que me engoliria com a mesma facilidade com que o mar da Irlanda engoliu meu irmão mais novo.

Que mundo é este em que vivemos, quanto mal causamos às crianças.

Imagino o pequeno Cathal se debatendo no mar, sentindo o fundo arenoso desaparecer sob seus pés, agonizando conforme as mãos de seu pai o empurravam para baixo, querendo saber se era algum tipo de brincadeira nova, apavorado, mas obediente, confiando que aquilo que estava acontecendo era para acontecer mesmo, mas então percebendo que não, aquilo era estranho, aquilo era algo ao qual ele não sobreviveria, aquele era o momento de sua morte e ele nunca mais poderia brincar com os *spaniel* da sra. Hardy, e penso na água invadindo seus pulmões e na tontura que ele teria sentido ao tentar recuperar o fôlego, dizem que afogamento é um jeito sem dor de partir, mas por que eu deveria acreditar nisso, se ninguém que sucumbiu a tal fim voltou para contar a história, e imagino que meu pai tenha recuperado o juízo quando viu seu filho mais novo desistir de lutar, o corpo ficar lânguido, e se deu conta da coisa terrível que tinha feito, e o que mais poderia fazer além de dar largas braçadas na direção do horizonte, sabendo que era apenas uma questão de tempo até seus braços cederem e seu fôlego acabar e suas pernas pararem de bater e ele afundar sob a superfície, onde talvez encontrasse, enfim, paz.

É no que acredito, pelo menos. Não tenho como saber.

Começamos em três, então nos tornamos quatro e depois cinco, até que um dia, sem aviso, éramos três outra vez.

Voltamos para casa em Dublin e minha mãe não era mais uma mulher casada, e sim uma viúva, e a perda do filho mais novo a transformou de um modo que eu nunca imaginaria. Ela se voltou para Deus, e n'Ele esperou encontrar seu alívio e conforto. Começou a levar Hannah e eu à missa na igreja do Bom Pastor bem cedo todas as manhãs, antes da escola — no passado, sentávamos naqueles bancos apenas para a missa das dez no domingo, famosa por ser curta — e nos fazia rezar pelo pequeno Cathal, mas nunca por nosso pai. Depois do enterro, ela nunca mais mencionou o nome dele. À noite, quando o ângelus aparecia na televisão, ela ordenava que Hannah e eu ficássemos de joelhos e rezássemos todas as cinco dezenas do rosário e a salve-rainha, o que tentávamos fazer sem rir, mas, Deus nos perdoe, às vezes era difícil. Ela me levou para visitar o padre Haughton e disse que eu tinha expressado interesse em me tornar coroinha, o que nunca fiz na vida, e logo estavam tirando minhas medidas para minha sobrepeliz e batina. Estátuas da Nossa Senhora foram espalhadas pela casa. Imagens do Sagrado Coração, que eu costumava chamar de Assombrado Coração até levar um tapa na orelha por minha insolência, foram penduradas nas paredes. A sra. Rathley, nossa vizinha, foi a Lourdes para começar um tratamento e nos trouxe uma garrafa de plástico transparente com o formato de Jesus na cruz cheia de água benta, e assim tivemos que nos benzer todas as manhãs e todas as noites, quando acordávamos ou íamos dormir, e pedíamos a Deus que tomasse conta do pequeno Cathal e o mantivesse a salvo e acolhido até que pudéssemos nos juntar a ele. Nossa casa, até então excepcionalmente secular para a época, tornou-se uma casa religiosa, e foi no meu aniversário de dez anos que ela entrou correndo no meu quarto no meio da madrugada e acendeu a luz, me arrancando dos meus sonhos esquisitos, e olhou para mim com uma expressão maravilhada no rosto antes de declarar que acabara de ter uma grande epifania pela qual todos deveríamos ser gratos. Viera enquanto ela assistia *The Late Late Show*, me disse, e então ela levantara com um salto e subira os degraus correndo para me acordar e olhar em meus olhos, e agora que tinha feito isso, sabia que estava certa. Podia ver em meu rosto. Sabia pela maneira como eu estava em seus braços.

"Você tem uma vocação, Odran", ela me informou. "Você tem uma vocação para ser padre."

E pensei que, se ela afirmava aquilo, devia estar certa. Pois afinal fui criado assim, não é? Para acreditar em tudo que minha mãe dizia?

1980

À primeira vista, o trem parecia lotado e senti o coração pesaroso ao pensar que talvez precisasse ficar em pé por duas horas e meia durante o trajeto para o sul, na direção de Kildare, e então de volta ao norte, até Athlone, antes de seguir para a estação Galway.

Eu estava cansado; havia voltado da Noruega na tarde anterior, após uma semana exaustiva dedicada ao casamento de Hannah com Kristian Ramsfjeld. Eu devia ter cancelado aquela viagem de um extremo ao outro do país, mas pegar o telefone e dar minhas desculpas pareceu exigir mais esforço do que simplesmente ir. Por isso, tirei minhas roupas da mala e as substituí por outras antes de dormir um sono inquieto e seguir, de manhã, para a estação Heuston, a fim de pegar o trem para o oeste.

Eu tinha ido sozinho à Noruega; mamãe se recusara a dar qualquer apoio, pois Kristian não era católico, e sim luterano, como a maioria de seus conterrâneos — o que para minha mãe era quase satanismo. Mas essa não era sua única restrição; além disso, era seu desejo que a filha se juntasse às freiras em Loreto Abbey, Rathfarnham, insistindo que ela, assim como eu, tinha uma vocação. Hannah se recusara, rindo da ideia, o que levou a discussões ruidosas em casa; quando o nome de nosso falecido Cathal era usado, minha mãe ficava ainda mais determinada a fazê-la entrar na linha.

"A senhora já não conseguiu o que queria com o pobre Odran?", rugiu Hannah quando fiz uma visita certa tarde para mediar uma trégua entre as duas. "Ele já não está jogando a vida fora por ter medo demais de enfrentar a senhora?"

"Ah, não diga isso", intervim, magoado, pois o que Hannah se recusava a reconhecer na época — e nunca chegou a aceitar por completo — é que, por mais que minha mãe tivesse me conduzido por um caminho que ela mesma criara, era um caminho para o qual eu me descobriria perfeitamente adequado.

"Uma meretriz, é isso que você é", gritou minha mãe, capaz de alcançar altíssimos decibéis. "Abrindo as pernas para todos que aparecem!"

"E por que não abriria?", perguntou Hannah, as mãos nos quadris. "Se você tem, ofereça! E sem dúvida eu tenho!"

"Odran, faça sua irmã enxergar o bom senso", pediu minha mãe, apelando para mim — mas o que eu poderia fazer, se minha irmã já admitira para mim que preferiria morrer a virar freira e também não frequentava mais a missa? Em vez disso, na manhã de domingo ela saía de casa para pegar um ônibus rumo ao cinema na cidade.

Hannah e Kristian se conheceram no Bank of Ireland em College Green, onde ela fazia treinamento para caixa no departamento de câmbio, passando metade do dia convertendo libras irlandesas em dólares ou esterlinas para jovens que trocavam suas míseras economias a fim de tentar a sorte no exterior, onde, diziam os boatos, empregos existiam — Deus era testemunha de que havia pouquíssimo disso na Irlanda da época. Kristian viera estudar filosofia no Trinity College e passava no banco todos os dias, na hora do almoço, com duas centenas de coroas norueguesas para trocar.

"Não quer trocar todas de uma vez?", Hannah perguntou, na quarta visita em quatro dias. "Não percebe que está pagando taxas toda vez?"

"Mas assim eu não teria a chance de ver você todos os dias", ele respondeu, sorrindo para ela, e mais tarde ela me contou que sentiu a sala girar ao se dar conta de que havia um rapaz que gostava dela, um rapaz atraente e autoconfiante, com cabelo loiro claro, pele alva e um estilo de roupas muito mais bonito que o dos jovens irlandeses.

"E ele não quer me levar só ao Bad Ass Café o tempo todo", ela acrescentou. "Vamos a peças e concertos e, na semana passada, ele me levou à National Gallery para uma exposição de pinturas nórdicas. E não estava fingindo, Odran, ele sabia tudo sobre o assunto."

Eles namoraram por um ano e então houve uma tarde em que minha mãe deu o braço a torcer e convidou-os para um jantar. No entanto, uma discussão começou em algum momento entre a fatia de melão com cereja em calda e o assado de carneiro. Kristian se recusou a brigar, pois era um rapaz calmo e sensato, mas isso fez com que minha mãe fosse ainda mais agressiva; depois disso, ele não foi mais bem-vindo na casa, fato que não o preocupou nem um pouco. Eu não testemunhei — ainda morava em Roma, na época —, mas suponho que religião tenha sido a questão, como acontece tantas vezes na Irlanda.

O casamento foi na cidade de Lillehammer, duas horas ao norte de Oslo, onde Kristian passara a infância, e foi prestigiado por sua imensa família, dezenas de Ramsfjeld carinhosos e alegres, cada um com um nome mais difícil de soletrar ou pronunciar que o outro. Traços e símbolos de *ångstroms* cortavam ou se apoiavam sobre as vogais, dividindo seus "o's" em dois e coroando seus "as". A justaposição de "jotas" e "cás" em seus nomes tornava difícil a pronúncia e sempre provocava risos e correções por parte dos primos de Kristian, mesmo que, para meus ouvidos, o que eles diziam e o que eu dizia fossem idênticos. Seu pai, assim como o meu e o de Hannah, estava morto. Por uma coincidência cruel, também se afogara, no lago Mjøsa, mas não levara ninguém consigo e fora vítima de um acidente, nada mais. Ele e a mãe de Kristian tinham se divorciado cerca de quatro anos antes disso, e Beate Ramsfjeld se casara outra vez, com um homem que, ao que tudo indicava, tinha boas chances de ganhar o prêmio Nobel de química. Quando tal fato foi revelado à minha mãe, ela disse que a mãe de Kristian vivia em pecado, pois Deus não dissolvera a união com o marido e ela não recebera o novo sacramento depois da sua morte. Era um assunto complicado, sem dúvida, algo que eu não tinha a mínima vontade de debater com ela.

Hannah não se importou que nossa mãe não pegasse o voo de Dublin para Oslo, mas lamentei quando entendi a experiência maravilhosa que ela perderia: a jornada rumo ao norte, repleta de risadas com um tio e dois primos jovens de Kristian; a bela igreja no coração do Søndre Park, parecida com um desenho animado de Walt Disney; a visita ao Maihaugen, as caminhadas pelo campo nos arredores da própria cidade. Minha irmã pareceu aliviada com a ausência da mãe, mas eu desejei não ter viajado sozinho para aquele país estranho e fascinante, que ela tivesse estado lá para apreciar seis dias felizes comendo *pinnekjøtt, fårikål* e *brunost* — todos mais saborosos do que os nomes sugeriam — acompanhados de litros de *aquavit* e taças de *mjød*, que deixaram minha cabeça dolorida pelas manhãs e pensamentos sobre minha nova vida como padre ordenado em Dublin bem longe.

Gostei de Kristian desde o início. Era um homem carinhoso e inteligente, com paixão pelas montanhas que cercavam o lar da sua infância. E, apesar de ter se mudado para Dublin e passado o restante de seus dias ali, ele e Hannah planejavam viver as aposentadorias na Noruega, algo que nenhum dos dois chegaria a fazer, pois ele foi abatido por um inesperado tumor cerebral poucos dias depois de seu quadragésimo segundo aniversário e, como era de se imaginar, a mente de Hannah começou a se esvair apenas um ano depois disso. Mas naquela época, em 1980, eram um casal jovem e agradável, cheio de vida e beleza, encantados um pelo outro, com o amor mais profundo que eu já vi. O fato de terem vivido juntos apenas vinte anos me parece uma brutalidade cruel e inexplicável da parte de quem quer que decida nossos destinos, essa entidade que chamo Deus, mas que age de maneira caprichosa para destruir nossa felicidade e que de alguma maneira consegue, ainda assim, ter a lealdade de um rebanho de fiéis.

E ali estava eu, em casa outra vez, longe dos picos Rondane e da trilha Peer Gynt, decidindo não visitar mamãe até a semana seguinte, pois não teria paciência para sua amargura quando ainda estava tão exultante. Em vez disso, segui para o oeste.

Passei devagar por cada um dos seis vagões, mas era uma tarde de sexta-feira e era como se todos os estudantes da cidade resolvessem sair da capital no fim de semana. Quando cheguei ao último, perdi as esperanças de me sentar e permiti que meus ombros murchassem um pouco de resignação. Coloquei a mala no suporte acima dos assentos e segui para a área perto das portas. Reclinando-me em um canto, abri o romance que começara a ler no aeroporto de

Oslo na tarde anterior, um livro sobre um jovem que planeja soltar todos os ursos do zoológico de Viena, e comecei a leitura. Aquilo fizera o voo passar no que pareceram minutos; talvez tivesse o mesmo efeito na viagem de trem.

"Anthony", disse uma mulher de meia-idade com um penteado antiquado estilo colmeia de abelha, sentada numa divisória com quatro lugares, ao chamar um menino que ocupava o lugar do lado oposto do corredor. "Anthony, venha cá e fique no meu colo para que o padre possa sentar."

"Não quero", respondeu o menino, colocando o dedo no nariz. Olhei para ambos por um instante, rezando para que ela o deixasse em paz.

"Não tem problema", eu disse. "Não me fará nenhum mal ficar de pé por um tempo. Além disso, o trem provavelmente esvaziará um pouco depois de Kildare ou Tullamore."

"Padre, venha cá, fique com este lugar", interveio um homem, idoso o suficiente para ser meu avô, sentado três fileiras à frente, ao se levantar e juntar seus pertences — uma casca de banana e uma cópia do *Irish Independent* daquele dia, o rosto desonesto de Charlie Haughey sorrindo na primeira página, com uma expressão que dizia que ele ainda não tinha conseguido esvaziar por completo os bolsos do povo irlandês, mas que era apenas questão de tempo.

"Não, não", eu disse na mesma hora, sacudindo as mãos para ele. "Não é necessário. Fique onde está, meu senhor. Estou bem aqui."

"Padre, por favor, queira sentar-se aqui." Dessa vez foi uma mulher com gravidez avançada, perto da porta.

"Eu ofereci um lugar ao padre primeiro", insistiu a primeira mulher, agora elevando o tom de voz para que todos pudessem ouvir, como se sua pergunta inicial lhe garantisse privilégio exclusivo. "Anthony, levante-se agora mesmo ou eu e você vamos ter uma conversinha", o que fez o menino se levantar e as cabeças dos passageiros se virarem para ver que tipo de criança monstruosa se recusaria a ceder o assento a um padre e, pior ainda, que espécie de mãe permitiria tal desrespeito. "Anthony pode se sentar no meu colo. Estamos indo a Athlone, padre", ela disse, o tom passando de fúria para subserviência em um piscar de olhos. "Ele ficará perfeitamente confortável até lá."

"Não há necessidade, mesmo", respondi, mas a criança já tinha saído do lugar e se arrastara para o outro lado do corredor, o que não me deu escolha senão aceitar o assento vago, enrubescendo bastante, constrangido por toda a atenção, querendo apenas pegar a mala do suporte e voltar correndo pelos vagões até a outra extremidade do trem.

Eu estava a caminho de Galway para visitar Tom Cardle. Não o via desde minha partida para Roma, no final de 1977. Ao longo de minha estada na cidade, escrevi longas cartas para Tom, com notícias sobre a minha vida e perguntas sobre todas as fofocas de Clonliffe, onde ele agora cursava o último ano. "Como você está se saindo com a língua?", ele me perguntou em uma das cartas e eu mandei um cartão-postal rápido e sucinto — "Ótimo, Tom, estou me adaptando tanto quanto um *anatra* na *acqua*". As cartas dele pareciam tristes e entediadas; ele lamentava que não passaríamos nossos últimos dias de seminário juntos, mas dizia que os rapazes de Dublin sempre tinham os maiores privilégios, pois eram eles que comandavam as dioceses e todo mundo sabia que os dublinenses cuidavam uns dos outros. Seu rancor me surpreendeu e magoou, pois ele parecia contente por mim quando fui informado sobre minha seleção para aquela grande honra. Ele contou que foi forçado a dividir uma cela com Barry Shand, cuja flatulência era lendária. O companheiro de cela de Shand, um rapaz alegre do quinto ano que viera de Kerry e se chamava

O'Heigh, tinha fugido com uma garota, o que se tornara o melhor escândalo que tivemos em muito tempo.

Logo após sua ordenação, Tom escreveu para contar que havia sido designado para a mesma paróquia onde fora aprendiz no último ano — "um lugar abandonado por Deus no traseiro de Leitrim", foi como ele definiu, e quase pude ouvir o nome do condado sendo cuspido de sua boca enojada, mesmo a quase dois mil quilômetros de distância.

Mas fiquei muito contente quando ele enfim se tornou o novo cura daquela paróquia; depois de um intervalo de apenas poucos meses, escreveu para dizer que as coisas não eram tão ruins quanto ele imaginara, que havia uma grande diferença entre ser seminarista e padre ordenado e que o cargo tinha certas vantagens que ele nunca imaginaria antes de assumir. Leitrim, ele insistia, era um lugar atrasado e abandonado por Deus, onde as ovelhas eram mais interessantes que as pessoas, mas ele adquirira novos hobbies — não explicou quais — e agora começava a se dar conta de que aquela vida talvez não fosse assim tão ruim. "E o respeito que têm pela gente, Odran", ele acrescentou. "É como se agora fôssemos deuses! Completamente diferente da maneira como fomos tratados nos últimos sete anos."

Seu tom era tão positivo que foi uma grande surpresa para mim o fato de, dentro de um ano, ele ter sido transferido de forma abrupta de Leitrim e realocado numa paróquia na diocese de Galway. É costume um padre novo ter três ou quatro anos em seu primeiro posto, para poder se adaptar. Mas não Tom; ele foi transferido quase de imediato.

Ao longo do meu ano mais agitado, 1978, enviamos cartas entre a Irlanda e Roma. Confidenciei a ele a honra que me fora concedida e ele quis detalhes, detalhes que não pude dar, pois um véu de sigilo foi posto em minha rotina diária. Então veio o mês de setembro, e ele deve ter escrito todos os dias, querendo saber o que os jornais não podiam ou se recusavam a publicar e se as teorias de conspiração eram verdadeiras, sem ter ideia de que eu estava desmoralizado e tão longe das notícias quanto ele. Foi assim durante outubro e novembro, até o Natal, quando as coisas começaram, enfim, a se acalmar mais uma vez no Vaticano. "Tom", repeti muitas vezes, "Tom, não posso dizer nada. Minha boca é um túmulo."

Eu estava blefando, pois na verdade não sabia de nada. Não tinha eu cedido a meus instintos mais básicos e abandonado meu posto na noite fatídica que era assunto de tanto falatório mundial? Não havia desonrado a mim mesmo, permitindo-me ser absolutamente humilhado por uma mulher cujo nome eu nem viria a saber, e deixado um pobre homem morrer sozinho?

Uma vez de volta à Irlanda, com os dias romanos deixados para trás, era o momento de reforçar pessoalmente nossos laços. Por isso tínhamos planejado aquele fim de semana, o qual aguardei com muita ansiedade. Àquela altura, fazia alguns meses que eu trabalhava no Terenure College, e me adaptava muito bem. Tinha um bom convívio com os meninos. Tentei ser treinador de rúgbi, fracassei por completo e os meninos disseram: "Padre, por que o senhor não fica com o que sabe fazer?". Mas foram gentis e não quiseram ofender, e então troquei o moletom esportivo pela biblioteca, onde ficavam os alunos que tinham a audácia de dizer que não se interessavam por esportes, o que era muito mais adequado para mim. O professor de contabilidade, padre Miles Donlan, assumiu meu lugar no time de rúgbi — o que se revelaria um grande erro, pelo qual a escola, e um punhado de meninos inocentes, continuam a pagar.

Apesar de eu nunca mencionar Roma ou o cargo atribuído a mim, de alguma maneira a notícia se espalhou e os professores começaram a fazer perguntas. Mas mantive a discrição mesmo diante de tanto interesse, recusando-me a ceder ao desejo alheio por fofocas. E quando o jovem Harry Mulligan, um rapaz inteligente que fez grande sucesso com suas tolices no papel de Bottom na produção natalina de *Sonho de uma noite de verão*, levantou a mão em plena aula e perguntou: "Padre, é verdade que o senhor estava lá na noite em que o papa morreu?", fui perspicaz com uma resposta que fez até eu mesmo sorrir, apesar da solenidade da pergunta.

"Qual dos papas?"

"O senhor é padre?", disse uma voz à minha direita e me virei para o menininho sentado ao meu lado, bem vestido, mas aparentando cansaço.

"Sim", respondi. "E você?"

O menino negou com a cabeça. Olhei para a mulher à frente dele, na janela, com uma menina sentada ao seu lado, e ela sorriu; era a mãe, claro, e as crianças eram gêmeas. Os três eram parecidos.

"Ezra", ela disse. "Psiu."

"Não tem problema", eu disse. "Imagino que ele esteja curioso sobre isso", pus o indicador no meu colarinho eclesiástico, que naquele dia parecia um pouco apertado, e dei batidinhas, o som como o de alguém batendo em segredo numa porta de madeira.

"Ele é curioso sobre tudo", ela respondeu, pousando seu livro virado para baixo na mesa entre nós.

"Ele é novo", comentei. "Quantos anos, sete?"

"Nós dois temos sete", disse a menininha, no mesmo instante.

"É mesmo?"

"Nosso aniversário é em 25 de dezembro."

"Que dia para nascer", eu disse, sorrindo para ela. "Vocês ganham o dobro de presentes?"

Ela franziu as sobrancelhas, aparentando não saber muito bem do que eu estava falando, e se virou para a mãe com uma expressão intrigada no rosto.

"Não queremos incomodá-lo", disse a mulher. "O senhor estava lendo."

"A senhora também", respondi, agora erguendo seu livro e examinando a capa antes de rasgar um pedaço de um jornal sobre a mesa e usá-lo como marcador, recolocando o livro virado para cima. A boca da mulher se abriu como se ela fosse falar alguma coisa e me dei conta de que aquilo tinha sido um gesto arrogante da minha parte. Quem era eu, afinal, para dizer-lhe o que fazer com seus próprios pertences? "Me desculpe", eu disse, constrangido, mas ela gesticulou para dizer que era desnecessário, ao mesmo tempo que o menino, Ezra, bocejou de modo extravagante.

"Ele está cansado", comentei.

"Foi um voo demorado. Agora só queremos chegar em casa."

"De onde estão voltando?"

"De uma visita à minha mãe e ao marido dela."

"Sua mãe e o...?" A frase me pareceu estranha, mas então entendi. Era uma viúva, ou divorciada. Casada outra vez, assim como Beate Ramsfjeld. "Sua mãe e o marido dela", repeti, assentindo. "Foi uma viagem agradável?"

"Foi comprida. Seis semanas. Longa demais."

"Se permite a pergunta, onde eles moram?"

"Em Jerusalém", ela disse, sorrindo de leve.

"Um lugar lindo."

"Já esteve lá?", ela perguntou e havia um toque estrangeiro em sua voz, alguma coisa que não consegui identificar.

"Nunca", admiti.

"Então como pode saber?"

"Eu quis dizer que, pelo que ouço falar, é um lugar lindo. Conheço pessoas que passaram um tempo na cidade. Eu gostaria de visitar algum dia." Ela concordou com a cabeça e ficou me olhando. Por algum motivo, me descobri falando sem parar. "Não estive em muitos lugares, para ser sincero. Apenas na Itália. E na Noruega. Aliás, acabei de voltar de lá. Me fale sobre Jerusalém. É como imagino?"

"Não sei o que se passa na sua imaginação", ela respondeu. Eu ri e em seguida parei, pois talvez não fosse uma piada.

"Acho que deve ser muito quente", eu disse.

"Ah. O clima", ela disse. "Sim. Pode ser quente. E às vezes pode ser úmido."

"A senhora quer voltar ao seu livro?", perguntei, pois tive a sensação de que, ao contrário de seus companheiros de viagem, ela não queria contato comigo.

"Desculpe", ela disse, abrandando a postura ao negar com a cabeça. "Também estou cansada, só isso. Não foi minha intenção ser rude. Foi um voo longo. Sete horas."

"Uma bela jornada para essa dupla", comentei, indicando as crianças com a cabeça.

"Eles não se importaram. Era a segunda vez que estavam num avião, ficaram muito entusiasmados."

"Para onde foram na primeira vez?", perguntei e a expressão em seu rosto relaxou, revelando dentes de um branco imaculado e um sorriso que faria um cachorro comportado arrebentar a correia.

"*Para* Jerusalém, claro", ela disse.

"Não costumo ser tão obtuso", comentei, envergonhado da minha própria estupidez. "Eu juro."

Tamborilei na mesa com os dedos e ela observou a paisagem que passava pela janela. Me senti desconcertado, sem saber se devia voltar ao meu livro.

Uma mão, cutucando meu ombro. O senhor idoso de algumas fileiras atrás, com o *Indo* e a banana descascada. "Estou indo ao vagão-restaurante, padre", ele me disse. "O senhor gostaria que eu trouxesse um sanduíche?"

"Não, obrigado", respondi. "Não estou com fome."

"Ah, tenho certeza de que um sanduíche cairia bem, padre", ele insistiu. "O que o senhor prefere, presunto ou peru? Ou talvez um pouco de geleia de framboesa numa torrada?"

"Eu almocei antes de embarcar. Sério. Mas o senhor é muito gentil."

Ele fez que sim, piscando para mim, e seguiu seu caminho. A mulher do outro lado do corredor observara a conversa e parecia, pensei, um tanto indignada por eu conversar com a mãe dos gêmeos em vez de com ela. "Anthony tem um pacote de Tayto na mochila", ela me disse agora. "O senhor aceitará se estiver com fome, não é?"

"Não!", berrou o menino, horrorizado, e a mulher se inclinou para a frente e deu-lhe um tapa forte no braço.

"Você, fique quieto", ela disse.

"Não há necessidade", respondi, incomodado. "Eu nem gosto de batatas fritas", acrescentei, me dirigindo a Anthony, que olhava para mim com fúria nos olhos enquanto decidia se chorava ou não.

"Bom, se o senhor mudar de ideia, padre", disse a mulher, "basta pedir."

"Não vou mudar. Mas obrigado. É muito gentil da sua parte. E da sua também, Anthony."

"Isso acontece sempre?", perguntou a mulher à minha frente após alguns minutos de silêncio, mantendo a voz baixa para não ser ouvida pelos outros. "As pessoas tentam lhe dar comida aonde quer que o senhor vá?"

"Infelizmente, sim", respondi. "Acho que eu não precisaria mais ir ao supermercado, se não quisesse."

Anos mais tarde, eu pensaria naquele momento sempre que ouvia histórias sobre como Jack Charlton pagava por tudo que comprava na Irlanda com cheque. Quem ousaria descontar um cheque assinado por ele? Enquadrariam e pendurariam. O homem jamais precisava colocar a mão na carteira. Agora, porém, a mulher abanou a cabeça com uma expressão de quem não entendia por que as pessoas se comportavam daquela maneira. Eu não estava acostumado com tal desinteresse e fiquei intrigado. Aquilo não era o respeito que Tom Cardle mencionara em suas cartas. Ela parecia desconfiar de mim, para dizer o mínimo.

E quem, em 1980, tinha motivos para desconfiar de um padre?

"A senhora chama de terra prometida?", perguntei, por alguma razão ansioso para diminuir a barreira que parecia existir entre nós, fosse qual fosse.

"Como disse?"

"Israel", expliquei. "A senhora considera sua terra prometida?"

Ela pensou no assunto por um momento. "Minha mãe, sim", respondeu. "E meu padrasto também. Mas eu não. Só estive lá duas vezes. Seria ridículo chamar de minha terra prometida."

"Não gosta de ir para lá?"

"As passagens custam muito caro", ela disse. "Mais do que posso pagar."

"Entendo."

"Economizei por muito tempo para essa viagem. Eu queria que Ezra e Bina conhecessem a avó."

"Bina", eu disse, sorrindo para a menina, que, assim como o irmão, agora dormia. A cabeça do menino escorregara e pousara no meu ombro, e precisei girar o tronco de leve para que ele mudasse de posição. "Que nome bonito."

"Significa compreensão", explicou a mulher. "E sabedoria."

"E qual é o seu?", perguntei.

"Leah. O que é muito apropriado, pois quer dizer 'estar cansado'."

"Odran", eu disse, apontando para mim mesmo. "E não faço ideia do que significa, para ser sincero. Sempre quis visitar Israel", acrescentei, o que não era exatamente verdade, pois eu nunca pensara muito em tal possibilidade. "E Sydney. Eu gostaria de conhecer a Austrália. Um dia, quem sabe."

Ela riu alto, fazendo a mulher do outro lado do corredor olhar com desgosto na nossa direção, como se suspeitasse que Leah estivesse flertando comigo. "Dois lugares bem diferentes", comentou Leah.

"De fato", admiti. "Mas tem alguma coisa no conceito da Austrália que sempre me atraiu."

"Às vezes, o conceito de um lugar é melhor que a realidade", ela disse, e então fez um gesto com a mão para deixar o assunto de lado. "É uma discussão que tive com minha mãe durante nossa visita. O confronto do conceito com a realidade."

"É impossível vencer uma discussão com a mãe", respondi. "Sei bem disso, acredite."

"É."

"Então você não gosta?", perguntei, inclinando-me para a frente, pois o assunto me interessava muito. "O conceito de uma terra prometida judaica?"

"Eu tenho a minha terra", ela disse. "É aqui. A Irlanda. Não nasci aqui, claro, mas foi para cá que viemos depois da guerra, eu e minha mãe."

"E seu pai?", perguntei, sem saber por que perguntava coisas que não eram da minha conta. "A sua mãe conheceu seu pai aqui? Oh, não, claro que não, como poderia, se você também veio para cá."

"Ela sobreviveu", disse Leah, olhando diretamente nos meus olhos. "Ele, não."

"Padre, no fim das contas, eu trouxe um sanduíche de presunto e queijo", disse o senhor idoso, voltando naquele instante para o vagão e colocando o pacote de plástico transparente à minha frente. Olhei para cima, surpreso, o significado das palavras da mulher se materializando à minha mente. "E uma garrafa de 7-Up. O senhor gosta de 7-Up? Me dá gases, mas não consigo parar de beber. E um pacote de King. Eles não tinham Tayto. Tayto é melhor, mas eles só tinham King."

"Eu falei que Anthony tem um pacote de batatas Tayto para o padre", interveio a mulher do outro lado do corredor.

"Qual o problema de ele ficar com os dois?"

"Anthony, dê suas batatas para o padre."

"Não!", berrou Anthony.

"Anthony, vamos precisar ter uma conversa?"

"São minhas!", insistiu Anthony.

"Coma o sanduíche, padre", disse o idoso. "O senhor gostaria de um Kit-Kat para a sobremesa?"

Para meu espanto, descobri minha mão batendo na mesa para silenciar os dois. O impacto contra a fórmica produziu um som alto e agressivo, tão inquietante quanto mamãe batendo a panela na mesa em Wexford, dezesseis anos antes. "Eu disse que não queria comida", elevei a voz. "Eu disse que tinha almoçado antes de embarcar, não disse? O senhor não estava escutando?"

O idoso recuou, chocado; um soco no rosto não o teria deixado mais nervoso do que aquilo. A mãe de Anthony olhou para ele com reprovação, como se fosse tudo culpa dele. Leah apenas observou em silêncio. As crianças acordaram, assustadas. Fechei os olhos e respirei por um momento.

"Sinto muito", eu disse ao abri-los outra vez. "Peço desculpas. De verdade, sinto muitíssimo."

"Não tem problema, padre", respondeu o idoso, olhando para o chão, incapaz de encarar os outros passageiros. "Não se preocupe."

"Quanto lhe devo?"

"O senhor não me deve nada."

Decidi não insistir. "Sinto muito", repeti e ele sorriu, balançou a cabeça e voltou ao seu assento.

"Por Deus, ele está apenas tentando ser gentil", disse a mulher do outro lado do corredor, agora obviamente decidida a se voltar contra mim por ter recusado as batatas de seu filho.

Por que não me deixam em paz, pensei. Todos eles. Se ao menos eu pudesse ter um pouco de sossego.

"O senhor não gosta dessa atenção", comentou Leah, e fiz que não.

"Não", admiti. "Era mais fácil ser anônimo, em Roma. Metade das pessoas na rua eram padres. Mas aqui... Às vezes passa do limite."

"Eles respeitam o senhor, só isso."

"Mas por quê? Eles não me conhecem."

Ela bateu o dedo indicador na garganta e fiz que sim, me perguntando como um pequeno adereço de plástico branco era capaz de inspirar tamanha devoção. Observei os gêmeos: Ezra agora dormia encostado na janela, Bina dormia no ombro da mãe.

"Se a senhora não se incomodar com a pergunta...", comecei e ela fez que não.

"Prefiro que não pergunte."

"Está bem."

"Aconteceu há trinta e cinco anos", ela acrescentou, dando de ombros. "Tento não pensar no assunto."

"E consegue?"

"Claro que não."

"E sua mãe? Seu padrasto?"

Ela se inclinou para a frente e me chocou com a repentina e abrupta mudança do tom de voz. "Por que o senhor acha que pode me perguntar essas coisas?", ela questionou. "O que lhe dá esse direito?"

"Me desculpe", respondi, sentindo uma onda de vergonha no estômago. "Eu não quis..."

"Sei onde o senhor quer chegar. Vai me dizer que há uma razão por trás de tudo. Que tudo faz parte dos desígnios de Deus."

"Não. Sou tão ignorante em relação aos desígnios de Deus quanto a senhora", eu disse.

"Ele não existe, sabia?"

"Quem?", perguntei, franzindo o cenho.

"Deus."

"Espere um pouco", eu disse, desconcertado pela sugestão, e ela sorriu de leve com o meu desalento.

"Não me entenda mal", ela continuou. "As regras que vocês criaram, o conceito de viver com gentileza, generosidade e caridade, são todos bons conceitos. E se você fica feliz de usar preto e colocar uma gola e vestir um manto todo domingo, que mal faz? Mas ele não existe. Como poderia existir? Você está se iludindo."

Ela disse tudo em tom perfeitamente calmo, como se explicasse a uma criança os rudimentos da aritmética ou as letras do alfabeto. E eu não soube como responder. Ela, que experimentara mais da vida do que eu jamais experimentaria. O trem parou na próxima estação; ela acordou as crianças e juntou os pertences.

"Me desculpe se a deixei nervosa", eu disse.

"Não deixou", ela respondeu. "Não conseguiria. Devia comer seu sanduíche", ela acrescentou, ao se afastar. "Aquele senhor trouxe para você em sinal de respeito. E isso talvez mude um dia. E então não haverá mais comida para você e seus amigos. E vocês todos passarão fome."

Já era tarde quando cheguei a Galway. Tom dissera que a casa paroquial podia ser um tanto difícil de encontrar e por isso combinamos de nos encontrar no pub O'Connell's, na Eyre Square. Quando entrei, cabeças se viraram para me ver, sorrisos parciais nos rostos dos clientes enquanto olhei em volta procurando por minha cópia, meu gêmeo, o outro de roupa preta e vinte e poucos anos, mas não encontrei nenhum padre no recinto.

"Odran", alguém chamou de perto do balcão e ali estava ele, sentado a uma mesa de canto com uma caneca diante de si e um exemplar do *Sun* daquele dia. Fiquei contente e aliviado ao vê-lo e tentei não deixar transparecer minha surpresa por ele estar usando jeans e camisa xadrez, como um homem qualquer. "O que é isso?", ele perguntou, com um sorriso, enquanto me aproximava. "Não quer ao menos tirar o colarinho?"

"Não", eu disse, cumprimentando-o com a mão. "Como você está, Tom?"

"Sobrevivendo. O que vai querer?"

"Uma Fanta."

"Ah, não acredito."

"Estou com sede."

"Então eu sei do que você precisa. Sente-se." Ele foi até o bar, ergueu dois dedos em um gesto treinado e logo depois duas canecas de Guinness aterrissaram no balcão com duas doses de uísque para acompanhar. Suspirei devagar, agora irritado. Por que ninguém acreditava que eu era capaz de decidir o que comer e beber?

"E então, como foi?", ele perguntou ao se sentar, as bebidas à nossa frente, e tudo que eu pensava era que aquela devia ser uma imagem estranha para quem visse; eu tinha imaginado que nos encontraríamos ali e iríamos embora.

"Isso está certo, Tom?", perguntei com nervosismo. "Não vamos arranjar problemas?"

"Com quem?"

"Com o bispo."

Ele riu e sacudiu a cabeça enquanto começava a beber, uma espuma densa e cremosa se formando em seu lábio superior, que limpou com a mão. "Se ele viesse, a próxima rodada seria provavelmente por conta dele."

"Ah, nada de rodadas, Tom", respondi. "Uma será suficiente para mim."

"A noite é uma criança. E nós somos jovens."

"Foi uma semana longa. Estou cansado."

"É claro, o casamento da sua irmã. Como foi?"

"Muito agradável."

"Como ele é?"

"Ótimo. Um bom rapaz."

"Deve ser bom ter irmão outra vez."

Hesitei, minha caneca parada no ar. Foi um comentário indelicado, mesmo sem más intenções.

"Desculpe", disse Tom. "Foi errado comentar isso?"

"Não, não. De jeito nenhum."

Ele sorriu e deu de ombros, olhando para dois rapazes que jogavam dardos no canto. Imagino que um deles deve ter conseguido acertar no alvo, pois deu um pulo, abraçou o amigo com alegria e o girou, e reparei em Tom observando, sua expressão murchando de maneira sutil. "E então, como foi?", ele repetiu depois de um momento, desviando o rosto.

"A viagem de volta?"

"O Vaticano."

"Político."

"Não me surpreende. As dioceses daqui são como colmeias de vespas. Imagino como é em Roma. E como é o novo sujeito?"

"O novo sujeito?"

"O próprio. O chefão."

"Determinado", eu disse. "Ambicioso. Quer mudar tudo, mas mantendo o prestígio."

"Seria uma bela mágica. Dá para dar risada com ele?"

"Não."

"Por que não?"

"Ele não quer fazer amigos", eu disse. "Mas é muito inteligente. E intimidante também. Um pouco assustador, às vezes. Mostra uma face para o mundo diferente da que mostra à cúria. Mas, pensando bem, acho que é forçado a isso. Estamos em 1980, afinal. É um novo mundo."

"Você teria aceitado continuar com ele?"

"Um ano é o máximo que temos, eu já disse."

"E que ano, Odran! Você não podia ter escolhido um melhor."

"Acho que depende do ponto de vista", respondi. Talvez houvesse parte de mim que apreciava a ideia de outras pessoas acharem que eu estive envolvido em todo o drama. Que tivesse provocado parte dele, até. Que eu tinha informações que não podia compartilhar.

"Sabe o que eu estava fazendo na noite em que o papa morreu?", disse Tom, virando a caneca como um daqueles velhos que praticamente moram nesses pubs do interior.

"Qual dos papas?", perguntei, repetindo minhas palavras a Harry Mulligan na escola.

"O do meio", ele respondeu.

"Diga. O que você estava fazendo?"

93

"Discutindo com um casal em Leitrim. Paroquianos da região. Vieram me ver para o curso de noivos..."

"Tenho pavor de ministrar um desses", comentei. "O que sabemos sobre casamento?"

"Os dois tinham a mesma idade que eu", ele continuou, ignorando minha pergunta. "Ele era um filho de fazendeiro que queria ser pintor..."

"De paredes?"

"Não, pintor de verdade. Você sabe, um artista. Como Van Gogh ou Picasso."

"Ah, entendi."

"Perguntei se ele já tinha mostrado suas obras para alguém e ele disse que fez uma exposição no hall da paróquia alguns anos antes, e pegou um trem para Dublin para mostrar alguns de seus quadros a um homem que administra umas galerias por lá. Mas disseram que ele não estava pronto, que seu estilo precisava ser mais bem desenvolvido. E a menina interrompeu nessa hora, dizendo que os dublinenses cuidavam uns dos outros e não davam a mínima para o restante de nós. Você precisava ter visto o perfil dela, Odran. Toda maquiada, como se estivesse numa discoteca, não numa casa paroquial. E aquela minissaia que ela usava", ele deu um pequeno assobio e balançou a cabeça. "Pernas compridas que iam até o chão."

"Para onde mais iriam?", perguntei e ele sacudiu a cabeça, rindo.

"É um dito popular, Odran. Nunca ouviu? De qualquer jeito, ela tinha uma má reputação, aquela lá. Era conhecida por ser um tanto libertina, mas o rapaz não devia se importar, pois estava se casando com ela mesmo assim. E por isso eles estavam ali sentados, os dois dando risadinhas, e é nítido que prefeririam estar em qualquer outro lugar do mundo. Vieram com a conversa fiada de sempre sobre não entender por que não podiam se casar sem passar por toda aquela ladainha e eu disse a eles que muitos casais consideravam muito benéfico conversar sobre algumas questões do casamento antes da cerimônia. Finanças domésticas, como manter a casa limpa, a importância do... bom, você sabe, daquela outra coisa."

"Sexo", eu disse, pois não via nenhum mal em usar palavras claras para definir o assunto. Afinal, não éramos crianças.

"Sim, isso", ele disse, parecendo desconcertado, mudando de posição na cadeira.

"Acho que não me sentiria capacitado para nada disso", comentei. "Espero nunca ter que dar essas aulas."

"Mas por que você não seria capacitado?", ele perguntou, surpreso. "Fomos treinados por tempo suficiente, não?"

"Nosso conhecimento é teórico", eu disse. "Não cuidamos das próprias finanças, a Igreja faz isso. Não limpamos nossas casas, temos empregadas. E o que sabemos sobre sexo?"

"Não somos todos tão inocentes quanto você, Odran", ele respondeu, irritado, e franzi o cenho. Por que ele estava dizendo aquilo, pensei, se eu o conhecia desde os dezessete anos e ele já havia me confidenciado que não tinha chegado nem a beijar uma mulher? "Mas a questão é que eu percebi que eles estavam apenas fingindo interesse, por falta de opção. O padre Trelawney, era ele o responsável pela minha paróquia, tinha deixado claro que não haveria cerimônia naquela igreja até eles fazerem o curso, então que escolha tinham além de obedecer? De qualquer jeito, a coisa toda estava indo mal e eu queria terminar o mais rápido possível. Mas aí tentei amenizar um pouco o clima comentando que uma coisa com a qual a moça não precisaria se preocupar era em mudar de nome depois do casamento."

"Por quê?", perguntei, e duas outras canecas foram colocadas à nossa frente; ele devia ter pedido com um gesto que nem percebi.

"Bom, acontece que", disse Tom, inclinando-se para a frente, bebendo o uísque em dois goles antes de começar a segunda caneca. "*Sláinte*", ele disse, erguendo o copo. "O nome do rapaz era Philip O'Neill. E o nome da moça, por pura coincidência, era Rose O'Neill. Os dois eram O'Neill, percebe? Nenhum parentesco, graças a Deus, mesmo sendo no meio de Leitrim, onde você pode se casar até com uma galinha, se quiser. Mas um O'Neill estava se casando com outro O'Neill. Acontece, não? Principalmente com um nome comum como esse."

"Ah, entendi", eu disse, concordando e rindo de leve, como se aquilo fosse uma grande piada. A bebida talvez estivesse me influenciando. Eu estava com o estômago vazio. Não consegui nem olhar para o sanduíche de presunto e queijo no trem.

"Fiz essa piada e a menina começa a levantar a voz, dizendo que não fazia diferença, pois ela nunca mudaria o nome depois de se casar. 'Como assim?', disse eu. 'Você precisa adotar o nome do seu marido, é a lei.' E ela riu de mim! Ela riu da minha cara, Odran. Disse que não era a lei coisa nenhuma e que, se eu quisesse, ela me traria uma cópia da Bunreacht na hÉireann, da Constituição, e me desafiaria a encontrar onde estava a lei."

"Bom, ela estava certa", eu disse. "Não é lei. Mas é a ordem natural das coisas."

"Foi o que eu disse a ela", ele insistiu. "A mulher adota o nome do marido. E não venha me dizer o que fazem em Dublin, eu disse a ela, não quero saber sobre essas asneiras. Mas ela riu de novo e disse que nada daquilo importava, pois ela ficaria com o próprio nome depois da cerimônia e ponto final. 'Mas seu nome é O'Neill', eu disse a ela. 'Sim', ela respondeu. 'E daí? E daí que você será O'Neill depois de se casar, portanto adotará o nome do seu marido de qualquer maneira'."

"Ela deve ter amado essa observação", comentei.

"Oh, ela ficou furiosa, a vagabunda."

Arregalei os olhos, surpreso. Ele tinha mesmo dito o que eu achava que ele tinha dito? Não pareceu tomar conhecimento.

"De qualquer forma", ele continuou, "a essa altura o rapaz intervém e diz que Rose está totalmente certa, que nenhum dos dois tem tempo para essa sociedade patriarcal e que já conversaram sobre o assunto e concordaram que, uma vez casados, ele continuará Philip O'Neill e ela continuará Rose O'Neill. Ela não mudará para Rose O'Neill, foram essas as palavras exatas dele. Consegue enxergar a diferença, Odran?"

"Bom, nos nomes, não", eu disse. "Claro que não. Mas o que ele quis dizer foi..."

"Eu sei o que ele quis dizer", ele retrucou, elevando a voz. "E então ele disse: 'Eu serei o meu O'Neill e Rose continuará sendo o O'Neill dela. E, se a gente tiver filhos, eles terão os sobrenomes dos dois'."

"Então os filhos serão O'Neill-O'Neill?", perguntei.

"Foi o que ele disse."

"E se eles tiverem um filho chamado Neil?"

"O quê?"

Comecei a rir e, antes de me dar conta, havia lágrimas escorrendo pelo meu rosto. Eu nunca tinha ouvido nada tão ridículo na vida.

"Do que está rindo, Odran?", perguntou Tom, mas foi difícil me controlar diante da expressão séria em seu rosto. "Você acha que é uma piada? Uma mulher como aquela rindo de mim? Rindo de um padre?"

"Eles são jovens, Tom", eu disse, pois decerto a bebida tinha me afetado e eu estava bem-humorado. "Estavam apenas desafiando sua autoridade, só isso. É o que os jovens fazem."

"*Eu* sou jovem, Odran."

"Ah, pare com isso, você não é."

"Tenho vinte e cinco!"

"Mas é diferente para nós. Não podemos viver como eles. Serão sempre mais jovens que nós."

Tom ficou ali parado, agora furioso. "Não sei por que se dão ao trabalho de casar, se vão ser modernos desse jeito", ele disse depois de um tempo. "Estão transformando o sacramento em uma farsa."

"Você disse isso a eles, Tom?"

"Sim, mas entrou por um ouvido e saiu pelo outro. Eles já estão casados. E sei que usam preservativos, pois o farmacêutico me contou quando fui perguntar."

"Você foi perguntar sobre…"

"Eles deviam ser presos, aqueles dois", ele disse, o rosto enrubescendo de fúria. "Eu devia denunciá-los para a polícia. E o farmacêutico devia ser preso também. Deviam todos ser presos", ele agora rugiu, e pus a mão na mesa para apaziguá-lo.

"Acalme-se", eu disse. "As pessoas estão olhando."

"Ah", ele respondeu, desviando o rosto, quase tremendo de raiva.

"Por que me contou essa história?", perguntei, após um longo silêncio entre nós.

"Porque queria que você soubesse que, enquanto você corria para lá e para cá se divertindo em Roma, eu lidava com esse tipo de gente, e não era justo porque eu também queria ter ido a Roma. Não estou culpando você, Odran, mas aquela vaca da Rose O'Neill estava certa sobre uma coisa, sobre os dublinenses estarem todos em conluio e não chegarem nem a olhar para o resto de nós."

"Bom, pelo menos agora você está em uma paróquia

maior", eu disse, na esperança de abrandar sua raiva, pois eu não tinha a menor vontade de passar um fim de semana ouvindo reclamações de Tom Cardle. "Você está feliz por ter saído de Leitrim, não está?"

E foi neste momento que seu rosto se fechou. "Não me venha falar de Leitrim", ele disse. "Maldito lugar."

E não falamos. Não conversamos sobre Leitrim. Mais de vinte e cinco anos se passariam antes de falarmos sobre Leitrim. E, àquela altura, já era tarde demais.

1972

Eu tinha dezesseis anos quando uma família da Inglaterra se mudou para duas casas depois da nossa, virando metade da Braemor Road de cabeça para baixo e despertando curiosidade e reprovação. Recém-chegados eram sempre motivo de fofoca. Um alemão com cerca de sessenta anos, que viera alguns anos antes, inspirou especulações efervescentes sobre onde estivera e o que fizera durante a guerra. Alguns diziam que ele servira de guarda em um campo de concentração; outros, que criara um plano contra Hitler e fugira para a Suíça quando suas intenções foram descobertas. Mas a reprovação absoluta era reservada aos ingleses. Afinal, quando uma família viesse, outros a seguiriam, e isso poderia gerar uma invasão; o sentimento geral era de que tinha sido tão difícil expulsar os ingleses da Irlanda que não fazia sentido recebê-los de volta com braços abertos.

A fofoca de que nossos novos vizinhos eram um homem e uma mulher vindos do outro lado do oceano, cada um com um filho, se espalhou. O sr. Grove era viúvo, com um filho de doze anos chamado Colin, que teve a audácia — Deus o perdoe — de certo dia me contar que gostaria de ser bailarino, enquanto Rebecca Summers, a mulher com quem o sr. Grove morava, era divorciada, com uma filha de dezessete anos, Katherine, que usava saias curtas e tênis e parecia estar sempre chupando um pirulito de maneira provocante. Para ser sincero, ela não era especialmente bonita, mas exalava um ar de perigo, uma sugestão de que podia ser um problema nas mãos e no momento certos, algo que para mim era uma possibilidade intrigante, mais do que achava minha mãe, pelo menos.

"Estão vivendo no pecado", declarou a sra. Rathley, da casa ao lado, que se lamuriou com a ideia de morar tão perto de ingleses — e ficou quase apoplética ao descobrir que eles não eram nem casados. "Aqui em Churchtown! Você achou que veria este dia, sra. Yates?"

"Não, sra. Rathley", respondeu minha mãe, sacudindo a cabeça com tristeza.

"Esse país está indo direto para o inferno. Basta abrir o *Evening Press* para perceber. Mortes e assassinatos por toda parte."

"Mortes *e* assassinatos", concordou minha mãe. Eu estava à mesa na sala, forçado a ouvi-las enquanto lia *Modh Coinníollach* e tentava entender o conteúdo. Eu teria preferido fechar a porta francesa entre nós para ficar em paz, mas mamãe não permitia; ela dizia que a solidão me daria ideias, e a última coisa que um menino da minha idade precisava era de ideias.

"Pensei que tínhamos visto esse tipo de coisa pela última vez quando Sharon Farr se mudou daqui", continuou a sra. Rathley. "Mas talvez tenha sido só o começo."

"Não mencione esse nome dentro desta casa", disse mamãe com firmeza, baixando a xícara. "Pequenos orelhudos, sra. Rathley. Pequenos orelhudos."

Levantei a cabeça, ofendido. Seria eu o pequeno orelhudo? Àquela altura, eu tinha dezesseis anos e achava já ter perdido interesse por esse tipo de comentário. Hannah estava lá fora, brincando no jardim — a porta de trás estava aberta — e preferi acreditar que minha mãe se referia a ela.

"Desculpe, sra. Yates", continuou a sra. Rathley. "Mas, se senhora quer mesmo saber, essa área começou a decair quando os Farr tiveram permissão para ficar. Eles deviam ter sido obrigados a se mudar daqui."

Girei os olhos com a intensidade dramática que apenas um adolescente consegue demonstrar. Sharon Farr era famosa em Churchtown pelo que tinha feito com um dos estudantes espanhóis que lotaram as calçadas nas férias de verão com suas peles morenas, rostos bonitos e vozes altas, viajando em grupo, falando sem parar em sua própria língua, apesar de terem ido para lá estudar inglês. A Igreja estava por trás do intercâmbio e, por isso, muitas famílias receberam um aluno espanhol; eu quis receber também, ter meu próprio bichinho de estimação, mas mamãe recusara, talvez a única vez que dissera não a algo que o padre queria. "Minha casa não seria mais minha", ela justificou. "Além disso, não dá para saber que tipo de hábitos eles têm."

Mas os pais de Sharon receberam dois, irmão e irmã, e diziam que Sharon Farr flertou desenfreadamente com o rapaz, um ano mais novo que ela, alto e atraente; o rapaz flertou de volta e a dupla foi vista, certa noite, à margem do rio Dodder, um em cima do outro, história que cresceu e aumentou e criou asas ao ser sussurrada de aluno para aluno. Sharon Farr era uma louca, dizíamos. Sharon Farr toparia, dizíamos. Sharon Farr daria tudo que você pedisse, e mais. E então correu a notícia de que Sharon Farr estava grávida.

Se mamãe tivesse visto no noticiário das seis que Hannah tinha ido até Phoenix Park e tentado assassinar o presidente DeValera, não teria ficado mais horrorizada. "Aquela menina sempre foi problema", ela insistia. "O jeito como se engraçava com todos os meninos. E eu bem que disse, desde o início, que era má ideia trazer aqueles estudantes espanhóis. Eu avisei, não avisei?"

O drama ficou ainda mais intenso quando Sharon Farr fugiu para a Espanha em plena gravidez — ninguém sabia se ela tinha ido atrás do rapaz, mas todos imaginaram que sim — e desde então ela não foi mais vista em Braemor Road, nem mandou notícias. A sra. Farr era agora *persona non grata* e ia e vinha da Super Crazy Prices, na Dundrum, com os olhos fixos no chão. O padre Haughton citou Sharon Farr do púlpito e fez questão de que os desafortunados pais da moça estivessem ali para ouvir; eu estive presente e me lembro do discurso que ele fez, uma agressividade odiosa e cruel cuja intenção e profundidade pareciam ter saído diretamente de uma peça shakespeariana. Tenho uma imagem dele ensaiando as falas na casa paroquial, diante de uma empregada que o instigou a prosseguir. A coisa toda foi horrível. Pensando em retrospecto, vejo que, naqueles dias, pouquíssima compaixão podia ser encontrada no coração das pessoas, em especial no que dizia respeito à vida e às escolhas das mulheres — em relação a isso, se não a tudo, a Irlanda não mudou quase nada em quarenta anos.

"O padre Haughton sabe o que está acontecendo no número 8?", perguntou minha mãe, e a sra. Rathley fez que não com a cabeça.

"Mencionei casualmente enquanto limpava a sacristia após a missa das onze no domingo" — a sra. Rathley era uma daquelas mulheres que ajudavam nos bastidores da igreja e ganhavam o dia se travassem uma conversa com um padre —, "e ele disse que sabia de tudo e que havia conversado com o arcebispo Ryan, mas que nada podia ser feito."

"Ele não pensou em chamar os Gardaí?"

"Mas não é crime", disse a sra. Rathley. "Pelo menos, não um crime que os tribunais reconheceriam. Lamentável."

"E quanto aos nossos filhos?", perguntou mamãe. "Serão testemunhas desse tipo de comportamento e sairão incólumes? Preciso pensar em Odran e Hannah."

"O padre disse que não ofereceria o sacramento a ela, se ela fosse à missa."

"Daria a ele? Ao sr. Grove?"

"Disse que daria. Disse que a mulher tinha se aproveitado do luto de um pobre viúvo."

"Que tipo de pessoa é essa mulher?", perguntou minha mãe.

"Creio que nós duas sabemos de que tipo, sra. Yates. Existe uma palavra para essa laia, não existe?"

"Existe, sra. Rathley."

"E nós duas sabemos muito bem que palavra é essa, não é, sra. Yates?"

"Sabemos, sra. Rathley. O padre disse alguma coisa nessa linha?"

"Ele ficou muito incomodado com a coisa toda, pobre homem. Disse que as mulheres podem ser terrivelmente predatórias quando decidem que querem uma coisa."

"Ou um homem", disse mamãe. "Pobre padre Haughton. Eu imagino que ele esteja muito abalado com isso."

"Oh, está sim. Mas acho que recusar a comunhão não é ameaça suficiente. Afinal, é pouco provável que frequentem a missa, não é? São protestantes aqueles dois. Como uma coisa dessas faria diferença para eles, em nome de Deus?"

"Ah, minha nossa", disse minha mãe, jogando as mãos para cima, pois aquele era o golpe mais baixo de todos. "Vivemos em Paris, agora? Ou Nova York?"

Para mim era o bastante. Levantei e fui embora.

* * *

Desde o início, fiquei fascinado por Katherine Summers e seus pirulitos, seus tênis e suas saias curtas no calor ou no frio, mas mal conversei com ela até a tarde em que a vi saindo do cinema Classic na Harold's Cross, quando eu voltava para casa de bicicleta. Era um dia bonito e ela estava vestida de tal jeito que saltaria aos olhos de um cego. Olhei para cima a fim de descobrir o que ela assistira; *O poderoso chefão* era o único filme em cartaz. Eu nunca tinha visto, mas ouvi muito sobre ele; tinha algo a ver com a máfia e corriam comentários na sala de aula sobre uma cena na Sicília mais ou menos na metade que só vendo para acreditar, mas na época não era o tipo de filme que eu teria permissão de assistir. Diminuí a velocidade da bicicleta conforme me aproximei para ver melhor suas pernas, e quando ficou impossível ir mais devagar sem cair, acelerei e continuei o caminho, satisfeito com o negativo que começava a se desenvolver em meu cérebro e que se tornaria uma bela fotografia mais tarde.

"Odran Yates, é você?", veio uma voz atrás de mim; quase fui parar debaixo de um carro por causa da surpresa.

"Sim", eu disse, parando na calçada e me virando para vê-la como se não a tivesse notado até aquele momento, o rosto ficando vermelho de vergonha. Passei a mão na testa para fingir que era o calor daquele dia me afetando. "Como estão as coisas, Katherine?"

"Só podem melhorar", ela respondeu, sorrindo para mim e jogando o cabelo para trás em um gesto treinado. Ela enfiou a mão na mochila e de lá tirou uma de suas gostosuras, que estendeu para mim como se eu fosse um cachorrinho aprendendo a obedecer. "Você quer um pirulito?"

Olhei para o pirulito por um momento, mordendo meu

lábio. O jeito provocante como ela me olhava, Eva estendendo a maçã para Adão no Jardim do Éden, um meio sorriso no rosto, um vislumbre da língua entre os lábios, e não houve dúvida do que eu faria. Meu estômago subia e descia como em uma montanha-russa e pude sentir uma agitação lá embaixo que ameaçava me expor em público. Peguei um pirulito de sua mão e enfiei na boca, como Theo Kojak.

"Você estava no cinema?", perguntei enquanto passeávamos, levando a bicicleta à minha esquerda para ficar mais perto dela. Eu tinha lido em algum lugar que a gente devia se posicionar sempre entre a mulher e a rua; assim, se um carro perdesse o controle e viesse na direção dos dois, você acabaria sob as rodas, no lugar dela.

"Estava", ela disse. "É uma pena que tenha apenas uma sala. Em Londres, a maioria dos cinemas tem ao menos três."

"Então foi de Londres que você veio?"

"Sim. Já esteve lá?"

"Nunca estive em lugar nenhum", eu disse. "Fui ao norte uma vez, mas fiquei de castigo por isso."

"Ao norte?", ela perguntou, o rosto se contraindo, fazendo pequenas rugas surgirem em cima do nariz, seu sotaque lembrando Anthea Redfern em *The Generation Game*. "Quer dizer, do outro lado do Liffey?"

"Isso", eu disse.

"Como é aquela região?"

"Não muito diferente daqui", eu disse. "Mas eles são pobres e nós somos ricos. E temos os ônibus de número par e eles têm os ímpares."

"Somos ricos?", ela perguntou, surpresa. "Quero dizer, *vocês* são ricos?"

"Comparados com eles, somos."

"O que o seu pai faz?"

"Nada", eu disse. "Ele morreu. Se afogou na praia Curracloe quando eu tinha nove anos."

"Onde fica isso?"

"Em Wexford."

Ela pensou um instante e admirei o fato de não ter se dado ao trabalho de dar os pêsames. Afinal, ela não o conhecia. Mal me conhecia. "Ele deixou uma fortuna?", ela perguntou.

"Não, mas tinha seguro de vida", contei. "E agora minha mãe trabalha numa loja."

"Que tipo de loja?"

"A Clerys, na O'Connell Street."

"Ah, sim, já estive lá", ela disse. "Chapéus lindos. Mas caros. O que ela faz?"

"Não sei", respondi. "Nunca me ocorreu perguntar. Ela trabalhava para a Aer Lingus antes de se casar, mas disseram que era velha demais para voltar para lá depois que meu pai morreu."

Continuamos em silêncio por um tempo e tentei pensar em algum assunto. Eu não conhecia nenhuma menina exceto Hannah, portanto não tinha ideia do que dizer. Estudei na escola De La Salle, onde não permitiam meninas. Mas Katherine parecia contente com o sossego, caminhando comigo e cantarolando de vez em quando. Ainda assim, o silêncio me deixou inquieto.

"O filme é bom?", perguntei, enfim.

"Que filme?"

"*O poderoso chefão*."

"Ah, sim", ela respondeu, fazendo um rápido aceno com a cabeça. "Muito bom. Mas bem violento. É sobre uma família ítalo-americana de gângsteres e eles estão em guerra com outros gângsteres e tem um monte de tiroteios, mas os homens são lindos."

"São?", perguntei. "Eu não saberia dizer." De alguma maneira, me pareceu importante fazer tal asserção.

"James Caan está no filme", ela disse. "Sabe quem é James Caan?"

"Não", admiti.

"Oh, ele é uma delícia. Malvado até os ossos, mas irresistível. E tem um irmão mais novo que eu podia devorar por inteiro. Não sei o nome dele. E tem coisa para os meninos verem também. Diane Keaton. Sabe quem é?"

"Não conheço nenhuma das estrelas de cinema", respondi. "Não frequento esses círculos." Sorri para ela, tentando ser engraçado, e ela pensou um momento antes de jogar a cabeça para trás e rir.

"Ah, sim, entendi", ela disse, e por um instante imaginei que podia estar falando com a princesa Anne. "Essa foi muito boa. Você é um carinha engraçado, não é?"

Franzi as sobrancelhas, sem saber se eu gostava daquela descrição de mim.

"Tem uma parte na Sicília?", perguntei.

"Tem", ela disse. "Por que pergunta?"

"Uma vez me disseram uma coisa sobre isso."

"Você está pensando na parte em que Michael se casa, não está? Com uma siciliana burrinha, e ela tira a roupa na frente da câmera. Ela mostra os seios", ela acrescentou com voz séria antes de cair na gargalhada outra vez. "Estou surpresa que a censura daqui tenha deixado passar. Metade da plateia gritou e uivou, bando de animais. Parece que nunca viram um par de tetas na vida."

"Ah, isso", eu disse, desviando o rosto, agora arrependido de ter perguntado.

"Qual foi o último filme que você viu?", ela perguntou, cutucando minha costela com o indicador, o que me fez pular. Precisei pensar na pergunta, pois fazia muito tempo que eu não ia ao cinema.

"*101 dálmatas*", respondi. "Minha mãe me levou com minha irmã para ver no Adelphi antes do Natal."

Ela riu outra vez — ela parecia amar risadas — e deu um tapinha no meu braço. "Não, estou falando sério", disse.

"Sobre o quê?"

"Qual foi o último filme que você viu?"

"Não acabei de dizer?"

Por um instante, fiquei na dúvida se ela ouvia mal, mas então, vendo a expressão em meu rosto, ela tirou o pirulito da boca, meus olhos se fixaram no tênue fio de saliva que conectava seu lábio inferior à esfera de cereja, e ela parou de sorrir. "Ah, desculpe", ela disse. "Achei que você estava brincando. *101 dálmatas*. Certo. É bom?"

"É ótimo", respondi. "Tem esses cachorros, sabe, e uma velha horrível que quer sequestrar todos e…"

"Sim, eu conheço a história", ela disse. "Você devia ir ao cinema comigo um dia desses. Precisamos expandir seus horizontes, Odran. Você acha que *Último tango em Paris* vai passar em Dublin? Dizem que será banido. Passará em todos os cinemas do West End. A gente podia, quem sabe, pegar uma balsa e viver uma aventura."

Achei que meu rosto ia explodir. Eu sabia tudo sobre *Último tango em Paris*; todo mundo sabia. Não havia um único menino na minha escola que não quisesse ver. Bastava uma menção a manteiga para a sala inteira gargalhar histericamente.

"Você está ficando vermelho, Odran?", ela perguntou, me provocando.

"Não", insisti. "Está quente, só isso."

"É mesmo", ela concordou. "Quente demais para andar. Alguma chance de você me dar uma carona?"

"Uma o quê?", perguntei, olhando para ela metade horrorizado, metade tomado de desejo.

"Uma carona. Você sabe. Você pedala, eu me sento

atrás de você. Seguro na sua cintura para não cair. Diz que sim, vai? Está longe demais para voltar a pé e não tenho dinheiro para o ônibus."

"Está bem", eu disse, sabendo que não havia nada que eu pudesse fazer. Katherine Summers queria uma carona na minha Grifter e eu não tinha escolha senão dizer sim.

Não foi fácil pedalar de Harold's Cross a Churchtown e o suor transbordou pelas minhas costas e camiseta conforme impulsionava os pedais. Odiei pensar que Katherine teria que aguentar isso, mas ela não pareceu se importar. Ao longo de toda a viagem, manteve as mãos firmes na minha cintura, logo acima dos quadris, os dedos apertando com mais força quando passávamos por calombos, e uma vez, quando descemos a colina da Rathfarnham Road, tirei os pés dos pedais e estiquei as pernas como asas e ela se inclinou para a frente e abraçou meu corpo, gritando de alegria, os dedos entrelaçados à minha frente, a cabeça repousada no meu ombro esquerdo, o som de sua risada na minha orelha. Em outro momento, ela afundou um pouco as mãos e seus dedos se entrelaçaram logo abaixo da minha camiseta, tocando a pele nua acima do meu calção, e eu achei que ia bater num ônibus número 16 que vinha na direção oposta. Quando fizemos a curva para a Braemor Road, vi Stephen Dunne, que estava no mesmo ano que eu na escola; quando ele nos viu na bicicleta, ficou de queixo caído. Não pude resistir e berrei: "Como vai a vida, Stephen?", Katherine repetiu essas palavras em uma péssima imitação do meu sotaque e Stephen, embasbacado demais, trombou de frente com um poste, perdendo o equilíbrio para trás como uma cena de um filme de Charlie Chaplin, o que fez nós dois gargalharmos. Quando por fim entrei no acesso à garagem de Katherine, vi a sra. Rathley descendo a rua com seu carrinho de feira, observando com atenção,

110

mas desviei o rosto. Aquilo não tinha nada a ver com ela. Que reprovasse o quanto quisesse.

"Foi divertido", disse Katherine, jogando o cabelo para trás e sorrindo para mim ao descer. "Me leva de novo outro dia?"

"Levo", eu disse. "Se você quiser."

Ela pensou no assunto por um momento e olhou para mim de cima a baixo, sem nenhum pudor. Fiquei envergonhado pelo meu calção Penneys e camiseta do Pato Donald. Eu parecia uma criança. Mas algo na minha inocência deve ter surtido efeito positivo, pois ela concordou com a cabeça e sorriu. "Claro que quero, Odran. Por que não iria querer?"

Ao longo dos dias seguintes, senti que mamãe parecia um tanto distante e perguntei a mim mesmo se a sra. Rathley teria lhe contado sobre o que vira e se ela estaria brava por conta disso. Ela não gostava dos novos vizinhos, isso era fato. Não gostava de pessoas que viviam no pecado. Não gostava de meninas que andavam para cima e para baixo na Braemor Road usando minissaia e tênis e pirulito pendurado na boca. E não gostava dos ingleses, que tinham dado as costas para o papa, dizia ela, só para que um rei velho e gordo pudesse se casar com uma prostituta. Mas o que era uma vantagem, eu sabia, era sua incapacidade de abordar o assunto de qualquer maneira direta, pois isso seria reconhecer que Katherine Summers e eu tínhamos algum contato.

"Está tudo bem com você, Odran?", foi o que ela conseguiu perguntar, e fiz que sim com a cabeça e respondi que estava tudo ótimo, obrigado. "Os estudos vão bem?"

"Vão bem."

"E não há nada que esteja preocupando você?"

"Pobreza mundial?", eu disse. "A fome? Bombas nucleares?"

Ela franziu as sobrancelhas e fez que não. "Não tente ser engraçado, Odran. É uma característica pouquíssimo atraente."

O que não me incomodava de forma alguma, pois não era ela quem eu queria atrair.

A situação piorou duas semanas depois, quando minha mãe devia estar na Clerys para um turno vespertino de quinta-feira, que ia do meio-dia às nove. Katherine estava comigo no quintal, deitada em uma espreguiçadeira, as pernas e pés desnudos, as unhas pintadas de vermelho vivo, o rosto virado para cima conforme ela implorava ao sol por um pouco de luz, o eterno pirulito pendurado na boca. Eu estava com uma calça jeans que comprara na Michael Guineys, na Talbot Street, e custara quase todo o conteúdo do meu cofrinho, e uma camiseta dos Beatles, pois Katherine confidenciara que, quando tivesse vinte e um anos, estaria casada com George Harrison — "o homem mais bonito do mundo e muito espiritual também, não que isso faça diferença quando você tem um rosto daqueles" — e eu sabia que ela ia gostar.

"Você já quis viver num clima mais ensolarado?", ela perguntou. "Eu achava que Londres era ruim, mas Dublin é pior. A gente devia morar na Espanha."

"Vai precisar tomar cuidado com os rapazes espanhóis", respondi. "É só perguntar a Sharon Farr."

"Quem?"

Contei a história. Não evitei as palavras provocantes e tampouco enrubesci. Nas últimas duas semanas, vinha me esforçando para parecer mais maduro do que me sentia por dentro.

"Que depravada", disse Katherine quando terminei. "Mas aposto que ele era lindo. Todos são."

"Quem?"

"Os meninos espanhóis. O pequeno Miguel ou Juan ou fosse qual fosse seu nome. Ignacio", ela acrescentou após um momento, dizendo as sílabas devagarzinho.

"Eu não saberia dizer", repeti, reafirmando minha heterossexualidade inabalável. Eu teria dito o mesmo sobre George Harrison, mesmo que eu, sem nenhum sentimento desse tipo, precisasse admitir que havia algo em seu rosto que parecia obra de um Deus benevolente.

"Ah, Odran", ela disse, sacudindo a cabeça, "você sempre me faz rir. O que vamos fazer? Ficar sentados aqui a tarde toda ou arranjar alguma confusão para nos meter?"

"Não sei", respondi. "O que você gostaria de fazer? Podíamos ver televisão, mas não tem muita coisa passando a essa hora. Talvez *The Sullivans*, mas isso faria a gente querer se enforcar no lustre mais próximo. Posso preparar um sanduíche de geleia, se você quiser."

"Um sanduíche de geleia?", ela disse, sentando-se na espreguiçadeira, apoiando os cotovelos no encosto e tirando os desnecessários óculos escuros. "Odran Yates, você sabe direitinho como ganhar o coração de uma garota, não sabe? Um sanduíche de geleia? O que sua mãe vai achar desses seus pensamentos impuros?"

Eu ri. Não pude evitar. "Bom, não sei o que mais sugerir", eu disse — e a verdade era que, na minha inocência, eu realmente não sabia.

"Sabe o que a gente podia fazer?", ela perguntou, olhando bem nos meus olhos.

"O quê?"

"Você podia me mostrar o seu quarto. Nunca vi."

Engoli em seco, nervoso, tentando visualizar o que havia deixado espalhado lá em cima. Meias? Cuecas? A sunga usada no dia anterior, que pendurei para secar? Tinha um "P" na nádega esquerda, algo relacionado à marca, mas todos os moleques diziam que era de "pequeno". Já estava em meus planos jogá-la no lixo.

"Não sei", respondi. "Está meio bagunçado lá em cima".

"Vamos bagunçar mais." Ela se levantou, seguiu para a cozinha e olhou para trás. "E então, você vem ou quer que eu explore seu quarto sozinha? Tenho medo do que talvez encontre por lá."

Levantei de um salto e a segui, meu coração batendo com tanta força no peito que achei que saltaria para fora e quicaria pelo chão da cozinha, fazendo-a tropeçar e se estatelar no chão. Subi os degraus correndo no mesmo instante em que ela escolheu a porta certa — não era difícil, dizia "Quarto de Odran" sob um quadro de madeira de The Bash Street Kids — e entrou marchando.

"Ora, ora", ela disse, olhando à volta sem pressa. "Então este é o seu covil. É aqui onde…", ela baixou a voz, "tudo… acontece."

"Sim", respondi, recolhendo algumas coisas do chão, da escrivaninha e da cama e jogando dentro do guarda-roupas sem a menor hesitação.

"Você tem muitos livros", ela comentou.

"Gosto de livros."

"E um violino também. Por que não me contou?"

"Mamãe diz que, quando eu toco, parece alguém afogando um monte de gatos."

"Toca para mim?"

"Não."

"Está bem, não vou forçá-lo. Quem é esse?"

Olhei para o pôster na parede, um grande cachorro laranja com uma língua vermelha exagerada pendurada na boca. "É o Pluto", respondi.

"Sim, foi o que pensei. Você é um mistério, Odran,

sabia?", ela perguntou, se aproximando de mim, e não me afastei.

"Sou?", eu disse.

"Você já beijou uma menina?"

Fiz que não.

"Você quer?"

Fiz que sim.

"Então por que não beija?"

E eu beijei.

"Você está fazendo errado", ela disse, um instante depois.

"Estou?"

"Tente desse jeito."

Tentei daquele jeito.

"Melhor. Vamos deitar?"

Ela se deitou na minha cama de solteiro, esticando-se, e me deitei ao seu lado, sem saber o que era esperado de mim, nervoso e assustado, apesar da minha excitação crescente.

"Qual é a sua com Walt Disney?", ela me perguntou entre beijos.

"Qual é a sua com filmes de sacanagem?", perguntei de volta e ela sorriu, me puxando para mais perto.

Não sei por quanto tempo ficamos deitados juntos, talvez não tenha sido muito, mas em algum momento devo ter começado a pegar o jeito dessa história toda de beijar, pois ela pareceu gostar, ainda que eu mal conseguisse fazer o mesmo por estar tão concentrado em não cometer nenhum erro. Minha mão subiu por baixo de sua camiseta e ela me permitiu explorar um pouco conforme a dela seguiu mais para baixo e fez explorações por conta própria. E, por mais que eu estivesse gostando, por mais excitado com aquilo tudo, eu sabia da confusão na minha cabeça e que, na verdade, eu queria que ela fosse embora, apesar da minha incapacidade de dizer isso em voz alta. Eu não queria aquilo, não naquele momento, não ainda, mesmo considerando as inúmeras noites em que fiquei acordado naquela mesma cama imaginando o contrário. Eu era um menino inocente, claro, e era uma época de inocência. Cresci em uma casa inocente. Estava quase apaixonado por Katherine Summers, mas o que será que me fez querer que ela parasse de me beijar, parasse de me tocar com seus dedos compridos e finos; por que será que ansiava que ela simplesmente se levantasse e dissesse algo como "Puxa, isso foi gostoso, posso comer um daqueles sanduíches de geleia agora?", e então voltaríamos ao andar de baixo para jogar Banco Imobiliário? Olhei para ela, que estava de olhos fechados, um gemido tênue nascendo de suas profundezas, e ela se deitou de costas, deixando claro que desejava que eu me deitasse sobre ela, e assim o fiz, constrangido por tudo que acontecia lá embaixo, e foi quase um alívio — quase, mas não de fato — quando a porta se abriu sem aviso e ali estava mamãe, que voltara da Clerys por causa de uma de suas dores de cabeça.

Nós três ficamos imóveis por talvez vinte segundos, até que Katherine desceu da cama com delicadeza, ajustou a saia e a camiseta e então pôs a mão no bolso, de onde tirou um presente para minha mãe.

"Olá, sra. Yates", ela disse, em tom agradável. "A senhora quer um pirulito?"

Isso, se bem me lembro, foi numa tarde de quinta-feira; para minha surpresa, o padre Haughton veio nos visitar apenas na terça seguinte. Mamãe mal falava comigo, o que para mim foi ótimo, pois não tinha a menor vontade de conversar sobre o que ela presenciara. Eu estava constrangido, claro, e sem nenhum orgulho, sem nenhum sentimento de conquista por ter beijado e beijado uma menina, passeado com minhas mãos em seus peitos e permitido que ela me tocasse de um jeito que ninguém jamais havia tocado, por ela ter se deitado na minha cama e me colocado sobre si, sentindo minha rigidez, em que o simples afrouxar do meu cinto seria o último passo para uma calamidade.

Em vez disso, eu sentia uma terrível confusão, não por vergonha, mas porque parecia que esse nível de contato físico — que, em minhas fantasias adolescentes, eu desejava — não era para mim. Eu tinha certeza de que queria sexo com uma menina, qualquer menina, mas a oportunidade trouxe consigo a sensação de que aquilo era algo alheio à minha natureza. Não que eu quisesse uma menina diferente, ou um menino — não foi nada disso. Eu queria apenas ser deixado em paz. Para pensar. Para ler. Para perguntar a mim mesmo o que nenhum dos meus amigos ou família jamais perguntou. Pensei em me jogar no Dodder — um exagero, claro, mas tais são os extremos de ser jovem e estar perdido em incerteza.

O padre Haughton chegou depois do chá na noite de terça e, pela segunda vez em uma semana, me vi levando alguém de fora da nossa família para o meu quarto. Quando ouvi sua voz no corredor, soube que a visita era para mim. Não senti nenhuma indignação ou humilhação. Na verdade, dei boas-vindas à sua presença; nisso, eu era diferente dos outros meninos da minha idade, que prefeririam o chão se abrindo sob seus pés e os engolindo por inteiro. Mas eu tinha confiança naquele homem, confiança absoluta, e achei que ele talvez pudesse me ajudar.

Sim, eu confiava nele.

"Onde posso me sentar, Odran?", ele perguntou, passando os olhos pelo quarto. "Posso usar esta cadeira e você fica na cama?"

Concordei com a cabeça e ele se sentou à escrivaninha, onde eu costumava fazer minha lição de casa e observar o jardim perfeito da sra. Rathley pela janela. Ele olhou para mim e sorriu; fiquei sentado à sua frente, envergonhado, encarando o chão.

Quantos anos teria padre Haughton na ocasião? Na época, eu achava que ele tinha sessenta e cinco, mas, pensando agora, imagino que tivesse no máximo quarenta. Era um homem magro, de uma magreza aflitiva, com maçãs do rosto proeminentes e olhos bem fundos no rosto.

"Você está bem, Odran?", ele me perguntou.

"Estou ótimo, padre."

"Gostando da escola?"

"Sim, padre."

"Que bom. Em quais matérias você se sai melhor?"

Pensei no assunto. "Inglês, eu acho. Nas leituras e coisas assim."

"Nas leituras, sim. E no que você vai mal?"

"Geografia. E irlandês."

"É uma língua difícil."

"Nunca fui bom nela, padre."

"Eu também não. E que mal isso me fez, no fim das contas? Você nunca pensou em ir aos Gaeltacht no verão para aprender?"

"Não", respondi. "Mamãe diz que acontece todo tipo de coisa lá."

"Acontece mesmo, acontece mesmo. Rapazes do país todo. E moças também. Fazendo o que não devem. É chocante, não acha?"

"Sim, padre."

Ele suspirou e olhou ao redor, sua atenção se concentrando na fotografia de meu pai que eu mantinha no criado--mudo, uma imagem de divulgação de quando ele era o Jovem Covey em *A charrua e as estrelas*. Mamãe tentou tirá-

-la de mim uma vez, mas não deixei; foi a única vez — a única — na minha vida em que não cedi e consegui vencer.

Mas era também a única coisa no quarto que ela nunca limpava; toda semana eu precisava usar uma folha de papel-toalha para remover a poeira de cima do porta-retratos. "Você deve sentir falta dele, não é, Odran?", perguntou padre Haughton, apontando para a foto. "Digo, um homem na casa. Um pai. Você deve sentir saudade."

Fiz que sim.

"Não conheci meu pai. Você sabia disso, Odran?"

"Não sabia, padre."

"Bom, agora você sabe. Ele morreu um mês antes de eu nascer. Teve um ataque cardíaco na fila do correio, esperando para comprar um selo."

"Meus pêsames, padre."

"Ah, claro." Ele desviou o rosto e suspirou, perdido em pensamentos por alguns instantes, antes de se virar para mim outra vez e oferecer algo parecido com um sorriso. "Você sabe por que estou aqui, Odran?", perguntou.

Fiz que não, apesar de saber muito bem.

"Sua mãe achou que nós precisamos ter uma conversa. Você não se incomoda, não é? Está disposto a conversar comigo?"

"Claro que sim, padre."

"Eu mesmo já fui menino, sabia? Não ria", eu não estava rindo, "mas sei o que é ser um menino adolescente. Não é a época mais fácil da vida. Todas aquelas tarefas da escola. Você está crescendo. E tem também, claro, as... como podemos dizer... as distrações."

Fiquei em silêncio. Tomara a decisão de não falar nada, não me manifestar, a não ser que ele fizesse uma pergunta direta. Deixaria que ele falasse o que precisasse ser dito e escutaria, e então, pronto.

"Você se considera distraído, Odran?", ele perguntou

e permaneci calado, engolindo em seco audivelmente e dando de ombros. "Me responda."

"Às vezes", eu disse.

"De que maneira você fica distraído?"

"Como se eu não conseguisse me concentrar", sugeri, sem saber se era a resposta certa. De repente me lembrei dos minutos que eu passava do lado de fora do confessionário todas as manhãs de domingo, onde, em vez de listar meus pecados da semana, eu usava a imaginação para inventar o que achava que o padre queria ouvir. Eu disse um palavrão. Eu fui malcriado com a minha mãe. Joguei uma pedra num menino na rua sem nenhum motivo.

"E por que você não consegue se concentrar, Odran?", ele perguntou, inclinando-se para a frente com uma expressão preocupada no rosto. "Diga-me. Tudo fica somente entre nós. Não falarei sobre isso com sua mãe. Nada que for dito dentro dessas quatro paredes sairá daqui. Por que você não consegue se concentrar?"

Eu sabia a resposta que ele queria, mas não tive coragem de dizer; era constrangedor demais. "A televisão", eu disse. Parecia uma resposta boa como qualquer outra.

"A televisão?"

"Sim."

Ele pensou no assunto. "Você assiste muita televisão, Odran?", perguntou.

"Assisto", admiti. "Mamãe diz que assisto demais."

"E ela está certa?"

"Eu não sei."

"O que você vê na televisão, Odran?"

"O que estiver passando."

"Mas o quê? Conte-me sobre os programas de que você gosta."

"*Top of the Pops*", eu disse.

"Ah, sim", ele disse. "É o programa de música, não é?"

"Sim, padre."

"Você gosta da música?"

"Gosto, padre."

"De quem você gosta? De quais cantores?"

"Dos Beatles", eu disse.

"Ouvi dizer que eles se separaram."

"Sim", eu disse. "Mas vão voltar. Todo mundo diz que eles vão voltar."

"Ah, seria ótimo. De quem mais você gosta?"

"Elton John. David Bowie."

"Mais alguém?"

"Sandie Shaw."

"Eu conheço essa, não conheço?", ele perguntou, seu rosto se iluminando. "Ela canta descalça, não é?"

"Sim, padre."

Ele hesitou por um momento e reparei como aquele pescoço magro inchava quando ele engolia em seco. "Você gosta disso, Odran? Gosta de vê-la descalça na televisão?"

Dei de ombros, desviando o rosto. "Sei lá", eu disse.

"Acho que sabe, sim."

"Ela tem canções boas", eu disse.

"É mesmo? Eu a vi na televisão uma vez, Odran. No Eurovision Song Contest. Você assiste ao Eurovision Song Contest, Odran?"

"Sim, padre."

"Você a viu nesse festival?"

"Sim, padre. Mas já faz alguns anos."

"E o que você achou dela?"

"Achei ótima."

"Quer saber o que eu achei, Odran?"

"Sim, padre."

"Devo lhe dizer?"

"Sim, padre."

Ele se inclinou para a frente. "Achei que ela é uma garota imunda. Uma dessas moças apáticas sem nenhum senso de decência. Mostrando as partes para o mundo todo ver. Como ela conseguirá encontrar um homem para se casar se continuar fazendo isso? Você pode me dizer, Odran?"

Fiz que não. "Eu não sei, padre." Quis que ele fosse embora.

"Há muitas dessas por aí, não há, Odran? Garotas imundas. Eu mesmo as vejo, andando para cima e para baixo por toda parte sem nenhum pingo de vergonha. Esta paróquia decerto foi para o inferno. Eu as vejo na missa de domingo e o jeito como elas se vestem faz parecer que fui dormir em Churchtown, mas acordei em Sodoma e Gomorra."

"Nas duas, padre?", perguntei, me arriscando.

"Sodoma *ou* Gomorra, então. Isso foi uma piada, Odran?"

"Não, padre."

"Espero que não. Pois este não é um assunto engraçado. De jeito nenhum. Estamos falando da sua alma. Você entende isso? Da sua alma eterna. Você fica aí, sentado com seu rostinho bonito, inocente como se manteiga não derretesse na sua boca, o tempo todo tentando fugir de mim para voltar para a sala e ver as garotas imundas na televisão. Estou certo, Odran, não estou? Olhe para mim, Odran."

Olhei para ele devagar e ele trouxe a cadeira para mais perto. "Você é um homem mau, não é, Odran?", ele perguntou baixinho. "Esse seu rosto", ele acrescentou com um suspiro e sua mão se levantou para me tocar, os dedos acariciando minha bochecha com delicadeza. "Eu sei que você sofre. Todos nós sofremos. Mas estou aqui para ajudá-lo com seu sofrimento, menino adorável." Ele recolheu a mão e pousou ambas no colo ao olhar direto para mim. "Sua mãe me contou o que aconteceu com a garota inglesa", ele disse após uma longa pausa.

"Não aconteceu nada, padre", eu berrei, mas ele levantou a mão para me silenciar.

"Não minta para mim. Ouvi tudo de sua sofredora e envergonhada mãe. Imagine, se comportar desse jeito numa casa como esta, onde você sempre recebeu o melhor de tudo. Sua mãe já não sofreu o suficiente com a maneira como seu pai se foi? E o menininho que ele levou consigo, aquele menininho inocente? Portanto, não ouse mentir para mim, Odran. Não venha dizer que não aconteceu nada, pois não hei de tolerar, escutou bem?"

"Sim, padre", eu disse, agora angustiado, pois sua voz estava se elevando e se tornando mais aguda.

"Quero que você me conte o que aconteceu com a garota inglesa, aquela garota inglesa imunda. Conte-me o que você fez com ela."

Engoli em seco e tentei encontrar as palavras. "Ela queria ver meu quarto", eu disse.

"Claro que queria. E o que ela fez quando entrou aqui?"

"Ela viu meus livros. E meu violino. E meus pôsteres."

"E ela o fez cair em tentação?"

"O quê?"

"Ela o fez cair em tentação, Odran? Não finja que não sabe ao que me refiro."

Fiz que sim.

"Você a beijou, Odran?"

Fiz que sim outra vez.

"Você gostou, Odran?"

"Eu não sei."

"Você não sabe?"

"Não."

"Como você não sabe?"

"Eu gostei um pouco."

Ele respirou pesado pelo nariz e mudou de posição na cadeira. Agora seu rosto estava lívido. "E o que ela fez depois disso, Odran? Ela mostrou alguma coisa?"

Levantei o rosto, desejando que ele me deixasse em paz.

"Os peitinhos", ele disse e naquele instante reparei como seus dentes eram amarelos. Será que ele nunca escovava? "Ela mostrou os peitinhos para você, Odran? Ela pediu que você os tocasse?"

Senti meu estômago afundar dentro de mim. O que ele estava perguntando? "Não, padre", eu disse.

"Ela tocou em você? Tocou em você lá embaixo?" Ele usou a cabeça para indicar a região abaixo da minha cintura. "Conte-me o que ela fez, Odran. Ela tocou em você? E você, tocou em si mesmo? Mostrou a ela o que tem aí? Você é um garoto imundo, Odran, é isso? Eu acho que é. Acho que você faz um monte de coisas neste quarto, não faz, Odran? Tarde da noite. Quando acha que ninguém está ouvindo. Você é um menino imundo, Odran, é isso? Pode me dizer. Vamos, diga."

Comecei a chorar. Senti o quarto girando, como se eu estivesse à beira de um desmaio. Ele falou mais, muito mais, mas não ouvi a maior parte. Ele se aproximou de mim, sentou ao meu lado na cama e pôs o braço ao redor dos meus ombros, puxando-me para mais perto, e começou a sussurrar em meu ouvido e a dizer que as garotas imundas queriam corromper todos os bons meninos, todos os meninos lindos, e precisávamos ser fortes e ter fé uns nos outros e nos consolar com as pessoas que conhecíamos e em quem confiávamos, e ele era meu amigo e queria que eu soubesse que eu podia confiar nele e aquilo não passava de uma brincadeira, nada mais, não era motivo para preocupação, e acho que nesse instante eu desmaiei de fato, pois, quando abri os olhos outra vez, eu estava deitado de costas na cama, o quarto estava vazio, padre Haughton tinha ido embora e a porta estava fechada.

Ergui o tronco e fiquei sentado na cama, observando o pôster do Pluto, que me encarava com aquele sorriso enorme e aquela língua obscena pendurada como se ele quisesse me lamber para fora da cama e me engolir por inteiro; em seguida eu estava em pé, arrancando-o da parede, rasgando aquele maldito cachorro em mil pedaços e amassando tudo dentro da lixeira. Sentei na cama e pensei nas coisas por bastante tempo. E movi algumas coisas para um canto da minha mente e outras para outro canto, onde ficaram por muitos e muitos anos. Fui ao banheiro e me lavei; então, desci e encontrei minha mãe chorando à mesa da cozinha.

"Mãe", eu disse. "O que foi?"

"Estou feliz, Odran", ela respondeu, levantando o rosto para me ver, os olhos avermelhados. "Só isso. Estou feliz. Padre Haughton disse que é verdade, que você tem uma vocação. Ele disse que estou certa e que você devia ser padre. Você disse isso a ele, Odran? Disse a ele que quer ser padre?"

Fiquei perto da mesa da cozinha, minha mãe chorando, e ali estava eu, pouco além de uma criança inocente. E, mesmo com todas as lembranças que ressurgem em enxurrada quando penso naquela época, mesmo com todos os mínimos detalhes de todas essas recordações, não consigo de jeito nenhum me lembrar o que respondi. Mas sei que não foi muito depois disso que embarquei em um ônibus com destino a Clonliffe College, enquanto Tom Cardle vinha de Wexford no trator de seu pai.

E quanto ao padre Haughton? Ele morreu algumas semanas depois. Estava atravessando a esquina da Dawson Street com a St. Stephen's Green sem olhar para onde ia e foi atropelado por um ônibus número 11 que seguia para Drumcondra.

Uma multidão esteve em seu enterro.

2010

"Não será para sempre, não precisa se preocupar. Só alguns anos. E então eu o mando de volta para sua escola. Prometo."

Foi o que o arcebispo Cordington — agora cardeal Cordington, claro — me disse quando visitei o Palácio Episcopal, em 2006. Quatro anos tinham se passado desde então e eu continuava como cura na antiga paróquia de Tom Cardle, sem nenhum sinal de um possível retorno ao meu antigo Éden. A essa altura, a maioria dos meninos aos quais dei aula tinham feito o Junior Cert e o Leaving Cert e estavam sentados em anfiteatros no Trinity College, viajando de Paris a Berlim com o passe Eurorail guardado nas mochilas ou trabalhando com seus pais em bancos ou administradoras de imóveis, na dúvida se agora era de verdade, se era ali onde ficariam até seus próprios filhos nascerem e crescerem para assumir seus lugares.

Um aluno faleceu, um menino que conheci apenas de maneira superficial, morto ao sair de carro pela M50 na direção de Dún Laoghaire, bêbado, levando a namorada, a irmã dela e o namorado da irmã consigo. O funeral foi realizado na igreja em Terenure e o padre, o mesmo padre

Ngezo que me substituíra quatro anos antes, falou com sua voz grave sobre a dedicação do rapaz à Leinster Schools Cup, consideração que não deve ter sido grande conforto para os seis pais cujas vidas tinham sido destruídas. Outro aluno alcançara os últimos estágios de um programa de talentos de televisão e estava em todos os jornais; diziam que ele ganharia milhões nos próximos anos, se tivesse o agente certo. Um terceiro foi preso por abuso a uma jovem numa discoteca; ele jurou inocência, mas eu me lembrava da atitude do garoto na sala de aula, seu ar de superioridade, o privilégio vulgar que ele cultivara diante de seu séquito, e duvidei da ausência de culpa. Acompanhei o julgamento com atenção e fiquei aliviado por não ter sido chamado como testemunha abonatória. Ele foi considerado culpado pelo crime, mas seu pai mexeu uns pauzinhos, claro, e o menino não passou um único dia na cadeia. O juiz declarou que o moleque tinha um futuro brilhante pela frente e seria vergonhoso negar-lhe uma segunda chance; sua punição foi serviço comunitário. Cem horas. Era a diferença entre cometer um crime ao sul ou ao norte do Liffey. Uma foto do menino sorrindo na primeira página do *Indo* no dia seguinte, enquanto a desafortunada menina que ele atacara foi mostrada saindo do tribunal em lágrimas, era suficiente para fazer qualquer um querer levar uma lata de querosene e um fósforo a todas aquelas escolas de muro alto que faziam ele e seus semelhantes serem laureados como heróis por correr cento e quarenta metros de grama para enfiar uma bola no chão do outro lado de uma linha branca.

Ainda assim, apesar de tudo, eu tinha saudade. E queria ansiosamente voltar.

Era angustiante pensar nas condições em que a biblioteca, a *minha* biblioteca, estaria agora. Livros fora do lugar, autores guardados nas seções erradas. Quando se tratava da organização das estantes da minha biblioteca, sempre desconfiei ter um pouco dessa coisa moderna que todo mundo diz ter, TOC. Enquanto os alunos arrastavam os pés voltando para casa de noite, era muito prazeroso arrumar aquele aposento, devolver tudo ao devido lugar. Era relaxante. E, vaidade minha, eu supunha que a pessoa agora responsável por ela nunca valorizaria a minha organização.

Em vez disso, fui forçado a aceitar a vida em uma paróquia. Aprendi a gostar de certos aspectos dessa vida, os aspectos pastorais, nos quais, inclusive, fiquei melhor com o passar do tempo. Senti minha relação com Deus se aprofundar de uma forma que nunca tinha acontecido na escola. Orações se tornaram mais importantes que organização de estantes. Eu tinha mais tempo para mim mesmo e passava boa parte dele em contemplação, rememorando os motivos pelos quais eu me sentira apto para o sacerdócio no início. Me dedicava mais à minha Bíblia, tentando arranhar a superfície de seus significados. Pensava sobre minha Igreja, as coisas que me faziam ter orgulho dela, o que me incomodava nela. Com tudo isso, passei a me sentir um homem melhor, um homem de mais valor — e, ainda assim, em meu egoísmo, eu ansiava por voltar para casa.

Éramos três em comunhão: o pároco, um idoso chamado padre Burton, quieto, mas trabalhador. Comprometido com sua vocação. E seus dois ajudantes, padre Cunnane e eu. Padre Burton não morava conosco e mantinha apenas uma governanta como companhia, uma mulher formidável que o tratava feito criança, lavando suas roupas e cozinhando suas refeições, e se portava como uma autoridade da Guarda Suíça quando se tratava de visitantes indesejados. Padre Cunnane e eu não tínhamos tais luxos, morando um ao lado do outro em dois pequenos apartamentos anexos à igreja. Não nos dávamos muito bem, nós dois, e dá para acreditar se eu dissesse que a culpa era exclusivamente dele? Era mais jovem que eu, com trinta e poucos anos, e só queria falar de rúgbi isso e futebol aquilo, boxe isso e corrida de cavalos aquilo. Juro que ele teria se saído melhor como correspondente de esportes para o *Irish Times* do que como cura em uma paróquia do norte de Dublin. Ele, por sua vez, parecia incomodado por ser forçado a trabalhar com um homem vinte anos mais velho, deixando claro seu descaso por mim sempre que eu demonstrava ignorância sobre os eventos esportivos que tanto o fascinavam.

"Como assim, você não sabe quem é Rafa Nadal?", ele perguntou, incrédulo, quando quis saber minha opinião sobre Roger Federer e se sua sequência de vitórias do Grand Slam seria algum dia interrompida. "Ele é famoso no mundo todo."

"Ele joga futebol?", respondi, provocando-o; eu sabia muito bem quem era Nadal, mas vê-lo irritado era divertido. Além disso, chamar de *Rafa* me parecia uma afetação desnecessária. Afinal, eles eram amigos? "Ele joga para o Man United?"

"Porra nenhuma", disse padre Cunnane, que gostava de usar certas palavras para me escandalizar. "É um jogador de tênis. Espanhol."

"Ah, certo."

"Você está dizendo que nunca ouviu falar nele?"

"Não sei muito sobre tênis. Mas meu sobrinho, Aidan, é um grande fã do Liverpool Football Club. Ou era na infância, pelo menos." Se Aidan continuava ou não interessado por esse tipo de coisa era um mistério para mim, pois eu não o via desde o enterro de seu pai, dez anos antes, quando ele ficou sentado e taciturno, demonstrando pouca emoção, apesar de ter sido próximo de Kristian. Ele me tratou com desprezo naquele dia, chamando-me de *padre* muitas vezes com tamanha aversão na voz que fiquei magoado, pois eu jamais oferecera ao rapaz algo que não fosse gentileza em toda sua vida. Mas atribuí a atitude desrespeitosa ao luto. E, apesar de inúmeras tentativas de restabelecer relações com ele desde então, perdemos o contato, e eu não sabia se ele ainda estava em Londres.

"Liverpool?", perguntou padre Cunnane sem acreditar, quase cuspindo no chão, a palavra como veneno em sua boca. "Em que ano estamos, 1985? Liverpool sumiu faz tempo. Não ouviremos mais nada sobre Liverpool, não em vida."

Padre Cunnane, assim como Tom Cardle, era de Wexford, mas, por alguma razão inexplicável, seguia o West Ham United com uma paixão que beirava a religiosa. Pôsteres dos jogadores do time enfeitavam as paredes de seu diminuto apartamento como se ele ainda fosse adolescente, e era raro que fosse visto ao ar livre sem um lenço clarete e azul em torno do pescoço. Ele provinha da região de Ferrycarrig, cerca de dezesseis quilômetros da praia onde meu pai pusera fim à própria vida. Certa vez, quando estava embriagado, ele me contou sobre sua infância e adolescência, sobre como tinha sido campeão de natação e participado de uma competição chamada Iron Man, e como recebera um chamado de Deus e entrou no seminário aos vinte e dois anos, largando um curso de engenharia na Universidade de Limerick para, em vez disso, matricular-se no curso de filosofia em Maynooth.

"E esse chamado", perguntei a ele, "como veio até você?"

"Eu estava caminhando em Sinnott's Hill certa tarde. E o que vejo à minha frente senão um arbusto em chamas, e então as nuvens se abriram e a voz do Senhor derramou-se sobre mim e disse 'Seja um bom garoto e vire padre, está bem?'." Ele esperou alguns instantes, apreciando a expressão chocada em meu rosto, antes de gargalhar. "Estou só provocando você, Odran", ele disse, dando um soco no meu braço. "Você não se importa que eu o chame de Odran, não é? Acho melhor usar nossos primeiros nomes quando estamos apenas nós dois. Mas agora vou dizer a verdade, se você quer mesmo saber. Para ser sincero, eu não tinha nenhum plano para o sacerdócio. Não fui nem coroinha quando era pequeno. Nossos pais nos levavam à missa, claro — precisavam levar, senão ninguém visitaria a loja deles —, mas não tinha nenhum significado para mim nem para eles. Eu era terrível, um homem de mulheres e bebida, não vou negar, por isso nunca passou pela minha cabeça ter uma vida como esta. Mas espere até eu contar o que aconteceu. Meu irmão, Mark, exatamente um ano mais velho que eu, teve um acidente de moto e foi parar no hospital de Wexford, numa máquina de suporte à vida. Ninguém sabia se ele sobreviveria. Os médicos disseram que não conseguiam nem confirmar se havia atividade cerebral. Eu e Mark fomos sempre muito próximos, muito mesmo, e, quando as coisas pareciam perdidas, eu estava no hospital certa tarde, a mente atormentada, aquela coisa toda, e passei pela capela e pensei, que mal pode fazer? Entrei e me ajoelhei e orei para Ele lá em cima, e pedi que Ele cuidasse de Mark e o trouxesse de volta para nós em segurança, e, se Ele o fizesse, não haveria o que eu não oferecesse em troca. E eu senti uma coisa, Odran. Juro por Deus que senti algo se mover dentro de mim. Nas minhas entranhas. Naquele momento, eu sabia que, se eu quisesse meu irmão de volta, deveria dedicar minha vida a Deus, a Seu serviço, e deveria abandonar as mulheres para sempre. Quando saí daquela capela e pisei no corredor do hospital, foi como se eu tivesse renascido."

"E seu irmão?", perguntei, intrigado pela história, pois nunca ouvi revelação parecida; me disseram que eu tinha uma vocação e nunca me ocorreu questionar. "E quanto a Mark? Ele melhorou?"

"Não, ele morreu", respondeu padre Cunnane, balançando a cabeça, o rosto agora abatido com uma dor ainda presente. "Foi horrível. Ele morreu, o coitado. E eu não podia voltar atrás com a minha palavra. Mas não culpei Deus pelo que aconteceu. O que tinha me tocado naquela capela não iria embora, e por isso telefonei para o bispo de Ferns logo depois e perguntei se ele achava que eu devia fazer alguma coisa em relação a isso, e ele me deu um número para ligar e cá estou, dez anos depois. O que você acha disso?"

O que eu poderia achar daquilo? Todos chegamos ao sacerdócio por caminhos diferentes. Não cabia a mim questionar nenhum deles.

"Agora, me diga uma coisa, Odran", ele acrescentou um instante depois. "Quem você acha que vencerá o World Championship deste ano, Fernando Alonso ou Sebastian Vettel?"

Para mim, uma das vantagens da vida paroquiana era o fato de meus dias serem mais variados do que em Terenure, onde um cronograma rígido vigorava durante o período letivo, uma grade escolar que, para quem morava ali, se tornava apenas um pouco mais tratável nas férias.

Em certos dias, eu tinha compromissos com paroquianos; em outros, talvez houvesse trabalho administrativo a ser feito. Casamentos podiam requerer preparo para os fins de semana e um curso de noivos, Deus me ajude, a ser oferecido antes disso. Um paroquiano idoso talvez estivesse doente e precisasse de uma visita em domicílio; uma unção dos enfermos talvez fosse necessária, ou então uma oração por um ente querido que lutava para respirar ou definhava por doença. Nas tardes de sexta-feira, havia as reuniões com os coroinhas, nas quais as missas eram divididas entre os meninos. Na terça à tarde, eu reservava um tempo para mim, pois havia uma visita semanal que eu nunca perdia e sobre a qual meus dois colegas não sabiam, já que jamais tinham demonstrado interesse por meu destino nesses dias.

Terças-feiras representavam uma jornada de ônibus — mais fácil que dirigir — e uma caminhada curta ao asilo de Hannah, onde eu lhe fazia companhia por uma hora. Ela se afastava e se aproximava da sã consciência. Num dia, talvez contasse acontecimentos de nossa infância, que lembrava nos mínimos detalhes; em outro, falava sobre uma mulher que conhecera enquanto cumpria pena na Mountjoy, sendo que minha irmã jamais havia sequer conversado com um Garda na vida. Ela era capaz de perguntar se o Taoiseach, o chefe de governo, estava no corredor, pois tinha papéis que ele queria — "você está sentado neles, Odran, por favor levante-se antes que os amasse". Nunca encontrei Jonas ali — concordamos que não fazia sentido ele visitar a mãe quando eu já estava com ela — e ele costumava ir nas manhãs de quarta ou domingo, a não ser que estivesse fora do país em turnê ou em um festival literário em algum lugar. Meu Deus, o menino parecia passar mais tempo fazendo essas coisas do que eu considerava saudável para ele.

Mas hoje não era terça. Eu não visitaria minha irmã, não tentaria puxá-la para a lucidez que lhe fugia. Era quarta-feira, e eu tinha uma conversa marcada com uma de minhas paroquianas, Ann Sullivan, para o período da tarde. Eu conhecia Ann — era uma das quatro mulheres de meia-idade que cuidavam das flores da igreja e faziam uma limpeza rápida todas as manhãs, após a missa das dez — e ela me encurralara dois dias antes no mercado Spar para perguntar se eu teria tempo para vê-la durante a semana, e eu disse é claro. Pela expressão em seu rosto, era óbvio que ela estava preocupada com alguma coisa.

"Eu talvez traga Evan comigo", ela disse.

"Evan?"

"Meu menino."

"Oh, sim." Eu tinha uma vaga ideia da pessoa a quem ela se referia. Seu filho, que parecia ter cerca de dezesseis anos, arrastado à missa contra a vontade todas as manhãs de domingo e cujo assento provavelmente estaria vago em um ou dois anos. "Claro. Por favor, traga-o."

"E meu marido, Seánie."

"Como tem passado Seánie? Não o vejo na missa com frequência."

"Por favor, padre, não comece", ela disse. "Tenho problemas maiores no momento."

"Bom, ficarei feliz se puder ajudar de alguma forma. Digamos, quarta, às quatro?"

Ela fez que sim; pude perceber como era doloroso para Ann admitir que havia um problema na família, e desejei ter mais talento para fazer meu trabalho. Fosse o que fosse que a preocupava, eu esperava poder ajudar.

"O que devo trazer, padre?", ela perguntou.

"Trazer?"

"Uns biscoitos, talvez? Do que o senhor gosta, dos integrais de chocolate?"

Precisei de todas as minhas forças para não rir. "É gentil da sua parte, mas não precisa, Ann", respondi. "Venham. Eu mesmo providencio uns biscoitos, caso a gente fique com fome."

"Está bem", ela disse, indo embora apressada.

A campainha foi tocada no horário combinado e ali estava Ann Sullivan à minha porta, vestida com suas melhores roupas de domingo e cabelos recém-cortados, com o

135

menino Evan ao seu lado, encarando o chão. Nenhum sinal de Seánie.

"Ele teve que trabalhar", Ann explicou enquanto eu preparava um chá. "Surgiu um imprevisto de última hora numa das casas do meu irmão. O senhor sabe que ele é arquiteto, não sabe, padre? Seánie faz muitos trabalhos para ele, como mestre de obras."

Não acreditei em nenhuma palavra. Seánie era um daqueles homens sem nenhum interesse pela igreja, boa sorte para ele, portanto eu já não esperava que ele viesse. Apenas sorri e não fiz perguntas.

"Que bom ver você, Evan", eu disse, tentando ser amigável, pois não haveria motivo para os dois estarem ali senão algo relacionado a ele.

"Certo", ele respondeu, olhando para o chão e escorregando o tênis pelo pavimento como em uma dança particular. Observei-o, tentando decifrar a expressão em seu rosto, esperando encontrar algum tipo de angústia — a maioria dos jovens parecia semitraumatizada hoje em dia, como se tivessem passado os últimos dois anos trabalhando nas minas ou escravizados em um Gulag —, mas não detectei nada. Na verdade, ele parecia bastante plácido. E entediado. Me ocorreu que ele não se parecia em nada com a mãe, que era de um tipo bastante comum. Pensando bem, creio que alguém tinha contado, talvez a própria Ann, que ele era adotado. Era um rapaz bonito, com cabelo loiro dividido na testa como cortinas, no estilo das *boybands* na televisão. Ele me lembrava Jonas. Um Jonas mais novo. Tinha aquele aspecto norueguês que definia meus dois sobrinhos, que puxaram o pai, não minha irmã. Por um instante, pensei que a ancestralidade biológica de Evan talvez fosse escandinava também.

"E então, como posso ajudá-los?", perguntei, abrindo

bem os braços. Ann desviou os olhos, constrangida, talvez até arrependida de ter vindo.

"É Evan", disse Ann.

"Na verdade", disse Evan, agora levantando o rosto e sorrindo para mim, todo dentes brancos e covinhas, "não sou eu. É minha mãe."

"Então são os dois", respondi, sorrindo também, e Evan, mesmo naquela situação, se permitiu uma risadinha, um chacoalhar de ombros, enquanto Ann negou com a cabeça, os lábios contraídos.

"Não sou eu", ela insistiu. "É ele."

"Não", respondeu Evan, com calma. "Eu estou ótimo."

"Sorte sua", eu disse e Evan olhou para mim com o rosto inclinado e uma expressão intrigada, como se não tivesse certeza do que achar de mim.

"Qual a sua idade, padre?", ele perguntou.

"Evan, não pergunte esse tipo de coisa ao padre", interveio Ann.

"Não tem problema, eu não me importo", respondi. "Tenho cinquenta e cinco."

"Você deve se cuidar, não? Eu diria quarenta e tantos, no máximo."

Abri minha boca para responder, mas não consegui pensar em nada; eu não sabia muito bem o que fazer com aquele comentário.

"Meu pai tem a sua idade", continuou o rapaz. "Mas você não diria se o visse. Ele é um gordo idiota."

"Evan!", disse Ann.

"Ora, é sim. Não estou dizendo isso pelas costas dele, padre. Já falei na cara dele. Ele não para de comer e não faz nenhum exercício. Temo que aconteça alguma coisa. Mas ele ri quando eu digo isso. Eu amo meu pai, mas o fato é que ele é um gordo idiota e não quero que ele tenha um ataque cardíaco."

"Evan, quer parar?", disse Ann. "Sinceramente, padre, não sei por que ele diz essas coisas. Seánie não é gordo."

"Ele é, sim", respondeu Evan, dando de ombros.

"Não é, não."

"Ele é do tamanho de uma casa."

"É sobre isso que vocês querem conversar?", perguntei. "Você está preocupado com seu pai?"

"Não, não é isso", disse Ann, se inclinando para a frente. "Isso é só Evan bancando o esquisito."

"Está bem", respondi. "Bom, então por que vocês não me contam o que os trouxe aqui hoje? Seja o que for, eu gostaria de poder ajudar."

"Não consigo, padre", ela disse, desviando o rosto. "Simplesmente não consigo."

Fechei os olhos por um momento e expirei. Uma visão passou diante dos meus olhos: a biblioteca do Terenure College. Eu daria tudo para estar lá naquele momento. Caos nas estantes. Alguém guardando a trilogia *Ritos de passagem*, de William Golding, na ordem errada. Os romances de Claire Kilroy misturados com as histórias de Claire Keegan. Em momentos como aquele eu desejava estar lá para consertar as coisas, e não precisando cavar fundo para descobrir um problema pessoal o qual era muito provável que eu fosse incapaz de resolver. E por que eles tinham vindo até mim, justo eu, que não sabia nada sobre a vida?

"Este é um lugar seguro", eu disse, enfim, parecendo um daqueles terapeutas americanos que a gente vê nos programas de televisão. Eu tinha visto Gabriel Byrne em um deles na noite passada; nada menos que magnífico. Vi seis episódios em seguida. "Podem dizer o que quiserem aqui, vocês dois. Vai ficar entre estas quatro paredes."

Ann respirou fundo e pareceu estar juntando coragem. "Padre", ela disse afinal, consertando a postura e fixando os olhos nos meus. "Precisamos falar sobre o Evan."

Eu estava bebendo o chá naquele momento e quase fiz uma cena embaraçosa; creio que ela não sabia por que eu estava rindo, mas o rapaz sim, pois olhou para mim e sorriu.

"O senhor está bem, padre?", ela perguntou.

"Desculpe", eu disse. "O chá não desceu direito."

"Tem uma coisa errada", continuou Ann.

"Não há nada de errado", disse Evan. "Não comigo, pelo menos. Pelo contrário, as coisas estão muito bem agora."

"Pelo contrário", ela repetiu, com escárnio, e sacudiu a cabeça.

"Qual o problema?", perguntou Evan.

"Oh, Evan, pare com isso, sim? Você não está impressionando ninguém."

O menino olhou para mim, aturdido. "Tudo o que eu disse foi *pelo contrário*."

"Comporte-se, nada mais que isso", disse Ann.

"Estou me comportando", respondeu Evan. "Padre, o senhor acha que eu não estou me comportando?"

"Ann", eu disse, ignorando a pergunta, "por que você não me conta o que exatamente a preocupa tanto?"

"Evan tem um... ele tem um amigo", ela respondeu, após uma longa pausa.

Olhei da mãe para o filho, espantado. Evan tinha um amigo. Ora, que bom para ele. Era motivo para preocupação? Será que eu precisava avisar o *Six One News*?

"Um amigo", eu disse.

"Um amigo próximo", esclareceu Ann.

"Um amigo muito, muito, muito próximo", concordou Evan.

"Não estou entendendo", eu disse.

"Eles passam tempo demais juntos", acrescentou Ann.

"Não é isso que os amigos fazem?", perguntei, confuso.

"Ah, pare com isso, padre", disse Evan, sua postura calma falhando um pouco; ele agora parecia irritado. "Não se faça de desentendido."

"E se eu não estiver me fazendo de nada?", perguntei. Fosse o que fosse, o que quer que estivesse acontecendo ali, eu sentia que por enquanto estava agindo da maneira correta. Estava acostumado com rapazes da idade dele, trabalhara com eles durante anos. Não me assustavam ou intimidavam. Eu sabia qual era o molde, sabia qual era o cheiro. Nada do que pudessem dizer me deixaria chocado ou constrangido, por mais que tentassem.

"Não é certo", disse Ann.

"O que não é certo?"

"Ah, pelo amor de Deus", disse Evan, com um suspiro longo e teatral, tirando o cabelo do rosto em um gesto que suspeitei ter sido treinado por horas diante do espelho. "Eu tenho um namorado", ele falou com voz arrastada e tom entediado. "O nome dele é Odran. Estamos saindo juntos. Pronto, é isso. O mundo não acabou."

"Odran é meu nome", comentei e ele apenas olhou para mim, piscando algumas vezes com a surpresa.

"Não sei bem o que fazer com essa informação?", ele respondeu, naquele jeito americano irritante de transformar uma afirmação em uma pergunta.

"Esse tal de Odran é um gay", disse Ann.

"É adjetivo, não substantivo", disse Evan.

"É o quê?", ela perguntou, se virando para ele.

"Você ouviu."

"Ele é bem aberto sobre isso", continuou Ann, olhando para mim outra vez. "Nem um pingo de vergonha."

"Certo", eu disse. "E esse Odran está na sua classe?"

"Por Deus, não", respondeu Evan com escárnio, como se aquilo fosse um insulto terrível. Foi quase como perguntar se ele era membro da Ku Klux Klan.

"Mas ele frequenta a escola? Não é um homem adulto?"

"Eca. E sim, claro, ele frequenta a escola. Não é um... sei lá... delinquente ou coisa do tipo. Só não frequenta a *minha* escola, e sim uma escola de verdade. Com meninas, sabe?"

Tentei processar aquilo. Fiquei confuso, admito.

"Você não gosta da sua escola?", perguntei.

"Claro que não. Os meninos são todos uns neandertais. Só falam de rúgbi, masturbação e boceta."

Ann perdeu o ar e fechei os olhos por um momento para não olhar para ela. Eu conhecia bem os meninos da idade dele, mas no geral, quando eles diziam coisas desse tipo, as mães não estavam sentadas ao lado.

"Evan, por favor", eu disse.

"Desculpe", ele respondeu no mesmo instante e se censurou. "Eu não devia ter dito isso."

"Não mesmo."

"Eu só quis dizer que Odran frequenta uma escola onde o foco não é esse, sabe? Onde não tem medo o tempo inteiro."

"Você acha que os meninos da sua escola têm medo?"

"Com o perdão da palavra, padre, eu acho que estão todos se cagando de medo."

"Em relação a quê?"

"Em relação ao fato de serem mais inteligentes do que demonstram."

Pensei no que ele disse. "Não entendi o que quer dizer", respondi.

"Os meninos da minha escola são espertos", ele explicou. "Você sabe disso e eu também. Somos um grupo inteligente. Tivemos boa formação. Viemos de bons lares. Temos capacidade suficiente para saber que, daqui a dois anos, teremos nos formado, e todos os moleques que hoje são os reis dos passes de rúgbi passarão o resto das vidas calculando hipotecas ou trabalhando na mesma escola que estão prestes a deixar. Estão se cagando de medo de que suas vidinhas preciosas estejam à beira do fim, enquanto as de todo o resto, as vidas de quem não tinha vida na escola, estão prestes a começar."

Fiz que sim. Ele estava certo. Não era uma observação inédita. Eu mesmo fui testemunha disso inúmeras vezes.

"Mas como isso está relacionado com seu amigo Odran?", perguntei.

"De nenhuma maneira específica", ele respondeu, depois de uma pausa. "Quer dizer, eu estava apenas explicando que ele frequenta uma escola boa, só isso. O senhor perguntou se ele estava na minha sala. Bom, não, não está. Essa é a resposta curta."

"Ele é um gay", insistiu Ann.

"Quer parar com essa coisa de *um gay*?", disse Evan.

"E você está em um relacionamento com esse menino?", perguntei, ignorando Ann.

"Bom, a gente não vai se casar nem nada. Mas, sim. Estou." Ele hesitou por um momento, como se não tivesse certeza se queria dizer em voz alta o que estava pensando. "Ele é ótimo", acrescentou, enfim.

"E você está chateada com isso, Ann?", perguntei, me virando para ver a mãe, que encarava o tapete com uma expressão no rosto que refletia a dor que ela provavelmente sentia por dentro.

"O senhor não estaria?"

Dei de ombros. "Se você tivesse feito essa pergunta há dez anos", eu disse, "minha resposta talvez fosse diferente. Acontece que eu tenho um sobrinho que é gay."

"Ah, pare com isso, padre", ela disse, sacudindo a mão no ar em um gesto de menosprezo. "O senhor não tem, coisa nenhuma."

"Tenho, sim", respondi.

"Não tem, não."

Não consegui encontrar outra maneira de dizer. "Tenho, sim", repeti. "De verdade, eu tenho."

"Ah, eu duvido. O senhor não precisa dizer isso para eu me sentir melhor."

Olhei para Evan, que me observava com atenção. "Eu tenho, sim", eu disse a ele, dando de ombros.

Jonas me contara que era gay havia dois anos, e eu não soube qual resposta ele gostaria de ter ouvido na ocasião. Em retrospecto, creio não ter lidado bem com aquela conversa. Fiquei constrangido e um pouco envergonhado, não apenas com a ideia de Jonas ser homossexual, mas também com a noção de ele ter algum tipo de sexualidade. Para mim, ele não passava de um menino. Pensar em Jonas atormentado com desejo por outra pessoa, ou sendo desejado por ela, era algo que me angustiava, pois tais emoções eram desconhecidas para mim, e me descobri evitando conversar sobre o assunto com ele. Mas tentei, claro. Perguntei como ele sabia e ele disse que soube desde os nove anos, quando um videoclipe de uma canção chamada "Pray", do Take That, tinha disparado o alarme. "Pode culpar Mark Owen", falou; não entendi o que ele quis dizer com isso, nem quis entender. Mas perguntei há quanto tempo ele tinha certeza e ele disse que, dois anos antes, tinha se apaixonado pela primeira vez por um rapaz que conheceu na faculdade, um estudante de intercâmbio vindo de Seattle, de quem foi muito próximo. Passavam o tempo todo juntos e, então, ele revelou o que sentia pelo rapaz, em uma conversa no apartamento deste, que não deu certo. Jonas me contou que o sujeito, que ele considerava um amigo, foi muito cruel quando a verdade veio à tona. Cruel a ponto de ter feito meu sobrinho regredir de maneira considerável. Quando ele me contou essa história, percebi que ainda era um assunto doloroso e senti raiva de um sujeito capaz de magoar um jovem em processo de aceitar a própria sexualidade, apenas pelo fato de Jonas ter desenvolvido afeto demais por ele. Não consegui imaginar como seria se alguém me dissesse que estava apaixonado por mim. Se acontecesse, eu gostaria de conseguir demonstrar bondade com a pessoa, fosse quem fosse. É difícil pensar em algo tão maravilhoso de se ouvir quanto isso.

"Ele nunca teve namorada", disse Ann, olhando para o filho com reprovação.

"Como você pode ter certeza de que nunca tive namorada?"

"Bom, o que sei é que você nunca trouxe ninguém para apresentar em casa e tomar chá."

Ele riu. "Mãe, rapazes da minha idade não levam meninas para tomar chá. Padre, o senhor já teve namorada? Quero dizer, quando tinha a minha idade?"

Pensei no assunto. Houve Katherine Summers, claro. Ela contava? "Mais ou menos", respondi. "Nada sério."

"E o senhor a convidou para tomar chá?"

"Na verdade, ela não era esse tipo de menina", eu disse, tentando imaginar Katherine e minha mãe sentadas juntas à mesa, lutando para encontrar assunto ao comer costela de porco, mamãe falando sobre a peregrinação da paróquia a Lourdes, Katherine listando todas as coisas que faria com Al Pacino se pusesse as mãos nele.

"Viu?", disse Evan.

"Eu só não entendo o que você tem contra meninas", disse Ann.

"Eu não tenho nada contra meninas", respondeu Evan. "Tenho muitas amigas."

"Então você devia sair com uma delas."

"Saia *você* com uma delas, se é tão importante assim", ele disse. "Eu já estou saindo com alguém. Não posso sair com duas pessoas ao mesmo tempo. Não sou esse tipo de homem."

"O senhor vê, padre?", perguntou Ann, agora apelando para mim. "Vê o que sou obrigada a aguentar? Ele tem resposta para tudo."

Fiz que sim e nenhum de nós disse nada por um tempo. Olhei para Evan, cujos olhos passeavam pelo aposento, lendo os nomes dos livros nas estantes.

"E como está indo a escola?", perguntei a ele. "Você já sabe o que quer ser quando crescer?"

Sua boca se torceu com desdém e ele tirou o cabelo do rosto mais uma vez. Era nítido que ele aproveitava qualquer oportunidade para fazer aquilo. "Quando eu crescer?", ele perguntou com sarcasmo.

"Pare com essa merda!", eu disse, surpreendendo a mim mesmo; notei os olhos de Ann se arregalando e o próprio Evan olhando para mim, espantado. "Ou você ainda não sabe? Não tem problema, se não souber. Ainda é jovem."

"Tenho algumas ideias", ele respondeu.

"Que tipo de ideias?"

"Muitas ideias."

"Como o quê? Estou falando sério. Estou interessado."

"Eu gostaria de ser diretor de teatro", ele disse. "Deve ser uma loucura, mas é algo que eu gostaria de fazer."

"Quando foi a última vez que você foi ao teatro?", perguntei.

"Ontem."

Eu sorri. Que bom para ele. Não era a resposta que eu esperava. "O que você assistiu?"

"*Deus da carnificina*, no Gate. Eles decidiram fazer um intervalo no revezamento de sempre entre *A charrua e as estrelas*, *The Shadow of a Gunman* e *The Field*.

"Meu pai representou em *A charrua e as estrelas*", eu disse. "No Abbey."

"É mesmo?" Ele arregalou os olhos — pude ver que ficou impressionado; na minha vaidade, isso me deixou contente.

"Ele fez o papel de Jovem Covey. Saíram resenhas ótimas. E como foi essa peça que você viu?"

"Ah, padre", ele disse, sorrindo para mim. "O senhor precisa ver. Tem aquela mulher do *E.R.* e o cara que fez *Father Ted*. Dougal. São dois casais horríveis. E a vida deles era simplesmente *vazia*. Só se importam com *coisas* e ficam tentando impressionar uns aos outros com a sua liberalidade. Não pode ser resumido por essa pergunta: 'E como foi?'. É, tipo, uma obra de arte, sabe?"

"Não foi uma pergunta maliciosa, Evan", eu disse. "O que perguntei foi: você gostou?"

Ele deu de ombros. "Sim."

"Ele levou esse tal de Odran", disse Ann.

"E ele gostou?"

"Ele não entende de teatro", respondeu Evan, franzindo as sobrancelhas como se ele mesmo estivesse tentando decifrar tal fato. "Diz que fica constrangido com o silêncio. Prefere cinema. Filmes de ação, sabe? Bruce Willis. Tom Cruise. Essa merda toda."

"Mas ele gostou?"

"Acho que sim."

"Ann", eu disse — era hora de ir direto ao assunto —, "você está chateada por causa dessa amizade entre Evan e Odran?"

"Sim, padre. Estou desolada."

"Por favor, não defina como amizade", interveio Evan, agora irritado. "Não é uma amizade."

"Vocês não são amigos?"

"Sim, claro que somos amigos. Mas não é apenas isso.

É um relacionamento. Provavelmente não vai durar, somos novos demais, mas não somos... só amigos ou algo assim."

"O senhor consegue dar cabo dessa história, padre?", perguntou Ann.

"Não consigo", respondi. "E, mesmo se conseguisse, não o faria."

Ela olhou para mim, surpresa.

"Ann", eu disse, sorrindo para ela. "Não sei o que você quer de mim. Evan tem dezesseis anos. Você tem dezesseis, não tem, Evan?", perguntei, olhando para ele.

"Sim."

"E ele é amigo desse menino. Eles foram ao teatro juntos, não fizeram reféns no Bank of Ireland em Dundrum."

"Padre, eu *flagrei* os dois", ela se lamuriou, os olhos começando a se encher de lágrimas. E ali estava ela, minha mãe entrando no meu quarto, Katherine Summers saindo de debaixo de mim. A oferta do pirulito. Padre Haughton sendo chamado para conversar comigo.

Padre Haughton. Senti meu estômago revirar com a memória. Ele era alguém em quem eu nunca pensava. Fazia questão de tentar esquecer.

"Ann, pare com isso", eu disse, minha voz subindo a ponto de eu estar quase berrando com ela. "Pare com isso agora."

"Padre!"

"Evan, vejo que você é um rapaz inteligente. Já pensou em apresentar sua mãe a esse Odran algum dia? Sair para tomar um café ou alguma coisa do tipo?"

Ele riu com sarcasmo. "Acho que eles não vão se dar muito bem."

"Bom, se você não apresentá-los da maneira apropriada, não mesmo. Escute-me, Evan. Você quer falar com sinceridade? Quer conversar abertamente? Sim ou não?"

Ele hesitou, talvez surpreso com minha perda de paciência, mas enfim concordou. "Eu estou sendo sincero", ele disse.

"Você gosta de meninos, estou certo? É nisso que você tem interesse?"

Ele desviou o olhar. Seu rosto se voltou para a parede e ele fixou a atenção em uma fotografia pendurada, tirada no dia anterior à morte do meu pai. E ali estava mamãe e papai sorrindo para a câmera do lado de fora do chalé alugado da sra. Hardy, com Hannah, o pequeno Cathal e eu à frente, com sorrisos imensos e ridículos nos rostos.

"Sim", ele respondeu, enfim. "Sim, eu gosto de meninos."

"Então, Ann", eu disse, "você precisa se conformar com isso."

Houve um silêncio demorado. Observei Ann. Seu rosto se contorceu em milhares de maneiras diferentes. Ela olhou para mim; olhou para o filho. Passou pela minha cabeça o tipo de dificuldades que ela e o marido haviam enfrentado na tentativa de ter filhos, e quanto tempo despenderam até encontrar uma criança para adotar, como devia ter sido árduo esse percurso. Era instintivo para ela, assim como para todas essas mulheres, lutar contra a diferença, buscar a conformidade, pois tinham pavor, pavor absoluto, do que poderia significar ser diferente, mas ali estava, ele dissera as palavras em voz alta, não poderia ter sido mais claro e, em um gesto louvável, ela respondeu à altura.

"Então está bem", ela disse, se rendendo, lágrimas formando-se em seus olhos. "É um novo mundo, padre, não é?"

"Sim, Ann", respondi, segurando sua mão. "É um novo mundo."

"Posso perguntar uma coisa, padre?", disse Evan quando os dois iam embora, pouco depois.

"Pode."

"É verdade o que eu ouvi falar? Jonas Ramsfjeld é seu sobrinho?"

Sorri com vaidade — como eu amava aquela associação! "Sim", respondi.

"Uau", comentou Evan, sacudindo a cabeça, devidamente impressionado. "Como ele é?"

"Inteligente", eu disse. "Calado."

"Ele é seu único parente?"

"Tenho outro sobrinho", respondi. "Aidan."

"E como ele é?"

"Bravo."

Ele fez que sim e pensou por um momento.

"Jonas Ramsfjeld é um ótimo escritor", ele disse, dando peso a cada palavra, como se quisesse que eu compreendesse como falava sério.

"É mesmo", concordei.

"O senhor pode dizer a ele que eu disse isso?"

"Direi."

"*Spiegeltent* é meu livro favorito de todos os tempos."

"Bom, isso talvez seja um pouco de exagero", eu disse. "Mas é um bom livro."

"É meu livro favorito *de todos os tempos*", ele insistiu. "Ele costuma visitar o senhor?"

"Aqui?" Fiz que não. "Não, não muito. Acho que a presença da igreja ao lado o incomoda. Mas eu o vejo com frequência. Por que pergunta?"

"Por nada", disse Evan. "O senhor pode contar a ele que eu disse que ele é um ótimo escritor?"

Eu ri e disse que contaria. Então por que não contei?

* * *

A sexta-feira chegou e, com ela, a reunião com os coroinhas. Tom Cardle foi responsável por eles nos dois anos que passou nesta paróquia. Aliás, ele cuidou dos coroinhas em todas as onze paróquias nas quais trabalhou em mais de vinte e oito anos como padre. Onze paróquias! Era inacreditável, se você parar para pensar. E, conforme esperado, tal função caiu sobre meus ombros quando assumi seu lugar.

"Não suporto esses malditos moleques", dizia padre Burton, que considerava os coroinhas um mal necessário para a Igreja, tolerando suas presenças no altar, mas quase nunca se dirigindo a nenhum deles. "Estão sempre com o dedo no nariz ou esquecendo a missa na qual deviam estar." E padre Cunnane simplesmente não estava interessado. Dizia que tinha afazeres demais para cuidar de um bando de fedelhos que reclamavam de coisas sem importância. Portanto, eu era o único que sobrava. E, de qualquer jeito, o arcebispo Cordington insistira que eu assumisse a função.

Na verdade, não era uma tarefa onerosa. Os meninos — eram cerca de vinte — se encontravam no salão da paróquia todas as tardes de sexta, às quatro. Tinham entre sete e doze anos de idade e valorizavam bastante os mais velhos do grupo. No início de cada reunião, eu assumia meu lugar à frente do salão e eles se sentavam em duas fileiras nos meus dois lados. À minha esquerda sentava o menino mais velho, Stephen, acompanhado do segundo mais velho, Kevin. Os dois supervisionavam os mais novos, ordenando que ficassem quietos caso começassem a conversar. Ambos tinham feito doze anos havia pouco tempo e eu esperava suas desistências a qualquer momento; era perceptível que estavam ficando constrangidos com seus papéis, mas relutavam em abrir mão dessa parte de suas infâncias. Eram novos, mas tinham sensibilidade suficiente para perceber que seria a primeira de muitas mudanças em suas vidas. Os meninos se sentavam não por ordem de idade, e sim por tempo de serviço. Os mais próximos de mim, na fileira à minha direita, eram os mais recentes, os mais novos, os mais assustados.

Havia vinte e três missas para organizar: três por dia, de segunda a sábado, e cinco no domingo. Algumas missas — as minhas matutinas, por exemplo — sobreviviam com apenas um coroinha; o padre Cunnane preferia dois na das dez, pois assim não precisava limpar o altar ele mesmo; todas as missas de domingo requeriam três. E é melhor nem mencionar o drama da semana de Páscoa ou as celebrações de Natal. Eu ia de um em um, cada menino escolhia as missas que preferia e era isso; fazíamos uma oração e voltávamos para casa. Missão cumprida.

Naquela sexta-feira específica, a maioria dos meninos já estava do lado de fora do salão da paróquia quando cheguei, amontoados sob o toldo para permanecerem secos, pois um temporal despencava dos céus, uma das tempestades mais intensas que Dublin vira em muito tempo — e Deus sabe que não somos uma cidade famosa pelo clima ensolarado. Saí do carro correndo, a pasta sobre a cabeça para me proteger, e me abriguei com eles, tirando as chaves do salão do bolso e olhando o entorno, sentindo um fervilhar de irritação crescer dentro de mim por ser obrigado a esperar.

"Padre Yates", disse um dos meninos, Daragh, um garoto de posição intermediária na hierarquia que se sentava no primeiro lugar da fileira dos mais novos e que estava pronto para ser promovido, assim que Stephen e Kevin aceitassem o destino e dissessem adeus, "não podemos sair da chuva?"

"Um pouco de chuva nunca fez mal a ninguém, Daragh", respondi.

"Padre, a chave está na sua mão!", disse outro menino, Carl.

"Basta", respondi, desviando o rosto de todos eles conforme o vento empurrava a chuva na nossa direção.

Ficamos ali à espera, todos nós, cada vez mais molhados, os meninos talvez pegando resfriados que os manteriam longe da escola na próxima semana, eu a uma pequena distância ao lado deles, as chaves do salão marcando a palma da minha mão. Se eu quisesse, poderia destrancar a porta, todos nós entraríamos e começaríamos a reunião. Sairíamos daquela chuva bíblica. Mas eu não podia. Ainda não.

"Padre!", disse outro menino, de cabelos compridos, e que estava apenas de camiseta, sem casaco. "Por favor. Estou ficando encharcado."

Eu sorri, arrepiando com o frio, e fiz que não. "Ainda não", eu disse. "Daqui a pouco."

Observei a estrada, observei os carros. "Chegue logo", pensei. E então, finalmente, vi a BMW preta se aproximar pela rua em velocidade razoável e não diminuir ao fazer a curva na direção do salão da paróquia; os faróis se apagaram e observei o motorista no aconchego do carro, conversando ao celular, o pai de um dos coroinhas, concluindo alguma negociação, deixando todos nós, homem e meninos, no frio e na chuva conforme fazia seu dinheiro.

Por fim, ele saiu, apertou um botão e o veículo fez bip-bip, e então correu sob a chuva até nós, e agora, somente agora, eu podia selecionar a chave certa, inseri-la na fechadura e abrir a porta. Os meninos se espalharam pelo salão, apressados, sacudindo a chuva como cachorros encharcados e puxando as cadeiras e organizando as filas, como sempre faziam. Assumi meu lugar ao centro, pegando o caderno no qual tinha anotado quem faria o que e quando, e o homem que nos manteve esperando pôs uma cadeira em um canto e começou a digitar mensagens no seu onipresente celular. Eu estava prestes a começar quando ele levantou a mão e disse: "Desculpe, padre, toalete", e se levantou para ir ao corredor onde ficavam os banheiros. Suspirei e vi quando ele parou na entrada do corredor e se virou para olhar para mim. "Padre?", ele disse, uma expressão de tédio cruzando seu rosto.

"Volto num minuto, meninos", eu disse, me levantando e acompanhando-o pelo corredor, esperando ali até que ele tivesse terminado. "Obrigado", ele disse ao ressurgir, sorrindo para mim. "Eu estava quase explodindo."

E então pudemos voltar para o salão. Para os meninos. Podíamos começar agora que estávamos todos ali, agora que aquelas vinte crianças estavam reunidas e havia um adulto sem colarinho eclesiástico presente no aposento para garantir que nada aconteceria com nenhuma delas, que eu não tentaria tocá-las ou levá-las para um quartinho a fim de remover suas calças. Agora, sob supervisão, era permitido que eu dissesse as palavras "Segunda, seis e meia da manhã?" e Stephen tinha permissão para responder "Eu fico com essa, padre", e podíamos seguir com a tarefa rápida e tediosa de organizar quais coroinhas serviriam quais missas.

Por esse nível de desconfiança, eu tinha todos os meus antigos colegas a agradecer. Era de surpreender que eu voltasse para casa toda sexta-feira à noite dominado por vergonha?

1973

No Camboja, doze anos de bombardeios americanos chegaram ao fim. No Texas, a melhor jogadora de tênis do mundo, Billie Jean King, venceu Bobby Riggs, até então o melhor jogador do mundo, sem perder nenhum set. Em Bennelong Point, na baía de Sydney, uma rainha inglesa inaugurou uma Opera House australiana, mas o arquiteto, um dinamarquês, manteve distância. E naquele mesmo outono, em Dublin — enquanto o mundo fazia guerra, jogava e construía —, dezoito rapazes marcharam pelos portões do Clonliffe College pela primeira vez, deixando as infâncias para trás ao dar os primeiros passos em uma vida que se provaria recompensadora e isoladora em partes iguais. Estávamos assumindo um compromisso e, nos tempos difíceis que viriam, muitas vezes se faria necessário recorrer a este compromisso para encontrar motivação.

Dezoito rapazes; ninguém sabia que era o auge. Em Maynooth, esse número devia ser próximo de quarenta, enquanto no restante do país — de St. Finbarr's, em Cork, a St. Joseph's, em Belfast; de St. Patrick's, em Carlow, a St. John's, em Waterford — multidões de meninos deixavam suas famílias para trás, com graus variados de entusiasmo.

Sem contar aqueles que decidiram se juntar a uma ordem religiosa — eram os oblatos, no fim das contas, que administravam Cahermoyle, em Limerick, com sua fazenda-modelo que garantia autossuficiência e refeições com os alimentos mais saudáveis e frescos imagináveis para os meninos; os vicentinos cuidavam de All Hallows; os redentoristas tinham Cluain Mhuire, em Galway; os franciscanos geriam um seminário em Killarney. Quantos noviciados devem ter existido apenas em 1973, espalhados pelos trinta e dois condados? Trezentos? Quinhentos? Mil? Hoje, tento imaginar jovens irlandeses seguindo em massa para colégios desse tipo, mas é como fantasiar sobre a descoberta de vida em Marte: ninguém quer excluir a possibilidade por completo, mas tampouco é um assunto sobre o qual se fala em público.

A maior parte do nosso influxo vinha de Dublin, claro, mas tínhamos também alguns rapazes de outros condados. George Dunne, que chamávamos de Kirk Douglas por conta da covinha no queixo, viera de Kildare, mas seus avós moravam perto, em Drumcondra, e tal fato influenciou sua candidatura. Houve um menino de Kerry, Seamus Wells, cujos pais tinham morrido no ano anterior e ele quis se afastar o máximo possível de Dingle; por isso escreveu para o arcebispo Ryan, não para o bispo Casey. Mick Sirr, de Cork City, dizia que sempre quis morar na Big Smoke. Pelo que consta, o bispo Lucey ficou tão ofendido que o mencionou do púlpito como renegado e infantil.

Um dos meninos de Dublin, Maurice Macwell, de Glasnevin, tinha uma gagueira terrível, mas ninguém o ridicularizava, e ele parecia grato por tal compaixão. Ele me contou que, na sua antiga escola, não passava nenhum dia sem que outro aluno risse dele, e os professores eram os mais cruéis de todos. Quando ele não conseguia responder rápido o bastante em aula, gritavam com ele, o que apenas exacerbava sua condição. Com o tempo, ficou tão frustrado que passava a maior parte do tempo no corredor ou na detenção.

E houve Tom Cardle. De Wexford.

Éramos todos amigáveis uns com os outros, ainda que um tanto inseguros. Os dublinenses passavam mais tempo juntos, às vezes excluindo o restante. Os moleques de Cork e de Kerry mediam forças — inimizades históricas em ação. Havia um par de gêmeos, o que eu considerava muito esquisito; tal fato se tornou ainda mais curioso quando revelaram que eram dois de trigêmeos, mas o terceiro irmão não mostrara nenhuma inclinação para o sacerdócio e, em vez disso, trabalhava para a Premier Dairies. Um menino de Templeogue era um gênio e tinha escrito um livro sobre Tomás de Aquino, que esperava publicar algum dia. Já o rapaz de Dorset Street, Conor Smith — bom, esse não terminou nem o primeiro ano. Sua mãe tinha chorado ao levá-lo a Clonliffe e chorou ainda mais quando foi buscá-lo. O que nos reduziu a dezessete.

Tivemos experiências diferentes ao nos ajustarmos à vida no seminário, claro, mas no meu caso não considerei as mudanças particularmente árduas. Eu talvez tenha dado a impressão de que fui forçado a viver assim, que minha mãe me empurrara por uma estrada que lhe ofereceria algum consolo, sem nenhuma consideração pelos meus sentimentos — e, sim, havia certa verdade nisso —, mas isso não invalida o fato de que eu soube, no instante em que cheguei ao seminário, que ali estava um papel para o qual eu seria bastante adequado. Acontece que eu tinha fé. Eu tinha fé em Deus, na Igreja, no poder do cristianismo para promover um mundo melhor. Eu acreditava que o sacerdócio era uma vocação nobre, uma função repleta de homens decentes que desejavam propagar a bondade e a caridade. Acreditava que o Senhor tinha me escolhido por um motivo. Não precisei partir em busca desta fé, ela já fazia parte de mim. E eu achei que isso nunca mudaria.

Eu estava satisfeito naquela plácida comunidade em Clonliffe e seu espírito de aprendizado. Eu não ficava acordado na cama de noite, atormentado por pensamentos sobre Katherine Summers, Ali MacGraw ou qualquer outra. Se isso é uma deficiência em minha mente ou no meu corpo eu não sei, mas a verdade é que nunca senti minha alma movimentar-se nessa direção.

Não, isso é mentira. Houve uma ocasião, sem dúvida, em que esse tipo de coisa ameaçou me engolir por inteiro. Cinco anos depois. Em Roma.

Acordávamos cedo, às seis, com o padre Merriman — o Vespa — chamando pelo corredor com algo semelhante a um *yodel*, e saltávamos das camas. Nós o apelidamos de Vespa porque ele quase zunia pelo seminário, as mãos constantemente batendo palmas, emanando um som grave, quase uma vibração.

Os companheiros de cela foram designados no primeiro dia. Era esperado que dividíssemos os quartos com os mesmos colegas ao longo dos anos, portanto era importante que houvesse um bom convívio. Havia uma cortina que cortava o centro do aposento e podia ser puxada para oferecer alguma privacidade; eu nunca dei muita importância a ela, mas de vez em quando Tom — que podia ter explosões intensas e desconcertantes de raiva — a fechava, e eu o ouvia chorar ou enfurecer-se na cama. Nessas ocasiões, eu não ousava perturbá-lo.

Eu sempre me levantava primeiro e ia até sua cama para sacudi-lo de volta à vida, e ele gemia e rolava na direção oposta, virando o rosto para a parede.

"Saia daqui, Odran."

Olhando pela janela, eu quase sempre via Seamus Wells, o rapaz de Kerry, correndo na circunferência de cascalho do jardim. Ele tinha sido um membro importante da Gaelic Athletic Association em Dingle — pelo menos, foi o que ele disse —, com chances de representar o condado, mas optara por seguir um caminho diferente. Ele corria em torno daquele jardim duzentas vezes todas as manhãs, depois se deitava no chão e se dedicava às suas flexões de braço, agachamentos e todo tipo de exercícios estranhos. Eu não tinha ideia de onde ele tirava tanta energia. Mick Sirr o menosprezava, claro, mas o que mais um menino de Cork faria com alguém vindo de Kerry?

Ao abrir a porta da cela, eu encontrava uma dúzia ou mais de meninos seguindo de pijama pelo corredor frio na direção dos banheiros, onde cada um mergulhava rápido na banheira para lavar a transpiração da noite, mais cortinas fechadas entre nós para preservar nosso pudor, às quais eu era grato, pois era um moleque magro e não queria exibir minha falta de músculos para os outros, e tinha ainda menos interesse em comparações com os deles. Havia apenas quatro banheiras e a água era tépida; o primeiro a entrar era quem ficava mais limpo, enquanto o último tinha que aguentar a sujeira de todos os outros — nesse caso, talvez fosse até mais higiênico não entrar. Eu fazia questão de chegar com o primeiro grupo todas as manhãs e escolhia a mesma banheira todo dia, por hábito, pois ficava mais próxima do reservatório e, no geral, era a mais quente. Tom sempre ficava por último e sempre reclamava.

"Então levante mais cedo, Tom", eu dizia e ele sacudia a cabeça, enojado.

"Só animais acordam assim tão cedo, Odran."

"Os padres acordam cedo."

"Exato."

Eu não gostava daquele tipo de conversa. Os padres que trabalhavam em Clonliffe — havia quinze na equipe, professores e assistentes em teologia dogmática, doutrinas morais, lei canônica, escrituras e história da Igreja — se dedicavam ao extremo para instruir cerca de oitenta meninos do quarto ao sétimo ano, enquanto cuidavam de nossas necessidades espirituais e crises recorrentes, entre o primeiro e o terceiro anos. Eram, na maior parte, homens decentes, atenciosos e cultos, e não tinham feito nada, ao meu ver, para merecer tal desrespeito.

O Vespa era o grande favorito, pois seus movimentos velozes e aparições súbitas provocavam risos. O padre Prince — apelidado de Harold Wilson por sua semelhança incomum com o político e sua inabalável fidelidade ao cachimbo, apesar da rígida restrição ao fumo para os seminaristas — mantinha um grupo regular de apreciação musical, e se perdia em seus discos enquanto tentávamos não rir da expressão de êxtase que surgia em seu rosto. Padre Jarvis — Rudolph, como a rena, por conta de seu nariz vermelho — cultivava uma pequena horta, na qual alguns dos alunos ajudavam.

Mas o que mais me interessava era o padre Dementyev. Já perto dos sessenta anos quando cheguei a Clonliffe, era o único padre não irlandês do corpo docente, nascido em uma pequena cidade chamada Kachin, cerca de cento e cinquenta quilômetros ao norte de Moscou. Ele tinha sido soldado na 322ª Infantaria do Exército Vermelho que invadiu o campo de concentração de Auschwitz em janeiro de 1945, libertando os sete mil e quinhentos prisioneiros abandonados à fome pelo exército nazista em fuga. Não era um assunto sobre o qual ele comentava com frequência, mas uma vez, durante uma caminhada pelo jardim, tive a oportunidade de conversar com ele, que me contou sobre como sua fé na humanidade foi quase destruída naquele dia, e que ele vagou pela Europa com a alma em frangalhos até o fim da década de 1940, quando teve uma epifania — que não quis descrever — na catedral de Chartres; logo depois, seguiu seu caminho para a Irlanda, onde se matriculou como noviço no St. Patrick's College, em Maynooth. Eu sabia muito pouco sobre o que o padre Dementyev sofrera durante a infância paupérrima ou na guerra; era incapaz até mesmo de supor os efeitos que ver aqueles prisioneiros esqueléticos em Oświęcim teria na psique de um homem. Mas eu sabia que equipará-lo a um animal, como fazia Tom Cardle, demonstrava uma estupidez difícil de perdoar.

Às seis e meia, todos os estudantes estariam reunidos na capela principal para recitar o ofício de laudes, depois do qual teríamos tempo para orar em silêncio antes da missa das quinze para as sete. Famintos, seguiríamos então, com mais pressa do que em qualquer outra hora do dia, para o refeitório, onde eram servidos mingau de aveia, grandes canecas de chá, travessas imensas de torrada que umedeciam os pratos de porcelana com condensação e tanta manteiga e geleia quanto quiséssemos, pois as mães enviavam conservas ao seminário toda semana — poderíamos ter aberto uma loja com tudo o que ganhávamos. Mas os padres diziam que comida não era para ser apreciada, estava lá apenas para nos manter vivos. Simplicidade na dieta era importante.

E então, vestidos com nossos ternos e chapéus pretos, de camisa branca e gravata preta, nós, do primeiro, segundo e terceiro anos, saíamos do prédio para ir ao bicicletário e cruzar a cidade em grupo para o campus Earlsfort Terrace da University College Dublin, a fim de dar continuidade aos estudos universitários em filosofia, primeira parte da educação de um padre e a disciplina que precisávamos dominar antes de começar a entender teologia ascética e mística, doutrina da Igreja ou história dos textos sagrados.

Que imagem devíamos ser para aqueles executivos, donas de casa, alunos e alunas caminhando pelas ruas, dirigindo seus carros ou esperando nos pontos de ônibus: uma multidão de cerca de cinquenta jovens de terno preto, pedalando em fileiras de dois ou três, como um enxame, olhos na rua, postura ereta, conscientes do poder do nosso coletivo conforme notávamos os olhares das pessoas pelas quais passávamos. Como nos respeitavam! Como queriam que seus próprios filhos estivessem entre nós.

Como confiavam em nós.

Eu não tinha nada contra a UCD, mas para mim a adaptação à vida no campus foi mais difícil que à do seminário. Fazíamos parte do corpo estudantil — o bacharelado em filosofia atraía jovens homens e mulheres do país todo, em uma proporção de três para cada um de nós —, mas éramos distintos deles de maneiras muitas vezes incômodas.

Tínhamos permissão para conversar com os outros estudantes por educação, caso uma pergunta nos fosse dirigida, mas não podíamos iniciar nenhum diálogo nós mesmos. Um monitor foi escolhido, um dos rapazes do terceiro ano, para garantir que seguíssemos tais regras.

Não podíamos comer com os outros; no intervalo matutino, os alunos da UCD se juntavam em uma cantina enorme e sempre cheia de barulho, risadas e música. Havia pôsteres de Ziggy Stardust e John Lennon pendurados nas paredes, havia panfletos de discotecas e festas. Nós tínhamos um aposento no andar de baixo, onde nos reuníamos com nossos sanduíches e xícaras de chá, onde orávamos antes e depois das refeições. Em seguida, voltávamos para cima, a fim de assistir ao restante das aulas da manhã. O Vespa nos contou que esse apartheid existia para que não nos distraíssemos com o aspecto mundano dos jovens. Rudolph disse que era para não nos contaminarmos.

Os rapazes da UCD usavam cabelo comprido e barba

espessa, tinham calças boca de sino ou jeans, camisas de cores berrantes e óculos escuros. As moças nos distraíam com seus shorts curtos e botas até o joelho. Falavam abertamente sobre sexo e drogas e continuavam a conversa nos bares de Dublin após a aula, indo a concertos ou festas madrugada adentro. Nós pegávamos nossas bicicletas outra vez e cruzávamos a East Wall para pedalar pela longa estrada que nos levava de volta a Clonliffe, onde nos reuníamos na capela para rezar a Hora sexta e recitar todos os cinco capítulos do ângelus antes de o jantar ser servido, ao longo do qual um infeliz, quase sempre alguém dos anos mais adiantados, era posto no púlpito e lia trechos de G. K. Chesterton, C. S. Lewis ou *As vidas dos apóstolos*. Não tínhamos permissão para conversar, claro. Podíamos comer e podíamos escutar. Era como as coisas funcionavam.

Se perdi as experiências que meus colegas na UCD viviam? Claro que sim. De vez em quando eu sentia uma vontade desesperada de me juntar a eles a bordo dos ônibus que seguiam para a cidade, ansiosos por uma noite no Long Hall ou no Mulligan's, onde beberiam cerveja com doses de uísque, conversariam sobre como mudariam o mundo, se aproximariam uns dos outros, um braço casualmente colocado sobre o ombro da pessoa ao lado, uma caminhada ao ponto de ônibus mais tarde, um beijo no ar noturno, uma sugestão de mais por vir. Às vezes, eu sentia vontade. Uma vontade terrível. Havia uns rapazes e uma moça ou outra cuja companhia eu desejava, pois pareciam tão cheios de energia, juventude e vida. Mas não cheguei a trocar uma única palavra com nenhum deles. E, então, eu voltava a Clonliffe e pensava, não, agora estou em casa outra vez. Aqui é meu lugar.

Hoje, vejo que eu era um dos que tinham sorte. Pois era ali mesmo que eu devia estar. Havia outros que deveriam ter estado em outro lugar, qualquer outro lugar. Bem longe. Quanto mais longe melhor.

Voltávamos ao seminário após o almoço para aulas sobre espiritualidade, formação e liturgia, e então, depois do jantar, tínhamos uma hora livre para fazer o que quiséssemos. Alguns rapazes talvez organizassem uma partida de *hurley* no pátio (aprendemos rápido que propor futebol era equivalente a incinerar a rainha); outros talvez se enclausurassem para ter um momento a sós com os próprios pensamentos; alguns podiam ir à sala de música, onde havia dois pianos e um violino; outros tirariam uma soneca; alguns jogavam bilhar ou tênis na grama; outros liam.

Livros eram permitidos, claro — nossas famílias podiam mandar para nós —, mas precisavam ser aprovados pelos padres na sala de correspondência antes de serem levados às nossas celas. Romances modernos eram malvistos. Li Dickens e Trollope, mas fui proibido de ler George Eliot, pois havia algo de perturbador em uma mulher se apresentando como homem — ou pelo menos foi o que Harold Wilson disse. "Ela devia ter algum distúrbio mental", ele afirmou, arrancando *O moinho à beira do rio Floss* da minha mão e jogando na lixeira mais próxima. "Muitas mulheres têm. Está no sangue." Virginia Woolf também estava fora de cogitação, pois tinha enchido os bolsos de pedras antes de entrar no rio Ouse, o maior pecado de todos.

Li a série de Nárnia, bem recebida pelos padres, que diziam ser uma obra espiritual, apesar de eu não enxergar assim; para mim, era apenas sobre um leão, uma bruxa e um guarda-roupa. Um menino de Howth tinha a coleção completa dos romances de James Bond escondida sob a cama e os volumes eram passados de um para outro em segredo; haveria um escândalo se fossem descobertos, mas isso nunca aconteceu. Jack Hannigan, de Sheriff Street, arranjou encrenca quando foi pego com um exemplar de *O complexo de Portnoy*, que Rudolph considerava um livro imundo que devia ser proibido num país católico. Ele foi mandado ao orientador espiritual todos os dias por um mês, até enxergar o erro de seu comportamento. Alguns dos seminaristas, reunidos na meia hora livre antes do jantar, talvez conversassem sobre a Igreja, apesar de você ser considerado um idiota se fosse o primeiro a trazer o assunto à tona. Já havia passado quase uma década desde o fim do Concílio Vaticano II e eram grandes as expectativas por mudanças progressistas na Igreja, discussões sobre celibato e casamento, coisas que poderiam deixá-la mais atraente aos jovens e em maior contato com o mundo contemporâneo. Mas João XXIII faleceu antes da implementação integral de tais mudanças e Paulo VI não dava sinais de querer traçar um caminho para a secularidade — apesar de, em retrospecto, ele parecer o Grande Modernizador em comparação ao papa polonês e ao alemão que viriam nas décadas seguintes, e que fariam tudo em seu poder para restringir a implementação das propostas. Como as coisas poderiam ter sido diferentes.

Perto do fim do dia, o cônego fazia um sermão e, às vezes, praticávamos nosso canto gregoriano. O rosário vinha em seguida, talvez uma bênção do Santíssimo Sacramento, uma ceia leve, e então, pouco antes das nove, nos reuníamos uma última vez na capela para as completas, a fim de agradecer a Deus pelas bênçãos do dia e rezar por Sua contínua benevolência conosco.

Depois disso, nos mandavam para nossas celas e o Grande Silêncio tinha início. Ninguém podia falar a partir desse momento até o despertar no dia seguinte. Nenhum ruído era permitido; água corrente era uma ofensa e qualquer menino que não tivesse usado o banheiro antes de voltar à cela teria sérias dificuldades pelas próximas nove horas, caso sua bexiga fosse fraca.

Na realidade, nós, os meninos, não respeitávamos o Grande Silêncio com tanta rigidez quanto deveríamos. A maioria das duplas cochichava entre si antes do sono chegar, conversando sobre como eram suas vidas em casa, as famílias e amigos dos quais sentíamos falta, nossas preocupações sobre o futuro, as coisas que gostávamos e não gostávamos na vida seminarista. Apenas Kevin Samuels, da Pearse Street, que apelidamos de "O Papa" por causa da seriedade com a qual encarava todas as instruções, obedecia ao Grande Silêncio por completo, e seu companheiro de cela, o jovem Michael Trotter, de Dundrum, reclamava que era como dormir ao lado de uma parede de tijolos e que ele faria qualquer coisa para trocar, mesmo que isso significasse dividir com George Dunne, que, por mais que se parecesse com uma estrela de cinema, mal se lavava durante a semana toda.

Era difícil, claro que era. Controlado. Às vezes, era como estar no exército, ou o que eu imaginava do exército — padre Dementyev talvez tivesse corrigido tal comparação. Mas era adequado para mim. Era perfeitamente adequado para mim. Mas não para Tom Cardle. Pobre rapaz. Ele odiava cada minuto.

A discussão aconteceu em 14 de fevereiro. Lembro-me da data exata, pois era meu aniversário e, além disso, houve um escândalo mais cedo naquele dia, quando um dos meninos, dois anos à nossa frente, recebeu três cartões de dia dos namorados pelo correio. Receber um era extraordinário, receber dois era sem precedentes, mas receber três? Ninguém conseguiu acreditar. Ele nem era tão bonito assim e, até onde soubéssemos, não tinha vida social fora do seminário. Correram boatos sobre sua irmã ter pedido às amigas para enviar os cartões como piada, mas o pobre rapaz ficou mortificado pela atenção recebida e foi chamado de Casanova pelas próximas semanas, até que a graça se esgotou e encontramos assuntos melhores para fofocar. Tom estava de mau humor desde o momento em que acordou. Continuava na cama às seis e quinze, quando voltei do banho; eu disse que ele se atrasaria para as laudes caso não levantasse para se vestir, mas tudo o que ele fez foi mudar de posição. Notei olheiras sob seus olhos; ele provavelmente não tinha conseguido dormir até muito tarde, e mal pareceu me escutar ao procurar pela calça e camisa. Apesar de sermos amigos e de termos nos dado bem desde o dia em que nos puseram juntos, eu sabia que era melhor manter distância quando ele estava com aquele tipo de humor. A cortina foi fechada entre nós na noite anterior e ele brincou com o próprio corpo sem o menor pudor; pude ouvir todos os seus movimentos, todos os gemidos de dor ou êxtase, as lágrimas que vieram em seguida, e ele nem olhou para mim ao recolher um punhado de lenços que caiu no chão ao lado da cama antes de ele, enfim, conseguir dormir.

"Você está bem, Tom?", perguntei, abrindo a janela, apavorado ao pensar no que diriam os padres se entrassem naquele momento e percebessem o ar abafado do quarto.

"Vá na frente, Odran", ele respondeu, com um gesto para eu ir embora. "Subo em alguns minutos."

Não o vi nas laudes, mas depois ali estava ele, marchando com os outros para a comunhão na missa das sete e quinze. Sentou-se sozinho no café da manhã, a cabeça baixa sobre o mingau, enfiando colheres bem cheias na boca, como se não comesse há um mês. Naquele dia, não tínhamos aula na UCD e uma espécie de retiro havia sido planejado entre os seminaristas; a nossa turma se reuniria com um dos padres para discutir qualquer assunto, dentro de certos limites. Quando entramos na sala de aula, o semblante de Tom me passou a sensação de que algo ruim estava prestes a acontecer, e meu estômago se contorceu de apreensão. Não sei exatamente o motivo, mas eu me sentia responsável por ele; éramos companheiros de cela e não devíamos abandonar um ao outro. Era o que eu acreditava, pelo menos, mesmo que ele enxergasse de maneira diferente.

Nosso professor naquele dia era o padre Slevin, um homem calmo e gentil vindo do condado de Laois. Estava em andamento uma discussão sobre o papel da mulher na Igreja — pelo que eu podia constatar, tal participação era restrita ao arranjo das flores no altar, à limpeza da sacristia e à lavagem dos hábitos dos padres —, e um dos meninos, creio que foi Michael Trotter, levantou a mão e perguntou ao padre Slevin se ele achava que algum dia os padres teriam permissão para casar.

Uma onda de agitação passou por todos nós e zombamos de Michael. Até mesmo sugerir interesse no sexo oposto era dar margem a escárnio, mas ele era um rapaz forte e limitou-se a sorrir para nós, dizendo que era melhor nos comportarmos, caso contrário ele nos ensinaria boas maneiras no corredor mais tarde. Padre Slevin não considerou a pergunta maliciosa e deu início a um debate sobre teologia e sobre o lugar das mulheres na história da Igreja, sobre como elas foram importantes, desde a Virgem Maria. Ele fez o que suponho ter sido uma piada sobre o fato de nunca ter existido um padre na história da Igreja Católica que não tivesse tido uma mulher como mãe, mas, não, ele disse, padres nunca teriam permissão para casar, pois já estavam casados com suas vocações, e isso era o bastante para todos nós, não era?

Michael pareceu satisfeito com a resposta — sua intenção não tinha sido provocar risadas, foi uma pergunta legítima —, mas em seguida Tom levantou a mão e olhei para ele, surpreso, pois no geral havia mais chances de meu companheiro de quarto se juntar a Seamus Wells em duzentas voltas pelo jardim às cinco e meia da manhã do que erguer a mão para participar da aula.

"O honorável cavalheiro de Wexford", disse o padre Slevin, provavelmente feliz ao ver Tom se manifestar.

"Você tem uma pergunta?"

"Sim, padre", disse Tom. "Tenho uma pergunta sobre são Pedro."

Padre Slevin franziu as sobrancelhas; ele não mencionara são Pedro. O que são Pedro tinha a ver com a discussão do dia?

"São Pedro era casado, não era?", perguntou Tom e então padre Slevin sorriu, como se não fosse a primeira vez que ouvia aquela pergunta.

"Ah, essa velha história", ele disse. "Sim, Tom, você está certo. São Pedro era um homem casado."

"E foi o primeiro papa, não foi?"

"Sim, mas o que você precisa ter em mente é que são Pedro já era casado antes de Jesus o escolher como discípulo. E se casou muito antes de o nosso Senhor ser crucificado e declarar que Pedro seria a rocha sobre a qual ele construiria a igreja. Aliás, muitos apóstolos eram casados. Eles não foram obrigados a renunciar às esposas. Não teria sido justo.

"Mas, ainda assim, ele era casado", insistiu Tom.

"Sim, ele era. Nós vimos em Lucas, capítulo 4, como a sogra de Simão foi afligida por uma febre intensa e que conversaram com ele — quer dizer, com Jesus — sobre ela. Ele ficou ao lado dela, repreendeu a febre, e a febre se foi. Ela se levantou no mesmo instante e serviu comida a todos."

"Claro que serviu", disse Tom, com o maior desprezo que conseguia. "O que mais ela faria depois de se levantar do leito da morte senão servir uns sanduíches e um bule de chá para os homens? Mas houve outros, também, não houve?"

"Outros?"

"Papas que foram casados, por exemplo."

"Não, creio que não", disse padre Slevin.

"Ah. Houve, sim", insistiu Tom. "Li sobre o assunto. Está na *Encyclopaedia Britannica*, portanto não pode estar errado. Houve um sujeito no século VI, Hormisdas era o nome dele, e ele era casado."

"O papa são Hormisdas era viúvo quando entrou para o clero", respondeu padre Slevin, em tom cansado. "Não há nenhuma regra contra isso. O padre Dementyev, como vocês provavelmente sabem, era viúvo quando entrou no seminário."

Foi uma surpresa para mim e me perguntei sobre o que teria acontecido com sua esposa. Será que foi morta durante a guerra?

"E fez um bom trabalho, não é? Considerando que seu filho se tornou papa alguns anos depois dele", continuou Tom. "E quanto ao papa Adriano, no século IX? Li que ele levou esposa e filhos para morar com ele no Vaticano."

"Não havia Vaticano no século IX, Tom", respondeu padre Slevin, com calma. "Só foi terminado no século XVI."

"O senhor não está desviando um pouco do assunto?"

"Não sei muito sobre o papa Adriano", disse padre Slevin. "E creio que você também não, exceto essas coisas que escavou de algum livro questionável."

"E há muitos outros exemplos", continuou Tom. "Outras esposas ao longo da história. Sem contar todas as amantes que tiveram."

"Escute, Tom..."

"Alexandre VI, o papa Bórgia. Ele era pai de Lucrécia Bórgia, não é? E todos sabemos como ela era. A maioria dos papas da Idade Média podia fazer o que bem entendesse, com quem quisesse. E será que eu li que Júlio III e o embaixador veneziano — um homem, veja bem — dormiam juntos? Se todos esses papas podiam, por que não os padres?"

Padre Slevin sorriu e fez que não. "É muito fácil selecionar nomes na antiguidade, Tom, quando as coisas eram muito diferentes de hoje, e atirá-los para todos os lados como se provassem seu ponto de vista. Mas, se você fosse um pouco mais versado em história eclesiástica e não apenas citasse nomes e anedotas que leu em algum lugar, saberia que nenhum dos papas que mencionou foi particularmente bem-sucedido no cargo. Sim, papa Inocêncio era pai de Lucrécia Bórgia. Isso não prova o que estou dizendo? Não é preferível um papa celibatário a um que produz filhos como ela? Pelo que consta, ela era uma pessoa terrível."

Tom se reclinou na cadeira e cruzou os braços. Me virei para vê-lo; ele defendera seu ponto de vista com habilidade, mas foi superado.

"E quanto às empregadas?", ele perguntou após algum tempo, quando padre Slevin já tinha se virado para o quadro-negro e apagava uma parte para escrever algo novo.

"As o quê?", ele disse, se virando.

"As empregadas", repetiu Tom. "Elas estão pelo país todo, não estão? Dividindo a casa com os párocos, cozinhando o jantar, assando bolos, pegando as meias e cuecas sujas para lavar."

"Escute, Tom", disse padre Slevin, deixando o apagador sobre a mesa, talvez para se livrar da tentação de jogá-lo na cabeça do rapaz. "Já basta."

"O senhor não acha que tem alguma coisa acontecendo entre os párocos e suas empregadas? Os dois sozinhos de noite, encolhidos no sofá com um chazinho, uma fatia de torta *eccles* e *Coronation Street* na televisão? O senhor não acha que às vezes uma coisa leva a outra e..."

"Tom!", rugiu padre Slevin, seu rosto agora avermelhado de raiva. "Pare com isso neste instante!"

"É uma pergunta legítima."

"Não, não é. Você está sendo premeditadamente provocador e obsceno."

"O senhor tem empregada, padre?"

"Claro que não. Você sabe muito bem que moro aqui, com vocês."

"Mas o senhor já trabalhou em paróquia?"

"Sim", ele respondeu, agora parecendo constrangido. "Quando eu era recém-ordenado. Mas isso foi há muito tempo."

"E o senhor teve empregada nessa época?"

"Sim, Tom", ele respondeu no mesmo instante. "Se a memória não falha, sim. Mas é um padrão de..."

"Então só mais uma pergunta, padre", disse Tom baixinho, "e eu paro."

Padre Slevin fechou os olhos por um momento e, de onde eu estava, ouvi quando ele soltou o ar, tentando manter o controle. Suas bochechas estavam vermelhas e suas mãos tremiam de leve; ele não estava acostumado com aquele tipo de coisa e não gostava nem um pouco. E eu também não. Quis que Tom voltasse a dormir, como sempre fazia em aula.

"Está bem, Tom", disse padre Slevin. "Uma última pergunta, e seguimos para o próximo assunto. Qual é a pergunta?"

"Minha pergunta é", disse Tom, um sorriso aparecendo no rosto conforme ele olhou à volta, para ter certeza de que todos da classe estavam ouvindo. "O senhor fodeu com a sua empregada?"

* * *

Depois disso, ele sumiu. Simplesmente desapareceu. Passou-se uma semana sem que soubéssemos onde estava. Ele tinha sido confinado à nossa cela enquanto o cônego decidia o que fazer. Na noite da discussão, quebrei o Grande Silêncio para perguntar a Tom onde ele tinha estado com a cabeça.

"Odran, o fato de você estar feliz aqui", ele respondeu, após uma pausa tão longa que me perguntei se ele estaria dormindo, "não significa que os outros também estejam."

"Mas não há grades nesta escola", foi o que lhe falei, "dentro ou fora. Você não se lembra do que o cônego nos disse quando chegamos? Não somos obrigados a ficar, se não quisermos."

Ele se ergueu para ficar sentado na cama e olhou para mim, inclinando a cabeça de leve, como se tentasse entender como eu podia ser tão ingênuo. "Pelo amor de Deus, Odran", ele disse. "Você é pura inocência, não?"

Quando acordei no dia seguinte, ele tinha sumido. Deve ter feito a mala sem me acordar e fugiu do seminário pela porta lateral do claustro, muitas vezes deixada destrancada. E o que aconteceu com ele depois disso eu só soube após muitos anos.

Os padres ficaram apreensivos quando ele não apareceu para o café da manhã — sua ausência não foi percebida nas laudes nem na missa — e acho que não sabiam como explicar a situação. Um confronto como o que acontecera entre Tom e o padre Slevin no dia anterior era quase sem precedentes. Éramos meninos respeitosos, quietos; não questionávamos, não brigávamos. Hoje, pensando em retrospecto, não consigo entender por que era assim — afinal, éramos também adolescentes. Será que não tínhamos nenhuma vivacidade, nenhuma energia?

O cônego Robson me levou ao seu escritório e fechou a porta. "Tom Cardle lhe contou sobre planos para uma fuga?", ele perguntou e eu fiz que não.

"Ele não disse nenhuma palavra", respondi, agora nervoso, pois nunca tinha estado em sua sala e não gostava de estar.

"Ele nunca expressou nenhuma... insatisfação?", ele perguntou, abrindo bem os braços e sorrindo para mim. Sorrisos não combinavam com seu rosto. Eu não soube como responder. Não queria trair nada do que Tom me confidenciara; por outro lado, ele nunca me disse nada que chamou de segredo.

"Acho que ele sente saudade de casa", eu disse. "Acho que sente falta de Wexford."

"E qual de nós não sente?", ele perguntou. "Você sabia que eu mesmo vim de Wexford?"

"Não, senhor cônego", respondi.

"Nascido e criado lá. Você já esteve naquela parte do país, Odran?"

Fiz que não, sem dizer nada.

"Você nunca foi a Wexford?", ele perguntou, estreitando os olhos e franzindo as sobrancelhas. Quanto ele sabia sobre meu passado? Quanto minha mãe tinha lhe contado?

"Não tenho certeza", respondi, limitando meu blefe.

"Você não tem certeza, senhor cônego", ele repetiu, sorrindo. "Está bem. Mas você jura que não tem ideia de onde Tom Cardle foi?"

"Nenhuma, senhor cônego."

"Então vou acreditar na sua palavra." Ele se reclinou na cadeira, cruzando as mãos sobre a generosa barriga.

173

"Não é fácil, eu sei muito bem disso", ele comentou após um intervalo. "Vir a um lugar como este, deixar os amigos e a família para trás. Vocês todos não passam de meninos. Novos demais, às vezes eu penso. Me pergunto com frequência se não seria melhor entrar para o seminário com vinte e cinco anos, em vez de dezessete. O que você acha, Odran?"

"Eu não sei, senhor cônego."

"Você não sabe, senhor cônego", ele disse, com um suspiro, como se o que mais quisesse na vida fosse uma resposta sincera. "E ele nunca conversou com o orientador espiritual sobre o que o preocupava?"

"Acho que não, senhor cônego."

"Você sabe que ele está aqui para isso, não sabe? Para qualquer um de vocês que questione seu lugar aqui?"

"Sei, senhor cônego."

"Certo." Ele tamborilou os dedos na escrivaninha e pensou no assunto. "É verdade o que ouvi sobre Tom e o padre Slevin?", ele perguntou.

"Eu não sei o que o senhor ouviu", respondi com sinceridade.

"Você sabe exatamente o que ouvi."

"Ele foi um pouco malcriado", admiti.

"Um pouco malcriado? É assim que você definiria?"

"Não foi correto", eu disse. "O padre Slevin é um bom homem."

"Você não acha que ele merecia terem falado com ele daquele jeito?"

Pensei na pergunta. Era inegável que havia padres de postura um tanto amarga, que podiam ser cruéis conosco, que pareciam gostar de menos — ou demais — de nós. Mas o padre Slevin não era um deles. Era um homem gentil. Eu gostava dele.

"Não, senhor cânone", respondi, enfim. "Não merecia."

O cânone Robson concordou com a cabeça e brincou com uma caneta sobre a escrivaninha, uma daquelas requintadas com as cargas vermelha, azul, preta e verde dentro dela. "E quanto a você, Odran?", ele perguntou. "Você está feliz aqui?".

"Sim, senhor cônego. Acho que nunca estive tão feliz." Ele sorriu, satisfeito com minha resposta.

"Meu bom rapaz", ele disse. "Pode voltar ao que quer que você faça durante a hora livre. Ao que se dedica? Joga *hurling*?"

"Às vezes", eu disse. "Não sei jogar muito bem. Mas às vezes."

"Bom, de qualquer forma, pode voltar. Ainda faltam cerca de vinte minutos para o jantar."

No pátio só se falava de Tom Cardle. A notícia sobre a discussão se espalhara rápido e era a única coisa na cabeça de todos. A maioria dos rapazes estava chocada com aquilo e havia também um sentimento de desconforto, pois Tom tinha apresentado um elemento adulto à sala de aula, algo desconhecido para nós, um assunto que não faria parte das nossas vidas. Alguns dos mais velhos diziam que não passou de um gesto para chamar a atenção, que ele estava apenas tentando parecer grande coisa, mas eu sabia que era algo mais profundo do que isso. Chamei Maurice Macwell, o menino com a gagueira, e confidenciei minhas preocupações.

"Tom Cardle é um maníaco sexual", eu disse.

"É mesmo?", respondeu Maurice, espantado, olhos arregalados.

"Sim", eu disse. "Pensa nisso de manhã, à tarde e de noite."

"Santo Deus", respondeu Maurice. "O que você acha que acontecerá com ele?"

"Eu não sei."

Maurice pensou por um instante, coçando o queixo. "E quanto a você, Odran?", ele perguntou.

"O que tem eu?"

"Você pensa nisso?"

"Não, não penso", respondi, insultado. Eu pensava, claro que pensava, mas sabia que não era tanto quanto os outros meninos. "Por quê, você pensa?"

"Bom, eu beijei uma menina", ele disse, ajeitando a postura e inflando o peito. "Por isso, sei um pouco sobre o mundo."

"Ah, certo", respondi.

"Ela estava louca para fazer aquilo", ele me contou. "Minha mãe disse que ela era uma prostituta. E você, nunca beijou uma menina, Odran?"

Eu beijara, claro. Mas, não sei por quê, neguei. "Não", respondi.

"Você não gostaria?"

"Não sei."

"Há alguma coisa que você não está me contando, Odran?"

Franzi a sobrancelha. "O que quer dizer?"

"Ah, você sabe."

"Não, não sei. O que quer dizer?"

"Tom deixa você em paz?"

Eu olhei para ele. "Me deixa em paz?", perguntei. "Não sei do que você está falando, Maurice."

Ele levantou uma sobrancelha. "Não sabe mesmo, não é?", comentou baixinho. "Isso responde a minha pergunta."

Senti a frustração crescer dentro de mim, como se estivessem me fazendo de bobo. Eu estava pronto para levantar a voz, mas Maurice continuou antes que eu pudesse falar.

"Escute, Odran. Se Tom não voltar, você acha que eu poderia ficar no lugar dele na sua cela?"

"Mas você tem a sua, não tem? Divide com Snuff Winters, não é?"

Snuff Winters. Um menino grande e robusto de Glenageary; tinha aquele apelido por causa de um resfriado permanente.

"Eu não me incomodaria de ficar longe dele", respondeu Maurice.

"Por quê? Vocês não se dão bem?"

"Não é isso", ele disse, desviando o rosto. Esperei que continuasse, mas ele pareceu incapaz. Chegamos perto de abrir o jogo ou então pôr um ponto final na conversa. Teria sido melhor, para nós dois, se tivéssemos tido a coragem de contar a verdade um para o outro. "Não importa", ele continuou, enfim. "Mas, escute, se Tom não voltar, você pensaria em mim para usar a outra cama?"

"Maurice, isso não depende de mim. Você precisaria pedir ao cônego. Mas eu não teria nenhuma objeção."

Ele contraiu a boca. Me descobri querendo voltar um pouco na conversa. "Quem era ela?", perguntei. "A menina que você beijou."

"Agora está tudo no passado", ele disse, olhando para o chão.

"Eu estou feliz aqui", comentei, enfim.

"Eu também."

E foi isso. Aparentemente, estávamos todos felizes ali. Todos, exceto Tom Cardle.

Foi alguns dias depois disso que ele voltou. Durante a hora livre, alguns dos alunos tinham usado nossos casacos para criar quatro bases em quatro cantos do pátio e estávamos jogando uma partida de *rounders*. Era um jogo com seminaristas de todos os anos e padre Dementyev era o juiz.

Nos divertíamos muito quando um som vindo da entrada nos alertou de que algo fora da rotina estava acontecendo, e largamos as bolas e raquetes (não tínhamos bastões de críquete) para ver.

Foi uma imagem que eu nunca esquecerei: subindo pela entrada para carros, no banco do passageiro de um trator, estava ninguém menos que Tom Cardle; ao lado dele, um homem que só poderia ser seu pai, vestido com roupas velhas de trabalhador rural e um chapéu baixo cobrindo o rosto, o escapamento do trator soltando poluição escura atrás deles.

"Ele não veio lá de Wexford nessa coisa, não é?", perguntou Mick Sirr, com uma expressão intrigada no rosto.

"Foi como ele veio na primeira vez", eu disse.

"Mas eles não foram feitos para viagens longas", respondeu Mick, espantado e impressionado em medidas iguais. "Esse sujeito nunca ouviu falar de trens?"

Fui à entrada para carros e, quando Tom cruzou os olhos com os meus, não sorriu nem pareceu triste; apenas pôs dois dedos na lateral da cabeça e baixou um chapéu imaginário para me cumprimentar. Ele estava de volta. Ou melhor, tinha sido trazido de volta. O sofrido trator parou com uma sacudida derrotada do motor; pai e filho desceram e começaram a seguir na direção do escritório do cônego.

"Tom!", berrei.

"Como você está, Odran?", ele disse.

"Venha logo, seu rato", disse o pai e eles desapareceram. Porém, antes de sumirem pela porta, tive a chance de ver o rosto do meu amigo: a cor esverdeada ao redor do seu olho, as feridas se curando; o corte feio no lábio inferior. Isso sem mencionar que ele estava com o braço engessado. Era um menino que tinha apanhado, e apanhado muito. E mesmo assim voltara. Deus me perdoe, mas fiquei feliz, pois sentia muito a falta dele e não queria dormir sozinho ou dividir quarto com Maurice Macwell. Anos mais tarde, exibiam aquele filme *Fugindo do inferno* na RTÉ na época do Natal, e eu assistia sempre. É um filme que você pode ver mil vezes e nunca achar chato. Há um sujeito nele, um rapaz escocês chamado Ives, que é a alma do início do filme, causando muita desordem, e então um dia ele tenta fugir e é trazido de volta. A partir de então, seu sorriso desaparece e ele é apenas uma sombra do homem que foi. Faz o que os soldados querem, vai para onde mandam. Não causa mais nenhum problema. Não conta mais nenhuma piada. Ele sofreu no período entre a fuga e o retorno. Foi espancado. Arrancaram o Ives de dentro dele. Mais tarde, ele escala a cerca quando os soldados estão vendo, pois sabia que atirariam nele e, assim, seu sofrimento estaria terminado.

Em todos os Natais, quando eu via esse filme e chegava a essa parte, pensava em Tom Cardle e em como estava quando voltou de Wexford ao seminário. Ele tinha fugido e vivido sabe-se lá quais experiências durante aqueles poucos dias. Então voltou a Wexford, onde seu pai o recebeu com punhos, cintos e botas e depois o jogou no banco do passageiro de um trator e voltou pela estrada para Dublin. Depois disso, ele estava pronto para se submeter ao que fosse.

Ele nunca mais confrontou nenhum padre como tinha feito com padre Slevin. Fazia suas preces, praticava seu canto gregoriano, se levantava às seis e não reclamava. O cônego tinha dito que não havia grades naquela escola, dentro ou fora, mas ele não contava com um homem de Wexford, ex-campeão de boxe do condado, que insistia que seu filho mais novo fosse padre. Tom Cardle, aquele rapaz espirituoso e consciente de que aquela vida não era para ele, não era mais Tom Cardle.

Tinham arrancado o Ives de dentro dele.

2011

Marquei um almoço com meu sobrinho, Jonas, em um restaurante na St. Stephen's Green. Eu perdera o costume de me aventurar pelo centro da cidade; estar no meio da multidão com meu colarinho eclesiástico podia ser uma experiência desmoralizante. Era inevitável que eu fosse obrigado a aguentar os olhares de desprezo de estudantes presunçosos ou de executivos empolados. Mães puxavam os filhos para mais perto e, de vez em quando, um estranho se aproximava com alguma observação agressiva ou ofensiva. Eu podia andar por aí com roupas comuns, claro, escondido sob um disfarce unânime, mas me recusava a fazer isso. Eu aceitaria os insultos. Sofreria as indignidades. Eu seria eu mesmo.

Quando o trem Luas parou na estação, vi Jonas à frente das portas côncavas do mercado Dandelion, perto de um jovem com talvez a mesma idade — vinte e seis — que agitava os braços de maneira teatral conforme falava. Fazia alguns meses que eu não via meu sobrinho, e sua aparência me surpreendeu, pois ele praticamente raspara os cabelos, antes na altura dos ombros; o estilo curto acentuava o aspecto nórdico das maçãs do seu rosto e o azul-celeste dos olhos. Ao me ver chegando, ele conferiu o relógio de pulso e jogou o cigarro pela metade na calçada, esmagando-o com o pé. Estava com roupas que sugeriam desleixo, como se tivesse pegado as primeiras coisas que achou no armário de manhã, mas suspeitei que ele passava bastante tempo planejando a imagem que mostrava ao mundo. O jeans estava apertado nas pernas longas e finas; as botas eram volumosas e pareciam pesar mais que um pequeno protestante; as mangas da camisa estavam arregaçadas e algo semelhante a um lenço estava jogado de maneira casual em torno do pescoço. Não se barbeava havia alguns dias e pude notar as meninas olhando para ele — era um rapaz bonito, não havia dúvida. Tinha puxado a família do pai.

"Odran", ele disse com um semissorriso conforme me aproximei, e estendeu a mão. Fazia tempo que não prefaciava meu nome com a palavra *tio*. Seu companheiro, cuja barba por fazer era tão calculada quanto a do meu sobrinho — mas não chegava perto de ser tão bonita quanto a dele —, se virou e olhou para mim como se eu fosse a oitava maravilha do mundo.

"Que bom ver você, Jonas", eu disse, cumprimentando-o e sorrindo. Pensei em dar-lhe um abraço, mas sua postura estava tão rígida que ele parecia preferir distância.

"Está um pouco cedo para uma roupa de gala, não é?", disse o rapaz ao lado dele, sorrindo como um esquilinho. Eu não costumava desgostar de uma pessoa instantaneamente, mas notei de imediato que ali estava um fedelho insolente.

"Cale a boca, Mark", disse Jonas, se virando para ele, mas sem agressividade no tom de voz; era mais um tom de tédio. "Ele é padre. É assim que se veste."

"Está falando sério?"

Nós dois o ignoramos.

"Está com fome, Odran?", perguntou Jonas.

"Sim."

"Não vai me apresentar?", disse o companheiro.

Jonas hesitou, como se estivesse decidindo se faria tal esforço, mas por fim deu de ombros. "Odran, este é Mark", ele disse. "Mark, Odran. Meu tio."

O garoto suprimiu uma risada. "Você está brincando, né?"

"Por que estaria?"

"Oh", disse Mark, me olhando de cima a baixo. "Você é mesmo padre?"

"Sim, eu sou."

"Eu não sabia que você tinha um padre na família", ele respondeu, voltando-se para Jonas. "Isso é tão anos 50. Você não mencionou nada."

"Eu não menciono várias coisas", disse Jonas. "E quando foi que falei com você sobre minha família?"

"Não, eu só quis dizer que..."

"Vejam, o Bono", eu disse, apontando para o Fusiliers' Arch, e de fato ali estava ele, em pessoa, andando de óculos escuros vermelhos, erguendo a mão para chamar um táxi enquanto os pedestres reviravam os bolsos em busca dos celulares para tirar fotos. Os meninos se viraram e olharam para ele. Logo depois, Jonas desviou o rosto e conferiu o relógio.

"É melhor a gente entrar", ele disse. "Dia cheio pela frente."

"Claro", respondi, torcendo para que Mark não estivesse planejando se juntar a nós para o almoço. Eu via meu sobrinho com tão pouca frequência que não queria dividi-lo com ninguém.

"Você não tem aquele compromisso?", Jonas perguntou a ele.

"Sim, tenho", disse Mark, parecendo desapontado. "Posso ligar para você mais tarde?"

"Pode fazer o que quiser", ele respondeu. "Mas meu telefone talvez fique desligado esta tarde. E por boa parte da noite."

"Por quê?"

"Porque vou desligar."

O pobre Mark engoliu em seco — tão desapontado, que Deus o ajude — e baixou os olhos para os pés. "Está bem", ele disse. "Bom, vou tentar, de qualquer jeito. Se não conseguir, deixarei uma mensagem. Talvez a gente possa fazer alguma coisa mais tarde, não é?"

"Talvez", disse Jonas, sem se comprometer. "Não tenho certeza agora do que vou fazer."

"Bom, estou livre a noite toda."

Ele olhou para Jonas com a expressão de um cachorrinho à espera de que o dono ponha a mão no bolso e tire um mimo. Mas naquele bolso não havia nenhum biscoito. Jonas não tinha nada a oferecer.

"Bom, prazer em conhecê-lo, tio Odran", disse Mark, me cumprimentando com a cabeça.

"Não sou seu tio", respondi, sorrindo de volta. Tome essa, pensei, enquanto ele dava meia-volta e ia embora com relutância. "Vamos entrar?"

O restaurante não tinha sido escolha minha, e sim de Jonas. Quando lhe telefonei, foi o que sugeriu, pois ficava perto da Today FM, onde ele faria uma entrevista com Ray D'Arcy meia hora antes.

"Como você está?", ele perguntou quando nos sentamos e pedimos duas saladas, uma Heineken e água mineral. A cerveja era para mim — senti que precisava de algo para me acalmar. Ao entrar no Luas, dois sujeitos esbarraram em mim de propósito, cada um de um lado. Conforme se afastaram sem pedir desculpas, um deles tossiu e murmurou "pedófilo". Não respondi; apenas procurei um assento e observei as estações passarem pela janela. Ainda assim, aquilo tinha me deixado nervoso.

"Estou ótimo", respondi.

"Ainda trabalhando na paróquia?"

"Pagando meus pecados."

"Nenhuma chance de você voltar para a sua escola?"

Fiz que não. "Acho que, a essa altura, já é uma causa perdida. O que assumiu meu lugar, o padre que veio da Nigéria, mostrou aptidão para o rúgbi e treinou o time da Senior Cup. Depois da semana passada…"

"O que aconteceu na semana passada?"

"Ora, ganhamos a Senior Cup, você não leu nos jornais?"

Jonas deu de ombros, sem interesse. Acho que aquilo não tinha importância para ele.

"A questão é que, depois de uma vitória como essa, o cargo é dele para o resto da vida. Eu nunca mais voltarei."

"Sente falta?"

"Sinto."

"Existem outras escolas."

"Não. Sou um filho do Terenure", respondi. "E, de qualquer forma, não é escolha minha. Preciso ir para onde o arcebispo mandar".

Jonas pareceu duvidar. "Imagino", ele disse.

"Não há nada para imaginar. É assim que as coisas funcionam."

"Conheci um menino que foi aluno do Terenure", ele disse, olhando o entorno e vislumbrando o próprio reflexo no espelho, o qual observou por um instante antes de voltar para mim. "Jason Wicks. Sabe quem é?"

"Sim, conheci Jason."

"Era próximo dele?"

Fiz que não. "Não muito."

"E quanto ao professor, qual era o nome dele mesmo?"

"Donlan", eu disse. "Padre Miles Donlan."

"Você era próximo *dele*?"

"Convivi um pouco. Como você conheceu Jason?"

"Estudamos inglês juntos na Trinity."

"Mantém contato?"

"Não, ele está na cadeia."

Arregalei os olhos. Era novidade para mim. "Na cadeia?", perguntei. "Por quê?"

"Assaltou uma loja de bebidas."

"Mentira."

"Verdade."

"Mas por quê?"

Jonas deu de ombros. "Suponho que pelo dinheiro."

"Mas a família dele tem dinheiro, não tem? O pai não era um figurão do banco AIB? Lembro que ele costumava ver todas as partidas de rúgbi, gritando feito louco com o filho. Uma vez, depois de perdermos um jogo, ele deu um tapa no filho e o sr. Carroll precisou tirá-lo de cima do menino."

"O pai o expulsou de casa faz tempo. Ele usava drogas e apostava..."

"O pai?"

"Não, Jason."

"Não acredito."

"É verdade. O tal do Donlan fodeu a cabeça dele. Desculpe." Ele deu de ombros, como um gesto de desculpas.

"Você culpa o padre Donlan pelo que Jason fez?", perguntei após um momento, tentando absorver a nova informação.

"Claro que culpo. Me lembro de Jason no primeiro ano no Trinity. Ele tinha muita raiva. E depois do julgamento, depois que o padre Donlan foi sentenciado, ele ficou pior ainda."

"Eles não estão...", hesitei ao fazer a pergunta, com

medo de parecer irônico. "Eles não estão na mesma prisão, estão?"

Jonas deu de ombros. "Não sei", respondeu. "Não mantive contato com Jason. Por quê, você mantém contato com Donlan?"

"Não."

"Qual a duração da pena dele?"

"Seis anos, se bem me lembro", eu disse, e Jonas riu.

"Jason pegou doze", ele disse. "Engraçado, não é?"

"Depende da sua definição de engraçado", respondi, grato pela chegada da comida, pois não gostava da tensão daquela conversa. "A propósito, eu o vi no *Late Late Show*", comentei, ansioso para mudar de assunto.

Ele sorriu, contente. "É mesmo?"

Para onde fora aquele adolescente nervoso e tímido de dez anos antes, pensei. Tinha desaparecido. Agora, não havia nada em sua atitude além de superioridade. Arrogância pura. Necessidade de fazer sucesso — e de ser visto fazendo sucesso. Ele queria que as pessoas o notassem. Por que isso era tão importante para ele, se era óbvio que tinha construído uma vida boa para si mesmo?

"Sim. Você fez o apresentador gargalhar. Nunca pensou em subir ao palco?"

"Não."

"De onde consegue tanta autoconfiança? Quando era mais novo, você era bastante tímido."

"Eu finjo", ele disse. "Para ser sincero, eu estava bêbado."

"Estava o quê?"

"Eu estava alegrinho. Tomei umas no Stag's Head antes de ir para lá, e havia muita bebida no Green Room também. Acabei me empolgando."

"E Peter O'Toole entrou depois de você."

"Entrou."

"Você teve chance de conversar com ele?"

"Sim. Um pouco."

"Como ele é?"

"Sei lá. Velho? Não parecia saber o que eu estava fazendo ali. Me pediu cinquenta paus emprestados."

"Você emprestou?"

"Não. Eu nunca mais veria o dinheiro."

"E como está indo o livro?", perguntei.

"Saiu há apenas uma semana. Vamos ver."

Alguns dias antes, eu estava caminhando pela Grafton Street e vi cerca de vinte pôsteres do livro em uma vitrine da Dubray Books, em frente à HMV. Metade deles era da capa do livro, a outra metade, do próprio Jonas. Na imagem, ele parecia um daqueles rapazes dos anúncios da Calvin Klein, a camisa desabotoada até o meio do peito, a mão no cabelo, olhando para a câmera como se estivesse surpreso com ela. Não pude deixar de pensar em como seria para os escritores que não tinham aquela aparência — se hoje em dia as editoras deixariam você passar da porta da frente se fosse uma pessoa de aspecto normal.

"E você está trabalhando em algo novo?"

"Estou."

"Sobre o quê?"

"Sobre umas coisas", ele disse, mastigando um brócolis com ar pensativo. "Difícil descrever."

Suspirei. Talvez ele não gostasse de mim. Talvez fosse apenas ríspido.

"Sua mãe", eu disse, após uma pausa.

"Minha mãe", ele repetiu, assentindo.

"Eu a visitei outro dia."

"Eu sei. Passei lá no dia seguinte. Uma das enfermeiras disse que você tinha visitado."

"Ela não está melhorando, não é?"

Ele olhou para mim e franziu a sobrancelha, talvez um

pouco surpreso com o meu comentário. "Ela não vai melhorar nunca, Odran, você sabe disso."

"Quero dizer que parece que ela está piorando rápido. Ladeira abaixo. Ela não me reconheceu durante os primeiros vinte minutos, depois se deu conta de quem eu era e suas ideias ficaram claras como a luz do dia. Então perguntou se Kate Bush estava no corredor e se eu pediria um autógrafo para ela."

Jonas não conseguiu evitar uma risada. "Kate Bush?", ele perguntou.

"Foi o que ela disse. Talvez tenha ouvido alguma música no rádio, mais cedo."

"Provavelmente. Duvido que Kate Bush visite o asilo Chartwell com frequência."

Não me dei ao trabalho de responder. Bebi minha cerveja. Comi minha salada.

"Aquele lá fora", eu disse. "É amigo seu?"

"Quem?"

"Mark, não era?"

Jonas franziu as sobrancelhas. "O que tem ele?"

"Ele é seu… qual é a palavra, mesmo? Seu parceiro?"

"Jesus, não", disse Jonas, horrorizado. Foi quase como se eu o tivesse acusado de namorar Dana Rosemary Scallon.

"Ora, como vou saber?"

"É um amigo, só isso. Ou melhor, nem isso. Um conhecido. Escreveu um romance."

"E foi bem?"

"Não foi nada, ainda. Está procurando uma editora. Quer que eu ajude."

"É bom?"

Ele deu de ombros. "Não li."

"Pretende ler?"

"Não, se eu puder evitar."

Assenti e comi mais um pouco do meu almoço. Fiquei

irritado com sua arrogância. Por fim perguntei: "Ninguém o ajudou quando você estava começando?"

"Nem uma única criatura."

Virei o rosto e observei as pessoas passando pela janela, a maioria da mesma idade que Jonas, todos conversando animadamente, contentes com as próprias vidas. Passou pela minha cabeça que meu sobrinho, mesmo com todo seu sucesso e seu dinheiro, seu filme e seus livros e livros e mais livros, estava mais insatisfeito do que qualquer um deles.

"E existe alguém especial na sua vida?", perguntei, em plena consciência de que uma pessoa que falava daquela maneira estava sofrendo em sua busca por felicidade.

Ele sorriu para mim. "Você quer mesmo saber?"

"Eu não perguntaria, se não quisesse."

"Ninguém específico. Estou feliz assim."

Não fiz mais perguntas sobre o assunto. Não que eu ficasse constrangido com a homossexualidade de Jonas; a questão era que eu não tinha nenhuma experiência naquele quesito, nenhuma referência comparativa. Eu devia agir como se fosse igual a um homem e uma mulher, ou isso seria condescendente? E se eu agisse como se fosse diferente, seria ofensivo? A coisa toda era um campo minado. Ninguém pode dizer nada hoje em dia, essa é a verdade. Ninguém consegue sair de casa sem ofender alguém. Eu e Jonas nunca aprofundamos o assunto, ao qual às vezes ele se referia em entrevistas, e com rancor, como se não entendesse por que as pessoas queriam tanto saber com quem ele dividia a cama. E em seus quatro romances — eu ainda não tinha lido o mais recente — ele escrevera sobre isso apenas uma vez, e foi o livro que o tornou famoso. Houve uma época em que parecia impossível andar por aí sem esbarrar em alguém lendo.

O romance se chama *Spiegeltent* e se passa, quem diria, na Austrália, país pelo qual Jonas sente afinidade especial.

É um livro curto, o mais curto de todos os escritos por ele, e se desenrola ao longo de um único fim de semana em que o protagonista, um jovem irlandês exilado em uma tentativa de encontrar trabalho, vê o anúncio de um concerto a ser apresentado por um músico que ele conhecera vagamente em Dublin, cerca de dez anos antes. O show aconteceria em uma *spiegeltent* — tenda itinerante toda de madeira, lona e espelhos — no Hyde Park, em Sydney, dali a uma semana. Ele compra um ingresso e, nesse meio-tempo, envia uma mensagem ao músico, que se lembra da breve amizade entre os dois; combinam de sair após a apresentação para uns drinques. Grande parte da ação dramática do livro é o narrador sentado na segunda fileira da *spiegeltent*, ouvindo o músico, olhando para ele, relembrando eventos traumáticos que se passaram em Dublin muitos anos antes, eventos com os quais o músico, através de um amigo comum, tinha uma vaga relação. O narrador é gay e, por coincidência, o músico também. Nada acontecera entre eles, apesar de o narrador ter se apaixonado pelo outro no passado. Ali na plateia, ele é hipnotizado pela natureza delicada da música do outro, sua beleza quase avassaladora. A estatura do cantor é um tanto baixa e, apesar de ele estar perto dos trinta, seu rosto é quase de um querubim. O narrador está perdido. É como se todos os momentos da sua vida o tivessem levado àquele dia. Pensa em todas as dificuldades desde a infância, todas as ocasiões sombrias que marcaram sua vida; todas parecem, uma atrás da outra, fazer parte das canções do jovem músico. Depois, eles vão a um bar e bebem cerveja; o narrador presta atenção em cada palavra que o músico diz. Quer lhe contar que, apesar de mal se conhecerem, sente desejo por compreensão mútua. Está ansioso para tocá-lo. Acredita que o músico, com sua calça azul-clara que não combina muito bem com o tênis, com seus tornozelos visíveis enquanto ele está sentado no banco, com o pequeno violão que usa para tocar as canções, é alguém cujo destino queria que ele conhecesse. Mas ele sofre para conseguir dizer alguma coisa. A força de seus sentimentos é tão arrebatadora que ele tem a sensação de que, se tentar descrevê-los, soaria banal ou histriônico e assustaria o músico. Ele não tem como vencer, não pode dizer nada por medo de dizer algo errado. No fim, outro homem vai com a namorada à mesa. Eles também estiveram na *spiegeltent*. Também ouviram o jovem músico e insistem para pagar uma rodada de bebidas. A dupla se torna um quarteto, apesar de os recém-chegados não terem o menor interesse no narrador. Então o músico diz que precisa ir embora, que precisa cantar outra vez na noite seguinte e que deve tomar cuidado com a garganta, e que o melhor é voltar ao hotel. O narrador está prestes a sugerir que caminhem juntos até lá, pensando que encontraria as palavras para expressar seus sentimentos ao longo do caminho, mas, por uma terrível coincidência, o jovem casal, ambos turistas, está hospedado no mesmo hotel do músico, e sugere que os três dividam um táxi. Em questão de segundos todos se vão, desaparecem de uma maneira tão repentina que pega o narrador de surpresa, e ele acaba sozinho. Naquela noite, o jovem músico lhe escreve uma mensagem; pergunta se o narrador irá ao show da noite seguinte, mas ele diz que não, que está ocupado demais, que precisa trabalhar. É mentira. Em vez disso, ele fica em casa chorando. Não conseguiria suportar a proximidade física que uma segunda noite representaria. Porém, na noite seguinte, conforme o concerto chega ao fim, seus pés o levam mais uma vez à *spiegeltent*, e ali o enredo tem uma virada inesperada.

Veja bem, estou parafraseando. Não faço jus ao material. O que Jonas escreveu é muito melhor.

"E sua mãe", eu disse outra vez.

"Minha mãe", disse Jonas.

"Os médicos disseram que as coisas talvez se acelerem daqui em diante."

"Ela está tendo os melhores cuidados."

"Eu sei."

"Eu a vejo toda semana. De vez em quando, duas vezes por semana."

"Eu sei, Jonas. Não estou criticando. Você é um bom filho."

Ele assentiu com a cabeça.

"Teve alguma notícia de Aidan?"

"Claro."

"Como ele está?"

"Está ótimo."

"Ainda mora em Londres?"

"Por Deus, não. Faz anos que foi embora de lá."

Olhei para ele, surpreso. "O que disse?", perguntei.

"Você ouviu."

"Mas onde ele mora, se não mais em Londres?"

Jonas hesitou e deu um gole na água. "Ele não contou?", ele perguntou.

"Se tivesse contado, eu estaria perguntando?"

Ele pareceu constrangido. "Não cabe a mim dizer."

"Dizer onde ele está morando?"

"Isso."

"É segredo de Estado? Ele está num programa de proteção à testemunha?"

"Odran..."

"Por que não me diz?"

"Porque, se ele quisesse que você soubesse, imagino que teria contado."

Encarei Jonas, incrédulo. "Mas por que ele não gostaria que eu soubesse?"

"É melhor perguntar para ele."

"Como vou perguntar, se não sei onde ele está?"

Ele deu de ombros e pareceu entediado com o desenrolar da conversa.

"O que Aidan tem contra mim? Pode me dizer isso, pelo menos?"

"É melhor perguntar para ele."

"Não consigo acreditar", eu disse, me reclinando na cadeira. "Jonas, quer me contar onde seu irmão mora, pelo amor de Deus?"

"Lillehammer", ele respondeu, enfim cedendo.

"Lillehammer? Na Noruega?"

"Sim."

"Perto da sua avó?"

"Sim."

Sacudi a cabeça. "É a primeira vez que ouço falar nisso. Então vocês conversam, vocês dois?"

"Claro que sim. Somos irmãos."

"Eu sou tio dele e nunca tenho notícias."

Jonas engoliu em seco. "Ele é muito ocupado", disse. "Os negócios decolaram. E tem também Marthe e as crianças."

"Nem os conheço", respondi, sentindo lágrimas inesperadas surgirem em meus olhos. "Hannah conhece?"

"Ele não os traz para a Irlanda."

"Por que não?"

"Ele não gosta de vir para casa."

"Mas por que não?", perguntei, insistindo.

Ele deu de ombros. "Como eu disse, ele é muito ocupado."

Balancei a cabeça. "Não sei o que fiz contra ele", eu disse, percebendo a tristeza na minha própria voz. "Me lembro sempre do aniversário dele, não? Me lembro dos aniversários de vocês dois."

"Eu não levaria para o lado pessoal, Odran", ele respondeu. "Aidan não tem interesse em manter velhos conhecidos."

"Eu não sou um conhecido", eu disse, me inclinando para a frente, com raiva. "Sou tio dele, pelo amor de Deus."

"Eu não me preocuparia com isso", ele respondeu.

"Eu não estou preocupado. Mas fico magoado, só isso."

"Bom, você não é o único que sofre."

Franzi as sobrancelhas. O que aquilo queria dizer? Ele estava se referindo à mãe? Eu sabia do sofrimento de Hannah, claro que sabia. E que seus dois filhos também sofriam, vendo o estado em que ela se encontrava.

"Acho que eu devia ligar para ele", eu disse, após algum tempo.

"Você não tem o número."

"Você poderia me dar."

"Eu teria que perguntar a ele primeiro."

Ele olhou para mim com algo próximo de desprezo antes de rir um pouco. Para minha surpresa, ele estendeu o braço, pegou minha Heineken, deu um gole longo e a recolocou na mesa sem nenhuma explicação ou pedido de desculpas.

"Posso perguntar a ele, se você quiser", ele disse. "O que preferir."

Uma canção que eu tinha ouvido inúmeras vezes no rádio ao longo do último ano começou a tocar pelos alto-falantes, uma voz masculina, que cantava com calma e pouco esforço, mas muita potência. Vi os olhos de Jonas se fecharem por um momento conforme ele pôs a mão no abdômen, como alguém que levou um chute no estômago. Eu sabia como ele se sentia. Eu não poderia ter ficado mais triste se ele tivesse me arrancado da cadeira, me segurado pelo pescoço com uma mão e socado meu rosto com a outra. O que eu tinha feito contra aqueles dois para me detestarem tanto? Como eu os ofendera?

"Não, não precisa", eu disse, desviando o rosto. "Você me passa outro dia."

Aidan. Eu me lembro de quando Hannah e Kristian começaram a se desesperar por conta de seu comportamento. Ele tinha cerca de onze anos na época, um pouco mais novo do que a fase em que os meninos costumam sair do controle, e causava-lhes mágoas infinitas com seus ataques de raiva e conduta na escola. Houve um incidente com outra criança, um menino que fora seu melhor amigo até duas semanas antes. Os dois tiveram algum tipo de desentendimento e Aidan bateu nele, quebrando um dos seus dentes; foram necessários todos os esforços de Hannah e Kristian para acalmar os pais do pobre menino. Em outra ocasião, ele furou os pneus do carro de um dos professores, um padre que trabalhara na escola por trinta anos e se aposentaria dali a alguns dias. Pelo que consta, o sujeito deixou o cargo mais cedo pelo ocorrido. Aidan foi suspenso e o diretor afirmou que, se ele não tomasse jeito, os próximos castigos seriam muito piores.

Foi Kristian quem me telefonou e perguntou se eu poderia ter uma conversa com o menino. Meu coração ficou pesaroso com a ideia. Eu gostava de Aidan e tinha uma boa relação com ele, mas a verdade era que eu não o conhecia muito bem. Uma das maiores falhas da minha vida — e me dou conta disso conforme fico mais velho — é ter sido um péssimo tio para aqueles dois meninos. Sim, fui sempre bondoso com eles e sim, sempre me lembrei dos aniversários e dos presentes de Natal, como insisti para Jonas. Mas nunca fui uma presença genuína em suas vidas, nunca dei motivo para se importarem comigo. Mesmo após sete anos em um seminário com outros jovens, mesmo após trinta anos em Terenure ensinando adolescentes, sempre tive dificuldade para me relacionar com os filhos de Hannah, como se o fato de ela ter uma família — e eu, não — fosse, de alguma maneira, um obstáculo para mim. Não tenho nenhum orgulho disso. Houve muitas ocasiões em que eu prometi a mim mesmo que me dedicaria mais para estabelecer uma relação com Aidan e Jonas, mas o tempo passou, tempo demais, e as oportunidades se dissiparam. Por isso, ser chamado para conversar com Aidan quando ele estava causando problemas para os pais era algo que me enchia de apreensão.

"Não consigo mais falar com ele, Odran", disse Kristian, aflito. "Ele está num planeta próprio na metade do tempo."

"Num mundo próprio", eu disse; uma das características mais amáveis de Kristian era os erros que ele às vezes cometia com figuras de linguagem, apesar de tanto tempo morando em Dublin.

"Sim, num mundo próprio. Talvez outra pessoa, talvez o tio, ele escute."

Prometi tentar.

Me sentei com os três alguns dias depois, numa tarde. Era evidente que Aidan estava ali contra a vontade, e comecei perguntando se havia alguma coisa que o preocupava.

"A ameaça de guerra mundial termonuclear", ele respondeu no mesmo instante e eu ri — eu tinha dito algo parecido para minha mãe anos antes, quando ela me pegou de mau humor.

"Alguma outra coisa?", perguntei. "Algo mais pessoal?"

"Isso não é suficiente?", ele disse. "A possibilidade de aniquilação da raça humana?"

"Bom, não é um pensamento alegre", admiti. "Mas seu amigo na escola não é responsável por nada disso, não é? Nem o seu professor."

Aidan deu de ombros e desviou o rosto. Perguntou a Hannah se podia comer um Club Milk e ela disse que não, que estragaria o apetite para o jantar.

"Seus pais estão muito preocupados com você", eu disse.

Ele bufou e sacudiu a cabeça.

"Estão, sim", insisti.

"Estamos mesmo", repetiram Hannah e Kristian em uníssono, e o menino se espreguiçou com vontade, bocejando à minha frente.

"Pare com isso", eu disse. "Não seja mal-educado, pelo menos."

"Estou cansado, Odie", ele respondeu. *Odie*. Ninguém, em toda minha vida, me chamou disso, exceto Aidan. Começou quando ele era um bebê aprendendo a falar; por algum motivo, ele não conseguia pronunciar a palavra *Odran*. E assim se tornou *Odie*, e ele me chamou dessa forma desde então. Se outra pessoa usasse, eu teria pedido para parar, mas, vindo de Aidan, eu achava encantador. Pensei que ele talvez gostasse mais de mim do que admitia.

"Você dorme de noite?", perguntei.

"Ele só dorme depois da meia-noite", interveio Hannah. "E aí não quer se levantar para a escola. Não é surpresa que esteja cansado."

"Como vai a escola?", perguntei, ignorando a interrupção. Me ocorreu que talvez conseguíssemos dialogar melhor se os pais nos permitissem ficar sozinhos, mas não me senti no direito de pedir.

"Chata", disse Aidan.

"Esse é outro problema", disse Kristian, jogando as

mãos para o alto. "Tudo é chato. Ele não demonstra interesse por nada."

"Por que a escola é chata?", perguntei. "Todos os seus amigos estão lá com você, não estão?"

"Não dou a mínima pra eles", ele disse. "São todos uns idiotas."

"Então com quem você brinca?"

"*Brinca*?", ele perguntou, com escárnio.

"Sim."

"Eu não *brinco* com ninguém."

"Você brinca com Jonas?"

"Jonas é um idiota. E um chato."

"Viu só?", disse Kristian, reprovando. "Não sei o que fazer com ele. Sugeri que viesse comigo a Lillehammer para visitar a avó por duas semanas no verão, mas ele se recusa a ir."

"Lá é chato", disse Aidan. "Você não sabe como é, Odie. Nunca foi para lá."

"Na verdade, fui, sim", respondi. "Estive lá quando seus pais se casaram. Me diverti muito."

"Você foi lá de novo?"

"Não, mas…"

"Viu?"

"Bom, não sei o que dizer, Aidan", respondi, já me sentindo derrotado. "Você ainda é novo e está se comportando como se fosse um delinquente, e por razão nenhuma, pelo que pude perceber. Quando eu tinha a sua idade, era cheio de vida."

"Eu não sou você."

"Não, não é. Mas mesmo assim. E eu nem tive todos os amigos que você tem ou um lar feliz para morar. Só tive meu primeiro amigo de verdade com dezessete anos, quando conheci Tom Cardle no seminário."

"Como está o padre Tom?", perguntou Hannah, mas

fiz um gesto para deixar a pergunta de lado; estávamos ali para falar sobre Aidan.

"Preciso ir ao banheiro", disse Aidan, levantando como se estivesse prestes a passar mal; me perguntei se era um truque para dar por encerrada a conversa. "Então, vá", eu disse.

Mas ele não foi ao banheiro. Saiu para o quintal, recolheu um punhado de pedras e quebrou, um a um, quase todos os vidros da estufa de Kristian, se recusando a parar até que corremos para fora e o pai o levantou do chão e o arrastou, chutando e gritando, para dentro. Por nenhum motivo que pude discernir, o menino tinha decidido, de repente, causar destruição.

E aquele foi um bom dia. A situação só piorou depois daquilo, até que, no fim, ele foi embora de vez para Londres. E, então, foi como se ele tivesse desaparecido por completo da minha vida.

Após me despedir de Jonas, segui pela Grafton Street para a Brown Thomas, com a intenção de comprar um novo par de luvas. Estávamos em plena tarde e, apesar de tudo que ouvimos no rádio sobre a crise econômica, havia uma multidão de compradores impacientes na rua, todos ansiosos para chegar aonde queriam. Não é o que chamo de cautela financeira. Dois rapazes e uma moça tocavam violões e cantavam uma velha canção de Luke Kelly diante de um Burger King; mais à frente, um quarteto de cordas se instalara perto de uma loja de telefones celulares e se dedicava a uma interpretação animada de Mozart para o público considerável que se acumulara em volta. Na entrada da própria Brown Thomas estava um daqueles sujeitos pintados de dourado em um pedestal, imóvel, os olhos perdidos, um chapéu de feltro virado para cima no chão diante dele, alguns poucos euros dentro. Esses homens me intrigam. Os músicos ao menos ofereciam um serviço; parecia avareza não recompensá-los pela música. Mas o que sujeitos como aquele oferecem? Eu devia pagar-lhe para ficar ali parado? Por qual razão? E onde ele vestia aquela fantasia espalhafatosa, pintava o rosto, dourava as mãos? Voltava para casa de ônibus daquele jeito, embarcava no Luas com todo aquele exagero? Se esbarrasse em alguém, a pessoa também ficaria coberta de ouro?

Outro fantasiado estava na entrada da Brown Thomas e abriu a porta para mim com um indiferente "Boa tarde, senhor", apesar da presença do meu colarinho eclesiástico. Ao longo do tempo, percebi que as pessoas já não tinham certeza de como se dirigir a um padre, como se tivessem vergonha de dizer *padre* ou se, de alguma maneira, temessem a palavra. Dentro da loja, algumas pessoas olharam na minha direção e duas mulheres dos balcões de maquiagem se entreolharam e trocaram um sorriso malicioso, o que me deixou constrangido.

Fazia séculos que eu não entrava na Brown Thomas. Era toda vidro e escadarias brancas, espelhos por todo lado. Eu me lembrava de quando era Switzer's; mamãe levava Hannah e eu para ver a vitrine de Natal e ficávamos na fila para o assustador encontro com o Papai Noel, em sua caverna escura e cheia de duendes. Agora, uma mulher sedutora estava no meio do corredor, segurando um vidro de perfume, a mão posicionada acima dele como se estivesse prestes a lançar uma granada; no curto tempo que a observei, ela atacou vários compradores inocentes com o borrifo.

"Roupas masculinas?", perguntei para uma vendedora que passava.

"Descendo por ali", ela disse, apontando para o canto do andar e se afastando no mesmo instante. Cruzei o andar e desci as escadas; enfrentei mais vidro e espelhos em um andar dividido em seções confusas, uma dentro de outra, como uma boneca russa. Alguns jovens dobrando camisas e calças se viraram para me observar por um instante. Me aproximei de um deles com cautela.

"Estou procurando um par de luvas", eu disse.

"De quem?", ele perguntou.

"Desculpe, o quê?", eu disse.

"Luvas de quem?", ele repetiu.

Olhei para ele por um instante. "Bom, suas, no momento, eu acho", respondi. "Ou da loja. Mas quero comprar. Portanto, em breve serão minhas."

Ele suspirou, como se a vida fosse demais para ele. "Hugo Boss?", ele disse. "Calvin Klein? Tom Ford? Ted..."

Interrompi — ele parecia capaz de continuar o dia todo. "Um bom par de luvas pretas, só isso", eu disse a ele. "Sem pele na parte de dentro. E nada muito caro. Não me importo com a marca."

Ele se virou e me conduziu ao centro do andar, onde uma variedade de luvas estava exposta em uma mesa. Vi as que queria e peguei o par. "Estas, eu acho", eu disse, experimentando-as. Tamanho ideal. Conferi a etiqueta. Duzentos e vinte euros. "Isso não pode estar certo", eu disse, apontando para o número.

"Está, sim", ele respondeu. "O senhor deu sorte. Estão em promoção."

Eu ri. "Você está brincando? Você sabe que há uma recessão, não sabe?"

"Não na Brown Thomas, senhor."

"Ainda assim", eu disse, não aceitando o preço. Quem pagaria aquela quantia por um par de luvas que provavelmente seriam esquecidas no ônibus 14 algum dia?

"O preço original era trezentos", ele explicou. "São lindas, não são? Quase bonitas demais para usar."

"Sim, mas acontece que eu quero usar", eu disse. "É para isso que servem luvas. Você não tem nada mais barato?"

"Mais barato?", ele perguntou; foi como se eu tivesse dito uma vulgaridade em um enterro. "Temos algumas da coleção passada. A partir de cento e cinquenta."

Eu ri e fiz que não. "Será que eu teria mais sorte do outro lado da rua?", perguntei. "Na Marks & Spencer?"

Ele sorriu — no fim das contas, talvez não estivesse rindo às minhas custas. "Eles de fato costumam ter uma variedade mais econômica", ele disse. "Mas não vão durar tanto tempo. Talvez seja... Como se diz, mesmo?"

"Falsa economia?"

"Isso."

"Mas vou dar uma olhada mesmo assim", respondi. "Se eu não encontrar nada que eu goste, volto para falar com você."

Ele assentiu e deu meia-volta, agora desinteressado, e segui na direção das escadas para ir embora. Foi quando eu o vi. Um menininho, não mais que cinco anos, no meio do andar, com uma expressão amedrontada no rosto e ninguém ali para cuidar dele. Seu lábio inferior tremia; imaginei que ele estava decidindo se aquilo valia o esforço de chorar ou se devia esperar mais um ou dois minutos antes de se entregar às próprias emoções. Olhei em volta, sem saber o que fazer. Imaginei que sua mãe apareceria a qualquer momento, mas não apareceu; as lágrimas começaram a cair e ele pôs as mãos no rosto para enxugá-las.

Agora eu pergunto: o que mais poderia ter feito senão ir até ele?

"Você está bem, filho?", perguntei, me abaixando. "Você não está perdido, está?"

Ele olhou para mim, aliviado, talvez um pouco assustado também. Engoliu em seco e fez que sim.

"Sua mamãe não está com você? Ou seu papai?"

"Vim com minha mãe", ele disse, quase sussurrando.

"Mas não sei onde ela está."

"Ela está aqui na loja? Vamos procurar por ela?"

Ele fez um sinal com a cabeça e apontou para a porta de vidro da saída lateral, com vista para a joalheria Weir & Sons. "Ela saiu", ele disse. "Ela me deixou aqui."

"Ela não teria deixado você sozinho", respondi. "Deve ter achado que você vinha logo atrás."

Ele fez que não e apontou para a rua outra vez. Olhei à volta, estupefato, certo de que sua mãe apareceria a qualquer momento, mas ninguém estava correndo em uma busca desesperada pelo filho. "Qual é o seu nome?", perguntei.

"Kyle", ele disse.

"E quantos anos você tem, Kyle?"

"Cinco", ele respondeu. Na mosca.

"E é só você e sua mamãe, ou você tem irmãos e irmãs?"

"Minha irmã está na escola", ele disse.

"Ótimo. Vamos ver se conseguimos encontrar sua mamãe aqui na loja?"

Estendi o braço para segurar a mão de Kyle, mas ele sacudiu a cabeça e apontou para a porta mais uma vez. "Ela saiu", ele insistiu. "Ela saiu para a rua."

E foi nesse momento que cometi meu erro. Eu devia tê-lo levado a uma das moças do balcão de esmaltes para saber se alguém poderia perguntar pelos alto-falantes se havia uma mulher na loja que tinha perdido o filho pequeno. Devia ter abordado um dos seguranças de postura pomposa espalhados pela loja. Devia ter pedido para falar com o gerente. Mas não fiz nenhuma dessas coisas. Não pensei no que seria a melhor atitude. Acreditei na palavra dele; confiei na palavra de uma criança confusa de cinco anos e concluí que ele talvez estivesse certo, talvez sua mãe tivesse mesmo saído para a Wicklow Street, achando que o menino vinha logo atrás, e agora ela estaria na esquina com a Georges Street, procurando, cega de pânico pelo sumiço do filho.

"Bom, então vamos", eu disse, pegando-o pela mão — meu segundo erro — e seguindo com ele para a porta. Meu terceiro erro: abri a porta e saímos. Fomos envolvidos imediatamente pelo frio do dia e a porta da loja de departamentos se fechou sozinha atrás de nós.

"Para qual lado você acha que ela foi?", perguntei a ele. "Esquerda ou direita?"

Ele olhou o entorno — talvez não soubesse qual era qual — e apontou na direção do Central Hotel, passando pelo International Bar.

"Então, vamos", repeti, ainda segurando sua mão com firmeza enquanto caminhávamos. "Vamos andar um pouco para ver se conseguimos encontrar sua mãe."

Mais à frente, vi um Garda próximo a uma loja de chá e decidi que, se eu não tivesse encontrado a mãe de Kyle antes de chegar ali, eu entregaria o menino às autoridades e esperaria com eles até que ela fosse localizada.

E assim caminhamos pela Wicklow Street; um padre de meia-idade segurando a mão de um menino de cinco anos, levando-o para longe do lugar onde ele fora encontrado. Foi burrice da minha parte. No que eu estava pensando? Havia um cérebro na minha cabeça?

"Você quer um sorvete?", perguntei quando passamos por uma banca de jornal, pois àquela altura as lágrimas do menino tinham voltado. "Faria você se sentir melhor?"

Mas o pequeno não teve chance de responder, pois foi nesse momento que ouvi os gritos e uma grande comoção atrás de mim. Me virei para ver todas as pessoas da rua olhando para mim conforme uma mulher corria como uma atleta na minha direção, gritando para eu tirar minhas mãos imundas do filho dela, seu padre de merda, e antes que eu me desse conta, alguém arrancou o menino de mim e um homem me puxou e socou meu rosto, e foi isso pelos próximos dez minutos — perdi a consciência.

Quando recobrei os sentidos, me descobri sentado no banco traseiro de um carro da Garda, passando pelo arco de entrada do Trinity College na direção da Pearse Street, onde paramos do outro lado do que tinha sido o cinema Metropole.

Entramos. Os oficiais atrás do balcão mal deram atenção quando o meu Garda — chamarei de "meu Garda", pois foi ele quem me tirou da rua e chamou uma viatura para me levar para longe da multidão aos gritos, que queria o meu sangue — me levou a um aposento frio de tijolos brancos, disse que voltaria num instante e perguntou se eu tinha um telefone comigo e, se tivesse, se eu o entregaria para ele.

"Tenho essa coisa velha", respondi, entregando um Nokia comprado fazia alguns anos, bastante adequado aos meus propósitos, apesar de Jonas ter rido quando o viu naquele mesmo dia, afirmando que eu deveria deixá-lo para o National Museum em meu testamento.

"Fico com ele por enquanto", ele disse, guardando o telefone e saindo da sala. Apesar do meu nervosismo, encontrei tempo para me perguntar que direito ele tinha de fazer aquilo.

Fiquei ali sentado, sozinho. Senti um inchaço macio surgindo na bochecha que o sujeito tinha socado e refleti sobre a minha situação. Fui um tolo, claro. O que devia parecer? As pessoas decerto achavam que éramos todos iguais. Desejosos de sequestrar crianças e fazer coisas terríveis com elas. Enterrei o rosto nas mãos, consciente de que aquela situação poderia acabar muito, muito mal.

O Garda, o meu Garda, voltou com um bloco de anotações e uma caneta, e acionou o botão vermelho de um gravador.

"Nome?", ele perguntou. Nenhuma apresentação. Nenhuma educação.

"Garda, preciso do banheiro", eu disse, pois a Heineken estava se manifestando. "Não vou demorar."

"Nome?", ele repetiu.

"Isso é um mal-entendido", comecei. "Eu estava apenas..."

"Nome?", ele repetiu, me encarando com olhos frios.

"Yates", eu disse, sem força, baixando o olhar para o tampo da mesa. "Padre Odran Yates."

"Soletre."

Soletrei.

"O senhor precisa de cuidados médicos, sr. Yates?"

"Acho que não", eu disse. "E é padre Yates." Toquei o colarinho eclesiástico. "Padre Yates."

Ele fez uma anotação. "O senhor sabe por que está aqui?", perguntou.

"O menino estava perdido", respondi. "Ele disse que a mãe tinha saído para a Wicklow Street. Eu estava tentando ajudá-lo a encontrar a mãe."

"O senhor o raptou na Brown Thomas, a informação está correta?"

Olhei para ele, por um momento incapaz de encontrar palavras. Senti meu estômago dar um nó e receei por minha saúde. "Eu não o raptei", respondi baixinho, tentando manter a calma diante do que eu sabia ser uma situação impossível. "Não fiz nada disso. Eu estava tentando ajudá-lo a encontrar a mãe, só isso. O pobrezinho estava perdido."

206

"A mãe diz que estava a apenas um ou dois metros de distância, vendo bolsas."

"Se estava, eu não vi."

"E você não pensou em levar o menino para os seguranças da loja?"

"Não. Eu devia ter feito isso. Ele estava nervoso. Estava chorando."

"Conhecemos o senhor, sr. Yates?"

Ele me detestava. Odiava-me por inteiro. Queria me machucar.

"Se me conhecem? O que quer dizer?"

"O senhor tem histórico criminoso?"

"De jeito nenhum!", respondi, estupefato.

"Algum histórico com menores de idade?"

"Nunca fiz nada de errado. Sou um bom homem."

"Temos registros", ele respondeu. "Posso ir agora mesmo buscá-los. Se há alguma coisa que o senhor não está me dizendo, é melhor contar logo."

"Vá buscar o que quiser", retruquei, irritado com a injustiça de tudo aquilo. "Eu estava tentando ajudar o menino, só isso. Não quis fazer nenhum mal."

"Claro que não", ele disse, com um suspiro. "Vocês nunca querem, não é?"

Engoli em seco. Será que tinha acontecido alguma coisa com ele no passado e agora ele estava descontando em mim?

"Garda, o banheiro, por favor."

"O senhor andou bebendo, sr. Yates?"

"Bebi uma Heineken no almoço. Almocei com meu sobrinho."

Ele levantou o rosto no mesmo instante. "Onde ele está? Quantos anos ele tem?"

"Como vou saber onde ele está? É um adulto. Tem

vinte e seis anos. Depois do almoço, ele seguiu com a vida dele e eu segui com a minha."

"Quantas bebidas o senhor tomou?"

"Apenas uma."

"Podemos checar, sabia?"

"Por que ela estava vendo bolsas?", perguntei.

"Por que o senhor acha?", disse o Garda, o meu Garda. "É uma loja. Ela estava fazendo compras."

"E por que ela não estava prestando atenção no menino? Kyle tem só cinco anos."

"Kyle?", disse o Garda, tirando os olhos do bloco de anotações e fixando-os em mim. "Então o senhor perguntou o nome dele?"

"Claro que perguntei o nome dele", respondi, tentando entender que mal havia nisso. "Perguntei o nome dele, assim como você perguntou o meu. A diferença é que eu o chamei pelo nome que ele me deu."

"O senhor disse a ele que compraria um sorvete?", ele me perguntou. "Foi isso mesmo?"

"Ele estava chorando", eu disse, sentindo que ia perder o controle da bexiga a qualquer momento. "Achei que o deixaria menos chateado."

"O senhor ofereceu sorvete ao menino para convencê-lo a sair da loja?"

"Não", eu disse. "Só ofereci quando estávamos do lado de fora."

"E aonde o senhor o estava levando?"

"Ele tinha dito que a mãe subira a Wicklow Street, então pensei que podíamos procurar por ela. Vi um dos seus colegas mais à frente. Eu ia deixá-lo com o Garda."

"Mas não deixou. Ficou com ele."

"Ainda não tínhamos alcançado o Garda! E em seguida ouvi a mãe vindo da Brown Thomas, correndo na nossa direção. Por favor, Garda, eu preciso que o senhor me permita ir ao banheiro."

Ele fez mais algumas anotações e pediu para eu esperar onde estava, como se houvesse alguma possibilidade de eu ir embora. Ele me deixou sozinho naquela sala por quase uma hora, me contorcendo de agonia, a bexiga parecendo explodir dentro de mim. Quando ele voltou, eu estava sentado no canto da cela, a cabeça nas mãos, chorando. "Ah, pelo amor de Deus", ele disse, furioso, antes de se inclinar para o corredor. "Joey, traga um esfregão e um balde, sim? O suspeito mijou na calça."

"Está feliz agora?", perguntei, olhando para ele em completa humilhação. "Está satisfeito com o que me fez fazer?"

"Cale essa merda de boca e sente-se ali", ele disse, apontando para a cadeira onde eu estivera sentado antes de ir para o canto. Minhas calças estavam encharcadas e, depois que seu colega entrou para enxugar a poça no chão, ele desapareceu por um momento antes de voltar com um par de calças de moletom azuis com uma faixa branca descendo pelas laterais. "Vista isso", ele disse.

Tirei as calças, dominado pela vergonha, e obedeci. Não ajudou muito, pois a maior parte do dano estava na minha roupa íntima. Depois disso, ele anotou todas as minhas informações pessoais e disse que entraria em contato mais tarde, que precisava interrogar a mãe e o menino. Falou para eu nem cogitar sair de Dublin sem avisá-lo e, por um momento, achei que ele confiscaria meu passaporte.

Enquanto eu saía da delegacia Garda na Pearse Street, o sujeito atrás do balcão levantou o rosto e sibilou algo bem baixinho.

"*Pedófilo.*"

"O que disse?", perguntei, dando meia-volta, furioso e magoado. Era a segunda vez naquele dia que me ofendiam daquela maneira. Primeiro os moleques no Luas e agora um Garda, que deveria estar lá para me proteger, não para me xingar quando fui preso por engano e abandonado sem instalações básicas de higiene até não ter escolha senão urinar em mim mesmo. "O que foi que você disse?"

Ele olhou para mim, todo inocente, e deu de ombros. "Nada", mentiu.

Recebi o telefonema na manhã seguinte, logo após a missa das dez.

"Sr. Yates?", disse uma voz entediada do outro lado da linha e eu soube no mesmo instante quem era.

"Padre Yates", respondi.

"Certo, que seja. Tenho informações para o senhor." Nenhum cumprimento. Nenhum nome. Era assim que eles eram treinados em Templemore? "Interrogamos o menino e a mãe e não prestaremos queixa no momento. O menino confirmou sua história e, ao que parece, a mãe acredita nele." Ele deu uma risada curta e amarga. Pude perceber que, apesar de a mãe de Kyle ter confiança no próprio filho, ele não tinha.

"Você disse *no momento*", respondi, tentando manter o alívio longe do meu tom de voz — eu não queria dar-lhe a satisfação de ouvir como tudo aquilo tinha sido difícil para mim. "Isso significa que talvez retomem no futuro?"

Houve um longo silêncio. Pensei que o Garda talvez estivesse tentando me deixar aflito de propósito. Por fim, ele suspirou. "O caso foi fechado", ele disse. "Está terminado. Mas o senhor devia pensar duas vezes antes de tentar pegar menininhos que encontra em lojas de departamento. Está bem, *padre*?", ele acrescentou, cuspindo a palavra como leite azedo.

Mas não ajudaria em nada contrariá-lo ou arranjar mais problemas. Ele tinha todo o poder. E eu não tinha nenhum. "Sim", eu disse. "Obrigado."

Desliguei. Fui para a cozinha, enchi a chaleira e acendi o fogo para fazer uma xícara de chá, consciente o tempo todo do tremor intenso da minha mão. Um instante depois, desliguei o fogo e servi um pouco de uísque, e então fui ao meu gabinete, onde peguei um rosário, presente do patriarca de Veneza há trinta e três anos, em Roma, e segurei com força. Era cedo, mas eu precisava daquela bebida, e a sensação do líquido descendo pela minha garganta e me aquecendo foi apaziguadora. Senti gratidão.

Me sentei e, em seguida, eu estava chorando. Não por mim, acho que não; não pelos horrores das últimas vinte e quatro horas. E sim por como as coisas tinham mudado. Houve uma época em que as pessoas confiavam nos padres, quando levavam um menininho perdido à casa paroquial, não à delegacia. Hoje, era impossível conversar com uma criança sem ser alvo de olhares atravessados. Era impossível fazer uma reunião com os coroinhas sem um pai presente para garantir que você não tentasse nada com os meninos. E era impossível ajudar uma criança que estava aflita e perdida sem que todos presumissem que você estava tentando raptá-la, sem que cuspissem a palavra *pedófilo* na sua cara.

"Seus filhos da puta", falei para mim mesmo sobre os homens que tinham destruído aquela vida para mim. O rosário na minha mão arrebentou e as contas se espalharam por toda parte, algumas sob minha cadeira, algumas sob a escrivaninha, algumas rolaram devagar pelo chão. Olhei para elas. Não tive a menor vontade de recolhê-las.

1978

Cheguei à Itália no início de 1978. Eu nunca tinha saído da Irlanda e tampouco viajado de avião, e meu entusiasmo era intenso. O passaporte precisou ser encomendado — mamãe desenterrou minha certidão de nascimento e levou à Molesworth Street, onde ficou na fila por quase cinco horas antes de ser atendida, e fez questão de contar à moça atrás do balcão o motivo da minha viagem. Quando o documento chegou, li cada palavra como uma obra-prima da literatura.

O fato de eu ter sido escolhido entre todos os alunos da minha série no Clonliffe College para cursar o último ano de estudos em Roma foi uma surpresa para mim. Era tradição que um ou dois meninos de cada série fossem selecionados, mas, segundo o consenso, a oferta seria feita a Kevin Samuels — "o Papa". Ou talvez ao rapaz de Kerry, Seamus Wells, sempre um favorito dos padres, atleta talentoso e acadêmico competente, o que era muito valorizado pelas camadas mais altas da hierarquia. Mas eu tinha sido o escolhido. Sim, eu recebera uma distinção honrosa em minha graduação em filosofia na UCD e tive boas notas sistematicamente nas provas do seminário — das quais houve profusão —, mas nunca me permiti acreditar que tinha uma chance. Por outro lado, minha aptidão para línguas era inegável e eu havia dominado latim, francês, italiano e um pouco de alemão; talvez este tenha sido o fator decisivo. O pobre Kevin Samuels nunca superou o choque e não teve nem a cortesia de me parabenizar. Curiosamente, a próxima vez que tive notícias dele foi dali a catorze anos, quando, para meu espanto, ele me escreveu pedindo que eu oficializasse seu casamento com uma menina que conhecera fazendo trilha pelos Estados Unidos. Isso foi dois anos após ele ter renunciado a seus votos, claro. Mas já é outra história.

"Só Deus sabe quem vão enfiar aqui agora", reclamou Tom, sentado na cama na manhã em que fui embora, me observando guardar os pertences na mesma mala que eu havia desfeito seis anos antes. Fomos companheiros de quarto durante todo aquele tempo e nos conhecíamos com a profundidade que apenas pessoas forçadas a um convívio tão próximo — seminaristas, astronautas ou prisioneiros — podem ter. "Algum idiota, provavelmente."

"Vão deixá-lo sozinho", eu disse. "Não há mais ninguém para colocar aqui."

"É, talvez. Vou sentir sua falta, Odran."

"De qualquer jeito, já estamos quase acabando. Falta apenas um ano."

"Ainda assim."

Na verdade, eu duvidava que fosse sentir falta dele. Àquela altura, estava com vinte e três anos. Morava no seminário desde meu aniversário de dezessete anos e, por mais satisfeito que eu tivesse sido ali, uma aventura se apresentava diante de mim, e eu não tinha nenhuma intenção de perder tempo me preocupando com quem iria ou não dividir quarto com Tom Cardle em seu último ano. Ele tinha mudado ao longo do tempo que passamos em Clonliffe. Não era mais o adolescente raivoso e frustrado que fora no início. Conformou-se com a situação e, mesmo que não tenha chegado a ficar feliz com o fato de que se tornaria um padre, ao menos parecia ter aceitado tal destino. Eu tinha parado de perguntar por que, se ele era tão infeliz, simplesmente não ia embora, pois a resposta era sempre a mesma: seu pai o mataria, e a surra que tinha levado ao fugir cinco anos antes era prova suficiente disso. Em retrospecto, me pergunto onde estava a coragem dele. Por que não enfrentou o pai? E por que o orientador espiritual de Clonliffe não reconheceu a frustração que crescia dentro dele e não tomou providências para estabelecer harmonia na família Cardle, ajudando-o a construir uma vida diferente, uma vida longe do sacerdócio para um menino tão evidentemente inadequado para ela? Afinal, era para isso que o sujeito estava lá.

Tom não conseguia falar sobre o pai sem ficar furioso. Seus punhos se fechavam e, vez ou outra, quando eu abordava o assunto, ele ficava tão alterado que parecia prestes a passar mal. Tinha um temperamento explosivo, e conversar sobre sua família não servia para nada além de aumentar sua ira.

Tivemos uma briga física apenas uma vez, quando soquei seu nariz, fazendo-o cair de costas na cama, com sangue escorrendo pelo rosto. Foi no segundo ano; eu acabara de lhe confidenciar a história do meu verão em Wexford, em 1964.

"Sorte sua", ele disse. "Quem me dera meu pai tivesse se matado."

Soco.

Ele, ao menos, se desculpou mais tarde. Foi um comentário impensado, indigno do meu amigo, mas nunca esqueci. O tom de voz que ele usou. O fato de ter sido sincero.

Outro comentário do qual me lembro: Tom dizendo

que uma coisa boa de Clonliffe era que ele podia dormir a noite toda. Contou que, desde os nove anos até o dia em que foi embora de Wexford, era acordado depois da meia-noite pelo pai, ou acordava sozinho, prevendo a entrada dele pela porta.

"O que ele queria no seu quarto?", perguntei, e ele desviou o rosto.

"Ah, Odran", foi tudo o que ele disse antes de sair e desaparecer para onde quer que fosse quando se sentia deprimido.

"Com certeza nos veremos outra vez, Tom", eu disse ao ir embora para sempre de Clonliffe. "E, pense bem, quando isso acontecer, finalmente seremos padres."

"Ah, mal posso esperar", ele respondeu, cumprimentando-me com a mão, o mais perto que chegaríamos de qualquer manifestação física de afeto.

Mamãe e Hannah foram ao Aeroporto de Dublin para se despedir e disseram que ficariam no saguão panorâmico para ver o avião decolar. Eu estivera na Dawson Street algumas semanas antes, com o dinheiro que o cônego Robson me dera para a passagem, e tinha até comprado uns óculos escuros na Switzer's, pois, segundo diziam, em Roma fazia sol o ano todo. Quando me viram entrar de batina, estenderam o tapete vermelho e ofereceram um desconto.

"Você acha que vai conhecer o papa?", perguntou minha mãe, e eu disse que duvidava, mas que decerto o veria na bênção semanal da manhã de domingo na praça de São Pedro ou nas audiências de quarta-feira. E que eu, com certeza, participaria de algumas missas celebradas por ele, e ouviria seus sermões.

"Mas duvido que eu o encontre caminhando pelas ruas

no fim da tarde em busca de um prato de espaguete", eu disse.

"Você precisará comer comida italiana o tempo todo?", ela perguntou.

"Sim, claro."

"Mas e o seu estômago?"

"O que tem meu estômago?"

Ela fez uma careta. "Eu teria mais respeito pelo meu", ela disse. "Não dá para confiar em comida estrangeira. Mas, filho, tire uma foto, caso o veja."

"Caso eu veja quem?"

"O papa!"

"Eu não poderia, mãe. Não numa igreja."

"Ninguém vai saber. Envie o rolo para mim, eu mando revelar. Há um laboratório na Talbot Street que promete revelar em duas semanas, ou não cobram. Tiro uma cópia e mando pra você."

Eu disse que faria o possível e dei um beijo de despedida nas duas. Àquela altura, Hannah tinha vinte anos e trabalhava no Bank of Ireland, na College Green, havia dois anos. Era um salário razoável, ela contou, mas não queria ficar lá pelo resto da vida. Mamãe dizia que não importava onde ela trabalhasse, pois um dia estaria casada e formaria sua própria família; o marido, se fosse um homem decente, nunca permitiria que ela tivesse uma carreira.

"Você podia vir me visitar", eu disse à minha irmã, sentindo pela primeira vez apreensão pelo que vinha pela frente, a possibilidade de solidão.

"Vamos visitar", disse minha mãe. "No seu dia especial." Uma das grandes vantagens de cursar o último ano em Roma era que os alunos eram ordenados pelo papa em pessoa, na São Pedro. "Mas escreva, Odran, meu filho. Toda semana. E não se esqueça das fotos."

Usei o uniforme de seminarista no avião e, por isso, as

aeromoças me convidaram para embarcar primeiro, com as crianças e os enfermos; fui colocado em um dos assentos da frente.

Em Fiumicino, fui recebido por monsenhor Sorley, que tinha sido responsável pelo Collegio Irlandese, o Pontifical Irish College em Roma, por mais de vinte anos. Me informaram que eu seria levado diretamente à faculdade, conduzido ao meu quarto e notificado sobre meus horários de aula — que não seriam muito diferentes das aulas que eu tinha em Dublin, disse o cônego Robson; a diferença é que seriam ministradas em italiano. E num clima mais ensolarado, ele acrescentou, com um sorriso. E, em vez de torta de carne ou costelas e batatas para o jantar, eu comeria pizza, espaguete à bolonhesa e lasanha.

Porém, os planos tinham mudado e o monsenhor Sorley me contou que, em vez disso, iríamos a um café, pois queria me perguntar sobre determinado assunto antes de irmos à faculdade. Me perguntei qual seria o problema, se eu já tinha feito algo para estragar tudo. Eu bebera duas latas de Harp no avião, tamanho meu entusiasmo; será que tinha alguma coisa a ver com aquilo? Será que eu seria mandado de volta ao Clonliffe e Kevin Samuels já estava no próximo voo para a Cidade Eterna?

"O cônego Robson informou coisas ótimas sobre você", ele comentou quando estávamos sentados na área externa de um café na Via dei Santi Quattro, próximo da faculdade, mas com uma vista afunilada do Coliseu no fim da rua, suas rochas em ruínas e entradas estreitas logo ali, os sons de gladiadores, leões, cristãos apavorados e romanos ensanguentados soando em meus ouvidos. Me lembrei de Robert Graves e quis correr para lá, mergulhar no centro de sua história, abrir bem os braços e proclamar que eu chegara ali para cumprir meu destino. "Ele me contou que você é do mais alto nível. Espera-se muito de você, Odran."

"Obrigado", eu disse.

"Você é um rapaz ambicioso?"

Pensei um instante e sacudi a cabeça. "Não", respondi.

"Ainda assim, cá está", ele sorriu, abrindo as mãos à minha frente. "Por cima de qual cadáver precisou passar para ser escolhido?"

Reclinei-me na cadeira, surpreso com sua escolha de palavras. "Foi tão surpreendente para mim quanto para todos os outros", eu disse a ele. "Acredite. Achávamos que ia ser o Papa".

"O papa?"

"Desculpe", respondi no mesmo instante, ruborizando. "É um rapaz do seminário. Tinha tudo aqui dentro." Dei toques na minha testa. "Pensamos que seria ele."

"Você está disposto a aceitar um desafio?", ele perguntou, se inclinando para a frente e dando um gole no café.

"Um desafio?"

"Algo que requer inteligência, segurança e bastante discrição."

Hesitei. Senti que estava sendo levado por um caminho do qual me arrependeria mais tarde. Mas o que mais eu poderia dizer além de "Claro, monsenhor"?

"Ótimo. Mas, escute, antes que eu diga o que é, você precisa entender que, se não se sentir apto, pode recusar. Encontraremos outra pessoa. O cônego Robson diz que você é perfeito para o trabalho, mas talvez não queira aceitar e, se for o caso, ninguém o julgará por isso."

"Está bem", respondi.

"Surgiu uma vaga", ele disse, se inclinando para a frente e baixando a voz. "Uma espécie de emprego. Não deve interferir nos seus estudos e, se interferir, você será tirado da função. Todo ano, um seminarista de uma faculdade diferente é mandado ao Vaticano a fim de executar certas funções cruciais durante um período de doze meses. São poucas horas do seu dia, nada além disso. Mas são sete dias por semana. Não há folgas. E você também não poderá tirar férias."

"Fico contente com qualquer função que o senhor atribua a mim, monsenhor."

"É uma nacionalidade diferente todo ano", ele explicou. "Em 1976, foi um rapaz islandês, um sujeito péssimo, nariz em pé. No ano passado, foi um rapazinho indiano adorável. Agora é sua vez. É em ordem alfabética, entende? O problema é que você dormirá lá, não no nosso dormitório, portanto perderá o dia a dia da faculdade. Vão preparar um quarto para você. Não é bem um quarto, para ser sincero. É mais um colchão em uma alcova. Consegue lidar com isso?"

Olhei para ele. "Um colchão em uma alcova, monsenhor?", perguntei.

"Parece pior do que é." Ele deu de ombros e pensou por um momento antes de sacudir a cabeça. "Na verdade, não. É exatamente isso. E você precisará cruzar a cidade de ônibus todos os dias para ter aulas conosco, e depois voltar à noite. Isso consumirá algum tempo. Está disposto a fazer isso, Odran?"

"Estou, monsenhor", respondi. "Mas o que é? O que será esperado de mim?"

Ele sorriu. "Bom, aí é que está. Não caia da cadeira quando eu disser."

Naquela noite, *dormi* no Irish College. O monsenhor me levou de carro até aquela magnífica mansão branca, onde me banhei e repousei; na manhã seguinte, cruzamos Roma e passamos pelas margens do Tibre, entrando na cidade do

Vaticano pela Via della Conciliazione. Meu primeiro contato com a praça de São Pedro me deixou sem voz.

Nosso compromisso estava previsto para durar não mais que cinco minutos, entre dez e meia e vinte e cinco para as onze. Conforme seguimos pelos corredores de mármore, meus olhos se arregalaram com o esplendor das tapeçarias e quadros nas paredes, com a beleza dos tetos pintados. Pelas janelas, pude ver os turistas reunidos na praça lá fora e quis me reclinar para acenar; quis que me vissem ali, em um lugar proibido para o grande público. Vaidade, claro, mas eu era jovem, portanto creio que era perdoável.

Monsenhor Sorley me apressou — era de se presumir que ele já se acostumara havia muito com a história e opulência que nos cercava — e a Guarda Suíça nos admitiu por uma grande porta de madeira, atrás da qual havia uma escada que nos levou a um pequeno escritório, onde um secretário — um padre, claro — conversou em italiano com o monsenhor antes de olhar para mim com desconfiança.

"Sua audiência começará em instantes", ele disse, testando meu italiano ao falar rápido e conferir o relógio. "No momento, vossa santidade está em uma audiência com vossa beatitude, o patriarca de Veneza, mas não deve demorar."

Sentamos em duas poltronas bem estofadas e cobertas de veludo; pude sentir meu estômago dando cambalhotas de ansiedade.

"Por favor, explique outra vez o que farei aqui, monsenhor", eu disse, tremendo, separado do papa Paulo por nada além de uma porta fechada.

"Seus deveres são simples. Vossa santidade acorda todo dia às cinco. As freiras preparam um bule de chá e levam à antessala que fica ali." Ele indicou um aposento no corredor à nossa esquerda. "Você pega a bandeja e leva ao quarto papal. As freiras não podem entrar até que vossa

santidade tenha terminado a ablução e esteja com a vestimenta completa. Ele talvez faça algum pedido simples, mas
é improvável; basta abrir as cortinas e deixar o chá na mesa
ao acordá-lo. Depois, você precisa estar aqui outra vez às
oito da noite, caso ele decida se retirar cedo. Antes de
dormir, vossa santidade gosta de tomar leite morno enquanto lê; você o servirá, ou qualquer coisa de que ele precise. De novo, as freiras cuidam disso, mas elas não entram
depois que o Santo Padre se preparou para dormir. Você
dormirá no colchonete do lado de fora, para o caso de ele
precisar de algo durante a noite. Pelo que consta, ele nunca
precisa. Não é um trabalho difícil, Odran. Você é quase um
garçom duas vezes por dia. Requer poucos minutos do seu
tempo. Mas é importante que esteja de prontidão todas as
manhãs e todas as noites. Não pode se atrasar e não pode
abandonar seu posto."

"Está bem", eu disse. "E minhas aulas?"

"Depois de acordar vossa santidade, você cruzará a cidade até o Irish College. Há vários ônibus, mas prepare-se
para enfrentar as multidões e o calor. Estudará conosco durante o dia, até que seja hora de retornar ao Vaticano. E
imagino que não seja necessário dizer que você está proibido de falar com os outros alunos sobre qualquer coisa que
vir ou ouvir neste lugar, não é mesmo?"

"Sim, monsenhor." Pensei em tudo aquilo. Era uma
grande honra, mas eu não me animava com a ideia de
cruzar Roma duas vezes por dia com o único objetivo de
servir xícaras de chá ou leite morno, mesmo que fosse para
o papa. O Irish College tinha me encantado, com seus gra-
mados perfeitos e proximidade com o Coliseu, e me perguntei se eu perderia a camaradagem dos outros alunos do
último ano por nunca passar meus fins de dia com eles.

A porta se abriu e eu quase senti enjoo conforme um

homem alto, de cabelos grisalhos, surgiu. Ele sorriu quando viu o monsenhor e estendeu as mãos.

"Monsenhor Sorley", ele disse. "Que surpresa agradável."

"Vossa beatitude", respondeu o monsenhor, também sorrindo. "Há quanto tempo. O que traz o senhor a Roma?"

"Nossa bela catedral está caindo na nossa cabeça", ele respondeu, dando de ombros. "A quem mais eu poderia recorrer, senão ao homem que tem a chave do cofre?"

"Seu pedido foi bem-sucedido?"

Ele abriu os braços. "Está em consideração, meu amigo. Devo retornar a Veneza e esperar por uma resposta." Ele se virou para mim, ainda sorrindo. "E quem é este que nos faz companhia?"

"Um seminarista do último ano, vossa beatitude. Recém-chegado de Dublin. Foi selecionado para ocupar o cargo que pertencia ao jovem Chatterjee."

"Então você será o primeiro a acordar e o último a dormir todos os dias na cidade do Vaticano pelos próximos doze meses", ele respondeu. "Tem muita sorte, ou muito azar. Qual dos dois, na sua opinião?"

"Muita sorte, vossa beatitude", eu disse, ficando de joelhos e beijando o anel dourado com o selo de Veneza, cidade que eu desejava conhecer havia muito tempo. Eu tentava imaginar os canais e as pontes, a Piazza San Marco, eu caminhando entre os venezianos.

"Talvez mude de ideia quando tiver olheiras por dormir tão pouco. Dizem que o Santo Padre costuma dormir tarde e acordar cedo. Há muito trabalho a ser feito, claro."

Fiz que sim, intimidado, sem saber se devia responder. Mas ele olhou para mim com benevolência e riu, pousando a mão no meu ombro e olhando em meus olhos.

"Não fique nervoso. Aqui é um lugar de fraternidade. Qual é o seu nome?"

"Odran Yates."

"Bom, Odran", ele respondeu, "não precisa se preocupar. Aprecie a experiência. O ano de 1979 chegará antes que percebamos e então será a vez de..." Ele pensou no assunto por um instante. "Quem você acha que virá em seguida? Depois da Irlanda?"

Passei os nomes dos países na cabeça para acertar a ordem alfabética. "Israel?", sugeri. As sobrancelhas dele se levantaram e ele se virou para o monsenhor, que cobriu a boca para abafar uma risada.

"Acho pouco provável", disse o cardeal. "*La bella Italia*, pois claro."

O som de uma sineta veio do aposento ao lado e o patriarca se dirigiu ao monsenhor Sorley. "Foi um prazer revê-lo, meu amigo", ele disse. "Almocemos juntos quando eu voltar a Roma. E boa sorte para você, meu jovem."

Ele foi para a saída, a batina preta com rolotês vermelhos, a faixa, o solidéu na cabeça, tudo combinando para oferecer um ar de majestade àquele príncipe da Igreja. Era assim desde tempos medievais, e imaginei os Bórgia, os Médici e os Conti, todos em suas roupas comuns, se acotovelando por uma posição de destaque. Era uma visão extraordinária, impossível de se testemunhar sem sentir o impacto da própria insignificância.

O secretário levantou os olhos da mesa. "Podem entrar", disse.

"Venha", disse o monsenhor Sorley e eu o acompanhei ao aposento seguinte, onde um homem magro, com olhos fundos, estava sentado atrás de uma escrivaninha, com uma batina e mozeta brancas, uma cruz peitoral de ouro em torno do pescoço, escrevendo com uma caneta-tinteiro em um documento. Ele continuou a escrever, nos ignorando por talvez dois minutos antes de por fim se levantar; ele ofereceu a mão e nós ajoelhamos para beijá-la.

"Santo Padre", disse monsenhor Sorley. "Este é o rapaz sobre o qual comentei com o senhor, Odran Yates. Ele assumirá o lugar do jovem Chatterjee."

O papa se virou para me observar, a expressão fria. "Levante-se", disse.

Me levantei. Ousei olhar em seu rosto. Sua pele era cinza e havia olheiras sob seus olhos. Ele parecia exausto, como se sua vida escoasse.

"Você é silencioso?", ele perguntou.

"Queira me desculpar, mas vossa santidade pode repetir a pergunta?"

"Não gosto de barulho de manhã ou à noite. Já não bastam os..." Ele fez um gesto na direção da janela, que estava entreaberta para a circulação de ar, e pude ouvir os ruídos dos turistas mesmo àquela altura. "Pode me prometer que será silencioso?"

Engoli em seco e confirmei com a cabeça. "Silencioso como um camundongo", eu disse. "O senhor mal saberá que estou aqui."

Ele concordou com a cabeça e se sentou. "Irlanda", ele disse, considerando a palavra.

"Sim, Santo Padre."

"O que faremos com a Irlanda?"

Não respondi — eu não tinha entendido a pergunta. Ele fez um gesto para me dispensar e foi isso; a audiência estava terminada. Eu e o monsenhor nos retiramos. E, apesar dos sete meses seguintes trabalhando para ele, aquelas foram as únicas palavras que papa Paulo IV disse na minha presença. Eu poderia ter sido um fantasma na Santa Sé, considerando a atenção que ele me dispensou.

Eu nunca experimentara atração profunda. Tinha lido sobre o assunto em livros; tinha visto suas vítimas titubearem como bêbados ou imbecis na televisão e em filmes. Mas não sabia o que era olhar para alguém e sentir desejo tão intenso que o resto do mundo parecia diminuir em comparação. Mesmo durante meu breve romance com Katherine Summers, nunca tinha sentido nenhuma grande agitação, exceto a curiosidade natural de um adolescente. Ao contrário de Tom Cardle e de outros alunos do seminário em Dublin, eu não passava aquelas noites solitárias atormentado pela volúpia, debatendo-me de desejo por uma mulher que fizesse comigo as coisas que os meninos da minha idade sonhavam. O celibato não parecia um fardo tão pesado e, de vez em quando, nas ocasiões em que eu permitia que minha mente gravitasse para esse assunto, eu me perguntava se havia alguma coisa errada comigo, algum elemento na minha personalidade omitido ao longo da minha criação.

As mulheres não eram um tema discutido com frequência no Clonliffe College. Demonstrar muito interesse por meninas era sugerir que sua vocação era instável, que você talvez fosse um daqueles que acabariam abandonando o seminário antes da ordenação, ou, pior, renunciando o sacerdócio por uma vida comum — esposa, filhos, um emprego, como um homem qualquer. Por isso, os meninos conversavam pouco sobre isso. Carregávamos sozinhos nossos segredos e desejos, furtivos e clandestinos, mais um aspecto do mundo além dos muros sobre o qual tínhamos medo de falar.

Até que, certa tarde, meses após minha chegada a Roma, eu estava sozinho em um pequeno café na Piazza Pasquale Paoli. Fim do dia, o sol descendo conforme eu observava os turistas passearem pela Ponte Vittorio Emanuele a caminho da basílica de São Pedro, uma cópia de *Um quarto com vista*, de E. M. Forster, virado para baixo na mesa à minha frente. Levei a xícara de café à boca no mesmo instante em que uma mulher saiu da cozinha para discutir com um homem mais velho, que imaginei ser seu pai. Ela gritou com ele, jogando os braços para cima em um gesto dramático; ele apenas deu de ombros, sem se importar com o que ela dizia, e então arrancou o próprio avental, jogou-o no chão e começou a rugir de volta com a mesma intensidade. O comportamento da dupla era tamanha caricatura da intensidade emocional italiana que me perguntei se seria um truque para atrair turistas. Será que faziam isso toda tarde?, pensei. Mas a questão se dissipou quando eu olhei para ela, e foi isso — eu estava perdido.

Ela talvez não fosse a candidata óbvia para captar minha atenção. Era mais velha que eu, talvez trinta ou trinta e um anos; eu ainda era um jovem de vinte e três. Era alta, mais alta que o pai — mais alta que eu —, com cabelos escuros arranjados de maneira complicada atrás da cabeça, cujas nuances mereciam um estudo mais cuidadoso. Dedos habilidosos, pensei, conseguiriam desvendar os volteios daquele penteado. Quando ela deu as costas ao homem e observou os clientes em volta, nenhum dos quais prestando a menor atenção à briga que se desenrolava diante deles, seu olhar cruzou com o meu e ela levantou as mãos e os ombros, como se dissesse "Que foi?". Corei e baixei o rosto. Quando ousei olhar outra vez, ela ainda estava ali, um meio sorriso na boca, o terceiro dedo da mão esquerda equilibrado entre os lábios conforme ela o mordiscava. Desejei ser a unha daquele dedo, ideia que me deixou ainda mais enrubescido. Afrouxei o colarinho eclesiástico apertado no pescoço, cuja simples existência era uma barreira entre nós, e tentei voltar ao meu livro. Não consegui me concentrar, as palavras nadavam pela página; quando levantei o olhar mais uma vez, ela havia desaparecido, voltado para a cozinha. Não houve razão nenhuma para eu sentir um desejo tão avassalador, mas senti. Eu queria que ela saísse outra vez, soltasse o cabelo, queria ver as mechas caindo sobre seus ombros. Queria que ela se enfurecesse com o pai e o acertasse com uma frigideira. Queria que ela viesse até minha mesa e se reclinasse sobre mim para arrancar o colarinho do meu pescoço. Fiquei ali sentado por tempo demais. Quando ela por fim reapareceu, caminhou lentamente na minha direção, pegou minha xícara vazia e disse três palavras — *"Un altro, padre?"* — e eu fiz que não. Fui incapaz de manifestar minha voz. Então ela deu meia-volta e eu fui embora, voltando à estreita cama anexa à suíte papal do Vaticano, na qual me deitei com o olhar perdido nos afrescos do teto acima, absorvendo as sensações extraordinárias e turbulentas que tinham tomado conta de mim.

Isso é o que os homens normais sentem, percebi. Você não é tão diferente, Odran, eu disse a mim mesmo. Você é como todo mundo.

Em todos os dias que se seguiram, voltei ao Café Bennizi na Piazza Pasquale Paoli, e toda tarde ela surgia para gritar com o pai, para acusá-lo da mais recente injustiça. Quando seu veneno se esgotava, ela se virava para me olhar e sacudia a cabeça, como se eu a irritasse quase tanto quanto ele. Na minha imaginação, criei um histórico elaborado para os dois baristas: ele ficara viúvo quando jovem e foi forçado a criar a filha sozinho, talvez com a ajuda de uma madrasta impetuosa e cheia de opiniões — em histórias italianas, elas eram sempre impetuosas e cheias de opiniões —, e a menina se juntara a ele para trabalhar no café quando atingiu a maturidade. Não era uma crítica à sua virtude, mas eu a imaginava com um filho pequeno, quem sabe três ou quatro anos, mãe e filho abandonados por um napolitano inútil e priápico que ficara em Roma apenas o tempo de seduzi-la e abandoná-la com um bebê. Ela não usava aliança — eu reparava nisso sempre que ela vinha buscar minha xícara e dizer *"Un altro, padre?"* —, mas havia uma marca no anelar da mão esquerda; me perguntei se ela tirava quando precisava trabalhar; talvez escondesse em um lugar seguro para que não se danificasse enquanto ela lavava louça, ou talvez deixasse em casa toda manhã, para que não escorregasse da sua mão e descesse pelo ralo. Eu preferiria que ela não fosse casada, mas não me importaria se tivesse um filho; eu não tinha apreço especial por crianças, mas teria pelo filho dela. Será que ela falava inglês?, eu pensava. Ela conseguiria se adaptar a Dublin? Eu conseguiria, com ela ao meu lado? Eram estes os pensamentos ridículos que passavam pela minha cabeça enquanto eu ficava ali sentado todas as tardes, tomando café atrás de café, o único momento do dia que era só meu, quando eu não estava levando e buscando xícaras do quarto papal, assistindo a aulas no Irish College ou rezando minhas preces distraídas nas muitas igrejas e capelas em torno das quais as ruas da Cidade Eterna tinham sido construídas.

Eu nem gostava tanto assim de café.

De vez em quando, eu me perguntava se ela ou o pai viriam fazer perguntas. Deviam ter percebido que eu ficava observando. Deviam achar estranho eu ir ao café na mesma hora, todo dia, semana após semana. Às vezes o pai me olhava com reprovação; se não fosse pelas vestes sacerdotais, ele talvez tivesse pedido para eu me retirar, mas naquela situação ele não podia dizer nada; ainda havia convenções a serem respeitadas. E, às vezes, quando ela vinha dizer *"Un altro, padre?"*, eu a via olhando para mim, algo em seus olhos revelando que ela sabia que o jovem na mesa do canto, com o Forster pela metade, estava imaginando situações cruelmente libidinosas, que fariam até um morto enrubescer.

Após quase dois meses de voyeurismo, fui surpreendido

por uma mão em meu ombro e levantei o rosto para ver à minha frente vossa beatitude, o patriarca de Veneza, que eu não via desde aquele primeiro dia no Vaticano. Ele sorriu com uma expressão de pura felicidade e serenidade. "Refresque minha memória", ele disse. "Você é o rapaz irlandês, não é? O que o monsenhor Sorley recomendou ao Santo Padre?"

"Odran Yates, vossa eminência", respondi, me levantando para ajoelhar diante dele, mas ele fez um gesto para dizer que não era necessário e pediu que eu ficasse onde estava.

"Posso sentar com você?"

Hesitei por apenas um instante. Em qualquer outra ocasião, eu teria ficado felicíssimo com tal honrosa companhia, mas ser acompanhado ali, ser forçado a fazer parte de uma conversa que me distrairia da minha ocupação preferida, era algo que eu não queria. Ainda assim, me recuperei rápido e disse claro, sente-se, por favor, apesar de eu suspeitar que ele tenha percebido minha relutância e a maneira como meus olhos oscilaram na direção da mulher atrás do balcão; ele mesmo olhou para ela e houve a mais breve hesitação em seu sorriso antes de se sentar. Logo depois, ela foi até a mesa, serviu-lhe um *latte* — ele talvez fosse também um cliente regular e ela sabia o que ele costumava pedir — e olhou para mim, seus olhos dizendo algo em uma língua estrangeira para mim. Outros garotos, pensei, outros garotos saberiam o significado daquele olhar.

"E o que está achando das suas responsabilidades?", perguntou o cardeal, dando um gole na xícara. "O Santo Padre mantém você muito ocupado?"

Fiz que não. "As tarefas são surpreendentemente simples", eu disse. "A faculdade inteira sente inveja da minha proximidade de vossa santidade, mas não sei nem se ele percebe que estou ali na maior parte do tempo."

"E isso incomoda você?"

"Ele tem muitas coisas para pensar, claro. Sou apenas o garoto que traz o leite de noite e o acorda de manhã."

"Meu caro Odran", ele disse. "Você não é um garoto. Você é um homem. Por que fala sobre si mesmo nesses termos?"

Pensei no assunto. Era verdade, eu tinha vinte e três anos. Estava no último ano de estudos para me tornar padre. Tinha uma função de certa responsabilidade, mesmo que não fosse necessário um vasto intelecto para cumpri-la. Por que eu me recusava a aceitar que minha infância estava no passado?

"Às vezes, sinto que, até minha ordenação, serei apenas um garoto."

"Eu talvez tenha sentido algo parecido quando tinha a sua idade, há muitas centenas de anos."

Foi minha vez de sorrir. Apesar de ele estar perto dos sessenta e cinco anos, parecia dez anos mais novo e tinha um rosto saudável e jovial. Eu teria dificuldade para encontrar outra pessoa em Roma com mais vigor que ele.

"Já sente saudades da Irlanda?", ele perguntou; eu neguei.

"Não", respondi. "Penso nela, claro. Com frequência. Mas amo Roma."

"Quais aspectos de Roma você ama?"

"Os prédios. As ruas. O Vaticano. A sensação de história. O clima. Eu adoro a língua. Estou lendo o que Forster diz sobre a Itália, o senhor conhece?"

"Forster era inglês. Achava que podia mudar um país apenas por conhecer sua essência. A Itália não será mudada pelo sr. E. M. Forster e sua moralidade falha. Os heróis de seus romances vêm à Itália e declaram amar o povo. Porém, quando os nativos se comportam como nativos, e não como personagens de um romance de Galsworthy, os ingleses dão as costas e os consideram uns selvagens."

"Mas ele ridiculariza os visitantes por conta da incapacidade de reconhecer a beleza diante de si mesmos, não? Não é este um dos temas de Forster? A apreciação da beleza a partir de um ponto de vista intelectual, mas a nossa desconfiança — ou melhor, a desconfiança dos ingleses — da existência dela na própria terra natal?"

Ele bebeu o café, virando a cabeça para observar os transeuntes. Um deles olhou de volta e acenou; o cardeal acenou também. "*Mio amico!*", ele berrou com alegria. "É o secretário do cardeal Siri", ele disse para mim. "Conhece o cardeal Siri?"

"Apenas de nome. É verdade o que dizem? Que ele devia ter sido papa?"

Ele sorriu. Corriam boatos havia muito tempo de que o cardeal Siri, de Gênova, tinha sido eleito papa no conclave de 1958, mas fora persuadido a abrir mão do cargo no último minuto por causa de ameaças da Rússia comunista. A fumaça branca havia aparecido, a varanda tinha sido preparada, as portas foram abertas, mas então os cardeais misteriosamente voltaram à Capela Sistina por mais dois dias e, quando enfim ressurgiram, foi com o predecessor do meu companheiro, o então patriarca de Veneza, cardeal Roncalli — papa João XXIII — como líder.

"Roma está o tempo todo repleta de rumores", ele disse, inclinando-se para a frente. "Há sempre fofoca, há sempre politicagem, há sempre disputas de poder. Tem sido assim desde o tempo dos césares, e nunca mudará. O tolo mergulha nessas coisas, o sábio ignora. Mas você mencionou a apreciação da beleza, meu jovem amigo. Quem sabe haja outras coisas que considera belas na cidade de Roma?" Ele ergueu uma sobrancelha, olhando por um segundo na direção da cozinha, e baixei minha cabeça. "O café daqui é ótimo", ele continuou, estendendo a mão e pousando-a no meu braço. "Entendo por que você passa tanto tempo neste lugar."

Ele endireitou a postura e apontou para um prédio do outro lado da rua, uma estrutura de seis andares, tijolos amarelos e vista para a *piazza*. "Estou hospedado ali há duas semanas, longe da minha amada Veneza", me contou. "Trabalhando em documentos para o Santo Padre. Ele depositou confiança em mim e me sinto honrado, mas amanhã volto para casa." Seu rosto se iluminou. "Minha casa! Como anseio por sentir o cheiro dos canais, por me sentar na Piazza San Marco, por cruzar a Ponte dos Suspiros mais uma vez! Se eu pudesse ficar em Veneza para sempre e nunca mais sair, seria um homem feliz."

"Nunca estive lá", eu disse.

"Então precisa ir. Quer dizer, se conseguir ficar longe do Café Bennizi. Você vem para cá todas as tardes, Odran. Observei pela minha janela. Está apaixonado, não?"

Senti um nó de constrangimento no estômago. "Apaixonado?", perguntei.

"Pelo café daqui."

"Sim", eu disse.

Ele acenou devagar com a cabeça. "Não é fácil essa vida que escolhemos", ele disse, enfim. "Existem tentações, claro. Não seríamos humanos se não houvesse tentações ou se não nos permitíssemos, às vezes, imaginar as consequências de nos rendermos a elas. Se nossas vidas melhorariam se cedêssemos. Ou se seriam destruídas." Ele se virou enquanto a moça pela qual eu me apaixonara limpava uma mesa atrás de nós. Sua blusa tinha se soltado da saia, revelando um arco de pele bronzeada que me eletrizou. Gravei a imagem na minha memória, sabendo que a saborearia vez após vez ao reviver aquele momento.

"E como você está hoje, minha cara?", ele perguntou a

ela com aquele sorriso glorioso. Ela se ajoelhou e se inclinou para beijar a mão dele. Vi quando seus lábios vermelhos tocaram os dedos, a ponta da língua surgindo quando ela se levantou. Foram necessárias todas as minhas forças para não gemer.

"Estou bem, eminência", ela disse.

"Conhece meu jovem amigo, este rapaz irlandês, Odran?"

"Ele é um cliente assíduo", ela respondeu, dirigindo-se ao patriarca, não a mim.

"Ele não consegue resistir a você", ele disse. "Não tem nenhum pudor de apreciar seu café."

Ela sorriu e ergueu uma sobrancelha com escárnio.

"Somos gratos a todos os nossos clientes", ela respondeu.

"O senhor em especial, eminência."

"Ah, mas vou embora amanhã. É meu último dia em Roma."

Ela pareceu genuinamente desolada. "Mas o senhor voltará?"

"Sempre. Sempre volto a Roma. Mas também sempre sigo o caminho de casa. E é exatamente assim que eu gosto."

Ele conferiu o relógio. "Preciso ir." A mulher voltou ao balcão conforme ele se levantou, fazendo um gesto para que eu continuasse sentado. "Se você for algum dia a Veneza, Odran", ele disse, "avise-me. Aprecio a companhia de jovens, e decerto há muitos assuntos para conversarmos. Serei seu amigo, se você assim desejar." Ele pôs a mão em um bolso dentro da batina e tirou um rosário, que deu a mim. "Reze por mim de vez em quando, Odran. Mas talvez devesse pensar na possibilidade de conhecer outros cafés", acrescentou. "Está perdendo o melhor de Roma se ficar no mesmo lugar todas as tardes." Ele se virou para sair, mas parou e deu meia-volta. "Lembre-se, meu jovem amigo, a vida é fácil de narrar, mas atordoante de se praticar." E piscou para mim. "Forster."

E então eu comecei a segui-la. Fiquei constrangido por meu interesse ter se tornado tão óbvio e não tive mais coragem de voltar ao Café Bennizi. Por isso, parei de frequentá-lo e fiz algo muito mais arriscado, muito mais idiota. Minhas aulas terminavam às cinco horas e eu precisava estar no Vaticano apenas às oito. Nesse meio-tempo, eu ficava sobre a Ponte Vittorio Emanuele e a observava ir embora no fim do expediente, às vezes parando em um mercado a caminho de casa para comprar comida, às vezes sentando em um café e relaxando por meia hora, mas quase sempre caminhando pelo Lungotevere Tor di Nona, o Castel Sant'Angelo se avolumando à sua esquerda, antes de virar à direita e entrar em uma viela residencial, a Vicolo della Campana, parando no meio da quadra para inserir a chave em uma porta e desaparecer lá dentro, momento no qual eu me sentia seguro para sair das sombras. Ali, observando seu prédio, eu ficaria esperando — não todo dia, só alguns — para vê-la aparecer no andar de cima; quando ela dava as costas para a janela, talvez tirasse a blusa e assim, por um momento, por apenas um ou dois segundos, eu veria suas costas nuas antes de ela sumir na privacidade daquele quarto privilegiado.

Eu não me demorava muito — havia bastante gente passando e eu não podia arriscar um flagrante — e, se via o pai dela a caminho de casa ao voltar na direção da praça de São Pedro, eu atravessava a rua e torcia para ele não ter reparado em mim. Eu entrava no Vaticano por uma porta particular, assinava minha entrada com a Guarda Suíça postada ali, e chegava a tempo de levar a bandeja com o leite do Santo Padre — e talvez uma fatia de bolo de limão, caso ele tivesse pedido — ao quarto, ele ajoelhado em suas rezas, me ignorando como sempre fazia. E então eu saía, voltava à minha cama e também rezava, pela minha mãe, por Hannah, pela mulher do Café Bennizi. E tentava dormir. Às vezes eu conseguia; outras, não.

Fugindo do calor da cidade em agosto, o papa Paulo estava hospedado em Castel Gandolfo quando morreu. Havia alguns meses que sua saúde estava comprometida e ele sofria de profunda tristeza por conta do sequestro de seu amigo de infância, Aldo Moro, por parte das Brigadas Vermelhas, um crime que provocou o gesto sem precedentes de uma intervenção papal; ele escreveu diretamente para os sequestradores, implorando por misericórdia. Mas seus apelos chegaram a ouvidos surdos e o corpo de Moro foi encontrado em um carro na Via Michelangelo Caetani em maio, cravejado de balas, uma afirmação da ousadia cada vez maior da Brigate Rosse e da influência cada vez menor do papa.

Ele minguou de maneira perceptível naqueles últimos dias e, em meu egoísmo, minhas preocupações pelo Santo Padre diminuíram conforme meu desalento por estar isolado nas colinas Albanas aumentou. Longe das instalações papais, eu me torturava com visões de quem poderia estar visitando o prédio dela quando eu não estava lá como testemunha, que tipo de homem seria convidado a entrar em seu quarto, e que Deus me perdoe, mas, quando o papa Paulo sofreu um ataque cardíaco em uma noite de domingo após a missa, meus primeiros pensamentos foram que nosso grupo poderia voltar bem depressa à capital. Uma admissão vergonhosa, mas verdadeira.

Ao longo da semana que antecedeu o funeral — um evento dramático e espetaculoso de proporções inéditas para mim —, não pude vê-la, de tão ocupado que estava com as missas sendo rezadas e os rosários sendo contados dia e noite, e também com o fato de o camerlengo, o cardeal Villot, ter pedido minha assistência para arquivar e guardar os pertences do falecido papa e preparar os aposentos papais para quem quer que fosse escolhido por Deus para ocupá-los em seguida.

À medida que o conclave se aproximava, Roma se tornou um lugar eletrizante. Era quase impossível andar sem encontrar grupos de cardeais com batinas pretas aglomerados na praça de São Pedro ou nos corredores do próprio Vaticano, em grupos compactos que discutiam se deveriam entrar em um consenso sobre um candidato. O calor era sufocante e diziam que o novo papa seria eleito na primeira sessão, pois aqueles homens idosos não tolerariam a intensidade da Capela Sistina por mais tempo. Havia comentários sobre o cardeal Benelli, de Florença, e do cardeal Lorscheider, do Brasil, como *papabili*, e o caso do cardeal Siri veio à tona mais uma vez. Equipes de imprensa do mundo todo estavam em Roma desde a morte do papa e sugeriam nomes e comparavam biografias diante de suas câmeras e microfones, enquanto as multidões aumentavam, esgotando a capacidade máxima da praça de São Pedro quando o conclave de fato começou.

Ao pensar naquele dia de agosto, em que os cardeais elegeram um dos seus para ser o 263º papa e os nomes escritos em pedaços de papel foram tirados dos vasos e queimados pelos escrutinadores, soltando fumaça branca acima da basílica para a alegria dos fiéis, sinto vergonha por não ter estado lá. Foi um momento histórico. Mas eu estava envolvido em uma questão mais pessoal.

Enquanto o mundo esperava pela apresentação do

novo papa, segui meu caminho pela Ponte Umberto, na direção oposta à da multidão que se apressava para chegar à praça de São Pedro; quando eles se juntaram para receber a primeira bênção, eu assumia minha posição de sempre na esquina da Vicolo della Campana para ter um vislumbre daquelas costas nuas.

Quando ela surgiu na varanda usando uma blusa leve de verão e olhou para as colinas de Roma à distância, ouvi um grande alvoroço crescer e se mover pelo ar conforme outra varanda foi ocupada, a menos de um quilômetro de onde eu estava, e o cardeal Luciani, patriarca de Veneza — que fora tão amigável comigo quando cheguei a Roma e demonstrara tanta compreensão e bom humor ao suspeitar da profundidade da minha atração por aquela mulher anônima — saiu para o calor avassalador de uma noite de verão romana, abrindo bem os braços para a multidão que gritava e sorria, e ofereceu a primeira bênção de um novo pontificado.

1990

Durante o verão, quando as salas de aula estavam vazias e a biblioteca, abandonada, eu ansiava por ficar algum tempo longe de Dublin e pensava em Tom Cardle, que àquela altura fora transferido para uma paróquia em Wexford. Eu não gostava tanto da escola depois das provas finais, quando os corredores — quase sempre barulhentos com a disputa de vozes de alunos efervescentes — ficavam silenciosos. Durante julho e agosto, o prédio tinha um ar assombrado e, se eu me descobrisse sozinho na sala dos professores, decifrando as palavras cruzadas do *Irish Times* com meu café matutino, sentia algo de patético em minha solidão.

Era curioso observar que aqueles meninos que passavam o ano letivo fazendo de tudo para fugir dali agora se amontoavam nos campos esportivos; será que tinham medo de ir embora?, eu pensava. Será que as paredes altas do colégio lhes ofereciam uma segurança que não conseguiam encontrar em nenhum outro lugar?

Tom e eu marcamos minha visita há dois meses, quando ele estava estabelecido em Longford, na diocese de Ardagh e Clonmacnoise. Eu tinha comprado uma passagem de ida e volta; a CIE, em sua ignorância, se recusara a me reembolsar quando ele foi transferido mais uma vez, quase sem aviso prévio, agora para o sul. O pobre homem estava sendo tratado injustamente, pensei. Assim que ele se estabilizava em uma nova paróquia, era transferido.

Eu não visitava Wexford desde o verão de 1964, um quarto de século antes, quando minha família chegou com cinco pessoas e partiu com três. Desde então, eu evitara aquele lugar. Quando Tom me contou que era ali a sua nova paróquia, me perguntei se devia cancelar de vez a visita, mas decidi que devia enfrentar quaisquer demônios que poderiam estar à minha espera no condado.

Hoje, penso naqueles anos e em todos os telefonemas que dei para Tom em condados diferentes da Irlanda, e me pergunto por que não enxerguei que havia algo acontecendo. Ele tinha iniciado a carreira em Leitrim, mas passou apenas um ano naquele condado antes de ser transferido para Galway. Ali, ficou por três anos e então mudou para Belturbet, no condado de Cavan, em seguida Longford, depois Wexford. Nos anos subsequentes, passaria um tempo em Tralee, no condado de Kerry; depois em uma pequena paróquia cujo nome não me vem à cabeça em Sligo; outros dois anos em Roscommon e mais dois em Wicklow; antes de passar por um canto de Mayo e mal tirar os sapatos a caminho de Ringsend. Onze paróquias! Um padre ser transferido com tanta frequência era sem precedentes. Ou melhor, *quase* sem precedentes. Houve outros, claro. Mas eu ainda não sabia seus nomes.

Àquela altura, eu tinha trinta e quatro anos. Fora ordenado padre na basílica de São Pedro, em uma cerimônia acompanhada por minha mãe e minha irmã; uma delas chorou enquanto a outra permaneceu fria, constrangida diante de tanto esplendor e ostentação. Na época, o papa era um polonês, algo surpreendente depois de um domínio italiano de quatrocentos e cinquenta anos, e tive a oportunidade de apresentar minha família a ele em outra cerimônia, realizada nos jardins do Vaticano. Minha mãe podia ter passado por um fiel islâmico, pois tinha coberto o corpo e a cabeça com panos pretos, o rosto escondido atrás de um véu pesado, e fez quase uma reverência quando o papa se aproximou dela, sorrindo e segurando suas mãos. Eu me lembro que Hannah usava um xale verde-claro em torno dos ombros nus, que escorregou um pouco quando ela deu um passo à frente para receber a bênção, e o Santo Padre estendeu a mão no mesmo instante, com uma expressão que beirava o nojo, para recolocá-lo no lugar. Ela ficou surpresa e ele lhe deu dois tapinhas na bochecha, gesto cujas intenções poderiam ter sido de afeto, mas que deixou uma marca vermelha em seu rosto; ela pareceu desconcertada pelo ocorrido, dizendo-me mais tarde que sentiu quase uma bofetada, uma retaliação por sua impropriedade, e que precisou de todo o autocontrole que tinha para não contestá-lo.

"Aquele homem odeia mulheres", ela disse na tarde seguinte, bebendo uma taça de vinho tinto conosco na área externa do restaurante Dal Bolognese, na Piazza del Popolo.

Eu raramente falava sobre Roma, e quase nunca com meus colegas no Terenure. Preferia não trazer o meu passado à tona, nem as coisas que tinha visto, as pessoas que conhecera ou os erros que havia cometido — que eram numerosos. Ainda assim, eu me sentia um homem do mundo por tê-los presenciado. Gostava de ter passado um ano fora da Irlanda, enquanto outros, como Tom, ficaram confinados aos vinte e seis condados e tiveram pouca chance de escapar, a não ser que se juntassem às missões. Porém, eu era também uma anomalia, pois os estudantes selecionados para passar um ano em Roma podiam, no geral, esperar por um avanço rápido pela hierarquia da Igreja. E eu estava ali, padre havia dez anos, me escondendo na biblioteca de uma escola particular de meninos ao sul do Liffey, em Dublin. Certa vez meu cunhado, Kristian, perguntou sobre isso. Apesar de não ser um homem religioso, ele tinha interesse peculiar pela política e dinâmica interna da Igreja Católica Romana. "Os que foram nomeados para essa função", ele disse, referindo-se às minhas responsabilidades nos aposentos papais, "eram, no geral, os melhores alunos do seminário, estou certo?"

"No geral, sim."

"Você foi o melhor da sua classe, Odran?"

"Digamos que fui bom o suficiente", respondi.

"Li sobre um sujeito que teve o seu cargo e se tornou prelado da Hungria. E outro se tornou arcebispo de São Paulo."

"Bem longe de buscar uma bandeja com uma xícara vazia", respondi, sorrindo para ele.

"Mas e você, Odran? Não tem essas ambições? Não gostaria de ser bispo? Ou cardeal? Ou até..."

"Você sabe o que a Bíblia diz sobre ambição?", eu o interrompi.

"O quê?"

"'De que adianta para o homem ganhar o mundo, se perder a alma?'"

Ele franziu as sobrancelhas. "Isso é de um filme", ele disse.

"É da Bíblia, Kristian."

"Não, é de *O homem que não vendeu sua alma*. Passou na televisão no sábado à noite. Paul Scofield diz isso."

"Não. Ele estava citando a Bíblia", respondi.

"Ah, pode ser."

"De qualquer jeito, estou feliz do jeito que estou."

"Mas há tantas coisas que você poderia fazer se fosse promovido", ele insistiu. "Por que não quer mais para a sua vida?"

Ele pareceu espantado com minha postura; já eu, fiquei intrigado com seu questionamento, pois Kristian não era um homem que buscava promoções mundanas. De qualquer forma, quando deixei Roma, decidi que não me tornaria um daqueles padres que escrevem artigos, publicam livros ou — que Deus me guarde — tentam forçar o caminho para as ondas de transmissão ou para *The Late Late Show* com uma opinião sobre tudo, uma voz a ser alugada pelo maior cachê. Eu não passaria meus dias pigarreando diante de um microfone ou me envaidecendo diante de uma câmera. Eu continuaria a ser o padre Yates, não o padre Odran. Mesmo se eu não tivesse desonrado a mim mesmo em Roma, desapontando os que tiveram confiança em mim, eu não tinha nenhuma ambição de subir nenhum degrau. A verdade era que, se eu tivesse mesmo a vocação que mamãe dissera que eu tinha, eu queria explorá-la com privacidade. Queria entender quem eu era e por que tinha sido escolhido para aquela vida, e o que poderia oferecer ao mundo a partir dela. Isso não me parecia uma ambição ruim.

Mas era impossível viver de austeridade e contemplação, claro. Eu precisava de amigos. Precisava de companhia. E, de vez em quando, eu precisava de alguém que questionasse todas as ideias que me foram impostas ao longo de sete anos de estudos. Nesses momentos, eu precisava de Tom Cardle.

Onde quer que ele estivesse.

Ele tinha uma empregada em Wexford, uma mulher monstruosa chamada sra. Gilhoole, cujo marido, ela contou minutos após me conhecer, morrera no primeiro ano do casamento, cerca de trinta e seis anos antes.

"O câncer o levou", ela disse, com a mão na garganta, como se ainda tivesse dificuldade para encontrar as palavras mesmo depois de todos aqueles anos. "Ele ainda moço, com tudo pela frente. O câncer pode ser uma coisa terrível."

"Pode mesmo", concordei.

"O senhor já perdeu alguém para o câncer, padre?", ela perguntou.

"Não, graças a Deus."

"Mamãe e papai ainda estão vivos, padre?"

"Minha mãe, sim", respondi a ela. "Meu pai morreu quando eu era menino."

"Foi o câncer, padre?"

Olhei para ela; era difícil não rir de sua obsessão mórbida. "Não", respondi. "Como eu já disse, nunca perdi ninguém para essa doença."

"O senhor se importa de dizer como ele morreu, padre?"

"Ele se afogou", eu disse, louco para me afastar dela.

"Tem um homem que mora duas casas para baixo e ele se afugou no último inverno", ela contou. Pronunciava *afugou*, com *u*. "E meu tio, irmão da minha mãe, ele se afugou no Lough Neagh no aniversário de vinte e um anos. E o cunhado da irmã do meu falecido marido, ele se afugou em Salthill." Ela parou e sacudiu a cabeça; algo me disse que, assim como a escritora Peig Sayers — com quem ela tinha vaga semelhança —, havia atrás dela um exército de mortos marchando e torcendo roupas molhadas, cujas histórias ela teria prazer em contar.

"O fim chegará para todos nós. Mas é melhor aproveitarmos a vida enquanto estamos vivos, não acha?", eu disse, tentando parecer animado.

Ela fez ar de espanto; parecia não ter se convencido

com o meu chavão. "O senhor conhece o padre faz tempo?", ela perguntou, indicando com a cabeça o corredor, onde Tom conversava ao telefone; ele gesticulara para eu ir à cozinha sem nem dizer oi. Seu rosto estava mais vermelho e envelhecido do que eu me lembrava, e tinha ganhado um pouco de peso. Sua postura era de pura irritação. "Faz dezessete anos", respondi a ela. "Nos conhecemos no seminário em Clonliffe. Começamos no mesmo dia."

"Entendi", ela disse, olhando-me de cima a baixo enquanto limpava as mãos no avental. Tinha uma barba muito evidente, e era difícil não olhar. Também não era fácil imaginar sua idade. Ela poderia passar por oitenta, mas não devia ter mais que sessenta e cinco. "O padre Williams foi quem morou aqui nos últimos vinte e dois anos", ela comentou. "Um homem adorável. Um santo. O senhor o conheceu, padre?"

"Não, não conheci."

"Lamentamos a partida dele."

"Foi o câncer?"

"Não, ele foi transferido. Ele já tem mais de sessenta anos, qual é o sentido de transferir alguém nessa idade? Ficou muito chateado. Eles o mandaram para Waterford. O senhor consegue imaginar como é viver lá, padre?"

"Não, nunca estive em Waterford", respondi.

"Eu, já", ela disse, se inclinando para a frente, seus olhos marrom-escuros de repente ganhando vida. "É um povo muito infeliz que mora lá. Um povo muito infeliz. E eu não confiaria na carne que eles servem."

Abri a boca para responder, mas descobri que não tinha o que falar.

"O padre Cardle não é nada parecido com o padre Williams", ela disse, os olhos baixando para o tapete.

"Vocês não estão se dando bem?", perguntei.

"Não vou abrir minha boca. E quem ouviria, se eu abrisse? Nunca ouvem as mulheres na casa do bispo." Franzi as sobrancelhas, sem saber exatamente o que ela queria dizer. A porta se abriu e Tom entrou. "Malditos Gardaí", ele disse. "Alegam que não podem fazer nada, a não ser que flagrem o criminoso no ato. Como você está, Odran?", acrescentou, virando-se para mim e me cumprimentando com a mão. "Tudo bem? Como foi a viagem? A sra. Gilhoole lhe ofereceu chá?"

"Ofereci", ela disse, sem olhar para ele, se concentrando no bolo que fazia. "Ele não quis. Eu não ofereço duas vezes."

Eu ri, mas transformei minha risada em tosse ao ver Tom arregalar os olhos de irritação e sacudir a cabeça. "Entre aqui comigo", ele disse, me conduzindo ao escritório.

"Essa mulher é um inferno", ele comentou quando estávamos sozinhos. "Isso se for uma mulher. Não tenho nenhuma prova definitiva. Você viu aquela barba? É como morar com um dos três cabritos rudes."

Eu ri outra vez. "O que tem os Gardaí, Tom?", perguntei. "Algum problema?"

Ele apontou para a rua pela janela. "Meu carro fica estacionado lá fora", contou. "É pequeno, mas é ótimo. Comprei quando estava em Longford e vim dirigindo para cá quando me transferiram. Duas semanas atrás, saí cedo de casa e vi que alguém tinha arranhado a pintura. Raspou a lateral toda com uma chave, acredita em tamanho vandalismo? Custou seis libras para repintar. Seis libras! Precisei pegar do dízimo no domingo, não tenho uma quantia dessas sobrando. E hoje de manhã saí e vi que alguém tinha jogado um tijolo no para-brisa. Que tipo de gente faz uma coisa dessas, Odran, você pode me dizer? Chamei um sujeito para instalar um novo, mas vai me custar mais três libras e cinquenta. E os Gardaí dizem que não podem fazer nada."

"Devem ser moleques", respondi. "Vocês têm muitos jovens na rua de noite? Eles saem do controle nas férias de verão."

"Não, não temos", ele disse, como se eu tivesse insultado a honra de Wexford. "Aqui não é a O'Connell Street de Dublin, com aquelas lanchonetes e lojas de roupas esportivas e fliperamas. Os jovens daqui não são desse tipo."

"Bom, alguém deve ter feito aquilo."

"Sim. E quer saber? Se eu descobrir quem foi, vou torcer o maldito pescoço dele."

Desviei meu foco para observar o escritório. Tinha um ar parado e monótono, com papel de parede banal e uma escrivaninha que parecia prestes a desmoronar. As prateleiras estavam repletas de livros religiosos, o que me surpreendeu.

"São do último sujeito", ele disse ao ver minha expressão. "E a decoração alegre foi ideia dele também. Semana que vem mandarei todos os livros a Waterford. Quero me livrar de tudo."

"Você não se interessa por nenhum?"

"Está brincando? São as coisas mais chatas do mundo."

"E esse?", perguntei, apontando para um livro de capa mole na escrivaninha que, pelo pouco que pude perceber das preferências do padre Williams, parecia fora de contexto.

"*The Commitments*?", perguntou Tom. "Não, esse é meu. Você leu?" Fiz que não. "O linguajar desse livro", ele disse, rindo. "Até um cigano ficaria vermelho. Mas é ótimo."

"Já ouvi falar", respondi. "Alguns dos meninos da escola comentaram sobre ele."

"A melhor banda de *soul* da Irlanda", declarou Tom,

abrindo os braços como se os apresentasse no palco do Olympia. "E, veja", ele disse, indo para um criado-mudo e pegando outro livro. "Tem outro do mesmo autor. É sobre uma putinha de Dublin que engravida."

Fiquei incomodado com a repentina virulência de seu linguajar e me lembrei do que Hannah tinha comentado sobre o papa polonês. Será que a mesma coisa valia para Tom Cardle?

"Tem umazinhas imundas por aí, não tem?", ele perguntou. "Você deve vê-las o tempo todo lá em Dublin, não vê? Andando por aí com quase nada de roupa. As partes à mostra para todo mundo ver. Aposto que elas levam os meninos daquela sua escola à loucura, não levam?"

"Sempre houve as mais soltas e as mais recatadas", respondi, desejando que pudéssemos falar sobre outra coisa. Eu já me arrependia de estar ali e sentia o peso dos próximos dias nos ombros. Fazia quatro anos desde a última vez que Tom e eu nos vimos cara a cara e ali estávamos, já envolvidos em uma conversa daquele tipo. O que nos ligava, pensei, além de um passado em comum? Seis anos como companheiros de quarto, a mesma religião, partes das juventudes entrelaçadas. Tínhamos alguma coisa em comum? Pensei nos meus aposentos na escola, no silêncio e organização da biblioteca. Mas eu estava ali, ouvindo Tom e sua língua venenosa.

"Ao menos você está em casa", eu disse, ansioso para mudar de assunto.

"Em casa?"

"Quero dizer, de volta a Wexford."

"Ah, sim."

"Sua família deve estar contente. Aqueles seus nove irmãos e irmãs."

Ele deu de ombros. "Eu não os vejo com tanta frequência. Três foram para os Estados Unidos, dois estão na

Austrália e um se mudou para o Canadá. As duas freiras estão em clausura. Só sobrou um aqui. Ele está com a fazenda, claro."

"Santo Deus", comentei.

"É a emigração, Odran", ele disse, dando de ombros. "Não há mais trabalho por aqui. É como nos tempos da fome. E Haughey não dá a mínima para ninguém além de si mesmo. Ele está garantindo o próprio futuro, cara. Você viu aquela ilha dele na televisão? Ninguém questiona como ele pode comprar uma ilha inteira, se sabemos quanto ele ganha de salário?"

"As pessoas não gostam de falar nada", respondi. "Mesmo quando acontece bem debaixo do nariz."

"Isso é verdade."

"Mas sua mãe e seu pai. Devem estar felizes por ter você perto."

"Não. Eles morreram, Odran, você não sabia?".

"Como é?", perguntei, sem saber se tinha ouvido direito.

"Meus pais", ele disse. "Faz três anos que morreram. Mamãe por causa de um derrame, ele teve um ataque cardíaco alguns meses depois."

Olhei para ele. "O que está me dizendo?", perguntei, estupefato.

"Você ouviu."

"Mas por que não me disse nada?", perguntei. "Por que não me deu a notícia? Eu podia ter ajudado."

"O que poderia ter feito?"

"Eu podia ter vindo para o enterro, para começar."

"Metade de Wexford esteve no enterro. Você não ia querer se misturar com essa gente."

"Mas, pelo amor de Deus, Tom, sou seu melhor amigo. Você devia ter me avisado."

Ele baixou os olhos para a escrivaninha e tamborilou

248

os dedos no couro. Senti a raiva crescer dentro de mim — como era possível seus pais terem morrido e ele não me avisar? O que isso dizia sobre nossa amizade? Mas não consegui pensar em nenhuma maneira de manifestar minha mágoa. Afinal, eu não podia repreendê-lo, o luto era dele. Mas me senti magoado, irrevogavelmente magoado, como se dezessete anos de amizade não tivessem significado nada.

Seguiu-se um silêncio longo e inquietante, até que ele conferiu o relógio na parede; ao mesmo tempo a campainha tocou. "Eu estava prestes a dizer", explicou Tom, "que preciso conversar com dois paroquianos. Uma mãe e seu filho obstinado, se quer saber. Um dos meus coroinhas. Um menino muito legal. Mas ele tem aprontado em casa, por isso ela o traz toda semana para conversar comigo. Estou tentando endireitá-lo."

"Toda semana?", perguntei, tentando parecer interessado, mas ainda magoado com a revelação sobre seus pais. "Isso não consome tempo demais?"

"Não me importo", ele disse. "O coitado gosta de conversar comigo e acho que estou conseguindo me comunicar com ele. Você pode me encontrar mais tarde no Larkin's, no vilarejo? Digamos, às seis. Ah, não olhe para mim desse jeito, é apenas um bar. Vamos beber uma ou duas e pôr o papo em dia."

Alguém bateu à porta e a sra. Gilhoole entrou, olhando para mim e para ele, uma expressão apreensiva evidente em seu rosto. "É a sra. Kilduff. E o filho, Brian."

"Entrem, entrem", pediu Tom, conduzindo a dupla para dentro, uma mulher com cerca de quarenta anos, nervosa e admirada por ter sido convidada ao escritório do padre, e um menino magro e pequeno, com oito ou nove, que olhou para nós dois com olhos angustiados; me perguntei quais problemas aquela criança teria visto em sua curta vida para precisar da ajuda de um padre. Ele parecia estilhaçado, o pobrezinho.

"Vou deixá-lo à vontade, Tom", eu disse, saindo para o corredor.

"Às seis", ele repetiu. "Larkin's, no vilarejo. E pode ir também, sra. Kilduff, para que Brian e eu conversemos. Nos dê uma hora, está bem?"

"O senhor não quer ficar, padre?", perguntou a sra. Gilhoole quando a mãe de Brian foi embora e a porta do escritório de Tom se fechou. "Talvez duas cabeças pensem melhor que uma."

"Ah, não, isso não seria correto", eu disse.

E então, para meu espanto, ela bateu à porta de Tom e, sem esperar por uma resposta lá de dentro, a escancarou e entrou.

"Sra. Gilhoole!", disse Tom, sentado à escrivaninha diante do menino, que estava na cadeira que eu mesmo tinha usado havia pouco. "O que a senhora pensa que está fazendo?"

"O padre aqui estava dizendo que gostaria de sentar e ver como é conduzido o trabalho da paróquia", ela disse, com um sinal de cabeça na minha direção. "Não estava, padre?"

"Não, não estava", neguei. "Eu não disse nada disso."

"Então eu talvez tenha entendido errado", ela respondeu, sem nenhum pingo de vergonha na voz, apesar da mentira escancarada. "Mas seria uma mudança bem-vinda, não seria, padre? Entre e conte tudo sobre o senhor para Brian."

"Sra. Gilhoole, isso é um absurdo", começou Tom, mas eu o interrompi, estendendo a mão para fechar a porta, com a empregada do mesmo lado que eu.

"Peço desculpas por isso, Tom", eu disse ao sair. "Nos vemos às seis, como você disse." No corredor, me virei para a sra. Gilhoole, na dúvida se ela tinha de alguma maneira perdido a cabeça.

"O pequeno Brian se assusta fácil", ela disse no mesmo instante, antes que eu pudesse manifestar qualquer queixa. "Achei que ele gostaria de outra pessoa na sala." "Por que ele se assustaria?", perguntei. "Que motivo teria para se assustar?" Ela hesitou, mordendo o lábio. "Meninos pequenos podem ficar com muito medo. E o colarinho pode ser uma arma intimidante."

"Escute. Se ele tem medo de Tom, ficaria com o dobro de medo se eu estivesse lá também." "Ele teria motivo para isso, padre?", ela perguntou, o que me surpreendeu.

"Não entendi o que a senhora quis dizer", respondi.

"Ah, claro que entendeu", ela disse, o lábio se contorcendo de nojo enquanto se afastava. "Não me venha com conversa fiada. Colocarei suas malas no quarto de hóspedes", ela acrescentou. "Agora pode ir seja lá para onde for. Vocês são mesmo todos iguais."

Com duas horas de folga, me descobri caminhando na direção da praia sem ter tomado a decisão consciente de fazer isso. Era um dia ensolarado, o suficiente para me dar a ideia de tirar os sapatos e caminhar descalço pela areia, e assim fiz, olhando para minha direita, por onde eu alcançaria Rosslare Harbour se caminhasse por trinta quilômetros, mas preferindo a esquerda, na direção da cidade de Wexford; antes dela a linha costeira perto de Blackwater e o trecho de areia conhecido como praia Curracloe, onde, vinte e seis anos antes, meu pai decidira dizer adeus a este mundo. Jamais quis retornar àquela parte do planeta, para mim um lugar marcado por memórias amargas. Eu culpava o país por ter uma praia, eu culpava a praia por levar meu irmão, eu culpava meu irmão por ter ido no meu lugar, eu culpava a mim mesmo por não ter acompanhado meu pai quando ele pediu. Por Deus, eu poderia ter resistido quando ele tentasse me afogar — afinal, eu tinha nove anos, cinco a mais que o pequeno Cathal; além disso, eu era bom nadador — e talvez conseguisse persuadir meu pai a voltar a terra firme quando ele visse meus movimentos pugilistas partindo as ondas ao meio. Pelo que mais eu culpava aquele lugar? Por tudo. Por uma ferida nas profundezas da alma da minha irmã, que nunca seria curada. Pela conversão da minha mãe, de dona de casa inofensiva a católica fervorosa e catequizadora, decidida a transformar em padre seu filho remanescente. Wexford. Maldita Wexford. Que ironia o fato de meu melhor amigo ter vindo de lá. E, sim, eu a evitara todos aqueles anos, mas estava ali agora e, com tempo de sobra, percebi a importância de caminhar pela praia mais uma vez e retirar aquele lugar do sarcófago no qual o enterrara.

Aquele verão viveria para sempre na minha cabeça; eu jamais o esqueceria, nem conseguia pensar nele. Ainda assim, estava gravado na minha memória — quase todos os momentos daquelas férias —, mesmo que anos inteiros desde então estivessem quase completamente esquecidos. Eu me lembrava de como Hannah e eu ficávamos felizes todas as manhãs, saltando pelas dunas com nossos baldes e pás, o pequeno Cathal vindo atrás, pedindo que esperássemos, mas por que esperaríamos um fedelho como ele quando a praia toda se abria diante de nós e cada momento longe dela era um momento desperdiçado? Podíamos ter ganhado uma medalha olímpica, nós dois, de tão rápido que corríamos. E a expressão no rosto da minha mãe quando o Garda apareceu na entrada. E, oh, Deus, a viagem de trem para voltar a Dublin, uma viúva e duas crianças sem pai, e como, apesar de tudo, Hannah e eu nos entusiasmamos, pois era apenas nossa segunda vez numa ferrovia. *O que mais? O que mais... o que mais... o que mais...?* A alguns quilômetros de distância do nosso chalé ficava um cruzamento ferroviário e eu ia para lá de manhã, fascinado pelo senhor que parecia morar na guarita ao lado da ferrovia, às vezes pressionando um botão conectado a uma série de alavancas que baixavam os trilhos quando um trem ia passar e então repetindo a operação na direção oposta depois que o trem tinha passado. Aquele homem era mais velho que o mundo, mas pareceu impressionado por meu interesse. Porém, quando perguntei se eu poderia apertar aquele botão mágico, ele disse que seu emprego valia mais que aquilo, e que se alguém me visse, ele estaria acabado, seria demitido.

"Mas não vou causar nenhum mal", eu disse a ele. "Eu vi como o senhor faz. Eu sei o que fazer."

"No meu trabalho", ele respondeu, "você precisa pensar em todas as pessoas que confiam em você, que deixam as próprias vidas nas suas mãos. Imagine se algum deles se machucasse por causa de um descuido seu. Ou meu. Você gostaria de ter isso na consciência? Saber que foi responsável por tanta dor?"

Não vi sentido naquilo na época, e foi o que lhe disse; por fim, ele respondeu que eu poderia voltar no dia em que a guerra na Europa acabasse; que então ele me deixaria pressionar o botão, pois fora o que o velho que cuidava das alavancas quando ele era menino dissera para ele, sessenta anos antes. Quando contei a meu pai, ele riu e sacudiu a cabeça. "A guerra acabou em 1945, filho", ele me contou. "Mas, pode esperar, com certeza haverá outra logo mais."

Caminhando por ali, me perguntei se aquela guarita ainda estaria lá; não havia motivo para não estar. Mas o velho estaria morto faz tempo, claro. E, por mais que não tivesse acontecido nada com as mesmas proporções do massacre da Segunda Guerra Mundial, houve revoluções na Hungria e na Romênia, uma guerra civil na Grécia, os soviéticos levaram seus tanques a Praga e o conflito no nosso próprio território não dava sinais de estar próximo de acabar.

O que mais? O que mais... o que mais... o que mais...?
Diante de mim havia um trecho de areia limpa e andei perto do limite da água, permitindo que as ondas passassem por cima dos meus pés descalços conforme iam para a frente e para trás, como uma jovem fazendo a dança irlandesa. Um grupo de adolescentes em trajes de banho jogava um disco, meninos e meninas juntos, e evitei olhar para eles, detestando a possibilidade de o disco vir na minha direção, pois eu decerto faria papel de tolo se esticasse o braço para tentar pegá-lo. Um cachorro lindo e imenso, um *golden retriever* que pertencia a um deles, corria pela praia e se divertia muito, esperando por uma chance de participar; sempre que um dos jovens não alcançava ou alguém ficava com pena do cão, o disco voava por cima das nossas cabeças na direção do oceano Atlântico, e lá ia o animal buscá-lo dentro da água. A despeito de quem tivesse jogado ou deixado o disco passar, o cachorro voltava com o objeto sempre para o mesmo rapaz, que afagava sua cabeça em agradecimento. Suponho que fosse o dono, um jovem bonito, com um sorriso que sugeria que nunca tivera problemas na vida.

Será que ele veio de outro planeta, pensei, para ser tão despreocupado?

Alguns casais estavam deitados na areia, ansiosos por um pouco de bronzeado naquela raridade que chamamos de dia ensolarado no verão irlandês. Uma mulher passava protetor solar e usava óculos escuros estilo Jackie Onassis e o tipo de chapéu de aba larga que você veria na cabeça da princesa Margaret quando os tabloides se entupiam de fotografias dela para condenar sua vulgaridade. Um homem estava praticando alguma coisa parecida com ioga e fazia papel de bobo diante de todos. Percebi que alguns dos frequentadores, velhos e jovens, olhavam para mim com curiosidade. "Por que o senhor não tira o colarinho, padre, e relaxa um pouco?", berrou uma mulher, mas foi um comentário gentil, sem nenhuma malícia no tom; levantei a mão para cumprimentá-la e continuei meu caminho. E então eu os vi mais à frente. Outra família, aparentemente a última da praia; acima de onde estavam, o sol não brilhava com tanto entusiasmo. Os pais, três filhos pequenos; o menino e a menina cavando um fosso em torno de um castelo de areia, o menorzinho tentando ajudar, mas era empurrado para longe a todo instante, uma indelicadeza que acabou por levá-lo às lágrimas. A mãe e o pai fizeram o melhor que podiam para restaurar a harmonia conforme os últimos sanduíches eram guardados, os sacos vazios de batatas Tayto recolocados na cesta, as latas de 7-Up amassadas e jogadas numa sacola de plástico para não vazarem as últimas gotas no forro almofadado da cesta. E observei quando o pai se levantou e deu uma volta completa, trezentos e sessenta graus, e beijou a cabeça da esposa e puxou os filhos mais velhos para um abraço, apertando-os antes de segurar o menor pela mão e declarar que ensinaria aquele menino a nadar, pois de que adiantava estar ali senão para isso; senti uma onda de pânico e corri na direção deles, gritando para o homem parar, para ele voltar, para largar a mão daquela criança e devolvê-la à família. E todos se viraram para mim, todos os cinco, e me ouviram rugir, olhando para mim como se eu não passasse de uma piada; logo depois apontaram e começaram a rir, todos eles, riram como loucos; porém, quanto mais perto eu chegava, mais apagados ficavam seus sorrisos, e com eles pernas e braços e cabeças e corpos, até terem desaparecido por completo, pois, claro, nunca estiveram ali. Não estiveram ali por vinte e seis anos e agora era tarde demais para tentar avisar qualquer um deles.

Saí da praia para voltar ao vilarejo e, ao caminhar na direção do Larkin's, vi uma loja de conveniência — bolas de praia, baldes e acessórios, brinquedos na vitrine, caixas de chá, biscoitos, todo tipo de coisa que alguém poderia querer — e o letreiro na entrada trazia um nome incomum, Londigran's. Me lembrei de um menino do seminário, há tantos e tantos anos, que se chamava Daniel Londigran; mas ele tinha vindo de Dún Laoghaire, portanto aquela loja não poderia ser de sua família. Ainda assim, o nome em comum o trouxe de volta à mente e me perguntei como estaria sua vida. Eu conhecia muitos dos padres das paróquias irlandesas, ainda mais os da minha faixa etária, mas nunca mais ouvira seu nome desde a situação extraordinária que o fez, em pleno terceiro ano, ser transferido de Clonliffe para a St. Finbarr's College, em Cork, uma mudança geográfica inédita na memória recente.

Daniel Londigran fez uma acusação considerada tão enganosa e moralmente repreensível que o cônego disse não conseguir mais olhar para ele e que, caso Londigran se recusasse a abrir mão de sua vocação, seria mandado para o outro lado do país, pois não havia mais lugar para ele naquele seminário. Seu companheiro de cela era um rapaz chamado O'Hagan, que foi enviado de trem para Dundalk por uma semana, pois a mãe estava à beira da morte em um leito hospitalar. Enquanto O'Hagan estava longe, o jovem Londigran afirmou que certa noite, quando estava dormindo — sozinho no quarto, claro —, um sujeito com o rosto coberto por um gorro de lã preta entrou e subiu em cima dele, colocando a mão em sua boca para impedi-lo de gritar. Ele disse que estava escuro demais para saber quem era, e que não sabia dizer nem se tinha sido um aluno ou um padre, pois naquela época alguns dos meninos já eram homens crescidos e alguns dos padres eram bem magros. De acordo com Londigran, uma briga se seguiu; o intruso, fosse quem fosse, tentou arrancar seu pijama, mas Londigran, que não é nenhum indefeso, não tolerou aquilo e acertou com força um golpe no ombro do invasor, que correu para fora do quarto e desapareceu no corredor. Quando Londigran saiu da cela, o tal sujeito não estava mais à vista. No dia seguinte, registrou uma reclamação e o cônego afirmou que nunca havia acontecido nada como aquilo em Clonliffe College e que nunca aconteceria; que aquele menino, Londigran, era um mentiroso e provavelmente um maníaco sexual, e que, se ele ficasse, seria uma má influência para os outros alunos. Em resumo, ele precisava ir embora. Precisava ser transferido para Cork. Eu lamentei o fato, pois Londigran era um rapaz decente, com quem sempre tive um bom relacionamento e que jogava gamão muito bem, o que me interessava na época, e também muito dedicado aos estudos e um grande defensor do ensino de latim; o menino ficou desolado quando o Concílio Vaticano II decidiu limitar o uso do latim na Igreja e chegou a escrever uma carta ao papa Paulo, perguntando se seria possível revogar a decisão. Seus pais vieram de Dún Laoghaire para questionar a decisão do cônego; creio que o pobre homem nunca tinha visto nada como aquilo — sua autoridade questionada! Ele não deu muita atenção a eles e os mandou embora sem a menor paciência. Fim da história. Se eu tivesse algum caráter, teria escrito para Londigran quando ele chegou a Cork, mas receei que algum dos padres interceptasse minha carta e denunciasse ao cônego; eu não tinha a menor vontade de ser também rotulado como maníaco sexual e enfiado no próximo ônibus 14 de volta a Churchtown. Portanto, não fiz nada. Mas isso foi Londigran. Londigran, de Dún Laoghaire. E ali estava uma loja Londigran's em Wexford. Me perguntei se Tom costumava passar por ali e, se fosse o caso, quais pensamentos surgiam em sua cabeça.

O quarto de hóspedes da residência paroquial dava para a parte da frente da casa, um pequeno aposento quase sem espaço para uma cama, um guarda-roupa estreito e uma estátua do Sagrado Coração na parede. Havia uma fotografia do papa polonês sobre minha cama, as mãos unidas em oração, moldura dourada, parecendo absolutamente inofensivo. O quarto de Tom ficava nos fundos, enquanto o da sra. Gilhoole era o maior de todos, uma suíte; antes de eu subir para dormir, ela me disse que o quarto dela era inviolável.

Inviolável!

Não sei o que ela achava que eu era.

Levei *The Commitments* para a cama comigo, na esperança de que me ajudasse a dormir, mas o efeito foi o contrário, claro; me manteve acordado. Devia ser essa a intenção. Porém, quando enfim Joey "The Lips" lascou um beijo em Imelda Quirke, eu já não conseguia manter meus olhos abertos. Dobrei a orelha da página para marcá-la e desliguei a luminária ao lado da cama, amaldiçoando o fato de Tom ter me feito beber quatro canecas de Guinness e duas doses de uísque; a mistura era quase o Fossett's Circus no meu estômago e eu sofria por antecedência ao imaginar a cabeça que estaria no meu pescoço quando eu acordasse de manhã. Fechei os olhos, bocejei, me preparei para dormir. Antes de cair no sono, ouvi um ruído vindo da rua. Algo difícil de definir. Seria um gato? Não, não parecia um gato. Mas lá estava outra vez. Era um barulho peculiar e saí da cama, abrindo a cortina só um pouco para ver quem ou o que estava lá fora. Não consegui ver nada de imediato, mas então eu o identifiquei. Um homem. Não, um menino. Um menino pequeno. O que um menino pequeno estava fazendo na rua numa hora dessas? Onde estavam seus pais? E ele estava de pijama? Sim, estava. Calças vermelhas e uma camiseta preta com mangas brancas. Me inclinei para a frente, quase encostando o rosto no vidro. Era Brian Kilduff. O menino que viera visitar Tom mais cedo. O que ele estava fazendo? Ele se abaixou. Tirou algo do bolso. Era um estilete Stanley? Era. Pude identificar a empunhadura amarela sob a luz da lua. O menino estava com um estilete na mão e esticou a lâmina. Ele deu a volta ao redor do carro de Tom, furando cada pneu, um após o outro, e vi o veículo afundar, um canto de cada vez, até ficar nivelado, e foi quando o menino se afastou, aparentando estar satisfeito com seu vandalismo, e levantou o rosto para o presbitério com uma expressão neutra.

Me afastei da janela no mesmo instante, fechando a cortina de renda para que ele não me visse; quando tive coragem de olhar outra vez, ele corria pela rua na direção de sua própria casa, os pés descalços, o estrago feito. Voltei para a cama, sem saber o que pensar.

Mas aí é que está a mentira. Eu sabia, sim, o que pensar. Mas não tinha coragem.

Assim como eu me lembrava do dia em que o pobre Londigran foi mandado para Cork, e fui para a cama naquela noite, olhando para Tom quando ele tirou a camiseta

259

e vendo o grande hematoma em seu ombro, o roxo das beiradas, o esverdeado do centro, a pele branca no entorno. E eu ali, deitado, sem dizer nenhuma palavra.

E a culpa, agora que penso no assunto.

A culpa. A culpa, a culpa, a culpa.

Às vezes é tão forte que eu consigo entender o que sentiu meu infeliz pai quando acordou em sua depressão e decidiu que aquele era o dia em que ele iria à praia Curracloe, que aquele era o dia em que diria adeus aos seus entes queridos, que aquele era o dia em que ele afundaria um de nós na água até que a resistência infantil acabasse e ele pudesse nadar na direção de Calais, sem a menor possibilidade de chegar com vida.

É tão forte que houve momentos, em anos recentes, que me perguntei se eu mesmo devia seguir para lá, para a praia Curracloe, e fazer disso o fim de todos os problemas.

2007

Hannah estava surpreendentemente animada no dia em que se mudou para o asilo Chartwell, um lugar especializado em pacientes com demência. Naquele dia, estava em um de seus períodos de maior lucidez. Um dos aspectos mais intrigantes da doença era como às vezes oferecia algumas horas de folga à vítima, como um chefe benevolente, permitindo que a pessoa se comportasse mais como era antes. Porém, no momento em que você talvez conseguisse uma conversa sensata, no momento em que o monstro parecesse ter desaparecido, as nuvens se acumulariam outra vez e ela olharia em seu rosto como se fosse um intruso na casa — "Quem é você?", ela gritaria, agarrando os braços da poltrona. "O que está fazendo aqui? Fora!" — e talvez demorasse semanas, ou até meses, para a clareza voltar.

Era comigo que ela gritava nessas ocasiões, eu pensava com frequência, ou com a doença?

Foi em 2001, apenas um ano após a morte de Kristian, que ela começou a ter dificuldade para se lembrar de nomes e rostos; mas, àquela altura, o progresso não foi rápido. Então, em algum momento perto do Natal de 2003, houve uma mudança para pior e ela passou a cometer erros no trabalho, que levaram a advertências disciplinares. Sua superiora imediata não demonstrou quase nenhuma consideração por seus anos de serviço e parecia determinada a encontrar uma maneira de Hannah ser mandada embora; no fim, minha irmã cometeu um erro chocante que fez o banco perder dezenas de milhares de euros. Ela não apenas foi demitida; houve conversas sobre um processo contra ela. Foi Jonas quem insistiu que havia algo errado e a levamos a uma unidade especializada do St. Vincent's, onde, ao longo de alguns meses, uma equipe de médicos conduziu testes cognitivos, pedindo que ela respondesse a uma série de questionários que pareciam repletos de perguntas estapafúrdias e muitas vezes repetitivas, além de testes de memória e jogos de expressão verbal e escrita que a deixavam irritada — ela comentou que a faziam se sentir de volta aos cinco anos de idade. Tiraram amostras de sangue, verificaram níveis de cálcio, analisaram a dieta em busca de deficiências vitamínicas, escanearam seu cérebro. Por fim, quando o diagnóstico foi feito, teve início a lenta e agonizante espiral até perdermos Hannah para sempre. Devo reconhecer que ela foi firme; na época, parecia mais preocupada em limpar seu nome no banco e pôr a sra. Byrne no devido lugar do que com qualquer outra coisa — mas é bem possível que ela tenha usado tal vitória de pirro para esconder os próprios medos.

Ela conseguiu permanecer em casa por alguns anos depois disso, com certa ajuda do Health Service Executive e do dinheiro que Jonas ganhara com a publicação do livro, o que nos permitiu contratar uma acompanhante para cuidar dela, uma jovem enfermeira francesa que demonstrou paciência e bondade extraordinárias. Aidan também ajudou, claro, mas seu dinheiro ia sempre direto para a conta do irmão; quando ele vinha a Dublin visitar a mãe, eu era informado apenas depois que ele já havia partido de volta à Noruega.

"Ele não te ligou?", Jonas me perguntava, todo inocente, e eu fazia que não.

"Não."

"Ele disse que ligaria."

"Mas não ligou."

"Bom, então eu não sei."

Para ser sincero, eu havia desistido de me preocupar com aquilo. Se Aidan quisesse se comportar daquela maneira comigo, sendo que eu nunca fiz nada para prejudicá--lo, então era problema dele. Eu tinha coisas mais importantes com que me preocupar.

Agora as coisas tinham ido longe demais. A enfermeira francesa, que Deus a proteja, tinha suportado uma situação de violência que a deixou com o punho fraturado, e todos nós concordamos que havia chegado a hora de Hannah deixar a Grange Road para sempre e se mudar para um lugar especializado, onde poderiam cuidar dela e lhe oferecer a infraestrutura da qual precisava.

Ela sabia exatamente o que estava acontecendo; inclusive concordou com tudo e assinou a papelada necessária — naquelas duas semanas, ela teve uma surpreendente série de dias bons. Ela não forçou nenhum de nós, seu irmão e seus dois filhos, a precisar buscar algum tipo de autoridade legal sobre ela. Ainda era uma mulher jovem, com quarenta e nove anos; o destino parecia cruel por roubar sua mente e seu raciocínio quando ela ainda poderia viver por mais quarenta anos, apesar de ser um prognóstico improvável, os médicos nos garantiram, para uma mulher nas condições dela. Mas eu não conseguia lidar com a possibilidade de sua morte; coisas suficientes já haviam sido roubadas da minha vida para eu cogitar perder também minha amada irmã.

263

Até aquele momento, Jonas ainda morava com a mãe, apesar das mudanças ocorridas na sua vida. O sucesso viera cedo para ele — tinha apenas vinte e um anos quando *Spiegeltent* foi publicado e se tornou um best-seller inesperado — e ele era requisitado por festivais de literatura ao redor do mundo. Jonas queria aproveitar as oportunidades que surgiam, mas, com a mãe doente em casa, era difícil. No verão anterior ao seu último ano no Trinity, ele ficara três meses longe de Dublin, período que passou na Austrália, onde trabalhou como barman no Rocks. Tinha sido sua única experiência fora da Irlanda e eu sabia que ele queria viajar mais, conhecer o mundo à custa das várias editoras que o publicavam. Mas ele não apressou a mudança de sua mãe, de jeito nenhum. Na verdade, aquilo o incomodava bastante, mas nós sabíamos que era o melhor a ser feito; se houvesse a vantagem de ele poder abraçar por completo a nova vida que seus talentos trouxeram, eu duvidava que sua mãe tivesse alguma reserva ou rancor em relação a isso.

"Eu terei um quarto só meu, não é, Odran?", Hannah me perguntou enquanto seguíamos de carro, nós três, para o asilo.

"Terá, claro", eu disse. "Você já viu seu quarto, não se lembra?"

"Lembro, lembro", ela respondeu, olhando pela janela quando passamos pelo Terenure College, onde uma multidão de roxo e preto corria por um campo de rúgbi, os meninos avançando como ondas na praia durante a subida da maré, seus lábios saltando dos protetores bucais como lobos arreganhando os dentes. Fazia mais de um ano que o arcebispo Cordington me transferira dali e eu sentia saudades. "É o que tem o papel de parede lilás, não é? E a poltrona no canto, com o desgaste no pé."

"Esse é seu quarto em casa, mãe", disse Jonas, se virando para trás no banco do passageiro. "Seu e do papai."
"Claro que é. É o que estou dizendo", ela respondeu, com ar de desdém.

"Não, você perguntou sobre seu quarto em Chartwell. É pintado de verde-claro e tem uma televisão pendurada numa das paredes. Lembra que você ficou com medo de ela cair e quebrar?" Ela balançou a cabeça, como se não entendesse nada do que ele dizia.

"Odran, você se lembra de quando íamos ao cinema?", ela perguntou depois de um longo silêncio, quando cruzávamos a cidade, passando por onde ficava o velho cinema Adelphi, na Abbey Street. A maioria dos cinemas da nossa adolescência não existia mais. O Adelphi, o Carlton, no fim da O'Connell Street, o Screen, na Bridge, um lugar imundo mesmo nos melhores dias; a gente não conseguia se mexer sem pisar em poças velhas de Coca-Cola e pipoca espalhadas por todo canto. Até mesmo o Lighthouse, o novo cinema que passava filmes estrangeiros, havia fechado.

"Lembro", respondi. Quando eu era um padre jovem em Dublin, no início dos anos 1980, eu e Hannah tínhamos o compromisso semanal de ir ao cinema nas noites de quarta-feira e depois comer alguma coisa no Captain America. "Eram noites ótimas."

"Saíamos para comer, Jonas", ela disse, sentando na beirada do banco e cutucando o ombro dele conforme eu dirigia. "Mesmo empanturrados de tanta pipoca e Fanta do cinema. Assistíamos a todos os filmes naquela época, não é, Odran?"

"Vimos muitos, sim."

"Qual era aquele que tinha o macaco?"

"O macaco?", perguntei.

"Ah, você sabe qual é", ela disse. "O macaco. E aquele cara. Clint Eastwood."

"*Punhos de aço*", respondi.

"*Louco para brigar*", disse Jonas, me corrigindo.

"Títulos similares", eu disse.

"Títulos simiescos", interveio Hannah; por um momento, me perguntei se estávamos mesmo fazendo a coisa certa ao levá-la a Chartwell, considerando que ela ainda podia fazer piadas tão ruins quanto aquela.

"Você se lembra de *Num lago dourado*?", perguntei a ela.

"Lembro", ela disse. "Katharine Hepburn, não é? Tremendo como se tivesse acabado de sair do carrossel. E Henry Fonda. Ele morreu pouco antes do filme ser feito, não foi?"

"Se ele tivesse morrido antes de o filme ser feito, ele não estaria no filme."

"Depois, então. Ele morreu depois."

"Sim", eu disse, pensando na época. "Não foi ele que ganhou um Oscar, mas não pôde ir à cerimônia porque estava doente demais?"

"Qual era mesmo o nome da filha dele?", perguntou Hannah.

"Jane", eu disse. "Jane Fonda."

"Não", ela respondeu, franzindo a testa e discordando. "Kristian, a filha de Henry Fonda. Você se lembra do nome dela? Ela fazia aqueles exercícios. Adorava manter a forma."

"Jane Fonda, é essa mesmo, mãe", disse Jonas ao virarmos para a Parnell Square na direção da Dorset Street. "E eu sou o Jonas, não o Kristian."

"Não, não é ela", insistiu Hannah. "Eu sei quem é Jane Fonda e ela não tinha nada a ver com Henry Fonda. Daqui a pouco eu me lembro, vocês vão ver."

Seguimos em silêncio por um tempo.

"Eu tenho permissão para sair?", Hannah enfim perguntou. "Ou preciso ficar?"

"Não é uma prisão, mãe", disse Jonas. "É um asilo. Vão tomar conta de você. Mas eu poderei levá-la para passear de vez em quando. E Odran também."

"E vou levar, claro", completei.

"E para onde vamos?", ela perguntou. "Não será nenhum lugar perigoso, não é?"

"Podemos dar uma caminhada pelo píer de Dún Laoghaire", sugeri.

"E passar no Teddy's para tomar sorvete", ela disse, batendo as mãos de entusiasmo. "Os melhores sorvetes de Dublin."

"São mesmo", eu e Jonas dissemos em uníssono.

"E você com o seu desconto", ela acrescentou. "Poderemos pagar mais barato."

Olhei para ela pelo retrovisor. "Meu desconto?", perguntei.

"Por trabalhar lá", ela respondeu. "Devem te dar algum desconto, não? Podemos tomar um 99. Eles ainda servem o 99, não servem?"

"Acho que eles nunca vão parar de servir o 99", eu disse; não fazia sentido debater se eu trabalhava ou já tinha trabalhado como vendedor de sorvetes. "E com um pouco de calda de morango por cima."

"Não, disso eu não gosto", respondeu Hannah. "Só a massa. É suficiente para mim. Então vamos, só nós três."

"Ótimo", disse Jonas.

"Não você", ela retrucou, com raiva. "Você não pode ir. Odran, diz para ele que ele não pode ir. Vamos só nós três."

Será que eu devia perguntar?, pensei. Será que era mais fácil deixar passar? "Nós três?", perguntei. "Nós três aqui do carro, você quer dizer?"

"Eu e você, Odran. E o pequeno Cathal, claro. Ele ficará louco se descobrir que fomos tomar sorvete sem levá-lo conosco."

Respirei fundo e pisquei rápido para eliminar a onda de lágrimas que ameaçava me fazer de bobo.

"Você está bem?", perguntou Jonas baixinho, se virando para olhar para mim, e eu confirmei com a cabeça, sem dizer nada.

Depois disso, ficamos em silêncio por alguns minutos, até que eu senti que precisava falar outra vez. Não podia deixar as coisas naquele tom.

"Podíamos dar uma volta em Howth Head, também. Num dia bonito, isso seria muito divertido, não é?"

"Você se lembra de quando se perdeu lá em Howth Head?", ela perguntou, cutucando o ombro de Jonas.

"Não fui eu, foi Aidan", disse Jonas.

"Quem?"

"Aidan", eu disse, levantando a voz, mas não sei por quê; afinal, não havia nada de errado com sua audição. Eu estava falando com ela do mesmo jeito que os ingleses falam com estrangeiros no continente, pronunciando as palavras devagar, bem devagar, sílaba por sílaba, como se o volume e a velocidade fossem o problema.

"Quem é Aidan?", ela perguntou.

"Aidan!", repeti, como se isso fosse deixar as coisas mais claras.

Ela pensou no assunto por um momento. "Não conheço nenhum Aidan."

"Claro que conhece. É seu filho mais velho."

"Ah, pobre Aidan", ela disse baixinho. "Ele nunca vai me perdoar, não é?"

"Perdoá-la pelo quê?", perguntei.

"Aidan ama você, mãe", disse Jonas, se virando para ela. "Ele ama você. Você sabe disso."

"Ele nunca vai me perdoar. Mas ele tinha bebido, não tinha? Ele não podia voltar para casa dirigindo, se tinha bebido."

"Quando Aidan tentou dirigir bêbado?", perguntei.

"Não foi Aidan", disse Jonas, baixinho. "Ela não está se referindo a ele."

"Quem, então?"

Jonas sacudiu a cabeça.

"Quem?"

"Esqueça, Odran."

"Eu fui a Howth Head muitas vezes", disse Hannah. "Você se lembra de quando Jonas desapareceu, no dia em que foi colher amoras?"

"Lembro", eu disse. "Eu estava lá nesse dia."

"Não, não estava, não minta. Ele estava colhendo amoras pretas, foi assim que começou. Estávamos todos lá para um piquenique, mamãe e papai, e Aidan, claro — isso foi muito antes de você nascer, Odran." Ela pensou naquilo e eu fiquei calado. Eu odiava ouvi-la divagar daquele jeito, especialmente quando parte da história era baseada na realidade; eram os detalhes e personagens que ela errava. "E eu dei a Jonas um pote vazio de margarina para ele colher amoras, um daqueles grandes e quadrados, lembra? De plástico amarelo. E lá foi ele. Quando percebemos, ele tinha sumido, e fomos todos procurar e berrar seu nome. Então encontramos o pote de margarina na beira do precipício e eu quase perdi a cabeça, achando que ele tinha caído. Fiquei histérica. Mas então ele voltou, Lázaro ressurgindo dos mortos. Tinha apenas ido explorar e perdeu a noção do tempo. O pote de margarina devia ser de outra pessoa. Nunca fiquei com tanto medo em toda a minha vida."

Eu sorri. Ao menos parte da história era verdadeira.

"Até agora", ela acrescentou após um momento.

"Você não está com medo, Hannah", eu disse, mais

269

uma afirmação para ela acreditar naquilo do que uma pergunta. "Você não está com medo, está? Com certeza será ótimo. Vão cuidar muito bem de você." "A maioria daquelas enfermeiras rouba", ela disse, contraindo a boca. "Você acha que haverá negras entre elas?"

"Ah, não diga isso", respondi.

"Vamos visitá-la o tempo todo", disse Jonas quando nos aproximamos de Chartwell. "Você ficará cansada de nos ver. Qualquer coisa que precisar, basta pedir e traremos para você."

"Vocês dizem isso agora", ela respondeu, virada para a janela. "Vamos ver como estarão as coisas daqui a seis meses." Ela olhou para as próprias unhas, estendendo as mãos na frente do corpo. "Quando eu era moça, logo depois de me casar, costumavam me perguntar se eu era parente de W. B. Yeats. E eu respondia que nossos nomes eram escritos diferente. Você já esteve no Abbey, Odran?"

"Sim. Muitas vezes. Até fomos juntos, você não lembra?"

"Não", ela negou com a cabeça. "Não, eu nunca estive lá. Não teriam permitido. Expulsaram papai do palco por causa do mau comportamento."

"Vire aqui", disse Jonas, apontando para o prédio que surgia à esquerda.

"Eu sei."

Entrei no estacionamento, desliguei o motor e fiquei ali sentado por um instante, de olhos fechados. Era difícil para mim essa mudança, mas eu sabia que era ainda mais difícil para meu sobrinho. Sua vida decolava, ele era um jovem em quem o mundo começava a prestar atenção, mas se afligia por deixar a mãe naquele lugar; temia que aquilo de alguma forma se voltasse contra ele, como se estivesse cometendo uma traição contra alguém que só o tratara com amor. Ele não queria abandoná-la nem queria ser visto abandonando-a, mas o que mais poderia fazer?

"É isso?", ela perguntou do banco de trás.

"Você tem certeza, mãe?", ele perguntou, se virando para trás, lágrimas nos olhos.

"Sim, meu filho", ela disse. "Não posso ficar na minha própria sala perdendo a cabeça, posso? Nós todos sabemos que isso é o melhor a fazer."

Ele fez que sim. Para mim, aquela era a parte mais cruel de toda a situação: o grau de sua coerência quando a doença fazia um intervalo. Era como se não houvesse nada de errado. Mas mudava, claro. Num instante. Num piscar de olhos.

Saímos do carro e Hannah vasculhou a bolsa. "Vou ficar de olho no meu dinheiro. Eles têm o *Herald* aí ou precisarei sair para comprar?"

"Devem ter", respondi. "Se não tiverem, podemos fazer uma assinatura para você."

"Não consigo viver seu meu *Herald* à tarde."

"Pode pegar essa mala, Odran?"

"Sim."

Uma mulher de meia-idade, a sra. Winter, surgiu da porta da frente do hospital; já nos conhecíamos. Ela parecia capacitada e eficiente, do tipo pragmática. Emma Thompson faria seu papel no filme. "Olá, Hannah", ela disse com voz amigável, estendendo as mãos para pegar as da minha irmã. "Estamos muito contentes em vê-la."

Hannah concordou com a cabeça; parecia um pouco assustada. Ela se inclinou e sussurrou no ouvido da mulher: "Quem são aqueles homens?", apontando para mim e Jonas. Logo depois veio outra enfermeira, muito mais nova — Maggie era seu nome; ela já nos mostrara o lugar duas vezes e explicara a Hannah como seria a rotina. Fiquei

271

contente ao ver que minha irmã a reconheceu, pois seu rosto se iluminou.

"Aí está a moça que eu adoro", ela disse, marchando até a outra e dando-lhe um abraço, como se fosse uma filha perdida. "Você é uma mocinha linda", comentou. "É casada?"

A enfermeira riu. "Quem me dera", respondeu.

"Tem namorado?"

"Tive", disse a enfermeira Maggie. "Dei o fora nele." "Fez bem. Eles não valem a pena. Aquele ali está sobrando, se você quiser." Ela apontou na direção de Jonas, que girou os olhos, mas sorriu. A enfermeira Maggie o analisou de cima a baixo; tinha um olhar obsceno que me fez rir e enrubesceu Jonas. Talvez ainda houvesse parte do adolescente ali dentro, afinal.

"Posso ficar com ele para teste?", ela perguntou.

"O que isso quer dizer?", perguntei.

"Ah, Kristian, você se lembra", disse Hannah, voltando-se para mim. "Como aqueles selos antigos. Você comprava para teste. Ficava com eles por algum tempo e, se gostasse, comprava e colava no álbum. Se não gostasse, devolvia e não precisava pagar."

"Vamos entrar, Hannah?", perguntou a sra. Winter, que parecia não gostar do rumo daquela conversa. "Está ficando frio aqui fora."

"Está bem", disse Hannah, em tom resignado.

"Você vai ficar aqui esta noite, Maggie?", perguntei. "Para cuidar dela?"

"Não a noite toda", ela respondeu. "Estou no período diurno durante toda esta semana, e na próxima também. Para mudar meu horário, só eliminando meu chefe."

"Esse foi outro que vimos", eu disse no mesmo instante. "Quem estava nesse?"

"Lily Tomlin", disse a sra. Winter.

"Dolly Parton", disse Jonas.

"Jane Fonda!", berrou Hannah, batendo a mão na outra, alegre. "Filha de Henry!"

Na livraria Waterstone, no fim da Dawson Street, encontrei um dos meus antigos alunos, Conor MacAleevy. Na última vez que o vi, ele estava entrando no quinto ano, e agora estudava para o Leaving Certificate, trabalhando nos fins de semana a fim de juntar dinheiro para passar o verão no exterior, uma vez que as provas terminassem. Entrei na livraria para ver o que estava à venda e me descobri examinando os E. M. Forster, apenas por costume. Já tinha lido todos, claro, mas ali estavam eles, em capas novas e reluzentes. Peguei *Um quarto com vista*, me lembrando do Café Bennizi, na Piazza Pasquale Paoli, onde me sentei por tantas tardes fingindo ler aquela mesma obra enquanto a mulher atrás do balcão servia cafés aos clientes. Fechei os olhos ao me lembrar de como, no fim, ela me humilhara. Então, em contrapartida, pensei em meu velho amigo, o patriarca de Veneza, e me perguntei se haveria um livro sobre sua vida. Ou será que ele não tinha permanecido tempo suficiente como papa para garantir que sua história fosse contada?

Devolvi Forster e passei pelas prateleiras de ficção, parando na letra "R", onde estavam todos os livros de Jonas. *Spiegeltent*, claro. Cerca de dez exemplares. E *Callomania*, seu segundo livro, um romance sobre um homem que acreditava ser dono de extraordinária beleza física, mas que não conseguia demonstrar nada além de raiva e violência para o mundo. Uma pilha de exemplares encadernados na mesa. Peguei um de cada — já tinha lido ambos, claro, mas sempre comprava mais exemplares para presentear amigos — antes de seguir para a escadaria central, em busca da seção de biografias. Verifiquei as prateleiras, não consegui encontrar o que procurava, mas isso não me faria desistir. Me aproximei do balcão, onde um adolescente digitava em um computador.

"Padre Yates", ele disse, levantando o rosto com uma expressão um tanto surpresa, do tipo que você fica quando encontra alguém totalmente fora de contexto.

"Conor MacAleevy", eu disse. "É você mesmo?"

"Sim."

"O que está fazendo aqui?"

"Trabalho aqui. Meio período. Aos sábados e domingos."

"Que bom para você."

"Como o senhor está, padre?"

"Estou bem, eu diria. Duvido que você queira ouvir sobre uma dor recorrente que tenho no joelho, não é?" Ele olhou para mim sem expressão. "Foi uma piada, Conor, uma piada."

"Ah, certo", ele respondeu. "São para o senhor?", ele perguntou, olhando para os dois romances que eu carregava, com o nome de meu sobrinho impresso nas capas.

"São. Você já leu?"

"Li", ele disse.

"Gostou?"

"Achei meio ruins, para ser sincero."

"Ah, certo", respondi.

"Porcaria pseudointelectual. Ele vem aqui o tempo todo e acha que é o cara, sabia? E com aquele cabelo idiota."

"Bom, mesmo assim, pensei em dar uma chance. Por ele ser um dos nossos."

"O que quer dizer?"

"Irlandês."

"Ele só faz pose de irlandês, padre. Ele é norueguês, na verdade."

"Ele não foi criado aqui?", perguntei com inocência.

"Acho que ouvi alguma coisa assim."

"Acho que ele passou um verão aqui quando era menino. O pai era irlandês. Ele finge ser irlandês porque, vamos falar a verdade, quantos escritores noruegueses famosos o senhor conhece?"

"Nenhum", respondi.

"Então."

Fiz que sim e olhei para os livros. "Ouvi dizer que são ótimos. Vou levá-los mesmo assim."

"O senhor que sabe."

Não pude evitar uma risada. O treinamento dos funcionários daquela livraria era ótimo, devo admitir. O gerente, fosse quem fosse, devia ter orgulho. "Escute, Conor", eu disse um momento depois, "vocês têm algum livro sobre o papa João Paulo i?"

"Papa João Paulo ii, o senhor quer dizer?", ele perguntou e olhei para aquele fedelho me corrigindo.

"Não", eu disse. "Quis dizer papa João Paulo i."

"*Existiu* um papa João Paulo i?", ele disse, e foi difícil não rir. Será que ele era tão estúpido assim?

"Conor", eu disse com paciência, "pense um pouco. Você acha que poderia existir um papa João Paulo ii se não tivesse existido um papa João Paulo i? Faria algum sentido?"

"Sua argumentação é válida, padre", ele respondeu, sorrindo.

"Eu sei que é. Imagino que não adianta perguntar se vocês têm alguma coisa sobre ele, não é?"

"Podemos dar uma olhada, se o senhor quiser", ele disse. Passeamos juntos pelas prateleiras, mas não encontramos nada. Decidi buscar por conta própria na internet, mais tarde. Alguém devia ter escrito sobre o pobre homem, não? Ele tinha sido o papa, pelo amor de Deus. Mesmo que por apenas trinta e três dias.

"E como estão as coisas no Terenure, Conor?", perguntei. "Como estão os meninos?"

"Ah, precisamos que o senhor volte, padre", ele disse, animado, e alguma coisa em seu tom de voz evidenciou que estava sendo sincero. "O sujeito que nos ensina agora é um bruto. E a biblioteca está num estado... Existe alguma chance de um retorno triunfal?"

"Faz apenas um ano", respondi. "As coisas desandariam assim tão rápido?"

"O senhor não tem ideia, padre", ele disse em tom dramático, assobiando entre os dentes. "Não tem ideia."

"Eu adoraria voltar", eu disse. "E devo voltar, foi o que me prometeram. Mas estou cobrindo a paróquia de um amigo que está afastado no momento. O arcebispo disse que não seria por muito tempo." Conforme as palavras saíram da minha boca, me ocorreu como eram verdadeiras — ele *de fato* tinha dito que não seria por muito tempo, porém até agora eu não tinha ouvido nenhuma conversa sobre meu retorno. Talvez tivesse chegado o momento de dar um telefonema.

"Bom, ano que vem será tarde demais", disse Conor. "Eu já estarei na universidade."

"Mas talvez fiquem outros meninos na escola depois que você sair. Quem sabe?"

Ele pensou no assunto e concordou com a cabeça, então olhou para mim como se eu fosse um imbecil. "Claro que sim, padre", ele disse, e agora eu ri. Será que ele era mesmo tão tolo quanto parecia, ou era algum tipo de atuação? Sempre o considerei um rapaz inteligente.

"Bom, vou levar esses dois", eu disse, estendendo os romances de Jonas com uma nota de vinte euros; ele registrou a venda.

"Padre", disse Conor após um momento, enquanto colocava os livros em uma sacola. "O senhor ficou sabendo sobre Will Forman?"

"Quem?"

"Will Forman. O senhor deve se lembrar dele. Um menino alto, cabelo preto muito liso. Os padres estavam sempre tirando o telefone dele durante a aula."

"Ah, sim", eu disse, assentindo com a cabeça. "Ele sentava atrás de você na aula de inglês, não? O que houve, ele está bem?"

"Ah, ele está ótimo, eu acho. Só que se juntou ao Talibã."

Olhei para Conor, espantado. "Como é?", eu disse, certo de que tinha ouvido errado.

"O Talibã. O senhor sabe o que é o Talibã?"

"Sim", respondi. "Vi na televisão. A turma de Osama Bin Laden."

"Isso. Então, Will estava sempre falando sobre como George W. Bush e Tony Blair eram criminosos de guerra e como aquela coisa toda do Onze de Setembro foi um grande golpe e como o governo dos Estados Unidos tinha organizado tudo desde o início para ter uma desculpa para invadir e ficar com o petróleo. Quer dizer, ele era um completo *idiota* quando falava nisso. Aí, um dia ele entrou numa grande discussão sobre o assunto com o sr. Jonson, o professor de história. O senhor se lembra dele, não é?"

"Lembro."

"E eles entraram num dramalhão sobre a opressão imperialista e toda essa babaquice e Will se levantou no meio da aula, pegou a mochila, se virou para todos nós e disse: 'Chega, rapazes, não aguento mais essa merda. Vou dar o fora e me juntar ao Talibã'."

Olhei para Conor. Precisei me esforçar ao máximo para não cair na gargalhada. "E ele foi?"

"O engraçado é que ele foi. Comprou uma passagem para o Irã, Iraque ou sei lá onde..."

"Afeganistão", sugeri.

"Lá mesmo. Ele comprou uma passagem barata na internet, parou de se barbear e foi para lá. A mãe dele está parindo elefantes com a coisa toda. E o pai está todo dia no Departamento de não-sei-o-quê tentando conseguir que Bertie Ahern faça alguma coisa. Eles enlouqueceram, aqueles dois. Tem até uma passeata patrocinada no próximo domingo para arrecadar dinheiro."

"Arrecadar dinheiro para quê?", perguntei, confuso com aquilo. "Para o Talibã?"

"Não. Não *para* o Talibã."

"Então para quê? Para onde irá esse dinheiro?"

Ele pensou na pergunta. "Agora que o senhor perguntou, não sei dizer", respondeu. "Talvez os velhos dele queiram ir ao Afeganistão para trazê-lo de volta. Aposto que esses voos não saem barato. Deve ter que fazer conexão em Heathrow ou em Frankfurt."

"Você não acha que ele pode estar apenas hospedado na casa de um amigo?", perguntei. "Será que ele não está pregando algum tipo de peça? Que eu me lembre, ele nunca teve bom senso."

"Não, padre", ele quase rugiu, levantando tanto a voz que outros clientes se viraram para olhar. "Estou dizendo, ele foi se juntar ao Talibã. O primo de Niall Smith o viu no noticiário. Disse que ele estava no meio de um grupo de homens queimando retratos de Dick Cheney no meio de... Sei lá. Uma cidade. Kandahar, talvez? Isso existe?"

"Existe."

"Então", ele disse, assentindo, como se tivesse acabado de provar o próprio argumento. "O que o senhor acha disso?"

Havia pouco a se pensar. A escola tinha ido para o inferno. A biblioteca estava em desordem. Will Forman estava no Afeganistão, combatendo pelo Talibã. Aquilo não podia continuar. Eu precisava deixar o trabalho de paróquia e voltar para minha escola. Fui para casa e peguei o telefone para ligar para o Palácio Episcopal. E foi aí que eu descobri a verdade.

Foi surpreendentemente difícil conseguir um agendamento. Quinze meses antes, quando o arcebispo Cordington me convocou para vê-lo, ele telefonara — ou melhor, um de seus secretários telefonou — às nove horas da manhã de uma terça, e eu estava sentado diante dele, recusando uísque, às três horas daquela mesma tarde. Agora que o compromisso seria agendado por um pedido meu, fui forçado a ligar quatro vezes; em cada telefonema, me disseram que alguém ligaria de volta, mas o alguém misterioso nunca ligou. Na quinta tentativa, eu talvez tenha parecido um pouco irritado e, assim, acabaram por ceder, oferecendo-me trinta minutos com vossa excelência reverendíssima dali a duas semanas e meia. Era uma longa espera, mas as férias de verão estavam quase chegando e, desde que eu pudesse voltar ao Terenure até setembro, não me importava com um pouco mais de delonga.

"Odran", disse o arcebispo quando eu enfim entrei em seu escritório e me ajoelhei diante dele, pressionando meus lábios contra o selo dourado de seu cargo. Como parecia pesado no dedo, pensei. E quanto orgulho ele tinha de usá-lo. "Que grande surpresa. Não há nada de errado, há?"

"Não, vossa excelência."

"Está bem de saúde?"

"Sim, e o senhor?"

"Nada do que reclamar. Sente-se, sente-se. Mas, escute,

receio não ter muito tempo. O cardeal Squires me ligará esta tarde e preciso organizar meus pensamentos antes de falar com ele. Aquele homem consegue farejar incertezas como um perdigueiro no rastro de uma raposa."

Sentei na mesma poltrona que ocupei em nosso último encontro e ele se acomodou à minha frente. Tinha ficado ainda mais corpulento nesse meio-tempo; era o frei Tuck da diocese de Dublin.

"E então, como está se saindo lá em..." Ele pensou um pouco. "Para onde foi que o mandamos, mesmo?" Eu lhe disse e ele fez que sim. "Ah, sim, claro. Uma paroquiazinha ótima. Parece que você está amando ficar lá, não?"

"Bom", respondi, rindo de leve, "creio ser tão boa quanto qualquer outra paróquia. Mas *amando* talvez seja certo exagero. Para ser sincero, eu gostaria de saber quanto tempo preciso ficar lá."

"O que quer dizer?"

"O senhor se lembra, vossa excelência, quando o senhor disse que seria apenas provisório, enquanto Tom Cardle estivesse longe? Isso já faz mais de um ano. E não consegui conversar com ele. Ao longo dos anos, ele sumiu muitas vezes no, vamos dizer, cumprimento do dever. Porém, desde que me mudei para aquela paróquia, é como se ele tivesse desaparecido da face da Terra. O senhor consegue se comunicar com ele?"

O rosto do arcebispo Cordington não esboçou nenhuma expressão. "O padre Cardle está bem. Não precisa se preocupar. Nós o estamos mantendo num lugar ótimo."

"Perdão. O que disse?"

"Você me ouviu."

"Onde o estão mantendo?"

"Isso importa?"

"Sim", respondi. "Sim, importa. Ele está em uma das missões?"

280

"Não."

"Bom, ele não está em nenhuma das paróquias irlandesas, senão eu teria tido alguma notícia. Estou preocupado com ele, vossa excelência. O senhor sabe que eu e ele somos amigos há muito tempo, não sabe? Desde os dias de seminário?"

"Eu sei tudo sobre a longa amizade entre vocês, padre Yates. Não é necessário me lembrar, obrigado."

Era como se eu tivesse dito ou feito algo para desagradá-lo, mas não consegui imaginar o que poderia ter sido. Era assim tão incomum um homem perguntar sobre o amigo de quem não tinha notícias havia mais de um ano?

"O motivo da minha pergunta", eu disse, tentando ao máximo parecer racional, "é que, se ele estiver prestes a retornar, talvez eu pudesse voltar ao Terenure até setembro, para o início do novo ano letivo. É o que eu gostaria, se for possível. Acredito que eu..."

"Odran, isso não será possível", ele respondeu, baixando a mão com firmeza para o braço da poltrona, em um gesto desanimadoramente definitivo.

"Não?"

"Não."

Hesitei. "O senhor permite que eu pergunte o motivo?"

"Mas é claro que permito", ele disse, sorrindo, mas sem falar mais nada.

"Vossa excelência", comecei, mas ele ergueu a mão para me silenciar.

"Odran, precisamos que você fique onde o pusemos. Padre Cardle não voltará a trabalhar em paróquias tão cedo."

"Mas o senhor não acha isso um tanto injusto?", perguntei. "O pobre homem foi transferido para cima e para baixo desde a ordenação. Se ele tiver passado mais que dois ou três anos em qualquer paróquia, ficarei surpreso. Não seria melhor para ele, e também para os paroquianos sob seus cuidados, se ele pudesse criar raízes?"

"Ele criará raízes na prisão Mountjoy, se os Gardaí conseguirem o que querem", ele respondeu.

Senti meu estômago saltar. Ali estava, afinal. O momento que eu sempre imaginei que chegaria algum dia, mas que, em meu silêncio e minha cumplicidade, tinha escondido bem no fundo da minha mente. "Os Gardaí?", perguntei baixinho. "O senhor quer dizer que os Gardaí estão interessados em Tom?"

Ele olhou para mim e levantou uma sobrancelha. "Você vai fingir que isso é uma surpresa?"

Desviei o rosto. Não consegui olhá-lo nos olhos; eu não teria conseguido olhar nem nos meus, se houvesse um espelho à minha frente.

"Escute, Odran", ele disse, agora sentando mais à frente. "Estão todos querendo nos pegar, você sabe disso, não é? Você lê os jornais. Há uma caça às bruxas acontecendo lá fora, e está apenas começando. Se o cardeal Squires e o Vaticano não reassumirem o controle das coisas, vai piorar nos próximos anos, não melhorar. Precisamos de John Charles McQuaid de volta nesta cidade, escute o que estou dizendo. Ele ensinaria boas maneiras a esses moleques."

"Qual é a acusação contra Tom?", perguntei, ignorando aquilo.

"Qual você acha que é a acusação?", disse o arcebispo, olhando à volta, seu rosto enrubescendo de indignação. "E esses jornalistas e apresentadores de televisão, a mídia como um todo, eles querem nos estraçalhar. Maldito Pat Kenny, maldito Vincent Browne, maldito Fintan O'Toole, a gangue toda. É como aquela velha piada do homem que se casa com a amante; ele cria uma vaga. Se a mídia conseguir se livrar das nossas vozes, eles podem nos substituir. É uma tentativa por parte da RTÉ de tomar o poder, nada mais. E por parte dos políticos também, claro. Eles se aconchegaram conosco durante anos e nós os apoiamos enquanto eles se esbaldavam, sentados em carros estacionados no Phoenix Park, as calças arriadas com garotos de programa os chupando, mas agora eles perceberam que a maré está mudando e fogem, morrendo de medo."

"Vossa excelência", eu disse, mas agora ele estava em ebulição, quase pendurado na poltrona e cuspindo enquanto falava. "Começou quando aquelazinha foi para a Áras", ele continuou. "Você sabe, não sabe? Mary Robinson, a presidente. Foi com ela que a podridão começou. Temos que agradecer a Charlie Haughey por isso. Se Haughey tivesse apoiado Brian Lenihan, ele talvez tivesse sido eleito, mas não, ele foi atrás do número 1, como sempre. Ele devia ter sido firme, não devia ter permitido que ela chegasse nem perto do lugar. Ela e seus direitos das mulheres, direitos de aborto, direitos de divórcio. Tinha uma boca imensa, aquela maldita puta anglófila. Se quer saber minha opinião, o marido dela devia ter encontrado uma maneira de calar aquela boca há muito tempo. '*Mná na hÉireann*', Mulheres da Irlanda, é? Eu vou te dar suas malditas '*Mná na hÉireann*'."

"Vossa excelência", intervim, levantando a voz para ele de um jeito que nunca tinha sido necessário antes. Eu não queria ouvir sobre Mary Robinson. Eu não queria ouvir sua cólera e seu ódio e sua misoginia. Eu queria ouvir sobre Tom Cardle, queria saber sobre meu amigo. "Acalme-se um minuto, por favor, e conte-me sobre Tom Cardle."

"É um monte de asneira", ele disse, reclinando-se na poltrona e jogando as mãos para cima. "Um moleque falando umas coisas, inventando umas histórias. Quer aparecer nos jornais, só isso."

"Do que ele foi acusado?"

"Eu não preciso soletrar para você, Odran, preciso? Pelo amor de Deus, você é um homem inteligente."

"Ele foi acusado de importunar um menino, é isso?"

O arcebispo deu uma risada amarga. "Isso e mais", ele respondeu.

"E o que ele disse sobre a acusação?"

"Ele está, como dizem nos filmes, alegando inocência. Diz que não fez nada de errado. Diz que nunca faria nada para machucar uma criança."

"E é só esse menino que está fazendo a acusação?"

"Não. Seria muito mais fácil se fosse. Poderíamos tomar providências, se fosse só um."

"Quantos são?"

"Dezenove."

Precisei segurar os braços da cadeira para me manter firme. Não consegui dizer nada por um momento.

"Dezenove que se manifestaram, o senhor quer dizer?", perguntei, enfim, com uma voz tão baixa que mal reconheci.

Ele me encarou como se eu fosse o inimigo. "O que quer dizer com isso, Odran?"

"O que Tom alega?", eu disse, ignorando a pergunta.

"Alega que é uma conspiração contra ele."

"E é?"

"Claro que não. Eu mesmo tenho um maldito arquivo sobre ele, mais longo que meu braço. Não foi por isso que o pobre homem foi transferido de paróquia para paróquia ao longo dos últimos vinte e cinco anos? Nós o transferimos para manter as crianças em segurança. Você enxerga isso, não enxerga? É a nossa responsabilidade primordial. Manter as crianças a salvo."

Olhei para ele, me perguntando se ele percebia o absurdo nas próprias palavras. "A salvo?", perguntei. "E exatamente de que maneira elas foram mantidas a salvo?"

"Escute, Odran, houve acusações no passado", ele respondeu, agora mais calmo. "Eu admito. Muitas delas, aliás. Em paróquias diferentes. E, sempre que as coisas ficavam mais complicadas, agíamos de imediato, tirávamos Tom de onde quer que ele estivesse na época e o mandávamos para longe da tentação. Fomos implacáveis em relação a isso, Odran. Depois que surgia uma acusação, ele nunca ficava mais que algumas semanas. Um mês, no máximo. O problema é que ele se apega demais a eles. Ele quer ser amigo deles."

"E então vocês simplesmente o transferem para outro lugar?", perguntei. "Onde ele pode fazer tudo de novo?"

"Não olhe para mim desse jeito, Odran", ele retrucou, se projetando para a frente e apontando um dedo na minha direção. "Lembre-se do seu lugar, ouviu bem?"

"E os pais? Ficam satisfeitos com essa solução?"

Ele se endireitou na poltrona e deu de ombros. "No passado, ficavam", disse. "Era comum que o bispo tivesse uma palavra com eles. Uma vez ou outra, o cardeal se envolvia. Sei de um caso que precisou de um telefonema."

"Um telefonema?", perguntei. "Aos pais, o senhor quer dizer? De quem?"

Ele mostrou surpresa. "Você precisa que eu diga?"

"De quem?", insisti.

"Use a imaginação. Essa coisa vai até o topo, Odran. E às vezes, quando as coisas vão até o topo, o homem que está no topo precisa interceder."

"Jesus Cristo", eu disse, espantado, me reclinando na poltrona e pondo a mão na testa.

"Não, não ele. O degrau logo abaixo."

"Você acha isso engraçado, Jim?"

Ele endireitou a postura e fez que não. "Eu já disse para você se lembrar do seu lugar, Odran, e estava falando sério."

"Mas esses pais..."

"Os pais sempre ficaram contentes de ver Tom transferido. Mas agora há um casal que não obedece. Prestaram queixa. Os Gardaí sabem que aí tem coisa. Encontraram outros meninos que querem participar do processo. Vão nos atacar, Odran, você não percebe? Vão atacar todos nós. E vão nos destruir, se tiverem a oportunidade. E como ficará o país? Precisamos pensar no país, Odran. Na Irlanda. No futuro. Nas crianças."

"Nas crianças", eu disse.

"Acontece que isso vai piorar muito antes de começar a melhorar", ele continuou. "E receio que Tom Cardle, o infeliz, será o próximo a ser colocado diante do esquadrão de fuzilamento. Aparecerá nos jornais a qualquer momento, então não é necessário que eu peça sigilo sobre o assunto. O DPP entrou em contato e eles acham que têm o suficiente para tentar uma condenação, portanto, uma vez que a notícia se espalhe e uma data de julgamento seja estabelecida, os jornais estarão livres para escrever o que quiserem e manchar o nome de um bom homem. É sobre isso a ligação que receberei do cardeal. Precisamos elaborar um plano. Precisamos encontrar uma maneira de contornar tudo isso. Mas, por enquanto..." Ele se levantou e gesticulou para que eu também me levantasse. "Vamos, levante-se. Enquanto isso, precisamos proteger o statu quo. Está bem, Odran? E isso significa que você ficará exatamente onde está. Isso significa deixar quem quer que esteja cuidando dos meninos no Terenure exatamente onde ele está. E isso significa fazer tudo o que pudermos para Tom Cardle passar por essa situação e chegar do outro lado sem uma mancha no caráter."

Não pude evitar — eu ri. "Mas como isso será possível?", perguntei.

"Será possível porque a arquidiocese gastará o que for preciso gastar para defendê-lo. Não permitiremos que a

Igreja seja derrubada por uma criança em busca de atenção. Não permitiremos que isso aconteça, simples assim."

"Mas, vossa excelência", comecei, sentindo a vertigem tomar conta de mim enquanto seguia para a porta e me virei na direção dele. "Ele fez mesmo?"

O arcebispo franziu as sobrancelhas, como se não tivesse entendido muito bem o que eu queria dizer. "Quem fez o quê?".

"Tom", eu disse. "Ele é culpado?"

Ele abriu bem os braços e sorriu para mim. "Quem de nós, padre Yates, tem a alma imaculada? 'Aquele que estiver livre de pecado que atire a primeira pedra', lembra-se disso? Lembra-se do que aprendeu no seminário? 'Somos todos joguetes do Diabo.' Mas precisamos lutar para manter nossos impulsos pecaminosos à distância. E lutaremos, ouviu bem? Lutaremos e venceremos. Faremos esses insignificantes se ajoelharem, nem que custe cada centavo que possuímos. E Tom Cardle terá seu nome limpo e voltará à sua paróquia, ou talvez para outra. E então, Odran, sabe o que acontecerá com você?"

Fiz que não. Me senti sob algum tipo de sentença de morte.

"Você, meu caro Odran", ele disse, inclinando-se para a frente na escrivaninha, as mãos diante de si, um homem monstruoso como Orson Welles no papel do cardeal Wolsey, "você poderá voltar à sua preciosa escola para ensinar aqueles filhos da puta a respeitar a Igreja."

1994

De todos os lugares que minha mãe talvez preferisse para ser seu leito de morte, o altar da Good Shepherd, em Churchtown, com um lustra-móveis numa mão e uma flanela na outra, provavelmente estaria perto do topo da lista. Ela era voluntária naquela igreja desde 1965, um ano após os eventos em Wexford. Arrumava as flores na noite de sábado para a missa matutina de domingo, aspirava os tapetes duas vezes por semana, lavava e passava as toalhas do altar ou as vestimentas dos padres, esfregava os móveis da sacristia quando o aposento estava vazio. Não era a única encarregada daquelas tarefas, claro. Havia um grupo de mulheres, cerca de dez, que serviam como voluntárias e respeitavam regras inflexíveis de tempo de serviço — uma era autorizada a lavar a batina do pároco, mas outra podia lavar apenas as do cura, por exemplo. Minha mãe nunca reclamava; tinha apenas trinta e oito anos quando se juntou ao coletivo de voluntárias e a maioria daquelas senhoras era ao menos quinze anos mais velha que ela. Era apenas uma questão de tempo, ela sabia, até aquelas mulheres partirem, uma a uma. E estava certa: quando chegou o dia da sua morte, era ela quem estava no comando.

Havia homens que se apresentavam, claro, mas eram poupados de serem reduzidos a tarefas corriqueiras, Deus os livre. Em vez disso, os homens liam os ensinamentos na manhã de domingo, quando havia uma congregação de tamanho considerável para testemunhar tal religiosidade, ou se tornavam ministros da eucaristia e ficavam de pé nas laterais do altar, com expressões de piedade no rosto ao oferecer o corpo de Cristo para os membros do rebanho que não tinham chegado cedo o suficiente para se sentar nos bancos centrais, aos quais o próprio padre oferecia a comunhão. Os homens ajudavam a escrever o informativo da paróquia, as mulheres distribuíam; os homens organizavam os eventos sociais da igreja, as mulheres limpavam tudo no fim; os homens encorajavam as crianças a participar das missas familiares, as mulheres precisavam cuidar das que vinham. Não eram coisas específicas da época ou da igreja de minha mãe; conheci homens e mulheres nessa situação ao longo de toda minha vida. Há certas coisas, mesmo detestáveis e destoantes para os olhos, que nunca mudarão.

Fazia algum tempo que minha mãe não estava bem. Ela passara uma semana no hospital durante o verão do ano anterior por causa de pressão alta e escorregara no gelo em janeiro, ao caminhar pela Braemor Road com destino à agência dos correios no Triangle, machucando o tornozelo. Com apenas sessenta e sete anos, não era uma idosa; considerei uma grande injustiça o fato de ela ter sido levada antes da hora. Parecia que todos os membros da nossa família estavam destinados a morrer jovens.

Eu soube de sua morte na manhã de um sábado, enquanto realizava a missa das dez na igreja no Terenure College. Costumávamos ter um público grande naquele horário; vinham pelo menos sessenta pessoas de idades variadas, mas era um grupo impaciente, ansioso para sair no máximo em meia hora e dar continuidade às rotinas diárias. Levantei o rosto durante a oração eucarística para ver meu cunhado, Kristian, entrando pela porta do fundo e sentando na última fileira. Hesitei nas palavras, tentando racionalizar sua presença; em todos os anos desde que o conheci, nunca tinha visto Kristian pisar em uma igreja, exceto no seu casamento e no batismo de seus dois filhos. Algo devia estar errado. Talvez Hannah tivesse sofrido um acidente — não, se fosse o caso, ele estaria com ela e outra pessoa teria vindo me buscar. Talvez mamãe tivesse caído outra vez e minha irmã estava sentada ao lado dela no leito do hospital. Acelerei o restante da missa e os fiéis estavam de volta às ruas em apenas vinte minutos, felizes consigo mesmos e satisfeitos comigo. Acenei para Kristian me seguir enquanto voltava à sacristia.

"Quer se sentar, Kristian?", perguntei quando ele entrou, bem atrás de mim.

"Não, Odran, prefiro ficar em pé."

"Aconteceu alguma coisa, não é? Nunca o vejo por aqui."

"Tenho más notícias", ele disse, passando os olhos por aqueles objetos desconhecidos, talvez se perguntando o que eu fazia com todas aquelas âmbulas, taças e cálices de comunhão.

"Diga."

"É sua mãe. Ela teve um problema."

"Ela está bem?"

"Na verdade, não. Infelizmente, ela morreu."

"Ah, não", eu disse ao me sentar, sentindo uma leve tontura. "Tem certeza?"

"Sinto muito, Odran."

"Como aconteceu?"

Ele me contou e assenti, tentando absorver tudo, sem sucesso. Um derrame, era o que estavam dizendo. Eu a tinha visto havia apenas alguns dias, quando ela me convidou para tomar um café no centro da cidade para comemorar meu aniversário. Em nome dos velhos tempos, tínhamos ido ao Bewley's Café, na Grafton Street, onde fomos forçados a mudar de mesa por causa de um jovem e uma moça na mesa ao lado, que não conseguiam manter as mãos longe um do outro por tempo suficiente para comer a sobremesa.

"Eles não têm vergonha?", perguntou minha mãe, me conduzindo a uma mesa no fundo do café.

"São jovens, só isso", respondi, sem vontade de discutir o assunto.

"Eu já fui jovem", ela disse. "E não me comportava como uma meretriz."

Ao longo dos últimos anos, eu percebera a amargura que se instalara em suas conversas e em seu linguajar. Ela ficara com raiva do mundo, algo que não combinava com quem ela era. Minha mãe foi quase sempre uma pessoa plácida — exceto quando se tratava de religião, claro —, mas, conforme foi chegando aos sessenta, passou a enxergar o mundo de modo distorcido, como uma fonte de constante irritação.

"E você, está bem?", ela me perguntou.

"Estou."

"Está se alimentando?"

"Estou, claro. Eu com certeza morreria, se não estivesse."

"Você está magro demais."

Eu me surpreendi, pois tinha plena consciência de que precisava fazer mais exercícios. Eu estava com trinta e nove anos e passava tempo demais sentado na sala de aula ou atrás da escrivaninha da biblioteca. Havia apenas alguns dias que eu perguntara a Jack Hopper, nosso professor de educação física perpetuamente mal-humorado, se ele poderia me orientar sobre como usar os equipamentos de ginástica. Ele ficou incomodado com a pergunta, dizendo que os pesos e máquinas eram somente para o time de rúgbi.

"Bom, o time de rúgbi não deve usar o tempo todo, não é?", perguntei.

"Mas você sabe usar, padre?", ele questionou, parecendo irritado com a minha audácia. "Você pode quebrar as máquinas ou acabar se machucando."

"É por isso que estou pedindo sua ajuda", respondi, sorrindo. "Você pode me mostrar. Não é um problema, é?"

Acontece que era. Ele não me deixou chegar nem perto dos equipamentos.

"Como estão as coisas na escola?", ela perguntou.

"Agitadas, como sempre."

"Visitei sua irmã ontem à noite. Como ela mimou aqueles dois meninos! Jonas é um rapazinho muito apagado", ela comentou, bebendo o café e fazendo uma careta, como se tivesse gosto de esgoto. "Está sempre mergulhado num livro. Mas Aidan é um estouro. Tão cheio de vida. É impossível parar de rir quando ele está por perto."

Sorri. Era verdade. Naquela época, Aidan era a alma de qualquer encontro da família, com suas imitações e piadas, com a maneira como começava a cantar em uma festa sem que ninguém pedisse. Ele mexia os lábios como Dickie Rock e esticava o braço com os dedos no ar, como Elvis. Era muito divertido.

"Ele ainda vai parar no palco, aquele lá", disse mamãe.

"Bem possível", concordei.

"Ele vai sim, eu garanto. Nunca vi uma criança tão cheia de alegria quanto ele. Ou com tanta necessidade de chamar a atenção." Ela baixou a xícara e olhou o entorno, como se receasse estar sendo ouvida. "Você soube o que aconteceu com o padre Stewart?", ela perguntou, baixando a voz.

"Sim", eu disse, pois era o assunto do momento nas paróquias.

"Ele chegou a entrar em contato com você?"

"Por que entraria?", perguntei. "Eu mal conheço o homem."

"Vocês estudaram juntos no seminário."

"Ele estava dois anos atrás de mim, mãe."

Ela se inclinou para a frente, na esperança de ouvir alguma fofoca. "Mas é verdade o que estão dizendo?", perguntou, e dei de ombros. Apesar de eu saber que era verdade, não tinha intenção nenhuma de falar sobre o assunto. Padre Stewart havia largado a batina, abandonara o cargo e fugira para as ilhas Canárias com uma mulher que conhecera no Eurovision Song Contest, em Zagreb. Ela tinha ido representar a Tchecoslováquia e ficara em décimo sexto lugar. Eu a vi na televisão. A voz dela era boa. Achei que podia ter se saído melhor. Na competição, quero dizer.

"Você já tinha ouvido alguma coisa parecida?", ela perguntou.

"Tenho certeza de que foi uma decisão difícil para ele", respondi.

"Duvido", ela disse, sacudindo a cabeça. "Ele estava sempre de olho nas mocinhas. Eu não confiava nele. Tinha um brilho nos olhos que denunciava um apetite por coisas imorais. Ainda bem que foi embora. Se você fizesse alguma coisa desse tipo, acho que eu nunca conseguiria superar a vergonha. A mãe dele, coitada, deve estar fora de si."

Fiquei em silêncio. Tentei imaginar o que teria acontecido se eu tivesse escrito de Roma para minha mãe dizendo que eu nunca mais voltaria, que não morava mais no Vaticano nem no Pontifical Irish College, que estava em um apartamento na Vicolo della Campana com uma mulher que trabalhava como garçonete.

"Como estão os vizinhos?", perguntei.

293

"Ah, então mudamos de assunto, é?", ela perguntou.

"Mãe, não tenho nada a dizer sobre o padre Stewart. Como eu disse, mal conhecia o sujeito e não faço ideia de onde ele esteja agora."

"Bom", ela disse, insatisfeita, "a sra. Rathley está muito mal da artrite. Sempre pergunta por você, claro. Sempre foi sua fã. E a sra. Dunne, do outro lado da rua, fica no jardim dia e noite. Desde que o marido fugiu com o rabo de saia, as rosas são tudo o que ela tem agora. E você ficou sabendo que aqueles ingleses se mudaram?"

Olhei para ela. *Aqueles ingleses* era como minha mãe se referia à família Summers. Ela nunca se dera ao trabalho de aprender seus nomes ou, se tivesse aprendido, não achava necessário usar.

"É mesmo?"

"Ali não era lugar para eles, claro. Compraram uma casa na Espanha, acredita? Disseram que estavam indo para lá por causa do clima. É mais dinheiro do que bom senso, se quer saber minha opinião. Eu não conseguiria morar na Espanha, e você? Ouvi dizer que o filho se tornou corretor de imóveis. Não me surpreende. Ele foi sempre um tipo desonesto. Tinha uma expressão no rosto em que eu não confiava. E a filha... Você se lembra da filha?" Ela me encarou com um olhar hostil; a raiva não tinha diminuído, nem mesmo após vinte anos.

"Katherine", eu disse.

"Sim, alguma coisa do tipo. Agora é a moça do tempo da itv."

"Jura?", perguntei, achando graça de tal ideia.

"Não na itv de verdade", ela acrescentou rápido. "Não a aceitaram. É num dos canais regionais. itv Anglia ou itv Jersey, acho. Ninguém a verá nesses canais, obviamente, mas ela vai adorar a atenção mesmo assim. Se bem me lembro, ela estava sempre doida para chamar a atenção. Ela costuma mandar notícias, padre?"

Cheguei a mencionar que minha mãe me chamava sempre de *padre*? Pedi inúmeras vezes que ela não fizesse isso, mas não adiantou.

"Por que ela me mandaria notícias?", perguntei, irritado pela maneira como minha mãe me sondava e cutucava.

"Ora, vocês não foram os melhores amigos do mundo por um tempo?"

"Nem perto disso. E, mesmo se tivéssemos sido, faz tanto tempo que ela deve ter se esquecido de mim." Tentei imaginar como seria Katherine Summers nos dias atuais. Eu a visualizei com um pouco mais de peso, o glamour um pouco apagado, mas ainda com o pirulito na boca. Casada, com filhos e casa própria. Tentei me inserir naquele cenário — com ela ou com qualquer outra — e descobri que era impossível.

"Odran", disse Kristian, me tirando do devaneio. "Você ouviu o que eu disse?"

"O quê?", perguntei, levantando o rosto. De volta à sacristia. De volta ao mundo real.

"Eu disse que foi muito repentino. Ela desmaiou na igreja e, quando a ambulância chegou, já tinha morrido. Há este alívio, pelo menos. Ela não sofreu."

"Sim", eu disse, sem saber se era mesmo um consolo. Nem sempre fomos próximos, eu e minha mãe, havia aspectos de nosso relacionamento que eu não gostava de investigar, mas para mim era impossível imaginar um mundo sem ela. E agora eu era um órfão, palavra que parecia sem sentido, um conceito dickensiano ultrapassado para o século xx. Um homem podia mesmo ser órfão aos trinta e nove anos?, me perguntei. Sim, imagino que sim.

"Onde ela está agora?", perguntei.

"Levaram para o St. Vincent's."

"Alguém lhe deu a unção dos enfermos?"

Ele hesitou. "Não sei", respondeu.

"E Hannah?"

"Está lá com ela. Esperando por nós."

Assenti com a cabeça. "E os meninos?"

"Deixei com um vizinho. Podem ficar lá o resto do dia. Até que a gente providencie tudo."

"Está bem", respondi. "Então imagino que seja melhor ir para lá."

Terminei de me trocar e saímos; ele havia estacionado o carro no semicírculo perto da recepção da escola, e vi os meninos do time de rúgbi seguindo para os campos a fim de iniciar as sessões matutinas de treino do sábado, como se nada tivesse acontecido. Como se o mundo não tivesse mudado completamente.

"Ela disse alguma coisa?", perguntei, a caminho do hospital.

"Como assim?"

"Últimas palavras", expliquei. "Ela disse alguma coisa antes de partir?"

Ele hesitou por um momento. "Não sei", respondeu.

"Não comentaram nada?"

"Não havia ninguém lá", ele disse.

"Ninguém? Você quer dizer que ela estava sozinha quando caiu?"

Kristian hesitou enquanto observava o tráfego. Ele sempre foi um motorista muito cuidadoso, ambas as mãos no volante o tempo todo, na posição dez para as duas. Olhos na estrada. Uma coisa norueguesa, talvez. Motoristas irlandeses estariam almoçando e vendo televisão dentro do carro. "Que eu saiba, sim", ele disse.

Pensei naquilo. "E quanto tempo ela ficou lá antes de ser encontrada?", perguntei.

"Algumas horas, talvez. Uma das outras mulheres entrou e a descobriu deitada no chão. Ela que chamou a ambulância."

Registrei a informação e tentei processar tudo. A imagem de minha pobre mãe, estirada diante do altar da Good Shepherd Church, sua vida se esvaindo, seus olhos se fechando devagar, seu mundo escurecendo, sua respiração diminuindo; o pânico, ou uma serenidade maravilhosa, tomando conta. Todos nós experimentaríamos tal momento.

"Então", eu disse, a voz alterada, um pouco mais alta do que o necessário ali dentro do carro, "como é possível você saber que ela não sofreu?"

Por meses, acordei de manhã sem me lembrar que minha mãe tinha partido. Eu me perguntava se devia telefonar para ela naquele dia, se ela necessitava de alguma coisa, se precisávamos conversar ou se eu podia adiar por mais algum tempo. E então eu me lembrava, e toda vez era como um chute no estômago. Às vezes, eu mergulhava a cabeça nas mãos e gemia, sentindo uma solidão maior do que qualquer outra que eu já enfrentara. Será que eu tinha passado tanto tempo com ela quanto devia? Saber que você foi um pai ruim deve ser algo terrível, mas descobrir-se um filho ingrato deve ser ainda pior. Esses não eram pensamentos nos quais eu podia divagar por tempo demais — eram perigosos para um homem como eu.

Tom Cardle realizou comigo o funeral de minha mãe. Na época, ele estava em Tralee, recém-transferido de sua última paróquia, em Wexford, mas se dispôs a ir de carro a

Dublin. Preparei um saco de dormir no sofá do meu quarto na escola para que ele passasse a noite. Seria como nos velhos tempos, eu lhe disse. Podíamos imaginar que éramos meninos no seminário outra vez, mas sem o Grande Silêncio para nos calar. Poderíamos conversar a noite toda, se quiséssemos.

Ele se atrasou, mas foi conversar comigo e Hannah em casa antes de partirmos para a igreja, a fim de perguntar sobre nossa mãe e nossas memórias, em busca de elementos que poderiam fazer parte do sermão. Parecia determinado a fazer aquilo direito e demonstrou grande compaixão por nós dois.

Eu nunca o tinha visto naquela postura espiritual e senti vontade de rir quando ele colocou as mãos nos ombros de Hannah e olhou para ela com uma expressão preocupada no rosto. Eles tiveram um convívio pequeno ao longo dos anos e provavelmente ouviram falar um do outro mais do que se viram em pessoa. Apesar de Hannah nunca ter sido religiosa, tinha simpatia por Tom, talvez por ele ser meu melhor amigo e ela me amar. Ela levava os meninos para a missa de domingo, claro, mas sempre desconfiei que era apenas porque os vizinhos faziam o mesmo, e teria sido mais polêmico não ir — ela precisaria sentir algo mais radical para se opor à Igreja, o que não era o caso; ela era, no máximo, apática em relação a isso. Aidan tinha feito primeira comunhão e logo seria crismado; Jonas estava na metade do caminho.

A cerimônia foi funcional. Tom deu o melhor de si e eu também falei algumas palavras, mas nada exagerado, apesar de Aidan e Jonas, que eram próximos da avó, terem demonstrado sinais de emoção. Hannah parecia chocada; somente quando Tom mencionou o pequeno Cathal no altar ela levantou o rosto e pôs a mão na boca, quase horrorizada com a situação que se desenrolava à sua frente.

O caixão me apavorou; mal pude suportar vê-lo. O enterro me deixou aflito. Depois, voltamos todos para a casa de Hannah, onde foram servidos aperitivos. Havia uma quantidade considerável de convidados. A maioria das mulheres que trabalhavam como voluntárias na igreja com minha mãe estava disputando a supremacia da cozinha, para saber quem teria o direito de ferver a água, preparar o chá e servir os dois padres na sala de estar. Seus maridos estavam na sala de TV, assistindo a uma partida de futebol; um deles acendeu um charuto quando seu time fez um gol. A esposa correu até ele por causa do cheiro e perguntou se ele não tinha nenhum respeito pelos mortos, a sra. Yates nem bem havia se acostumado com o túmulo e ali estava ele acendendo aquela coisa asquerosa como se fosse noite de Natal. O infeliz homem encarou a esposa com uma expressão que deixava clara sua vontade de apagar o charuto no olho dela, mas não disse nada diante dos outros e seguiu em silêncio para a pia da cozinha, onde molhou a ponta do charuto antes de embrulhá-lo em papel-toalha e guardá-lo no bolso interno do paletó.

"Sinto muito, padre", a esposa veio me dizer; dei de ombros e respondi que não tinha problema. Por mim, ele podia fazer o que bem entendesse. A casa não era minha, era de Hannah e Kristian. Se eles não se importavam, por que eu o faria?

As horas foram passando, e o sentimento de luto respeitoso cedeu espaço para certa leveza, como tende a acontecer em tais eventos. Kristian tinha dois engradados de cerveja num refrigerador dos fundos e os homens, inclusive Tom e eu, abriram algumas latas, enquanto as mulheres se serviram de vinho ou xerez e comentaram entre si que mamãe teria ficado encantada com aquela despedida, mesmo que o presunto Quinnsworth não chegasse nem perto da qualidade do Superquinn e que elas não conseguissem entender onde Hannah esteve com a cabeça quando optou pela salada de repolho industrializada em vez de fazer ela mesma uma fresca. "O que devemos fazer com a casa?", perguntei à minha irmã, na dúvida se seria cedo demais para fazer planos daquele tipo, mas ela não pareceu incomodada. "Vender, provavelmente", ela disse. "Com o preço dos imóveis hoje em dia. Uma casa boa, sólida como aquela, em Churchtown. Você sabe que ela vale muito, não sabe?" "É mesmo?", respondi. Nunca prestei atenção àquelas coisas. Eu lia no *Irish Times* sobre como os preços subiam; as quantias que apartamentos podiam valer hoje em dia eram espantosas, sem falar em casas geminadas em áreas boas. Mas nunca dei atenção, não me interessava. Ela mencionou um valor e precisei baixar minha taça, olhando para ela como se fosse uma louca.

"Está brincando", eu disse.

"E isso em um dia ruim", interveio Kristian. "Não seria absurdo esperar por vinte por cento mais que isso, se houver várias ofertas. Mas haverá comissão de corretores, impostos sobre herança, taxas e coisas do tipo. Ainda assim, você está diante de uma bolada. Desculpe", ele acrescentou de imediato, com o bom senso de parecer constrangido com sua aparente ganância. Não fiquei ofendido; ele não fez por mal. Kristian não dava a mínima para dinheiro.

"Eu nunca teria imaginado", eu disse.

"Quanto mais cedo pusermos à venda, melhor", disse Hannah. "Não faz sentido deixar a propriedade se deteriorar e haverá vândalos, se a notícia de que está vazia se espalhar."

"Como faremos isso?"

"Posso cuidar disso, se vocês quiserem", disse Kristian.

"Mas, se preferirem fazer vocês mesmos, fiquem à vontade, claro."

Pensei por um momento. "Se você está disposto, Kristian", respondi, "seria perfeito para mim. Não sei absolutamente nada sobre essas coisas."

"Está bem", disse Kristian. "Deixem comigo por enquanto e eu os manterei informados."

"Dividiremos meio a meio?", perguntou Hannah, e imaginei que era a bebida nos encorajando a falar sobre aquelas coisas — sem dúvida, uma conversa imprópria para um funeral.

"E o que eu faria com todo esse dinheiro?", perguntei. "Não preciso de tanto."

Ela olhou para mim; a expressão que cruzou seu rosto sugeriu que ela havia considerado tal possibilidade e torceu para que fosse mesmo o caso, apesar de não querer me privar de nada. Hannah tinha uma vida em família, claro, uma hipoteca. Dois filhos para criar. Escolas para pagar. Universidades, em algum momento no futuro. Viagens anuais de ida e volta a Lillehammer, para os quatro. Eu não tinha nada dessas coisas. Estava sozinho no mundo.

"Quem sabe você encontre um uso", disse Hannah. "Uma vez que esteja na sua conta."

"Somos cinco, não somos?", perguntei. "Você, Kristian, Aidan, Jonas e eu. Fico com um quinto. É tudo de que preciso. Talvez encontre alguma utilidade para o dinheiro quando eu for mais velho."

"Um quarto", disse Kristian. "Eu não preciso de nada."

"Vamos falar sobre isso outro dia", respondeu Hannah conforme Aidan pairou na porta, esperançoso, com o violão. Havia um público cativo no aposento ao lado e ele queria se exibir.

"Hoje não é dia para isso", disse Kristian, desaprovando.

"Talvez nos alegre um pouco", intervim e ele concordou com a cabeça; entramos todos.

Aidan se sentou e começou a tocar uma canção. "Sealed With a Kiss." Era difícil não rir enquanto aquele moleque de oito anos jurava mandar seu amor irrestrito em cartas diárias, seus olhos fechados de paixão por uma criatura sem nome. Ele tinha uma bela voz para um menino daquela idade e pude perceber que ele gostava da atenção que recebia, enquanto Jonas ficava sentado no canto com seu Bobby Brewster, provavelmente torcendo para que ninguém o chamasse em seguida. Ao terminar, Aidan contou a todos nós que estava aprendendo sapateado na escola e será que gostaríamos de ver? Dissemos que sim; ele correu até o quarto para buscar seu tablado e voltou, clac-clac-claqueando o mais rápido que podia, como Fred Astaire sem a cartola e o fraque. Era um rapazinho incrível, não havia dúvida.

"Faz tempo que você dança?", perguntou Tom Cardle a Aidan quando os encontrei na cozinha, um pouco mais tarde.

"Só alguns meses", respondeu Aidan. "Mas meu professor disse que eu posso ir longe."

"Longe?", perguntou Tom. "Onde é isso? O Olympia?"

Aidan deu um passo para trás e abriu bem os braços, como um pequeno P. T. Barnum. "O West End! A Broadway! O céu é o limite!"

Eu me lembrava de meu pai dizendo algo parecido muitos anos antes e senti uma profunda tristeza dentro de mim, mas Tom sacudiu a cabeça, divertindo-se. "Ele é ótimo, não é?", ele me perguntou. "Acabou de me contar sobre os programas de televisão que assiste. Disse que quer estar neles algum dia."

"Você não fica com olhos esbugalhados de ver tanta

televisão?", perguntei a Aidan. "Estou surpreso que sua mãe dê permissão."

"Ela disse que posso ver um programa toda noite, e o que eu quiser no fim de semana."

"Que bela vida, a sua", disse Tom. "Eu não tinha esses luxos quando era da sua idade."

"Vocês não tinham tevê?"

"Não", ele respondeu.

"Por que não?"

"Porque não podíamos pagar, ora. E, de qualquer jeito, meu pai não gostava. Dizia que elas explodiriam e ateariam fogo na casa." Aidan riu com escárnio. "Pode rir, meu jovem", continuou Tom, "mas você não continuaria rindo se meu pai estivesse aqui. Era um homem terrível com o cinto."

"O que quer dizer?", perguntou Aidan.

"Ah, deixe disso, Tom", intervim. "Ele é só uma criança."

"Desculpe", disse Tom, desviando o rosto. "O que quero dizer, Aidan, é que você tem sorte de morar aqui e hoje, e não lá, no passado." Ele olhou outra vez para o meu sobrinho e sorriu. "E você é um rapaz ótimo, não é? Animado que só você."

Foi minha vez de sorrir; era bom ver Tom aprovando Aidan. Fazia com que eu sentisse orgulho de ser tio de um menino que todos adoravam.

"Tio Odie", disse Aidan, agora se virando para mim. "Você quer subir para ver meus bonequinhos de *Guerra nas estrelas*?"

"Você me mostrou assim que chegamos", respondi; eu tinha acabado de pisar dentro da casa quando ele me arrastou para seu quarto no andar de cima — que, para seu grande orgulho, era só dele, Jonas dormia no quarto menor, ao lado. "Não lembra?"

303

"Ah, sim", ele disse, franzindo as sobrancelhas antes de se virar para Tom. "E você, padre Tom? Quer ver minha coleção?"

"Ah, Aidan, não faça isso", disse Hannah. "Padre Tom com certeza não se interessa por..."

"Você quer dizer o filme?", perguntou Tom. "Aquele filme antigo? Os meninos ainda se interessam por *Guerra nas estrelas*? Já deve ter mais de quinze anos."

"Claro que sim", insistiu Aidan. "*Guerra nas estrelas* é o melhor filme já feito."

"Você já viu *A fantástica fábrica de chocolate?*", perguntou Tom. "Sempre gostei desse. Aquele homem de chapéu e os baixinhos com rosto laranja."

"Eu tenho o Darth Vader e o Boba Fett e o Luke Skywalker e a Estrela da Morte pendurada no teto", continuou Aidan, ignorando a pergunta ao contar os brinquedos nos dedos. "E um monte de robôs e um c-3po com o braço quebrado, mas ele ainda fala e..."

"É mesmo? Isso é algo que preciso ver para acreditar", disse Tom. "Você me mostra?"

Aidan bateu palmas de alegria e lá foram os dois pela escada enquanto Hannah entrava na cozinha com copos vazios recolhidos da sala.

"Você está bem, Odran?", ela me perguntou.

"Estou. E você?"

"Ah, claro." Ela abriu a água quente da pia e pôs alguns pratos ali dentro. "A maioria já foi", ela disse. "As mulheres vão embora quando acabam os sanduíches, os homens vão embora quando elas mandam."

"E a vida continua."

"Pois é. Ainda bem que o padre Tom celebrou a missa com você, não é? Eu estava preocupada de você fazer sozinho."

"Somos amigos há muito tempo."

"Ele ficará hospedado com você hoje?"

"Sim", respondi. "Preparei um saco de dormir no sofá para ele. O carro dele está lá fora."

"Um saco de dormir?", perguntou Hannah, se virando no mesmo instante que Tom e Aidan reapareceram diante de nós, tendo subido e descido em apenas um ou dois minutos. Aidan continuava falando alto e sem parar sobre a Força e sobre o que significava ser membro da Federação Galáctica e como ele não tinha ideia de como os atores do filme conseguiam fazer uma cena com Darth Vader, mesmo que fosse apenas David Prowse sob o figurino, pois não havia nada nem ninguém no mundo mais assustador que o Lorde das Trevas.

"Eu faria xixi nas calças se o visse na vida real", disse Aidan. "EU MIJARIA NAS CALÇAS!", ele rugiu, em entusiasmo pleno.

"Aidan!", repreendeu Hannah, horrorizada, enquanto Tom e eu caímos na risada.

"Que foi?", ele perguntou, levantando as palmas das mãos para mostrar a própria inocência. "Eu faria! É verdade!"

"Não quero saber se é verdade. Não se diz coisas assim na frente do seu tio e do padre Tom."

Aidan deu de ombros, olhando para Tom e então sorrindo quando Tom sorriu de volta, dando tapinhas em sua cabeça.

"Odran acabou de me contar que você vai dormir em um saco no sofá dele. Que história é essa?", perguntou Hannah.

"Sim", disse Tom. "Não tem problema, já dormi em condições piores. As camas do cemitério eram praticamente feitas de concreto."

"Do cemitério?"

"Do seminário", ele se corrigiu. "Essa foi para os médicos de cabeça."

"Por que você não fica aqui?", perguntou Hannah e Tom olhou para ela, hesitando por apenas um momento. "Aqui?", ele perguntou. "Na sua casa?" "Não se preocupe, temos espaço. Jonas pode dormir em um colchonete no nosso quarto e você pode ficar com o quarto menor, ao lado do de Aidan. Será muito mais confortável."

Tom pensou na oferta, franzindo as sobrancelhas de leve. "Não sei", ele disse depois de um momento, uma sombra cruzando seu rosto. "Acho que o saco de dormir é suficiente."

"Você pode até achar, mas eu não acho", insistiu Hannah. "E você bebeu um pouco, lembra? Não pode dirigir depois de ter bebido."

"Nisso ela está certa", eu disse. "Posso voltar de táxi, não tem problema."

"O que me diz, padre?", ela insistiu. "Aceita o quarto menor? Será o meu agradecimento por tudo que você fez hoje."

Ele olhou para Aidan, que o observava cheio de expectativa; talvez quisesse lhe mostrar mais de suas coleções. "Então está bem", ele disse, enfim. "Se não houver problema mesmo. Acho que vai ser melhor para as minhas costas."

"Não há problema nenhum. Ficaremos contentes por hospedá-lo. Só não deixe este aqui o manter acordado a noite toda com histórias", ela acrescentou, acenando na direção do filho. "Ele fala mais que a Irlanda inteira."

Fui embora cerca de uma hora depois, quando a noite começou a cair, me despedindo de Tom e prometendo telefonar ainda naquela semana. Jonas já estava dormindo no quarto dos pais e Kristian me acompanhou até a porta, perguntando se eu tinha certeza que queria que ele cuidasse dos detalhes da venda da casa, porque ele não queria forçar nada — pertencia a Hannah e a mim, afinal —, mas eu disse que não, não tinha problema nenhum e que qualquer coisa que ele pudesse fazer para tirar a preocupação da minha cabeça era de grande ajuda.

E então, antes de eu me virar para ir, Aidan veio correndo da sala como o Ligeirinho e se jogou em meus braços com tanta força que quase me derrubou.

"Tchau, tio Odie!", ele berrou. "*Adiós, amigo!*"

"*Adiós, amigo!*", respondi, rindo ao dar meia-volta; quando estendi a mão para a maçaneta do meu carro, olhei para trás e ali estava ele, no batente da porta, ao lado de Tom, que estava com a mão em seu ombro, meu sobrinho acenando com tanto vigor que achei que seu braço cairia, o sorriso ameaçando dividir seu rosto em dois.

E foi a última vez que vi Aidan. *Aquele* Aidan, pelo menos. Na próxima vez em que estive em sua casa, uma ou duas semanas depois, ele era um menino completamente diferente.

1978

O cardeal Albino Luciani, patriarca de Veneza nos últimos nove anos, foi eleito papa no dia 26 de agosto. A fraternidade que existiu entre nós em ocasiões anteriores diminuiu conforme ele se acostumou com suas novas responsabilidades. Eu tinha imaginado que teria uma relação mais próxima com ele do que com o papa Paulo, mas foi vaidade da minha parte — eu era apenas um humilde seminarista com a função de servi-lo duas vezes ao dia. Continuava sendo o rapaz do chá, nada mais; a mente do papa estava focada em assuntos mais urgentes do que meu cargo conflitante.

No início, houve grande entusiasmo. Fazia quinze anos que um novo papa não ocupava aqueles cômodos e, embora a cúria parecesse não ter certeza de como controlar um homem que já demonstrava mais informalidade que seus predecessores, o mundo parecia encantado com ele. No Irish College, a sensação predominante era de que mudanças de verdade aconteceriam na Igreja. O Concílio Vaticano II e suas repercussões tinham dominado os papados tanto de João XXIII quanto de Paulo VI; era o momento de progredir para além das decisões tomadas, e quem melhor para tal incumbência do que um homem saudável, relativamente jovem e com temperamento alegre? Com sessenta e cinco anos, ele era jovem para um papa. Poderia ocupar o cargo por vinte anos, talvez mais. Uma era dourada estava prestes a começar — foi o que dissemos a nós mesmos.

Os cardeais permaneceram em Roma por mais uma semana, tempo suficiente para participar da investidura que o papa João Paulo, como ele agora era conhecido, optara por realizar em vez da pompa de uma coroação; alguns ficaram por ainda mais tempo, a fim de conversar com ele sobre seus vários planos e ambições para as respectivas dioceses. Ele os recebia com cordialidade — mas, de noite, quando se preparava para dormir, eu percebia que ele estava exausto, de tantas reuniões que era forçado a fazer, documentos que precisava ler e rotinas diárias que um homem em seu cargo, com sua relação única e peculiar com Deus, era obrigado a cumprir. Ao contrário de seus quatro predecessores imediatos, ele não tinha trabalhado como diplomata do Vaticano ou dentro da cúria, e eu percebia a falta de confiança da velha guarda, que culpava o Sacro Colégio por eleger alguém que eles consideravam um intruso. Intrusos traziam mudanças; mudanças eram temidas. Mudanças precisavam ser freadas a qualquer custo.

"É inacreditável", ele murmurou consigo mesmo certa noite, sentado à escrivaninha, com pilhas de papéis espalhadas diante de si, cada uma abarrotada de cifras e impressa no espesso papel pergaminho do Instituto per le Opere di Religione — o Banco do Vaticano. Estava vestido com um roupão quente vermelho e prateado e, quando tirou os óculos, pude ver as olheiras profundas se formando sob seus olhos; elas não existiam alguns meses antes, quando sentamos juntos no Café Bennizi e conversamos sobre E. M. Forster. Ele agora digitava em uma calculadora como se fosse contador de uma pequena empresa, não o líder de um bilhão de católicos espalhados pelo mundo. Abri o cobertor de sua cama e trouxe-lhe o chá. "Isso precisará esperar até amanhã", ele disse. "Vou enlouquecer se passar mais um segundo olhando para estes papéis." Fiquei em silêncio. Não cabia a mim falar, a não ser que ele fizesse uma pergunta. "Roma é um lugar peculiar, não acha, Odran?", ele comentou após um momento. "Consideram Roma o coração do catolicismo, um lugar de contemplação e espiritualidade. Mas não. É um banco." Ele tamborilou os dedos no tampo da escrivaninha, o rosto repleto de frustração. "Comecei minha vida como padre, me tornei vigário-geral do bispo de Belluno, depois bispo de Vittorio Veneto antes de me tornar patriarca de Veneza. E, agora", ele sacudiu a cabeça, como se nem ele conseguisse acreditar, "estou destinado a morrer como um banqueiro."

"O senhor é o papa", eu lhe disse.

"Sou um banqueiro", ele respondeu, rindo do absurdo de tudo aquilo. "O líder de um estabelecimento extraordinário em cujas veias correm corrupção e desonestidade torrenciais. E como posso resolver isso? Na minha essência, ainda sou apenas um padre." Ele ficou quieto por um instante antes de esticar o braço subitamente e jogar metade da papelada para fora da mesa, enfurecido. Me abaixei para recolher os documentos e ele permaneceu na cadeira, cobrindo o rosto com a mão.

"Você costuma pensar sobre sua casa?", ele perguntou baixinho quando pus os papéis na beirada da escrivaninha, desviando os olhos do conteúdo.

"Às vezes, Santo Padre", respondi.

"De onde você é mesmo?"

"Irlanda", eu disse.

"Sim, eu sei. Mas de onde?"

"Dublin."

"Ah, sim." Ele pensou por um momento. "James Joyce", continuou. "Abbey Theatre. O'Casey e Brendan Behan."

Fiz que sim. "Meu pai conheceu Seán O'Casey", eu disse a ele.

"É mesmo?"

"Ele atuou em uma de suas peças por um tempo."

"Você já leu *Ulysses*, Odran?", ele perguntou.

"Não, Santo Padre."

"Nem eu. Você acha que eu deveria?" Pensei na pergunta. "É muito longo", respondi. "Creio que nem eu teria energia para ler".

Ele riu. "E quanto ao sr. Haughey, o que você acha dele?"

"Eu não confiaria nele nem para trocar o pneu de um carro, Santo Padre."

"Devo contar que você disse isso na próxima vez que ele ligar? Ele já me ligou três vezes e estou aqui há apenas uma semana, acredita?"

"Prefiro que o senhor não conte, Santo Padre", eu disse. "Ele mandaria cortarem minha cabeça. Metaforicamente falando, claro."

Ele sorriu. Parecia considerar minha companhia agradável e pensei que, se eu o distraísse um pouco dos papéis à sua frente, quem sabe ele tivesse um sono melhor, e talvez aquilo fizesse parte do meu trabalho: garantir que ele não estivesse agitado antes de dormir.

"Irlanda...", ele disse baixinho, após uma pausa. "Temos um problema na Irlanda."

"Um problema, Santo Padre?"

Ele confirmou e massageou a parte superior do nariz com o polegar e o indicador. "Sim, Odran."

"O senhor me permite perguntar que tipo de problema?"

311

Fez que não. "Um que meu predecessor optou por ignorar. Um que pretendo resolver. Tenho lido algumas coisas que..." Ele parou e suspirou. "Coisas que me fazem questionar que tipo de homem está administrando a Igreja por lá. É uma entre uma centena de coisas com as quais preciso lidar. Mas resolverei isso em breve, prometo. E, por Deus, darei um fim a isso. Enquanto isso", fez um gesto para indicar os papéis, "preciso ordenar essas contas."

"O senhor já foi à Irlanda, Santo Padre? Antes da sua eleição, quero dizer."

"Não", ele respondeu. "Quem sabe um dia. Eu gostaria de ver Clonmacnoise e Glendalough. E a cidade em que *Depois do vendaval* foi filmado. Onde foi mesmo?"

"No oeste, Santo Padre. Perto do castelo Ashford."

"Você já viu esse filme, Odran?"

"Sim, Santo Padre."

"Seán Thornton e o fazendeiro Danagher. E o sujeitinho do cavalo, como era o nome dele?"

"Era Barry Fitzgerald?", perguntei.

"Sim, mas no filme."

"Não me lembro, Santo Padre."

"Vi esse filme uma dúzia de vezes. É bem possível que seja o melhor filme já feito. Se algum dia eu visitar a Irlanda, farei questão de ir à cidade onde foi filmado."

"Maureen O'Hara em pessoa mostraria a cidade para o senhor, com certeza", eu disse, sorrindo. "Acho que ela mora em Dublin."

Ele pôs a mão no peito e suspirou antes de cair na risada. "Não sei se eu conseguiria suportar", ele disse. "Mary Kate Danagher? Eu não saberia o que dizer. Ficaria como um adolescente sem jeito."

Deus, eu quis me sentar na cadeira ao lado dele, pedir algumas cervejas italianas pelo telefone e conversar a noite inteira. Eu adorava aquele homem.

"E quanto à sua família?", ele então me perguntou. "Deve sentir saudades, tão longe de casa. Costuma pensar neles?"

"Todo dia, Santo Padre."

"Sua família é grande?"

"Apenas minha mãe e minha irmã. Ambas em Dublin." Ele assentiu com a cabeça e pensou no que eu tinha dito. "Então seu pai faleceu?"

"Há catorze anos", eu disse.

"Como ele morreu?"

"Afogado. Na praia Curracloe, em Wexford." Ele levantou uma sobrancelha, surpreso. "Não era bom nadador?"

Sacudi a cabeça e lhe contei a história do verão de 1964, do início ao fim. Ele ouviu sem interromper.

"Somos incapazes de entender por que o mundo gira da maneira que gira", ele comentou, enfim, com um suspiro de cansaço. "Talvez, se eu enxergasse com mais clareza, se fosse um homem mais sábio, eu poderia me provar mais capacitado para este cargo."

"O senhor sente falta de Veneza?", perguntei, e seu imenso sorriso tomou conta do quarto, tão amplo quanto tinha sido no momento em que citei o nome da deusa O'Hara.

"Ah, Veneza!", ele disse. "*La Dominante! La Serenissima!* Se o Vaticano se deslocasse quinhentos quilômetros para o norte, creio que eu teria mais forças para a tarefa à minha frente. Se a vista da janela do meu quarto fosse da Piazza San Marco, não da Piazza San Pedro. Se não fosse do Tibre o cheiro que sinto. Se não fossem dos turistas os gritos que ouço o dia inteiro, e sim os brados dos gondoleiros remando pelos canais."

Balançou a cabeça com tristeza e olhou para os papéis mais uma vez; considerei o gesto minha deixa para sair.

Desejei boa noite e ele fez um gesto de despedida antes de voltar a se concentrar na papelada.

"Odran, antes de você ir", ele disse, "deixe um recado para meu secretário, avisando que preciso conversar com o Signor Marcinkus de manhã."

"Signor Marcinkus?", perguntei; o nome não me era familiar.

"O presidente do Banco do Vaticano", ele disse. "E diga que precisarei de pelo menos uma hora com ele. Há muitas..." Ele baixou o rosto e fez sinal negativo. "Não importa. Apenas avise que ele precisa vir falar comigo. Ah, Odran..."

"Sim, Santo Padre?"

"Michaeleen Óg", ele disse, sorrindo. "Foi o papel de Barry Fitzgerald. Michaeleen Óg Flynn."

E, então, ele cantou baixinho:

There was a wild Colonial Boy,
Jack Duggan was his name.
He was born and raised in Ireland,
In a place called Castlemaine.
He was his father's only son,
His mother's pride and joy,
And dearly did his parents love
*The wild colonial boy.**

Minha obsessão pela mulher do Café Bennizi teve um ponto final nos últimos dias de setembro. Eu já não passava todas as tardes sentado na mesa com vista estreita para o

---

* Em tradução livre: Havia um rapaz indomável na colônia,/ Jack Duggan era seu nome./ Nascido e criado na Irlanda,/ Num lugar chamado Castlemaine./ Era o único filho do pai,/ O grande orgulho da mãe,/ Imenso era o amor dos dois/ Pelo rapaz indomável da colônia. (N. T.)

domo da basílica de São Pedro, observando-a limpar mesas e servir cafés. Eu já não era mais obrigado a aturar os olhares de desprezo de seu pai, que, não tenho dúvida, teria me confrontado havia muito tempo se não fossem as minhas vestes sacerdotais. Mas eu ainda passava a maior parte das noites seguindo-a em seu caminho para casa, mantendo uma distância segura para que ela não me visse, esperando no escuro da Vicolo della Campana que ela saísse para a varanda outra vez ou tirasse o vestido de costas para a janela, como fizera uma vez no passado.

Não sei dizer o que eu queria — não era a coisa óbvia. Se tivesse existido uma oportunidade de me envolver com ela, creio que não o teria feito. Eu ainda era tão determinado a ser padre quanto sempre fui. Não buscava uma fuga ou uma desculpa para abandonar a vocação, mesmo àquela altura. Não — era apenas um desejo alucinado de ficar perto dela, de olhar para ela, de tê-la perto de mim. Eu me sentia mais vivo em sua presença. Ela era tão linda. As angústias do desejo eram, por si sós, como um vício, algo que eu nunca havia experimentado. Ainda assim, não me faziam olhar com volúpia para outras mulheres; ela não tinha acordado uma sexualidade latente dentro de mim. Era ela, somente ela. Anos mais tarde, quando Jonas escreveu *Spiegeltent*, eu reconheceria essas mesmas características nos sentimentos que o jovem narrador sente pelo músico no Hyde Park, em Sydney. A sensação de o mundo existir com tal objeto de beleza, e tal objeto ser inatingível, era o tipo de dor mais delicioso imaginável.

Eu não voltava à noite para meu quarto e tocava em mim mesmo, mergulhando em cenários fantasiosos envolvendo nós dois. Eu nunca sonhei com ela, nem mesmo uma vez. Mas quando estava desperto, vivo, alerta, pensava nela o tempo todo. Queria saber onde ela estava e o que fazia. Se eu soubesse o número de seu telefone, talvez tivesse ligado para ouvir sua voz e então desligado em seguida, como um adolescente desajeitado, quando ela atendesse. Se fosse trinta anos depois, num mundo menos civilizado, eu provavelmente teria me atrelado à sua presença digital para acompanhar sua vida, suas amizades, seus relacionamentos e atividades através de frases aleatórias e fotografias espontâneas. Imagino que hoje em dia eu seria chamado de perseguidor e, verdade seja dita, eu fazia jus à palavra, seguindo-a de seu café na Piazza Pasquale Paoli, pelas pontes e ruas de Roma, até sua varanda.

E então, na antepenúltima noite de setembro, cometi um erro de julgamento que até hoje, mais de três décadas depois, tem o poder de me acordar durante a noite com o horror de tudo o que aconteceu.

Naquela tarde, fui forçado a ficar no Irish College até mais tarde por causa de um debate na aula de teologia da moral, que se estendera ao ponto do tédio. Por isso, em vez de fazer minha jornada de sempre para o café e depois segui-la pelos diques do Timbre, fui direto para a Vicolo della Campana e fiquei no meu lugar habitual, escondido nas sombras. Entenda que, àquela altura, eu estava tão acostumado a viver daquele jeito que havia deixado de questionar meu comportamento; era irracional e perigoso, claro, mas tinha se tornado um vício. Aquela mulher era um programa de televisão. Vivia sua vida diante dos meus olhos, para o meu prazer. Mesmo sem a capacidade de conversar com ela, eu podia observar e podia imaginar. Eu sentia que ela era minha.

Ela já se encontrava em casa quando cheguei. As luzes estavam acesas em seu apartamento e pude ouvi-la se movimentando lá dentro. Ela quase sempre ficava em casa nas noites durante a semana. Seu pai chegava mais tarde e eles jantavam; a essa altura, eu precisava voltar ao Vaticano para cumprir meu dever. Entretanto, hoje ela me surpreendeu, saindo do prédio logo depois da minha chegada. Conforme ela se afastou, me perguntei se devia segui-la — será que ela ia se encontrar com um homem? Se fosse isso, quem era? E o que fariam juntos? — mas, em vez disso, me descobri atravessando a rua e abrindo o portão destrancado, entrando no hall frio e olhando em volta.

Eu nunca tinha estado ali e senti uma onda de adrenalina semelhante ao que um ladrão deve sentir quando, depois de observar uma casa por muito tempo, enfim consegue entrar. Havia um pequeno jardim no átrio, com uma fonte no centro, a estátua de um menino nu equilibrada no topo. Virei na direção da escada larga de pedra que levava aos apartamentos; tentei me situar em relação à rua para que soubesse qual era o apartamento dela ao subir. Felizmente, a porta de sua casa ficava em um vão, portanto ninguém que entrasse e olhasse para cima me veria e questionaria o que eu estava fazendo ali. Pus minha mão e depois a bochecha na madeira, tentando escutar alguma coisa lá dentro, mas estava tudo em silêncio. O que eu estava fazendo ali? Eu não tinha ideia. Virei, quase rindo da minha própria loucura, quando, num impulso, levantei o tapete à frente da porta, me perguntando se ela mantinha ali uma chave sobressalente. Mas não havia nada. Verifiquei atrás da lamparina pendurada, mas também não havia nada.

Vá embora, disse a mim mesmo. *Vá embora, Odran.* Dei meia-volta, determinado a descer as escadas e sair para a rua outra vez, quando reparei em um grande vaso no corredor, com um buxo de tamanho exagerado que parecia ansioso por água. Olhei para o vaso, engolindo em seco — eu *tive certeza!* —, e então fui até ele, inclinei-o para o lado e ali estava, uma única chave, uma chave sobressalente, escondida sob seu peso. Eu a peguei e segurei na luz; estava enferrujada e suja por ter passado muito tempo sob o vaso, o metal tatuado com terra, água e mofo. Mas, quando a

317

inseri na fechadura do apartamento, a chave girou com facilidade, a porta se abriu e eu entrei.

Meu coração batia acelerado no peito enquanto olhava em volta. Mal podia acreditar que estava ali, que tinha me comportado daquele jeito irracional, mas deixei quaisquer preocupações no fundo da mente. Me senti mais vivo naquele momento do que em todos os meus vinte e três anos de vida, mais vivo do que me sentiria pelo resto da vida. À minha direita, havia uma pequena cozinha, e notei que ela tinha deixado uma panela grande com água no fogo baixo. Será que devo desligar, pensei. Mas não, era apenas água; ela evaporaria e a panela queimaria, mas nada aconteceria com o apartamento. Segui pelo corredor, passando por uma sala de estar à minha esquerda e por um banheiro antes de chegar ao quarto, que era surpreendentemente grande e levava à varanda na qual eu a tinha visto tantas vezes ao longo dos últimos meses. Entrei com cautela; suas roupas do dia estavam jogadas na cama e os criados-mudos em ambos os lados tinham uma variedade de itens: copos de água pela metade, romances em brochura, batom, um cinzeiro cheio e um pente masculino.

O quarto era enorme; era como se, com a remoção de uma parede, dois cômodos tivessem sido convertidos em um. Um guarda-roupa de carvalho estava encostado na parede oposta à cama — uma antiguidade, talvez passada de geração em geração — e eu o abri, passando a mão na seda macia de um trio de camisolas penduradas, a feminilidade transbordando sobre mim conforme puxei uma delas e pressionei contra meu rosto, fechando os olhos e inspirando o mais fundo que podia; o perfume ainda no tecido, tão desconhecido para mim, era estonteante. Foi como ser apresentado a um estranho, mas sentir que, de alguma maneira, você sempre o conheceu; que a existência daquela pessoa estava escondida nas profundezas da sua própria alma, escondida até para você mesmo. Fechei os olhos e pensei que me sufocaria com prazer em suas roupas.

Sem dúvida, era uma experiência sensorial diferente de tudo o que eu já tinha vivido; além disso, eu estava cometendo um ato ilegal, tão excitante para mim quanto inédito. Talvez tenha sido por isso que eu não ouvi quando ela pôs a chave na fechadura. Ou seus passos no corredor, o arrastar dos pés no piso de madeira enquanto ela tirava os sapatos sem usar as mãos. Ou o som dos ovos — os ovos que ela acabara de comprar no mercado no fim da rua — quando ela os colocou numa cesta na mesa da cozinha. Ou quando ela veio pelo corredor até o quarto. Foi apenas quando ela se assustou e eu me virei para vê-la à porta que me dei conta de como fora estúpido, dos riscos que eu tinha assumido. Olhei para ela, o sangue desaparecendo do meu rosto, e ela me encarou, sem nenhum sinal de medo, os olhos flamejantes de raiva. A memória de como ela rugia com o pai no Café Bennizi passou pela minha mente.

"Como você entrou aqui?", ela perguntou.

"Desculpe", eu disse, as palavras travando na minha garganta. Joguei a camisola para dentro do guarda-roupa e dei alguns passos em sua direção. Ela não se retraiu; em vez disso, marchou até mim, furiosa, fazendo com que eu me retraísse em vez dela.

"Como você entrou aqui?", ela repetiu, levantando a voz e dizendo uma sequência de injúrias em italiano que não entendi.

"A chave", eu disse. "A chave sobressalente. Eu adivinhei onde estava."

"O que você quer?"

"Nada", respondi, negando com a cabeça. "Eu não quero nada, juro. Não vim lhe fazer mal."

Ela sorriu com uma expressão de desprezo nos olhos e

sacudiu a cabeça. "Você acha que sou *eu* quem está em perigo?", perguntou.

"Vou embora."

"Eu conheço você", disse a mulher, apontando o dedo para mim. "Você ficava sentando todo dia olhando para mim."

"Foi uma estupidez da minha parte..."

"E você me segue", ela acrescentou.

"Eu não devia estar aqui", eu disse, tentando ultrapassá-la, mas ela me empurrou com vigor contra a parede. A força do golpe me fez perder o fôlego.

"Você acha que eu não te vejo quando estou voltando para casa?", ela perguntou, em tom de escárnio. "E, de noite..." Ela indicou a varanda com a cabeça. "Você acha que eu não sei que você fica lá embaixo?"

Baixei o rosto, mortificado com minhas ações; eu não conseguiria olhar em seus olhos. "Você sabia?", perguntei.

"Claro que eu sabia. Você não tem nem o bom senso de se esconder direito."

"Por que nunca disse nada?"

"Porque eu estava rindo de você."

Olhei para ela. "Rindo?"

"Claro. Tem algo de risível em você, não acha? Algo patético. Um homem adulto — virgem, imagino — de pé numa esquina, como uma prostituta, olhando para uma mulher com quem não consegue nem falar. Eu acho engraçado. Ficamos na cama, Alfredo e eu, rindo de você."

"Alfredo?"

"Trabalhamos juntos. Você sabe quem é. Ele também ri de você."

Não era o pai dela, então. Era o amante.

"Você acha que eu me interessaria por você?", ela perguntou. "Um voyeur que gosta de me espionar?"

"Desculpe", eu disse, louco para sair, mas de alguma

maneira incapaz de desviar dela e correr para a porta. "Vou embora. Nunca mais farei isso."

"O que você quer?", ela perguntou, se aproximando tanto de mim que pude sentir o cheiro de café em seu hálito. "Não quero nada."

"Claro que quer. Todo mundo quer. Admita."

"Eu não quero nada", repeti. "Me desculpe."

Ela estava com um vestido leve, de verão, pouco mais que uma segunda pele. "É isso?", ela perguntou, agora com o rosto perto do meu. "É isso que você quer? Você acha que eu me entregaria a um garoto como você?"

Senti o quarto escurecer à minha volta conforme ela chegou ainda mais perto, os dedos no meu rosto.

Você é um garoto imundo, Odran, é isso?

Ali estava ele. Ao meu lado, seu hálito pútrido no meu ouvido, seu braço ao redor do meu ombro, me puxando na sua direção, suas mãos arrancando minhas calças, buscando o que havia por baixo. Apertei minhas mãos contra as orelhas. Ele estava ali. Ele estava ao meu redor.

Eu acho que é. Acho que você faz um monte de coisas neste quarto, não faz, Odran? Tarde da noite. Quando acha que ninguém está ouvindo. Você é um menino imundo, Odran, é isso? Pode me dizer. Vamos, diga.

A porta foi aberta e Alfredo entrou, seus olhos se arregalando quando nos viu; cambaleei ao passar por ele e seguir pelo corredor, saindo pela porta, tropeçando e quase caindo pelas escadas antes de me atirar para a rua e correr o mais rápido que pude para longe da Vicolo e da minha absoluta degradação.

Foi o que poderia ser chamada de uma noite longa e escura da alma. Eu deveria voltar ao Vaticano no mais tardar às oito da noite — a hora chegou e passou, mas eu mal notei. Poderia ter sido meio-dia ou meia-noite, não faria diferença para mim. Vaguei por pontes, entrei e saí de diversas ruas, circulei *piazzas* como um bêbado, sem pensar para onde estava indo. Poderia ter sido qualquer cidade; eu ignorava o entorno. Ainda assim, me lembro das igrejas. De alguma maneira, elas me chamavam quando eu passava, pedindo que eu voltasse para casa. Caminhei até San Crisogono, no extremo sul, antes de voltar na direção da casa dos franciscanos, Santi Apostoli. Passei pela basílica de Santa Maria, na Via del Corso, onde dizem que uma imagem da Virgem foi descoberta na água. Cruzei a Piazza della Rotonda, onde turistas se aglomeravam todo dia para entrar no Panteão. Mergulhei a cabeça nas mãos ao lado das colunas dóricas da Santa Maria della Pace, perto da Piazza Navona. Senti meu estado de espírito afundar mais do que nunca à frente da Sant'Agnese in Agore, então elevar-se a níveis inesperados de euforia em San Salvatore in Lauro antes de despencar, escoar, submergir outra vez quando voltei pela Ponte Sant'Angelo e vi o domo da basílica de São Pedro aparecer acusadoramente diante de mim.

Dois pensamentos opostos preencheram minha mente conforme vaguei por Roma naquela noite:

Você não precisa fazer isto.

Você consegue fazer isto.

Será que eu tinha mesmo descoberto minha vocação?, eu me perguntava. Eu tinha mesmo descoberto uma aptidão, ou foi minha mãe quem me impusera? Jesus Cristo, uma mudança terrível tinha tomado conta daquela mulher na semana em que meu pai e meu irmão morreram, e Deus em Sua sabedoria enviara um destino para a costa sudeste da Irlanda — não para mim, uma criança de nove anos com tanto bom senso quando um dedal, mas para ela, uma mulher de meia-idade, de luto, à procura de um salva-vidas enquanto sua família afundava. E, quando ela passou aquilo na minha direção e disse: "Aqui, filho, isso é pra você, é um presente de Deus", eu peguei sem pensar duas vezes e disse: "Ótimo, obrigado".

Um grupo de rapazes italianos estava perto da Lungotevere Vaticano, nos diques do Tibre, recostados nos assentos de suas Vespas estacionadas, todos de shorts e pernas magras bronzeadas, óculos escuros apoiados nos cabelos penteados para trás, como personagens de um filme do Fellini, bonitos e cheios de vida enquanto riam e faziam piadas uns com os outros. Eram mais novos que eu, esses meninos, mas só um pouco. No fim da adolescência, talvez; o mundo se abrindo diante deles. Quantos tinham sido beijados naquela noite?, me perguntei. Será que eles estavam impressionando uns aos outros com histórias sobre mocinhas e virgindades roubadas? E ali estava eu, em meu terno preto, minha gravata e meu chapéu. Meu colarinho branco engomado. Meus dedos ainda com o fedor da essência dela. Vinte e três anos. Um menino. Um homem. O que eu era? Eu não sabia.

"Padre", eles chamaram, abrindo os braços à minha frente como se apelando a um juiz para marcar um pênalti como recompensa por um herói derrubado. Me aproximei deles com desconfiança. Lembrei como era ser um menino ansioso, passando pelos campos e torcendo para que um chute malfeito não fizesse uma bola vir na minha direção. Levantei a mão para cumprimentá-los, sem diminuir o passo. "Esse aqui precisa de absolvição", eles disseram, apontando para um belo menino, talvez o mais novo do grupo, que corria de um para o outro tentando silenciá-los. "Ele precisa se confessar! Você precisa ouvir os pecados que ele cometeu esta noite!"

Eles não me queriam mal, eu sabia, mas fiquei com

medo deles mesmo assim. Pensei que, se me provocassem ou me cercassem de alguma maneira, eu os atacaria, brigaria com todos eles por não ter enfrentado a mulher do Café Bennizi ou seu amante.

"O que você quer?", ela me perguntara, e não tive resposta para a pergunta, pois, na minha inocência, eu não sabia.

Naquela noite, naquela noite infinita, vaguei por partes de Roma que nunca tinha visto antes, uma cidade de hotéis decadentes, de prédios residenciais esquálidos com roupas penduradas em varais acima das ruas. Prostitutas apareciam de vez em quando, curiosas para saber se um jovem padre estava em busca de alívio para a tensão de sua vocação — não removi o colarinho eclesiástico ao longo daquelas horas. Eu gesticulava uma negação para cada uma delas; não tinha nenhum desejo por aquilo. Queria apenas caminhar. Aquela era a minha noite, a noite em que eu saberia se o caminho que eu tinha escolhido era certo ou errado.

Dez horas. Onze horas. Os sinos da meia-noite. Igreja depois de igreja depois de igreja. Uma hora. Duas horas. Três. Quatro. Àquela altura, o papa João Paulo estaria em sono profundo, seu chá noturno em algum lugar do lado de fora da sua porta.

Onde estariam meus colegas de escola?, me perguntei. Os que conheci antes de entrar no seminário. Os meninos com quem estudara na De La Salle Prep, na Churchtown Road, com quem eu ia à O'Reilly's comprar doces na hora do almoço e com quem eu passava pela Bottle Tower enquanto seguíamos para o cruzamento de Dundrum para pegar nossos ônibus e voltar para casa. Trabalhando em seus empregos monótonos em Dublin, sem dúvida. Pagando a hipoteca. Levando as esposas para jantar no centro da cidade na noite de sábado ou namorando uma menina qualquer que tinham conhecido em uma partida de rúgbi em Donnybrook. Ou talvez estivessem, naquele exato momento, saindo de um clube noturno na Lesson Street, contando como tinham feito o ponto decisivo na Leinster Schools' Cup seis anos atrás, persuadindo suas conquistas a ir para a casa dele ou dela, rindo de como era ótimo ser jovem e fazer o que homens e mulheres fazem juntos quando estão sozinhos, depois esquecer o nome dela na manhã seguinte. Eu queria ser um desses homens? Era isso que eu queria? O que eu estava perdendo?

Havia mendigos em Roma. Deitados em sacos de dormir na Flaminio ou do lado de fora da Tiburtina — assim como eu um dia convidaria Tom Cardle a dormir em um daqueles no meu quarto no Terenure College e ele recusaria —, as cabeças para fora de seus casulos, gorros de lã puxados para baixo das orelhas a fim de manter longe o frio noturno, seus corpos quase invisíveis a olho nu. Um par de olhos, uma boca, pouco além disso. Cartazes de papelão escritos com letras grandes e maiúsculas. AIUTATEMI! Me ajude. Por favor, me ajude.

O sol começava a nascer. Meus olhos doíam e minhas pernas estavam cansadas. Eu vagara pela cidade a noite toda. Que horas seriam agora, quase seis? Era um novo dia. Era possível que eu tivesse caminhado tanto assim? Mas eu tinha. Entrei na praça de São Pedro e tentei não pensar no que o monsenhor Sorley diria quando soubesse que eu não tinha estado em meu posto na noite anterior. Será que o papa contaria a alguém? Será que ele havia reparado minha ausência, considerando a intensidade com a qual estudava a papelada todas as noites, considerando a frequência e a longa duração das visitas do senhor Marcinkus, do Banco do Vaticano, aos aposentos papais, considerando como estavam se tornando intensas as discussões atrás de portas fechadas? Eu tinha ficado em silêncio quando Marcinkus arrastara o cardeal Villot — que, além de camerlengo, era líder da Câmara Apostólica — a um canto escuro depois da reunião com o Santo Padre e latiu como um cachorro sobre como ele não podia entrar nas especificidades de transações tão complexas com um homem cuja ideia de sofisticação era citar Pinóquio em seus sermões. "Isso precisa parar", ele rosnou certa noite, agarrando o cardeal Villot pelo braço. "Se não parar, não serei responsável pelo que acontecerá a seguir. Você não tem ideia do que essas pessoas são capazes." Será que eu poderia mentir para o monsenhor, que não demonstrara nada além de bondade desde minha chegada a Roma? Dizer a ele que fiquei doente? Ou será que eu devia contar a verdade e considerá-lo meu padre confessor? Afinal, minha estada ali estava quase terminando. Os italianos já estavam escolhendo quem ficaria no meu lugar em janeiro.

A Guarda Suíça estava em seu posto sob o arco e, apesar de terem me reconhecido, mostrei meu passe e eles abriram caminho para eu entrar. Eu tinha voltado para casa. Estava no Vaticano outra vez, de volta a tempo de levar o café da manhã ao papa. Eu pediria perdão por não ter estado no meu posto e esperaria que ele não revelasse minha indiscrição a ninguém.

Encontrei uma das freiras nas escadas de serviço que levavam à suíte papal, encolhida em um pequeno sofá diante de uma janela em arco com vista para o lado leste da praça de São Pedro, um lugar onde eu nunca tinha visto ninguém sentar, muito menos uma freira. Freiras não se sentavam, era essa a verdade; estavam em movimento constante, iam a lugares, tinham deveres a cumprir. Eu a reconheci e fiquei surpreso ao constatar que ela se movia para a frente e para trás, chorando.

"Irmã Teresa", eu disse, me aproximando e agachando. "A senhora está bem? O que aconteceu?"

Ela levantou o rosto para mim e reparei pela primeira

vez em como era bonita. Pele imaculada, olhos castanhos e intensos. Ela fez que não e apontou na direção da escada para a grande câmara cuja porta levava primeiro à antessala que abrigava meu colchonete, depois ao quarto particular do papa.

Subi os degraus com pressa e entrei no salão, onde havia um pequeno grupo de freiras angustiadas; no canto do aposento, vi o cardeal Siri e o cardeal Villot em uma conversa séria. Seus rostos estavam pálidos e todas as cabeças se voltaram na minha direção quando entrei. Me perguntei qual seria minha aparência após oito ou nove horas de caminhada pelas ruas; o cabelo desgrenhado, o rosto vermelho, os olhos exaustos.

O cardeal Siri se virou para mim com uma expressão de incredulidade e marchou na minha direção, me conduzindo pelo cotovelo para o canto da sala.

"Vossa eminência", eu disse, em italiano, "o que aconteceu? Qual é o problema?"

"O Santo Padre", ele respondeu. "Está morto."

Olhei para ele e resisti ao impulso de rir. "Claro que está", eu disse. "Morreu há mais de um mês. Por que o senhor diz isso?"

Ele balançou a cabeça. "Não me refiro ao nosso falecido Santo Padre, mas ao atual. Quero dizer, ao mais recente." Ele girou os olhos, confundindo até a si mesmo com suas palavras. "Vossa santidade, o papa João Paulo. Está morto."

Fiquei sem resposta por um momento. Tal ideia era absurda. "Quando?", perguntei.

"Durante a noite."

"Mas, como?"

"Você não precisa se preocupar com isso."

"Mas não pode ser."

"Ainda assim, aconteceu. Ele estava bem quando você levou o chá ontem à noite?"

Pensei na pergunta, inseguro sobre como responder. "Ele disse que queria ficar sozinho", respondi. "Levei embora."

Nós dois olhamos para a mesa de canto, onde irmã Vincenza deixara a bandeja para mim antes de se retirar para dormir. Ainda estava ali, claro, o bule de prata cheio de chá, o pires com biscoitos. O cardeal Siri não viu nada de incomum nos objetos, mas eu vi: deixavam sempre três biscoitos para o papa e ele nunca comia nenhum; porém, naquele prato havia apenas dois, com algumas migalhas espalhadas ao lado deles, como se alguém tivesse pegado o terceiro biscoito ao deixar o aposento e repartido em dois sobre o prato antes de comê-lo. Ninguém que trabalhava ali teria feito aquilo; só poderia ter sido um estranho. Mas o que um estranho estaria fazendo ali?

"Deixei ali", acrescentei.

"E ele estava bem?"

"Estava cansado", respondi, potencializando minha mentira, me perguntando por que eu estava me comprometendo com o engodo — a verdade decerto viria à tona. "Ele foi dormir cedo."

"Onde você estava hoje de manhã?", ele perguntou. "Irmã Vincenza disse que você não estava aqui para receber a bandeja do café da manhã."

"Perdi a hora e dormi até tarde", expliquei. "Não sei por quê."

"Você não estava na sua cama."

"Eu estava no banheiro", eu disse. Ele estreitou os olhos e eu sabia que ele suspeitava da minha mentira.

"Ela levou a bandeja ao Santo Padre", ele contou. "Ela não soube o que fazer, claro. Não queria que o café da manhã dele esfriasse. Bateu à porta, disse que estava pronto, perguntou se podia entrar. Ele não respondeu. Ela bateu outra vez. Chamou por ele. No fim, ela não teve escolha senão entrar. Foi quando ela o encontrou. Ele morreu, Odran." Ele se inclinou para a frente, tão perto que nossos rostos quase tocaram. "Ele morreu de causas naturais, ouviu bem? Quando perguntarem — e vão perguntar — é isso que você dirá. Ele morreu de causas naturais, entendeu? Ou você deverá satisfações a mim."

O novo papa, o papa polonês, me dispensou do cargo logo após a eleição. Fui manchado pelos eventos de 28 de setembro e, embora tenham dito, na época, que minha remoção não diminuiria o trabalho que eu fizera nos meus nove meses em Roma, não acreditei em uma só palavra. Não ouvi mais nenhuma conversa sobre os bancos do Vaticano, muito menos discussões sobre os problemas na Irlanda que o papa mencionara; anos mais tarde, ao pensar nesses assuntos, eu me daria conta de que tinham sido trancafiados em algum lugar inacessível, perigosos demais para vir à tona.

Monsenhor Sorley me interrogou exaustivamente nos dias selvagens entre a morte do papa João Paulo e o conclave de outubro, sobre a razão de eu não ter estado no meu posto naquela noite fatídica; no fim, contei a verdade — contei tudo o que tinha sentido e feito durante minha estada em Roma, das minhas tardes no Café Bennizi às minhas conversas com o cardeal Luciani, que percebeu o objeto da minha afeição; das minhas caminhadas insensatas da Piazza Pasquale Paoli à Vicolo della Campana, até a minha decisão de invadir o apartamento dela. Apesar de ele ter ficado furioso comigo, acreditou na minha palavra e corroborou minha história para a polícia do Vaticano, que tinha suspeitas, mas não podia arriscar a propagação da notícia de que algo ilícito talvez tivesse acontecido no Palácio Apostólico naquela noite. Fiquei calado sobre a questão dos biscoitos; ninguém tinha reparado além de mim, e não vi nenhum ganho em levantar uma preocupação que poderia parecer ridícula aos ouvidos alheios. O papa tinha morrido de ataque do coração, foi o que se espalhou. Verdade ou não, tornou-se a história oficial.

O papa polonês falava comigo ainda menos que o papa Paulo VI, aparentando nervosismo quando eu estava em sua presença; imaginei que ele sabia sobre minhas perambulações na noite em que seu predecessor morrera e por isso me considerava uma presença questionável. E talvez estivesse certo; eu me provara uma alma indigna de confiança. Com o tempo, ele se provaria igual a mim nesse quesito.

Foi monsenhor Sorley quem me informou que minha presença não era mais necessária no Vaticano. O papa polonês decidira que o seminarista italiano começaria dois meses antes e, por isso, fui removido; me deram algumas horas para reunir objetos pessoais e fui mandado de volta ao Pontifical Irish College para terminar meus estudos.

Desde então, visitei o Vaticano apenas uma vez, no dia da minha ordenação, quatro meses depois, quando minha mãe e minha irmã foram cumprimentadas pelo Santo Padre em um encontro que levaria minha irmã a dizer aquelas quatro palavras sobre o papa João Paulo II — das quais nunca me esqueci, pois tinham uma verdade que nem mesmo eu, conforme os anos passaram, poderia negar.

Aquele homem odeia mulheres.

2008

Foi um equívoco usar roupas sacerdotais no primeiro dia do julgamento de Tom Cardle. Eu devia ter escolhido trajes comuns, algo que não chamasse a atenção para minha posição na Igreja. Afinal, havia uma calça de veludo, suéteres de lã e algumas camisas no meu armário. Eu raramente usava, mas estavam ali. Eu teria parecido uma pessoa qualquer e aquele dia não teria sido tão difícil. Entretanto, eu havia usado meu terno preto e colarinho branco todos os dias por mais de trinta anos; tornara-se quase uma segunda pele para mim. Não cheguei a pensar duas vezes no assunto.

Naquela manhã, ao embarcar no ônibus com destino ao centro da cidade e depois seguir para o norte pelos cais na direção de Four Courts, eu estava na dúvida se devia assistir ao julgamento. Afinal, eu poderia ler nos jornais da manhã seguinte. Poderia acompanhar a cobertura dos noticiários da televisão ou ouvir pelo rádio. Casos como aquele aconteciam havia alguns anos e a mídia era obcecada por eles; cada acusação alimentava uma fúria crescente no país e uma sensação de que os homens levados ao tribunal representavam apenas a ponta do iceberg. Eram os que tinham sido pegos, só isso. Estávamos todos sob suspeita. Nenhum de nós era confiável.

A prisão de Tom me deixara estilhaçado. Ele sumia com frequência da minha vida, sem responder às minhas cartas ou atender o telefone às vezes por longos períodos, mas desaparecer por mais de um ano, como tinha feito desde o verão de 2006 — escondido pelo arcebispo Cordington em um monastério, tal qual a esposa descartada de um cavaleiro medieval —, sugeria apenas uma coisa. Descobri sua nova morada através do telefonema de um amigo de longa data, Maurice Macwell, responsável por uma bem-sucedida paróquia do condado de Mayo havia mais de uma década. Eu não ouvia notícias dele desde a morte de seu antigo companheiro de cela, Snuff Winters; ele se recusara a ir ao funeral por motivos que não quis especificar. Não para mim, pelo menos.

"Imagino que você já esteja sabendo", ele disse quando atendi o telefone naquele dia, sem nenhum cumprimento ou identificação.

"Quem é?", perguntei, apesar de saber muito bem, pela voz.

"Sou eu."

"Eu quem?"

"Maurice."

"Maurice Macwell? Como você está? Como está a vida no oeste?"

"Úmida. E em Dublin?"

"Fria."

"Certo. E então, ficou sabendo da última?"

"A que última se refere?"

"Sobre seu velho amigo."

"Qual velho amigo?"

"Tom Cardle."

Senti um arrepio percorrer meu corpo. "O que tem ele?", perguntei.

"Foi preso. Por bolinar criancinhas."

"Eu sei."

"E o que você acha?"

"O que eu deveria achar?"

"Foi tudo por debaixo dos panos. Foi interrogado pela primeira vez há seis meses e estão preparando a acusação desde então. Ele está escondido. Cordington sabe a história toda. Ele não falou com você?"

"Falou."

"O que ele disse?"

"Que o puseram num lugar seguro."

Maurice parecia adorar as novidades, ter prazer de compartilhá-las comigo. Lembrei uma entrevista que tinha lido certa vez, com o escritor John Banville; ele afirmou que, caso saísse uma resenha negativa de um de seus livros, ele podia contar que um de seus amigos telefonaria para dar a notícia. Era exatamente como eu estava me sentindo.

Quando as datas do julgamento foram enfim acertadas, conversei com meu pároco, padre Burton, e pedi alguns dias de folga, explicando para onde iria. Ele pareceu relutante em me deixar ir, o que me surpreendeu, pois ele era um homem relativamente jovem, com apenas trinta e sete anos. Supus que ele seria menos reprimido pelos antigos hábitos que ruíam ao nosso redor. Achei que demonstraria um pouco mais de compaixão.

"Tem certeza?", ele perguntou, reclinando-se na cadeira, unindo os dedos das mãos e apoiando o queixo sobre eles, como sempre fazia quando queria bancar o inteligente. "Não lhe parece um tanto insensato se envolver?"

"É um velho amigo", eu disse.

"Você sabe qual é a acusação?"

"Claro que sei", suspirei. "Sei muito bem."

"Então por que quer ir?"

Eu me perguntara aquilo inúmeras vezes ao longo dos dias precedentes e não encontrara nenhuma resposta satisfatória — mas sentia que precisava estar lá; queria vê-lo com meus próprios olhos para saber se, ao observá-lo de perto, eu enxergaria algo que não tinha visto em todos aqueles anos. Algo terrível.

"A questão, padre Odran", disse padre Burton — eu detestava tal afetação. Era Odran ou era padre Yates; essa coisa toda de *padre Odran* era uma bobagem vinda dos seriados da televisão americana —, "é que você precisa pensar na paróquia."

"Que mal isso faria à paróquia?", perguntei. "Ficarei longe apenas por alguns dias, no máximo uma ou duas semanas, se muito. E, mesmo assim, estarei aqui para realizar as missas matutinas."

"Quero dizer, em termos de opinião pública", ele disse. "Você não quer seu nome envolvido em tudo isso, quer? Pode refletir de maneira negativa para nós."

"Quando diz *nós*, padre Burton, a quem está se referindo, exatamente? Eu e você?"

"À Igreja."

"A Igreja tem coisas maiores para se preocupar, a despeito de eu passar algumas horas em um tribunal."

"Aquele homem foi acusado por crimes múltiplos contra crianças", ele insistiu. "Por um período de vinte e cinco anos, pelo amor de Deus. Olhe à sua volta, padre Odran. Quantos milhares de crianças servimos nesta paróquia? Se você for visto dando apoio a ele..."

"Não estou dando apoio a ele", eu disse, sem força.

"Ora, então o que está fazendo?"

"Apenas... quero estar lá. Só isso."

Ele balançou a cabeça. "Você mesmo disse. Vocês são velhos amigos. Não importa o que me diga aqui, *vai parecer* que você o está apoiando e, no mundo em que vivemos, a aparência das coisas é o que mais importa." Ele franziu as sobrancelhas e se inclinou para a frente, um pensamento cruzando sua cabeça. "Espere um pouco", ele disse. "Você acha que ele é inocente? É isso?" Senti as palavras secarem na minha boca. Não tinha previsto tal pergunta. "Não é isso que os tribunais pretendem descobrir?", perguntei.

"Mas, você, o que *você* acha?"

"Eu acho que vou tirar alguns dias de folga, padre Burton. É isso que eu acho." Não acrescentei o que eu queria dizer: *e, se você não gostar disso, pode ir à merda.*

Mais uma vez, foi uma pergunta difícil de esquecer. Afinal, eu achava ou não achava que ele era culpado? Eu conhecia Tom Cardle desde 1973. Trinta e cinco anos de amizade. Se eu não tinha conseguido chegar à alma daquele homem, não foi por falta de tentativa. Sim, eu sabia que ele havia sofrido para se adaptar ao seminário, que ele não tinha se voltado ao sacerdócio por vontade própria, mas isso fazia dele o monstro que os jornais retratavam? Os fotógrafos, com suas lentes telescópicas, deviam ter tirado centenas de fotos de Tom quando ele voltou a Dublin e foi levado a uma cela provisória para aguardar o julgamento, mas sempre escolhiam publicar aquelas que o faziam parecer mais predatório, mais diabólico. *Isso* o fazia ser culpado? As fotografias que vi nos jornais não pareciam ser do homem que eu conhecia.

Ainda assim... Ainda assim... Havia tantas contradições na minha cabeça. Tantas suspeitas. Eventos ao longo dos anos, coisas que eu notara e optara por ignorar, mas que me inquietavam. Será que eu tinha minha própria culpa nisso? Empurrei tais noções para o fundo da mente. Eu não podia pensar nessas coisas. Não ainda.

A certa distância de mim, um amontoado de fotógrafos

e repórteres de TV estava à frente do edifício Four Courts em torno dos manifestantes — talvez uma dúzia de pessoas caminhando em um círculo de silêncio diante do tribunal, segurando cartazes, condenando Tom, denunciando a Igreja. Os cartazes eram difíceis de ler, assim como as expressões vazias nos rostos daqueles infelizes. Como tínhamos chegado a tal extremo, me perguntei. Quem era culpado por todo aquele sofrimento?

Parei e escutei por um momento a equipe da TV3 entrevistar um deles.

"Seis anos", o homem dizia, um sujeito de boa aparência e aspecto respeitável, vestido com um terno que não lhe servia muito bem, um corte de cabelo arrumado e lágrimas nos olhos. Uma mulher parecida com ele — a irmã, pensei — estava ao seu lado, segurando sua mão, uma expressão dura e desafiadora no rosto. "Dos nove aos quinze anos de idade. Dei um soco nele quando fiz dezesseis, e foi assim que parou."

O repórter fez uma pergunta e ele concordou com a cabeça. "Não tive escolha", ele disse. "Passei a vida toda sem falar nisso. Agora vou passar o resto da minha vida corrigindo esse erro."

Houve uma tempestade de perguntas. Não tenho ideia de como ele selecionou a próxima a responder, mas, quando falou, todos ficaram em silêncio e fizeram anotações em seus bloquinhos. "Não sei se todos sabiam", ele contou aos repórteres. "Mas acredito que a maioria sabia. Os homens no comando sabiam, pelo menos. É uma cultura de conspiração. Os bispos, os cardeais, o próprio papa. Não é apenas um homem em julgamento aqui hoje, são todos esses malditos. Por mim, eles deviam ser arrancados de suas casas e de seus palácios, deviam ser arrastados para as ruas pelo cabelo e obrigados a ficar diante da justiça um por um, à vista de todo o público. E, se João Paulo II estivesse vivo hoje, alguém com coragem devia levá-lo à Corte Penal Internacional e fazê-lo pagar pelo que fez. E dizem que ele devia ser canonizado." Agora ele estava ficando emotivo, sua voz subindo com a raiva. "Canonizado?", ele rugiu, desesperado, antes de cuspir no chão com raiva. "É isso que tenho a dizer. Porque, se o inferno existe, podem ter certeza de que aquele solidéu branco está sendo queimado em sua cabeça neste exato momento. Aquele homem sabia de tudo e não fez nada. *Nada*. Aquele idiota polonês. E o papa Bento é a mesma coisa. Está nisso até o pescoço. Todos estão. Protegem a si mesmos, protegem o dinheiro, é só isso que importa. Miseráveis. Não existe vida humana mais baixa do que essa dupla de criminosos."

A irmã puxou seu braço e tentou afastá-lo enquanto os repórteres faziam mais perguntas. "É óbvio que estou bravo, porra!", ele berrou. "Por que não estaria? *Vocês* não estariam? Escutem, ouvimos todas as pessoas neste país dizendo como tudo isso é errado, como os padres precisam ser responsabilizados por suas ações — e não apenas os que cometeram os crimes, mas também os que não fizeram nada para impedir — e, ainda assim, você passa por uma igreja na manhã de domingo e as ovelhinhas estão lá, fazendo fila para se sentar nos bancos, arrastando os filhos para a primeira comunhão ou confirmação, mesmo sem acreditar em nenhuma das palavras que ouvem, mesmo sem viver suas vidas da maneira como sua religião contaminada ordena que vivam. Essas pessoas são tão ruins quanto eles, estão me ouvindo? E os padres ainda controlam noventa por cento das escolas. Vocês acham que, se houvesse algum outro setor da sociedade que demonstrasse tanta predileção pela pedofilia, permitiríamos que chegassem a um quilômetro de uma escola? Mas eles administram esses lugares! Quer dizer, que tipo de país somos nós? Precisamos nos livrar deles, vocês estão me ouvindo? Expulsá-los de cada escola. Mantê-los longe de nossos filhos. A perversão está em seus ossos, em suas almas. Não devíamos poupar nenhum esforço para expulsar cada um deles da Irlanda, assim como são Patrício nos livrou das serpentes."

Continuei andando, incapaz de ouvir por mais um segundo. A fúria na voz daquele homem. O ódio. E ele tinha todo o direito de estar furioso. Tinha todo o direito de sentir aquela raiva. Sua vida fora destruída por homens de terno preto e colarinho branco. Homens como eu.

Conforme me aproximei dos degraus do tribunal, os fotógrafos se viraram na minha direção, levantando as câmeras, caso eu fosse alguém importante.

"Quem é você?", perguntou um deles; não respondi.

"Você é amigo de Cardle?", disse outro, em seguida.

"Infração de trânsito", respondi, sem conseguir olhá-lo nos olhos. "Não paguei as multas. Terei sorte se não cancelarem minha carteira de motorista."

"Não é ninguém", disse o fotógrafo, dando as costas; seus colegas examinaram suas câmeras, indo para a frente e para trás nas imagens digitais, sem nenhum interesse em mim. Como acreditavam fácil em uma mentira qualquer.

O tribunal estava cheio quando entrei, mas consegui encontrar um lugar no fundo da sala. Eu nunca havia estado em uma corte e considerei a atmosfera opressiva e intimidante; o carvalho dos bancos, a sensação de que dezenas de milhares de pessoas haviam passado por ali ao longo de um século — réus, tanto os culpados quanto os inocentes, as vítimas, as famílias de ambos. Um grupo de seis mulheres, todas com cerca de sessenta anos, estava sentado na fileira à minha frente; supus que eram mães de algumas das vítimas, determinadas a ver justiça sendo feita.

Um anúncio do oficial de justiça do tribunal marcou a chegada da juíza, que se sentou com a toga preta e a peruca branca que simbolizavam autoridade. Mais trajes pretos. Quem tinha decidido que aquele era o pigmento do poder? Preto não devia representar a ausência de cor, o vazio absoluto? As cores da minha profissão mudavam conforme se subia na hierarquia. Do preto ao escarlate ao branco. Escuridão, sangue e purificação no topo.

Um grupo de advogados estava na frente da corte, a maioria conversando ou rindo como velhos amigos; todos se sentaram quando a juíza tomou seu lugar e os jurados foram trazidos. Olhei para cada um de seus rostos, uma verdadeira amostragem da sociedade. Homens aposentados parecendo satisfeitos por suas opiniões serem valorizadas outra vez, jovens executivas guardando seus Black-Berries, alguns rapazes de trinta e poucos anos e aparência séria, com barbas cuidadosamente esculpidas.

E então, emergindo de alguma sala atrás da corte, veio Tom Cardle em pessoa, andando com cautela até o banco dos réus e olhando em torno com uma expressão assustada no rosto, como se não soubesse como sua vida o tinha trazido àquele lugar, qual destino cruel o carregara de uma fazenda turbulenta em Wexford ao Four Courts em Dublin. Ele pareceu surpreso com a quantidade de espectadores, cujas vozes diminuíram quando o viram pela primeira vez. As seis mulheres à minha frente aproveitaram o silêncio e se levantaram, enquanto uma delas berrava:

"Boa sorte, padre!"

"Estamos todas com o senhor, padre!"

"Não deixe que o derrubem com essas mentiras deslavadas, padre!"

Reclinei-me no banco, o queixo caído de espanto, e o salão todo se virou para vê-las. A juíza ordenou que fossem removidas naquele mesmo instante. Oficiais da corte se aproximaram e as mulheres tiraram crucifixos das bolsas; por um momento, achei que elas usariam os crucifixos para agredir os Gardaí uniformizados, mas não — apenas sacudiram os objetos no ar conforme foram arrastadas para fora do aposento, rugindo, unindo-se em uma ave-maria ao sair. O que poderia ter inspirado tanta devoção, pensei. Elas o apoiariam se ele fosse culpado? Elas se importavam com o veredicto?

A remoção das mulheres resultou em alguns assentos vazios à minha frente e me sentei em um deles, contente com o espaço extra, pois ninguém podia entrar após o início do julgamento. Agora Tom estava no meu campo de visão, a não mais de nove metros de distância; notei como ele coçava o rosto, um reflexo nervoso, e olhava de soslaio para os jurados, um a um, como se tentasse entender quem eram. Tinha perdido peso desde a última vez que o vi; a inclinação à corpulência que havia desenvolvido ao se aproximar da meia-idade se fora e agora uma magreza doentia podia ser detectada em seus traços.

A juíza e os advogados fizeram uma série de observações entre si — ladainha jurídica, não consegui entender nada — e então houve um longo período em que pouca coisa aconteceu; um Garda deu tapinhas no ombro de Tom e mandou que se sentasse. Assim que ele obedeceu, a juíza se dirigiu à corte e Tom foi reerguido da cadeira com brutalidade, a mão do Garda o segurando com firmeza pelo braço, e pude ver que ele sentiu certo prazer na violência de seu gesto. Naquele momento, passou pela minha cabeça que Tom hoje optara por não usar suas roupas de padre; viera como um leigo, e fiquei intrigado com o raciocínio que o levara a tal decisão. Será que ele — ou seus advogados — achou que o júri tiraria conclusões ruins automaticamente se ele estivesse em trajes sacerdotais? Houve tantos réus como ele nos jornais dos últimos anos; será que pensaram que ele estaria se reduzindo a um estereótipo, o de padre pervertido no banco dos réus? Ou será que ele apenas não se sentia mais um padre? Eu teria perguntado a ele, se tivesse tido a oportunidade.

As acusações foram lidas em voz alta. O DPP decidira que os testemunhos de apenas cinco meninos eram suficientes para levar as acusações ao tribunal, e, apesar de não estarem na corte naquele momento, os testemunhos seriam analisados ao longo dos próximos dias. Uma a uma, suas histórias surgiram nos jornais — e se provaram leituras perturbadoras.

O mais novo tinha sete anos na época; o mais velho, catorze. O de sete anos foi vizinho de Tom em 1980, quando ele trabalhava na paróquia de Galway. O pai morrera no ano anterior e a mãe pediu que Tom, com apenas vinte e quatro anos àquela altura, desse apoio ao pobre menino, ainda incapaz de lidar com a perda. Aquele foi o apoio que Tom ofereceu.

Um menino de dez anos foi coroinha em Longford, em 1987, e sofreu abusos duas ou três vezes por semana, na sacristia, antes da missa matutina. O de catorze anos morava em Sligo em 1995 e era levado por Tom à praia todas as tardes de quarta-feira, onde ele o despia para nadar um pouco e depois o levava para as dunas. Um menino mais novo, em Wicklow, 2002, era levado de carro para passear em Brittas Bay, onde aconteciam situações parecidas. E houve um rapaz de Roscommon cuja história era tão perturbadora a ponto de ser difícil acreditar que um ser humano fosse capaz de tamanha crueldade com outro.

Aquele era apenas o pequeno número de garotos cujas histórias foram consideradas capazes de garantir uma condenação. Enquanto lia, eu pensava: e quanto a Belturbet? E Wexford? E quanto a Tralee e Mayo e Ringsend? Foram outras paróquias onde Tom tinha estado ao longo dos anos.

Queriam que acreditássemos que Tom não cometera seus crimes naqueles lugares, mas mesmo assim fora transferido pela Igreja? E queriam que acreditássemos que ele pôs as mãos em apenas uma criança em Galway, Longford, Sligo, Wicklow e Roscommon? Ali estavam cinco; onde estavam as dezenove que o arcebispo Cordington mencionara? E, se dezenove tinham se manifestado, quantas mais permaneceram em silêncio? Outras vinte? Cinquenta? Cem?

A juíza perguntou se Tom se declarava culpado ou inocente e ele olhou o entorno, aparentando não saber se a pergunta tinha sido dirigida a ele. Ofereceu um meio sorriso — talvez mais por medo do que por qualquer outra coisa — e sacudiu a cabeça. Houve um murmúrio de desprezo na corte. Ele não estava levando nada daquilo a sério? A juíza repetiu a pergunta e o encarou.

"Inocente", disse Tom. "Eu nunca encostei nem um dedo em uma criança. É uma coisa horrível de se fazer."

Sua voz falhou no final; no mesmo instante, eu soube que ter ido até lá fora um erro e que seria impossível ouvir mais. Minhas pernas enfraqueceram, meu estômago se revirou e me esforcei para levantar, quase tropeçando em mim mesmo ao me apressar para a porta. Olhei para trás por um instante; Tom tinha se virado na minha direção. Cruzamos os olhos e houve alguma coisa ali que disse: *Odran, Odran, você pode me salvar disso? Odran, por favor.*

Odran, por que não me salvou disso há muitos anos, quando talvez pudesse ter feito alguma coisa?

Eu não conseguiria ficar. Saí para o saguão.

Apesar da grande quantidade de pessoas sob o domo do Round Hall, entrando e saindo das outras três cortes onde casos diferentes eram julgados, senti que podia respirar ali fora — mas não estava pronto para passar pelos repórteres e fotógrafos ainda amontoados em Inns Quay e que, felizmente, não podiam entrar pelas portas abertas.

Segui para um dos bancos laterais e me sentei ao lado de uma mulher, me curvando e apoiando a cabeça nas mãos. Que tipo de vida era aquela?, pensei. A que tipo de organização eu dedicara minha existência? E, mesmo ao procurar um culpado, eu sabia da escuridão que se inquietava dentro de mim, relacionada à minha própria cumplicidade; eu tinha visto coisas, suspeitado de coisas, mas eu dera as costas e não fizera nada.

Uma mão tocou meu ombro, me assustando a ponto de eu quase saltar do banco, mas era apenas a mulher sentada ao meu lado. Ela tinha uma expressão cansada e nenhum traço de sorriso no rosto. Achei que ela perguntaria algo como "O senhor está bem, padre?", mas, em vez disso, ficou olhando para mim. Eu sabia que a conhecia de algum lugar, mas não me lembrava de onde. Mãe de um dos meninos do Terenure, talvez? Não, não era isso.

"Você é o padre Yates, não é?", ela enfim perguntou, a voz baixa e calma.

"Isso mesmo", respondi. "Eu conheço a senhora?"

"Sim", ela disse. "Não se lembra?"

Fiz que não. "Sim e não", eu disse. "A senhora me parece familiar, mas não me lembro de onde."

"Kathleen Kilduff", ela respondeu e eu fechei os olhos. Achei que ia passar mal.

"Sra. Kilduff", eu disse, sem força. *Me perdoe.*

"Nos conhecemos em Wexford. Em 1990. Você tinha ido visitar seu amigo. Eu era a tola que entregava o filho nas mãos dele uma vez por semana."

Assenti com a cabeça. O que eu poderia dizer para me justificar?

"Claro", eu disse. "Agora me lembrei."

"Você também se lembra de Brian, não lembra?"

"Sim", respondi. "Eu me lembro de Brian."

"Você teve orgulho de si mesmo, entregando-o daquela

343

maneira? Sabia que os Gardaí o aterrorizaram quando foram interrogá-lo sobre os estragos que ele havia feito no carro daquele monstro?"

"Me desculpe", eu disse. "Eu não soube o que fazer na ocasião. Achei que havia alguma coisa errada com o menino. Achei que, se Tom soubesse do ocorrido, talvez pudesse ajudá-lo."

"Oh, ele ajudou, pode ter certeza", ela respondeu, rindo com amargura. "Conversou com os Gardaí e pediu que apenas repreendessem meu filho, porque ele mesmo tomaria providências para que Brian nunca mais fizesse nada como aquilo. Então, me persuadiu a levá-lo às segundas, quartas e sextas, três vezes por semana, uma hora por vez, e fiz o que me mandaram, claro. Brian. Meu menino. Que nunca fez mal a ninguém na vida. Ele queria ser veterinário, sabia? Ele tinha um cachorrinho que adorava."

Olhei para o chão. Quando contei essa história antes, quando contei a vocês sobre 1990, mencionei que, na manhã seguinte, contei a Tom o que tinha visto e ele chamou os Gardaí? E então contei a *eles* o que tinha visto, identificando o menino em sua própria casa mais tarde naquele mesmo dia? Talvez eu não tenha mencionado. Se não contei, devia ter contado. De qualquer forma, aí está. Nenhum de nós é inocente.

"Sra. Kilduff", eu disse, sem saber o que falaria em seguida, mas ela me interrompeu.

"Não pronuncie meu nome", ela sibilou. "E saia já deste banco, escutou? Não quero você perto de mim. Você me dá nojo."

Concordei com a cabeça e me levantei, pronto para ir. Mas, antes, achei que eu devia dizer *alguma coisa* para tentar reparar o que tinha feito. "Espero que Brian esteja bem. Espero que ele tenha encontrado uma maneira de lidar com o que quer que tenha acontecido com ele."

Ela me encarou como se eu a estivesse insultando intencionalmente. "Você está tentando me agredir?", ela perguntou. "É isso que está fazendo? Está tentando ser cruel?" "Não", respondi no mesmo instante, sem entender. "Eu quis dizer apenas..." "Brian morreu faz quinze anos", ela disse. "Se enforcou no quarto. Um dia, depois da escola, subi para chamá-lo para jantar e ali estava meu filho, as pernas penduradas e inertes, o cachorro olhando para ele sem saber o que fazer. Ele se matou. Então me diga, padre, você tem orgulho de si mesmo? De você e do seu amigo ali dentro? Tem orgulho de si? De todas as coisas que você e seus colegas fizeram? Faz alguma diferença para você?"

Não fui direto para casa. Em vez disso, parei no Roche's, um café de aparência bastante sem graça em Ormond Quay, não muito longe de Four Courts. Imaginei tratar-se de um ponto de encontro corriqueiro para advogados e procuradores, pois havia um espaço reservado para maletas com rodinhas, mais comuns em aeroportos e terminais rodoviários, mas que — eu tinha começado a reparar — os profissionais de direito usavam para transportar volumes imensos de papéis dos escritórios para os tribunais sempre que um caso era noticiado no *Six One News*.

Encontrei uma mesa vazia, pedi um café forte e olhei pela janela por um momento, observando os que passavam: trabalhadores, executivos, estudantes a caminho do Trinity College. Me perguntei o que a versão jovem de mim mesmo pensaria se eu pudesse voltar trinta e cinco anos, ao Clonliffe College, em 1973, e dizer a ele que o moleque infeliz da cama ao lado seria, um dia, julgado pela República da Irlanda pelo abuso sistemático de meninos deixados a seus cuidados pastorais. Que ele seria acusado por tocá-los, por molestá-los, por penetrá-los, por cometer atos inomináveis com eles e forçá-los a fazer o mesmo em troca. O que teria distorcido sua mente para tais inclinações? Estariam elas lá desde o início, implantadas em sua psique ainda no útero, ou vieram mais tarde? Havia culpa em seu pai, que decerto o havia prejudicado de alguma maneira? E, se houvesse, seria uma culpa justa, considerando que um homem é responsável por suas próprias ações, a despeito do que lhe tenha acontecido no passado? Coisas ruins, coisas terríveis podem ocorrer com qualquer um na infância — eu bem sabia, assim como todo mundo —, mas isso não significava que as pessoas podem se permitir agir sem consciência. Por que ele tinha um desejo tão avassalador pela carne — e por carne jovem, ainda por cima — quando o restante de nós não tinha? Seria culpa dos padres que tinham nos ensinado? Havia alguma maneira de culpá--los? E que diferença tudo isso faria agora? Tom Cardle estava enfim no banco dos réus e não poderia machucar mais ninguém. Para mim, era impossível imaginar um desfecho feliz para sua história.

Eu não me sentia tão perdido desde aquela noite em Roma, em 1978, a noite em que a mulher do Café Bennizi me fez vagar pelas ruas da capital sozinho, por horas, enquanto o papa estava em seu quarto, esperando pelo chá, talvez recebendo a visita de uma presença ameaçadora com intenções de lhe causar mal, talvez apenas sendo chamado por um Deus cuja criação se tornara um mistério além da compreensão de um mero mortal.

Naquele café, fiz o que sempre fazia em momentos de crise ou desespero na minha vida. Pus a mão na minha pasta e puxei minha Bíblia, livro que às vezes ofereceu respostas e, com mais frequência, me deixou em dúvida, mas que nunca falhava em distrair minha mente e dar algum conforto ao longo dos anos. Eu tinha várias Bíblias, claro, presentes de amigos ou compradas como lembranças de visitas a lugares de peregrinação. Mas aquela Bíblia, a que abri naquele momento, era a mais velha de todas, presente de minha mãe quando parti de casa para o seminário, tanto tempo antes, um belo volume encadernado com couro preto e um carimbo na parte interna da capa, informando que fora comprada na Veritas Religious Bookstore, Lower Abbey Street, por vinte e dois pence, em abril de 1972. Estava bastante gasta, pois viajara comigo para todo canto, mas era uma criatura resistente e não tinha nenhuma página solta. Eu não sabia o que estava procurando, mas abri em uma página aleatória, esperando que uma passagem, uma história ou uma parábola saltasse e dialogasse comigo, tirando-me da infelicidade e me conduzindo de volta a um lugar de compreensão.

Antes que eu me desse conta, ele já estava praticamente em cima de mim. Um homem com vinte e tantos anos — vinte e cinco, vinte e seis no máximo. Alto, com extraordinários olhos de um azul cortante. Vestido de terno, mas com o fim de uma tatuagem, um espesso arabesco preto, surgindo na lateral esquerda do colarinho.

"O que é isso que você está lendo?", ele perguntou.

Levantei o rosto, surpreso. "O que disse?", perguntei.

"Esse livro", ele respondeu com um sotaque curioso. De onde seria aquele sotaque, me perguntei. De alguma área da classe trabalhadora de Dublin. "O que é? Deixa eu ver."

Virei o livro para que ele pudesse ver a capa e ele riu com desdém.

"Você não vai encontrar nenhuma resposta aí", ele disse.

"Encontrei algumas vezes, no passado", respondi.

"Então você acredita em mágica?"

Olhei à volta para checar se alguma pessoa prestava atenção em nós, mas os outros clientes estavam concentrados nas próprias conversas — e, mesmo se alguém estivesse ouvindo, provavelmente não iria querer se envolver. "Estou apenas tomando um café", eu disse baixinho, desviando o rosto e olhando pela janela outra vez.

"Que bom pra você", ele disse, rancoroso.

"Tenha um bom dia", eu disse.

"Não venha me desejar bom-dia, seu pervertido de merda. Não quero nada que venha de você, está me ouvindo?"

Permaneci em silêncio, sentindo a tensão crescer dentro de mim, começando na boca do estômago e subindo. A xícara tremeu de leve na minha mão e tentei estabilizá-la, pois não queria dar sinais de medo ou de estar ameaçado. Mas eu era um homem com cinquenta e três anos, desacostumado a brigas, sem a menor ideia de como lidar com uma situação como aquela. Achei que o plano sensato era olhar pela janela e não morder a isca, até ele ficar entediado e me deixar em paz.

"Você é padre", ele disse.

"Bem observado", respondi.

"Você está aqui para apoiar seu colega?"

"De que colega está falando?"

"Seu colega lá no Four Courts. O estuprador. Você foi lá dar apoio moral a ele, é isso?"

Neguei com a cabeça. "Não conheço ninguém no Four Courts. Estou apenas sentado aqui, bebendo meu café e cuidando da minha vida."

Ele ficou de pé ao meu lado por mais um minuto, cheio de cólera. Por um instante, achei que ele ia embora, mas não — em vez disso, ele se sentou à minha frente.

"Ah, escute, é melhor não", eu disse, olhando para o homem atrás do balcão, torcendo para ele perceber o que estava acontecendo em seu estabelecimento e viesse me ajudar. "Por favor, me deixe em paz."

"O que estou fazendo contra você?", ele perguntou, abrindo os braços com inocência. "É um país livre, não é? Um homem pode se sentar. Estamos apenas conversando." Olhei para minha xícara. Eu já estava quase acabando, mas jamais daria àquele sujeito a satisfação de me levantar e ir embora.

"Se eu fosse um homem de apostas", ele disse, "eu apostaria que você veio a Dublin para dar uma olhada no seu colega no banco dos réus e rezar por ele e tentar intimidar o júri a considerá-lo inocente."

"De que colega está falando?", perguntei outra vez.

"Ah, sim, deve ser um mistério para você, né, seu idiota? Não faz ideia de quem estou falando. Deixa eu ver essa sua Bíblia."

"Não."

"Eu disse, deixa eu ver", ele rosnou, pegando-a da mesa antes que eu pudesse impedir e começando a folheá-la.

"Devolva", eu disse, impotente. "Não lhe pertence."

"Ah, puxa, vejam só isso", ele disse, rindo ao ler a dedicatória na página de rosto. 'Para Odran, de mamãe'. Não é um amor? Sua mãe te deu isso, foi? Quando, no dia da sua ordenação?"

"Devolva", insisti.

"Mando pelo correio. Me dê seu endereço, padre, e mando de volta na próxima vez em que eu passar numa agência."

"Você vai devolver para mim agora, seu fedelho", eu disse. "Vamos, chega dessa história."

Ele estendeu para mim e, quando tentei pegá-la, ele puxou de volta, como uma criança.

"Desculpe, padre, é só brincadeira", ele disse, oferecendo-a de novo, mas outra vez puxando-a de volta e rindo da minha cara.

"Alguém pode me ajudar?", eu chamei, olhando em

volta; pela primeira vez, os procuradores, advogados e o homem atrás do balcão olharam em nossa direção. "Por favor", pedi. "Este homem está me incomodando."

"Eu não estou fazendo nada", ele disse, apelando ao público — que, de qualquer maneira, teve o bom senso de não intervir. "Você quer de volta, padre, é?", ele me perguntou.

"Sim, eu quero", respondi, sem olhá-lo nos olhos. Senti que fazer isso seria provocá-lo ainda mais.

"Quer de volta?"

"Sim!"

"Então aqui está." Com isso, ele puxou o braço para trás, a mão segurando com firmeza o couro da Bíblia à qual minha mãe, minha pobre mãe, provavelmente dedicara uma das horas mais felizes de sua vida para escolher na Veritas Bookstore, e usou-a para acertar a lateral da minha cabeça, derrubando-me da cadeira, abrindo um corte acima do meu olho quando caí no chão, desmoronando sobre uma poça de chá derramado e batatas fritas pisoteadas. Ele jogou a Bíblia sobre mim e ouvi cadeiras sendo puxadas para longe ao meu redor por um bando de inúteis que não se preparavam para me ajudar, e sim para se defenderem. Levantei o rosto, assustado e sozinho, e ele cuspiu em mim, um grande catarro que caiu metade na minha bochecha, metade na minha boca. Levantei a mão para me limpar e cuspir o restante. Minha mão ficou coberta pelo sangue de onde meu rosto se chocara com a lateral da mesa quando eu caí.

"*Pedófilo de merda!*", ele rugiu.

Hoje em dia, de um jeito ou de outro eu convivia com aquela palavra todos os dias da semana. Aquelas duas palavras, *pedófilo* e *padre*, haviam, de alguma maneira profana, se tornado irrevogavelmente atreladas uma à outra.

"Você, vá embora", disse o dono do café para o agressor,

mas ele já estava quase do lado de fora. De que adiantava aquela bravura agora?

"O senhor está bem, padre?", perguntou uma das baristas, uma moça que veio até mim e me ajudou a levantar. Pus a mão no olho, que latejava dolorosamente, e meus dedos ficaram mais manchados de sangue. "Isso teve alguma coisa a ver com o padre que está sendo julgado?"

"Não conheço nenhum padre que está sendo julgado!", eu gritei com toda minha força, fazendo-a saltar para trás, as mãos abertas em um gesto defensivo, como se eu planejasse atacá-la como aquele homem tinha feito comigo. "Não sei nada sobre isso, ouviu?"

Não voltei ao tribunal, mas acompanhei o julgamento diariamente pelo *Irish Times*. Muitos testemunhos foram apresentados e, no fim, durou quase três semanas. No início, era manchete de primeira página; aos poucos, foi rebaixada para as páginas 4 ou 5, com os crimes mais rotineiros. E então, na última semana, houve um dia em que o júri se retirou para chegar a um veredicto e o caso voltou para a primeira página, mas na parte de baixo, com os jornalistas especulando sobre o resultado. Li cada matéria com atenção, apesar de ter sido difícil para mim. As coisas que disseram terem sido cometidas por ele eram terríveis; não pude acreditar que Tom Cardle faria aquilo e, ainda assim, eu acreditava que ele tinha feito tudo aquilo e muito mais, se é que isso faz algum sentido.

E então, certa manhã, liguei o rádio para ouvir Pat Kenny após a missa das dez e descobri que haviam chegado a um veredicto. Culpado, claro. Decisão unânime. Pelo que consta, gritos de aprovação tomaram conta do tribunal quando o representante fez o anúncio. Algumas das vítimas estavam presentes, como era de imaginar. Todas tinham testemunhado, o país havia enfim escutado suas vozes, e elas puderam ouvir a resposta do júri popular. As famílias também, aqueles pais e irmãos que sofreram ao lado de seus parentes traumatizados. Os gritos tomaram conta e, de acordo com um repórter do *Irish Times*, foi como as multidões torcendo no Coliseu quando o imperador virava a mão, o polegar apontando para baixo, na direção do inferno.

Ele também relatou que, enquanto a juíza tentava silenciar a corte, Tom Cardle se inclinou no banco dos réus e apoiou a cabeça nas mãos, e agora eu lhe pergunto se há alguma coisa errada comigo, pois senti compaixão por ele, apesar de tudo que fizera, apesar de sua depravação e de sua crueldade e da tristeza que trouxera ao mundo. Pensar nele ali sozinho, com uma vida desperdiçada atrás de si e só Deus sabia quais horrores o aguardando na prisão, fez meu coração pesaroso. Não é algo que eu conseguiria explicar para ninguém, pois teriam olhado para mim com repulsa, como se eu fosse cúmplice de seus atos, sendo que eu os abominava por completo. Mas odeio pensar em um homem sozinho, a despeito do que tenha feito.

Se eu não conseguir enxergar algo de bom em todos nós e esperar que a dor compartilhada por todos tenha um fim, então que tipo de padre eu sou? Que tipo de homem?

A multidão voltou no dia seguinte para ouvir a sentença, e o êxtase generalizado foi substituído por vaias e incredulidade quando a juíza anunciou que Tom cumpriria apenas oito anos de prisão por seus crimes, faria acompanhamento psiquiátrico enquanto residisse na prisão de Arbour Hill, seria incluído na lista de criminosos sexuais pelo resto da vida e teria a obrigação de manter os Gardaí informados sobre sua localização semanalmente, até o dia de sua morte. Oito anos! Os espectadores ficaram incandescentes de fúria. A mídia ajudou a instigar a multidão, claro. As estações de rádio e televisão mandaram seus maiores nomes para o lado de fora do tribunal, enfiando microfones nos rostos das vítimas na esperança de que a dor alheia pudesse ser convertida em trechos de áudio para o noticiário da hora do almoço. E muitas delas falaram, de maneira eloquente, emotiva, com ira pouco disfarçada. A sensação de injustiça as alimentou e elas falaram com nobre desprezo sobre o criminoso que transformara suas vidas em uma escuridão perpétua, que ainda fazia de suas vidas um inferno, e um homem — um homem de aparência honrada, cercado pela família e amigos, com uma esposa linda com o braço sobre seu ombro — mal conseguia conter as lágrimas enquanto dizia "Oito anos?" de novo e de novo. "Oito anos?" Como se não pudesse acreditar no que tinha ouvido na corte. Como se não fizesse o menor sentido para ele o fato de ter sofrido tanto e seu agressor ser punido tão pouco.

"E ele com certeza sairá em quatro ou cinco anos", disse outro homem, forçando caminho para aparecer na câmera, e as pessoas ao redor fizeram que sim, e eu me projetei para a frente na poltrona, pois quem era senão o rapaz que tinha me agredido com minha própria Bíblia no café em Ormond Quay? "Vai ficar preso por pouco tempo", ele berrou. "Por tudo que aquele filho da puta fez comigo e com essas pessoas aqui. Só quatro anos! Vocês estão me ouvindo, RTÉ?", ele perguntou, seus lívidos olhos azuis encarando diretamente os espectadores sentados em casa; é de se admirar o fato de as emissoras não terem censurado nenhuma palavra de seu discurso quando o repetiram, inúmeras vezes, nos dias seguintes. "Está me ouvindo, povo da Irlanda? Todos vocês aí? Vocês veem pelo que estamos passando aqui? Quatro ou cinco anos é o máximo que ele vai passar na prisão, um

353

homem que destruiu nossas vidas. E então ele estará livre para caminhar entre vocês e fazer tudo de novo. A não ser que vocês os expulsem, estão ouvindo? Expulsem todos! Derrubem as igrejas! Ordenem que façam as malas e se mandem para os aeroportos e balsas! Queremos que todos vão embora! Está ouvindo, RTÉ? Está ouvindo, povo da Irlanda? Queremos um país limpo daqui para a frente. Expulsem todos! Expulsem todos! Expulsem todos!"

A multidão adotou essa frase e rugiu pelas ruas, as vozes carregadas para o norte, passando pelas árvores e chegando à presidente na Áras; para o sul, às famílias que passeavam com os cachorros no Marlay Park; para o leste, aos trabalhadores que esvaziavam contêineres no porto de Dublin; e também para o oeste, às Aran Islands, onde velhotes castigados pelo clima, com seus cavalos e carroças, poderiam levar a mensagem às fronteiras mais extremas do país, e os turistas poderiam carregá-las para Nova York, Sydney, Cape Town e São Petersburgo, dizendo ao mundo que a Irlanda tinha, finalmente, dado um basta.

Foi esta a mensagem simples que os jornais publicaram na manhã seguinte, mostrando nas primeiras páginas nada além de um Tom Cardle confuso e espantado sendo enfiado em uma van policial e uma manchete acima dele, persuasiva em sua simplicidade.

EXPULSEM TODOS!

2012

Meu terno preto permaneceu no guarda-roupa e meu colarinho eclesiástico, branco e engomado, ficou no criado--mudo, pronto para meu regresso. Eu não os colocara na mala, pois não precisaria deles. Para onde eu estava indo, e considerando a pessoa que eu ia encontrar, usar os símbolos da minha profissão poderia ser um erro de julgamento catastrófico. Naquela manhã, ao esperar pelo táxi na casa paroquial, me senti pouco à vontade com as roupas comuns que tinha escolhido para vestir. Quando me olhei no espelho, imaginei vários contextos que estranhos poderiam imaginar quando me vissem: minha esposa tinha morrido havia um ano e eu arriscava minhas primeiras férias sozinho desde nosso casamento, trinta anos antes; meu editor estava me enviando para um festival literário a fim de entrevistar um escritor famoso, cujas obras tinham começado a ser traduzidas para o inglês; minha firma estava me enviando à Europa por uma semana para fiscalizar a produção abaixo das expectativas de nossa fábrica em Munique. Qualquer uma dessas situações teria sido possível em outra vida, acaso eu houvesse feito escolhas diferentes.

Eu estava me iludindo, claro. No aeroporto, ninguém prestou a mínima atenção em mim. Por que prestariam, se eu aparentava ser um a mais na multidão? Com cinquenta e sete anos, eu podia contar nos dedos da mão as vezes que tinha saído da Irlanda. Roma, obviamente, e Noruega, para o casamento de Hannah e Kristian, há muitos anos. Estados Unidos, uma vez. E estive em Paris por um fim de semana, em viagem presenteada por minha irmã no meu aniversário de quarenta anos — sem que ela tivesse se dado conta da crueldade não intencional de mandar um homem solteiro e celibatário, que desconhecia qualquer forma de intimidade, à cidade do amor por três dias e duas noites. O fato de meu aniversário ser no fim da segunda semana de fevereiro deixou a situação ainda pior.

Eu nunca tinha estado na África, na Ásia ou na Austrália. Jamais fiquei diante da Opera House em Sydney ou do Palácio de Inverno dos tsares russos. Em vez disso, vivi minha vida na Irlanda. Parte de mim agora questionava se isso tinha sido um erro terrível — mas a lista de erros que eu havia cometido era tão longa que a ideia de aumentá-la parecia insuportável.

De qualquer maneira, ali estava eu, outra vez no aeroporto de Dublin. Me lembrei de estar naquele mesmo lugar em 1978, com a passagem em mãos ao partir para Roma, mamãe e Hannah se despedindo com acenos, orgulho no rosto de minha mãe, tédio no de minha irmã, enquanto eu caminhava do balcão de check-in ao avião sem nenhuma dificuldade. Agora, era como tentar entrar na China. Inúmeros postos de inspeção de segurança. Fui orientado a tirar metade das roupas para passar por um equipamento de raios X antes de ser revistado por um sujeito gordo e com pele ruim que mascava chiclete com a boca aberta. Era a ameaça do terrorismo, diziam. Até que se provasse o contrário, todos éramos culpados.

Eu era inexperiente o suficiente para apreciar a sensação do avião decolando e aproveitei a oportunidade para olhar pela janela e observar o trecho da autoestrada M50 sob mim, a cidade se abrir na direção do mar e dos penhascos retorcidos em torno da Vico Road, onde moravam os figurões. A mulher ao meu lado lia um livro da filha do primeiro-ministro Bertie e estava tão concentrada que nada a perturbaria. O homem ao lado dela assistia a um filme em uma daquelas máquinas portáteis e fungava a intervalos de poucos minutos. Eu tinha separado o novo romance de Jonas para a viagem, mas não é que me esqueci de pegá-lo na pressa para ir embora naquela manhã? Eu podia visualizá-lo na mesa perto da porta naquele exato momento. Para compensar, comprei um exemplar do *Irish Times* na banca do aeroporto e, claro, o jornal estava repleto de discussões sobre a entrevista que a rádio RTÉ conduzira no dia anterior com o arcebispo Cordington, que havia me transferido para a paróquia de Tom Cardle seis anos antes e que fora promovido a cardeal nesse meio-tempo, cortesia do papa alemão; era fato conhecido que os dois foram muito próximos durante vários anos.

A entrevista foi em resposta ao Relatório Murphy, uma investigação jornalística que sugeria o pleno conhecimento do cardeal Cordington dos crimes que aconteciam havia décadas dentro da Igreja, e que ele teria facilitado tais atos a ponto de ser tão culpado por eles quanto os padres que os cometeram. No passado — sem dúvida sob ordens de Roma —, ele se recusara a responder a qualquer acusação do tipo, mas agora as coisas tinham ido longe demais. O relatório foi profundamente crítico em relação a ele. Mais e mais vítimas de abuso abriam processos contra a Igreja. A situação tinha chegado a um ponto que ele não tinha escolha senão reagir ao escândalo e, por isso, concordou em dar uma entrevista ao vivo com Liam Scott.

Profissional experiente, Scott começou com perguntas fáceis. Pediu que o cardeal falasse sobre si mesmo, sobre sua vida, sobre o que o tinha levado ao sacerdócio. "Um chamado", ele respondeu, a voz gentil e melíflua. "Senti pela primeira vez quando era menino. Não havia padres na nossa família. Para ser sincero, meus pais não eram muito religiosos, mas, por algum motivo, senti uma vocação dentro de mim e, conforme fiquei mais velho, conversei sobre o assunto com um padre da nossa paróquia, um homem admirável, e ele me ofereceu o benefício de seus conselhos."

"Como o senhor se sentiu em relação a essa vocação?"

"Me assustava", disse o cardeal. "Eu não estava certo de conseguir fazer os sacrifícios necessários, nem se eu tinha a capacidade mental para a vida que essa vocação pede."

"O senhor teve dúvidas sobre as coisas das quais abriria mão?", perguntou Scott.

"Sim, claro."

"Mas o senhor foi em frente mesmo assim?"

"Você já sentiu, Liam, que o caminho sob seus pés era um trajeto determinado para você muito tempo antes? Que você não tinha nenhum controle sobre ele? Foi como me senti. Escolhido. Por Deus. E, quando entrei no seminário pela primeira vez, soube no meu âmago que tinha encontrado meu lar."

Ouvindo a entrevista, me identifiquei com aquela parte, pelo menos. Eu tinha sentido algo parecido quando cheguei ao Clonliffe College: que era um lugar que esteve à minha espera por toda minha vida.

Outras trivialidades foram trocadas, o cardeal foi deixado à vontade, e então as coisas ficaram mais difíceis. Scott começou com estatísticas. O número de casos de abuso infantil julgados nos últimos anos. O número de casos ainda

358

em aberto. O número de padres atrás das grades. O número de padres considerados inocentes por falta de provas, mas de cujas índoles ainda havia sérios pontos de interrogação. O número de vítimas. O número de suicídios. O número de grupos de apoio. Números, números, números. O homem da RTÉ tinha tudo na ponta da língua e listava em tom frio, sem ameaça na voz, permitindo que as estatísticas fossem contestação suficiente. O cardeal permaneceu em silêncio ao longo da listagem e houve uma pausa; Scott então perguntou: "Cardeal Cordington? Como o senhor responde a tudo isso?".

Foi uma coisa terrível, respondeu o cardeal, a voz repleta de remorso bem ensaiado. Uma coisa realmente terrível. Seguiu-se um discurso sobre barris e maçãs podres, sobre lições aprendidas, sobre erros do passado sendo retificados. Seguir adiante, olhar para trás, a conversa fiada de sempre. Então, sem se dar conta do significado da observação, ele mencionou que, para cada padre cujo nome saía no jornal, havia uma centena que não saía.

"É como um acidente de avião", ele disse, usando uma analogia absurda. "Sempre que cai um avião, todo mundo fica sabendo. Aparece nos jornais, aparece na televisão. Dezenas de milhares de aviões decolam pelo mundo todos os dias e aterrissam em segurança; uma queda é tão rara, no contexto geral, que cada uma delas precisa ser noticiada. É o mesmo com os padres acusados: são tão poucos entre o vasto número de padres decentes e honestos que precisamos ouvir cada história trágica."

Scott logo percebeu a falha no raciocínio, sugerindo ser um comentário inusitado a se fazer, pois, no geral, ninguém a bordo de tais aviões — tanto os pilotos e tripulação quanto os passageiros — era responsável pelo ocorrido; na maioria das vezes, o problema vinha do motor. Os padres, ele apontou, sabiam exatamente o que estavam fazendo. Tinham tomado suas decisões e agido como quiseram, sem cuidado ou consideração pelas consequências nas vidas das crianças sob seus cuidados. Eram os autores de suas próprias desgraças e a causa de sofrimento indizível para outras pessoas. Eram criminosos. Pilotos de aviões condenados não eram.

"Ah, e outra coisa", disse Scott, no golpe de misericórdia. "Recebemos notícias de todos os acidentes de avião, mas não existem outras centenas de aviões caindo pelo mundo todo dia sem serem noticiados ou sendo ignorados por falta de provas."

O cardeal gaguejou na resposta; talvez tivesse se dado conta da infelicidade de seu comentário. Foi arredio ao responder, mas Scott não deixou passar e pediu que ele respeitasse a inteligência do público e desse uma resposta honesta. Ouvi alguém inspirar o ar com força no microfone; fazia muito tempo que ninguém falava com o cardeal daquela maneira. Ouvindo a entrevista pelo rádio no presbitério, me descobri torcendo por Scott, estimulando-o a continuar, pedindo que ele não deixasse o cardeal escapar ileso. Faça a verdade surgir, pensei. Faça toda a verdade surgir.

"Vamos falar sobre alguns casos específicos", disse Scott, continuando, e o caso do padre Steven Sherrif veio à tona. Ele fora condenado a dez anos por abusos em uma escola, que remontavam a 1960. Dezessete meninos se manifestaram e contaram suas histórias. Quatro deles, com pais ainda vivos, afirmaram terem conversado com o diretor da escola sobre o que estava acontecendo, sendo ameaçados de expulsão.

"Isso teria sido relatado ao meu predecessor", respondeu o cardeal Cordington. "Já falecido, que Deus tenha piedade da sua alma. Não posso ser responsabilizado pelo que ele fez ou deixou de fazer."

"Mas, na época, o senhor era bispo auxiliar naquela diocese, não era?", perguntou Scott.

"Sim, eu era."

"Portanto, é de se presumir que, antes de chegar ao cardeal, passou pelo senhor."

"E eu repassei para as autoridades."

"Então o senhor repassou para os Gardaí?", perguntou Scott.

Uma pausa. Era evidente que não tinha sido aquilo que o cardeal tinha dito. "Repassei para as autoridades da Igreja", ele respondeu baixinho.

"Mas não para os Gardaí?"

"Não."

"Por que não?"

"Não cabia a mim."

"Espere um instante", disse Scott. "O senhor sabe de um crime e acha que não lhe cabe contar? Se o senhor olhasse agora para a cabine dos nossos produtores e visse um dos meus colegas roubar dinheiro da carteira de alguém, o senhor não falaria nada?"

"Eu contaria a você", disse o cardeal, "e deixaria que você lidasse com o problema."

"E se eu dissesse que não tem importância?"

"Bom, então eu imaginaria que você entende mais do seu ambiente de trabalho do que eu."

"Por que aqueles meninos foram ameaçados de expulsão, se não tinham feito nada de errado?", perguntou Scott.

"Você precisa contextualizar esses fatos", disse Cordington, com calma. "O caso ao qual se refere aconteceu há décadas atrás..."

"Os abusos continuaram até os anos 1990", interveio Scott.

"Sim, bom, desconheço as especificidades da cronologia. Mas o que você precisa lembrar é que aquilo foi um caso isolado. E não tenho nenhum motivo para acreditar que aqueles meninos estavam dizendo a verdade."

"O senhor tem algum motivo para acreditar que eles estavam mentindo?"

"Os meninos...", ele começou. "Eles podem ser muito..." Em um momento de sabedoria, ele optou por não terminar aquele raciocínio.

"Cardeal Cordington, o Relatório Murphy indica que o senhor esteve diretamente envolvido em onze casos em que acusações foram feitas, isso está correto?"

"Não li o relatório inteiro, Liam, mas, se você diz isso, tenho certeza de que está certo."

"O senhor não leu?"

"Não."

Houve um momento de silêncio. O apresentador parecia estupefato.

"O senhor se importa de dizer por quê?"

"É longo demais."

"Não pode estar falando sério."

"Sou um homem ocupado, Liam. Você precisa entender isso. Meu cargo tem inúmeras solicitações. Basta dizer que li muitas passagens importantes e pensei bastante sobre elas."

"O senhor diz que este foi um caso isolado, mas isso não é verdade, estou enganado?"

"É verdade, sim. O padre em questão nunca tinha sido acusado por nada antes."

Houve silêncio enquanto Scott, e também o público ouvinte, tentava entender aquela lógica.

"E isso faz ser um caso isolado?", perguntou o apresentador, incrédulo.

"Escute, não foi correto", disse o cardeal. "Claro que

não foi correto. Todos nós enxergamos isso agora. E lamento imensamente por tudo. Imensamente."

O estúpido devia ter deixado por aquilo mesmo, pois ao menos havia certo pedido de desculpas em sua resposta, mas ele estava naquele jogo havia tempo demais para fazer qualquer tipo de concessão e continuou, apontando que foram épocas diferentes.

"O que isso quer dizer?", perguntou Scott. "O senhor está dizendo que não tinha problema deixar crianças sofrerem abuso nos anos 1950? Ou 1960? Ou 1970?"

"É óbvio que não estou dizendo isso. Mas não sabíamos antes o que sabemos agora", insistiu o cardeal, e pude sentir o cheiro de seu suor frio pelas ondas de transmissão. "Aqueles homens não sabiam como agir quando casos como esse eram levados até eles."

"Então o senhor condena seu predecessor, o primaz da Irlanda anterior, por inação?", perguntou Scott. "O senhor afirma em voz alta, aqui e agora, que ele agiu mal?"

"Sim, ele agiu mal", ele respondeu depois de apenas um segundo. "E, sim, eu o criticaria por isso. Mas condenar é uma palavra muito forte. Não tenho intenção de condenar ninguém, mesmo que você tenha."

E um intervalo veio em seguida. Algo sobre seguro residencial. E um lugar para consertar seu para-brisa, caso um pedregulho o trincasse.

"Vamos falar sobre outro caso, se o senhor não se importa", começou Scott quando o programa voltou, apontando que havia muitos ouvintes telefonando, mas que eles continuariam a entrevista por mais tempo antes de dar voz ao público. "O caso de Tom Cardle."

E aqui o cardeal cometeu outro equívoco. "*Padre* Tom Cardle", ele insistiu.

Por que você não raciocina antes de falar?, pensei. *E como você chegou a este cargo tão elevado se parece não ter um pingo de sabedoria na cabeça?*

"Como o senhor bem sabe, pois foi amplamente divulgado", continuou Scott, "existem relatos de que o senhor sabia desde 1980 que Tom Cardle abusava de meninos. O senhor teria recebido uma reclamação de um pai na segunda paróquia de Cardle, Galway, na época em que o senhor era bispo de lá, e, em colaboração com a arquidiocese de Ardagh e Clonmacnoise, fez com que ele fosse transferido para Belturbet, em vez de investigar mais a fundo. O senhor tem algo a dizer sobre isso?"

"Em primeiro lugar, eu era um bispo muito novo na época", disse o cardeal. "E as pressões do cargo eram imensas. Eu não tinha nenhuma prova do envolvimento do padre Cardle com nada desse tipo. Para mim, ele era um jovem muito dedicado que estava fazendo um trabalho formidável como padre em Galway. Os paroquianos o amavam. Tanto que, quando surgiu uma vaga em Cavan que precisava ser preenchida rápido, eu o recomendei pura e simplesmente por causa de todas as coisas boas que tinha ouvido sobre ele. A data foi uma coincidência, nada mais."

"Mas ele foi transferido para Galway depois de apenas um ano em Leitrim, não?"

"Talvez. Não me lembro."

"Posso afirmar que sim."

"Então, vamos acreditar na sua palavra."

"Um ano não é pouco tempo para um padre passar em sua primeira paróquia?"

"Sim, pode ser que seja."

"Então por que ele foi transferido de Leitrim?"

"Eu não saberia dizer", respondeu o cardeal. "Não teve nada a ver comigo."

"Pelo que consta, foi feita uma reclamação sobre ele em

Galway", continuou Scott. "E por isso ele foi transferido para Belturbet."

"Não, isso é mentira."

"Então ninguém levou ao senhor nenhuma acusação sobre Cardle durante o tempo dele e do senhor em Galway?"

"Não me lembro, Liam", disse o cardeal. "Faz tanto tempo, e fui responsável por muitos padres. Não consigo me lembrar, de verdade."

"O fato é que, ao longo de vinte e cinco anos, Cardle ficou em nada menos que onze paróquias diferentes. E o Relatório Murphy deixa claro que pelo menos um menino de cada paróquia fez reclamações sobre ele. Vários meninos, em algumas paróquias, mesmo que seus casos não tenham chegado ao tribunal. Pais relataram ameaças contra eles caso continuassem com as reclamações. Foram ameaçados de serem excluídos da sagrada comunhão, seus filhos não poderiam entrar nas escolas católicas e que enfrentariam sérias dificuldades em suas comunidades. Negócios iriam à falência, pois ninguém compraria em uma loja que os padres criticassem."

"Não sei nada sobre isso", disse o cardeal, em tom áspero.

"Sabe o que isso me lembra?", perguntou Scott, sua voz calma e equilibrada. "Me lembra a máfia. Me lembra intimidação, chantagem e extorsão. Ler sobre as coisas com as quais a Igreja está envolvida é como assistir a todas as temporadas de *Família Soprano*, o senhor percebe isso? Se um marciano viesse à Terra e estudasse o Relatório Murphy, ele acharia que não há nada que você e seus amigos não fariam para proteger os interesses da Igreja, não importa quem seja prejudicado no caminho."

"Acho tal afirmação ridícula, Liam", disse o cardeal. "E, com todo o respeito, acho que você está banalizando algo seríssimo."

"Mas suas autoridades estavam fazendo essas ameaças", insistiu Scott. "Portanto, ou eles estavam agindo sob suas ordens e sob as ordens da Igreja, o que, nesse caso, faz do senhor um dos culpados e parte de uma conspiração criminosa, ou estavam agindo sem sua aprovação, o que significaria que o senhor foi apenas negligente e é incapaz de ocupar qualquer posição de responsabilidade. Isso seria uma avaliação correta?"

E, mais uma vez, o cardeal decidiu cavar ainda mais fundo o próprio túmulo. "Liam", ele disse, "se eu estivesse buscando uma avaliação correta, você acha que eu estaria aqui na RTÉ? Vocês não são exatamente neutros."

Scott revidou com a velocidade de um raio. Ali estava um homem cujos primeiros embates foram com Charlie e Garret; vinte anos depois, com Bertie e Gerry Adams. Ele sabia como responder àquilo. O homem devia ter sido advogado; a Igreja o teria contratado num piscar de olhos. "O senhor está dizendo que essas acusações foram inventadas pela RTÉ?", ele perguntou. "Que o *Irish Times* inventou tudo? Que o *Irish Independent* inventou tudo? A TV3? A Today FM? A Newstalk? A mídia irlandesa como um todo? O senhor está nos culpando por tudo isso?"

"Não, Liam, não", disse o cardeal, agora agitado. "Você entendeu errado."

"O senhor e seus colegas bispos transferiram Tom Cardle de paróquia em paróquia porque sabiam que ele abusava de meninos?"

"Liam, se soubéssemos que ele estava fazendo isso, não teria sido certo transferi-lo? Ou você acha que devíamos tê-lo deixado onde estava?"

Afaste-se do microfone, pensei, sacudindo a cabeça. Pelo amor de Deus.

"O senhor teria agido certo se tivesse chamado os Gardaí.

Era isso o certo a fazer", respondeu Scott, levantando a voz pela primeira vez.

"Sim, claro, claro", disse o cardeal. "E chamamos. No momento certo."

"Não, não chamaram", retrucou Scott. "Os Gardaí foram até vocês."

"Uma questão de semântica."

"O senhor não sente a fúria aí fora?", perguntou Scott, e pela primeira vez me ocorreu que ele não tinha terminado nenhuma frase daquela entrevista com *vossa eminência*.

O cardeal parou. "Sinto", ele disse, após uma pausa. "Claro que sinto. Não sou idiota."

"E o senhor entende por que tanto dessa fúria é direcionada ao senhor?"

"Para mim, é difícil compreender", ele respondeu baixinho — e houve, finalmente, honestidade em sua voz. "Pensei nisso, Liam. Claro que pensei. Refleti muito sobre o assunto. Não sou nenhum monstro, mesmo que seja assim que seus amigos da mídia queiram me retratar. Mas não sei. Não consigo entender por que algum homem, ainda mais um padre, faria coisas desse tipo. E não entendo quando foi que o mundo mudou tanto. Nada disso aconteceu comigo quando eu era menino. Nem com ninguém que eu conhecia. Os padres que conheci quando pequeno eram homens decentes." Ele suspirou e senti certa compaixão pelo tom abatido de sua voz. "Às vezes, Liam, parece que fui dormir num país e acordei em outro."

"As pessoas acreditam que o senhor sabia o que estava acontecendo e encobriu."

"Então as pessoas estão enganadas."

"Se o senhor soubesse sobre Tom Cardle, por exemplo", disse Scott, tentando um caminho diferente, "e então o transferisse para paróquias diferentes, o senhor concorda que seria cúmplice dos crimes?"

O cardeal pensou na pergunta. "Não posso responder a isso", ele disse.

"Por que não?"

"Porque a pergunta requer definições legais que desconheço."

"Quando o senhor transfere um padre", disse Scott, "o senhor mesmo cuida da papelada ou a aprovação vem de algum grau mais alto da hierarquia?"

"Bom, a responsabilidade é minha", disse o cardeal. "Mas, quando eu era bispo, enviava os papéis para o primaz da Irlanda assinar, da mesma forma como os bispos agora enviam seus papéis para mim. Mas era mais uma questão de burocracia que qualquer outra coisa. Ele simplesmente assinaria qualquer movimentação que cada arquidiocese sugerisse. Não havia motivos para não fazê-lo."

"E em seguida tais apontamentos iam para Roma?"

"Sim, claro."

Scott respirou fundo. "Então todos esses padres transferidos de paróquia em paróquia, todos esses crimes não relatados aos Gardaí, o papa sabia de tudo? Ele era informado sobre esses problemas?"

"Ah, Liam, tenha respeito", disse o cardeal. "O papa está morto e não pode responder por si."

"Ele sabia? Os crimes teriam sido relatados a ele?"

"Quem pode saber?"

"Ele aprovaria as transferências?"

"Não sei."

"Ele sabia o que estava acontecendo?"

"Não sei dizer."

"Se ele sabia, não é justo dizer que ele é o mais culpado? Que ele era, digamos, o cérebro da operação? Que ele era, na prática, o líder criminoso? O pior de todos?"

O cardeal respirou fundo. Eu também. Era uma afirmação extraordinária. Algo que eu nunca imaginaria ouvir nas ondas de transmissão nacionais da Irlanda — não por duvidar daquilo, mas porque eu não achava que existia alguém na RTÉ com a coragem de dizer.

Não havia para onde ir depois daquilo a não ser para os telefonemas dos ouvintes, e a meia hora seguinte foi tão previsível quanto era de se imaginar. Um ouvinte dizia como ele ou ela sentia nojo da Igreja, da conspiração de silêncio estabelecida entre seus membros, do bando de criminosos pervertidos que éramos todos nós; o seguinte condenaria a mídia, dizendo que as rádios e os jornais estavam atacando a Igreja e queriam derrubá-la, pois a mídia era cheia de ódio, e que direito ele tinha de dizer aquelas coisas para um homem temente a Deus como o cardeal Cordington. Uma vítima ligou e, de forma calma e racional, questionou o cardeal dizendo que, quinze anos antes, esteve num aposento com ele enquanto seu pai implorava ao então bispo para investigar o que seu filho tinha dito, e ambos foram ignorados. O cardeal afirmou que não se lembrava do encontro, mas que não parecia algo que ele faria.

Quando o programa foi chegando ao fim e anunciavam o noticiário que viria mais tarde, Scott agradeceu o cardeal pela entrevista e ele, por sua vez, disse que é um prazer conversar com o povo. Havia um toque de alívio na sua voz, agora que seu julgamento — o único julgamento pelo qual passaria — estava terminado. Mas Scott encontrou tempo para uma última pergunta.

"O senhor sente vergonha?", ele perguntou. "O senhor sente alguma vergonha quando vê as coisas pelas quais a Igreja é responsável? O legado de abusos, os encobrimentos, os comportamentos criminosos, as vidas que destruíram, as mortes? O senhor sente alguma vergonha de tudo isso?"

"Sinto a grandeza do Espírito Santo, é isso que eu sinto", respondeu o cardeal. "E o conhecimento inabalável de que Deus age de forma misteriosa."

Ah, boa noite, pensei, desligando o rádio e indo cuidar da minha vida. Não havia como se recuperar daquilo.

Meu avião aterrissou no aeroporto de Gardermoen, a cinquenta quilômetros de Oslo, no início da tarde. Da minha janela, eu tinha visto os fiordes e observado uma única lancha traçar seu caminho pela água, deixando para trás uma flecha de espuma que apontava na direção da cidade. Peguei minha bagagem e procurei pela placa que indicava a estação de trem. Lembrei que, três décadas antes, quando fora à Noruega, uma delegação de membros da família Ramsfjeld veio me buscar no aeroporto, com um carro que parecia existir desde a invenção do automóvel, e nos divertimos muito na viagem de duas horas para o norte, até Lillehammer. Kristian viera com seu tio e dois de seus primos, Einar e Svein.

Eu ainda era jovem na época, claro, e houve parte de mim que observou Svein no caminho, tentando decifrar algo em seu rosto, algum conhecimento do mundo que não existia em mim. Eu o invejei.

O tio de Kristian, Olaf, tinha levado duas garrafas de vodca Vikingfjord e, quando chegamos a Lillehammer, ambas estavam vazias — e nenhum de nós em pleno controle de nós mesmos. Hannah, que se hospedou com a família do noivo por uma semana antes do casamento, nos viu quando cambaleamos para fora do carro, rindo como idiotas, e deu uma tremenda bronca pelo acidente que poderia ter acontecido na estrada. Ainda assim, tínhamos chegado a salvo e em bom estado.

Agora eu estava viajando sozinho. Encontrei um lugar calmo no trem, querendo apenas me reclinar e observar a paisagem que passava, sentindo certa calma que, eu sabia, diminuiria conforme me aproximasse do meu destino.

Fiquei hipnotizado pelo mar que correu à minha esquerda ao longo da viagem e com as colinas de florestas densas do outro lado da água, com seus vilarejos aqui e ali, aninhados na serenidade. Montes de feno retangulares embrulhados em plástico branco estavam empilhados como blocos de sorvete derretendo no sol vespertino. Não era de surpreender que Kristian tivesse passado a maior parte da vida adulta ansiando por voltar.

Na metade da minha viagem, em Tangen, as portas se abriram e os poucos ocupantes do meu vagão desembarcaram. Uma mulher com cerca de trinta anos embarcou com o filho, um menino loiro que parecia saído de um anúncio turístico da Noruega. Ela sentou a cerca de seis assentos de distância e a criança, que não devia ter mais de sete anos, sentou primeiro ao seu lado, depois à sua frente e então passeou pelo vagão, até vir sentar comigo. A mulher não deu atenção — ali não era a Irlanda, as pessoas não estavam tão contaminadas pelo medo — e ouvia música em seu iPod enquanto folheava um jornal.

"*Hei*", disse o menininho, sorrindo para mim.

"*Hei*", respondi, me levantando no mesmo instante. Passei pela mãe ao seguir pelo corredor até a porta na extremidade e ao último vagão do trem, onde encontrei outro lugar com janela e me sentei.

Era assim que eu agia agora. Eu não me arriscava mais.

Cheguei à estação de trem de Lillehammer às dezesseis e trinta e deixei minha bagagem em um armário antes de abrir o mapa e reler as orientações que eu anotara no início daquela semana.

Será que aquilo era sensato?, pensei. Ou apenas outro erro?

Era uma caminhada longa, talvez trinta minutos ou

mais, mas eu queria organizar os pensamentos enquanto seguia na direção das casas no topo da colina, acima do Maihaugen Museum, onde Einar e Svein tinham me levado há tantos anos para ver a história e a cultura da Noruega ao ar livre: celeiros de grãos, igrejas de madeira e jovens vestidos com fantasias do século XIX. Andei por uma rua sinuosa com jardins bem cuidados, pequenos bosques separando os vizinhos, até que, ao fazer outra curva para a esquerda, vi um pequeno king charles spaniel marrom cavoucando a grama diante de um portão; quando ele se virou e olhou para mim, eu tive certeza de que aquela era a casa.

Segui pela entrada de carros, o cão trotando alegremente em torno dos meus pés, a cabeça voltada para cima para me ver, e vislumbrei o carro estacionado à frente da porta da casa; havia uma cadeira para crianças no banco traseiro. Senti uma pontada dentro de mim quando vi o objeto.

Toquei a campainha e ouvi um segundo cachorro latir lá dentro, e então uma voz, uma voz feminina, lhe dando ordens com palavras que não pude entender, e então ela abriu a porta. Seu rosto mudou um pouco quando ela percebeu que não me conhecia, que eu talvez fosse algum tipo de vendedor, testemunha de Jeová ou alguém em busca de votos para a eleição do conselho.

"*Hei?*", ela perguntou, conforme o primeiro cão passou por ela e desapareceu pelo corredor, voltando quase em seguida com um coelho de plástico na boca e exibindo-o com orgulho para mim. O segundo cachorro, outro king charles spaniel, chegou andando e bocejou.

"Olá", eu disse.

Ela mudou para inglês no mesmo instante. "Em que posso ajudá-lo?"

"Esta é a casa de Aidan Ramsfjeld?", perguntei.

"Sim."

"Eu gostaria de conversar com ele."

"Ele ainda não voltou. Deve chegar a qualquer momento. E você é...?"

"Meu nome é Odran", respondi. "Odran Yates. Tio dele."

O sorriso dela diminuiu um pouco e seu queixo caiu de espanto. "Oh", ela disse. "Está bem. Ele sabia que você estava vindo? Não mencionou nada para mim."

"Não", eu disse a ela. "Na verdade, nem eu sabia que vinha até alguns dias atrás. Simplesmente vim e torci para ele não ter viajado nesse feriado."

"Feriado?", ela perguntou, rindo de leve. "Quem nos dera." Ela deu um passo para trás e entrei na casa, reparando em uma maleta médica — que só podia pertencer a ela — numa mesa de canto.

"Desculpe", ela disse, estendendo a mão após um instante, quando olhávamos um para o outro. "Eu devia ter me apresentado. Sou Marthe. Esposa de Aidan."

"Odran."

"Sim, você disse. Por favor, fique à vontade."

Eu a acompanhei pelo corredor até uma grande sala de estar, decorada com cuidado e com uma bela pintura do leito de um rio na parede. Reconheci a paisagem, sem ter certeza de onde era. Será que tinha passado por ela na viagem de trem?

"Você gosta?", ela perguntou ao perceber para onde eu olhava. "É a Ponte Sisto, em Roma. Fomos para lá na nossa lua de mel. Comprei como lembrança."

"Sim, claro", respondi, uma torrente de memórias na cabeça. Virei para ver o restante da sala e então, olhando para mim, estavam duas crianças, um menino com cerca de quatro anos e uma menininha que devia ter dois.

"Crianças, este é Odran", disse Marthe. "Ele é..." Ela

hesitou. "Este é Odran", ela repetiu. "E estes são Morten e Astrid."

"Olá", eu disse.

"*Hei!*", eles responderam em uníssono e eu sorri. Eram crianças lindas.

"O que vocês estão assistindo?", perguntei.

O menino, Morten, disse uma longa sequência de palavras norueguesas, pontuando-as com movimentos das mãos. Quando terminou, acenou com a cabeça, pensativo, e voltou a prestar atenção ao televisor.

"Ótimo", respondi. Me virei na direção de Marthe e dei de ombros. "Desculpe ter aparecido sem avisar", eu disse.

"Não tem problema", ela respondeu. "Vamos tomar um chá?" Eu a acompanhei à cozinha, que estava imaculada, apesar de Marthe ter estado preparando o jantar. "Está tudo bem?", ela perguntou depois de um momento. "Hannah não piorou, não é?"

"Não, não é isso."

"E Jonas?"

"Ele está bem, que eu saiba. Em Hong Kong, acho."

"Sorte dele. Sente-se, por favor."

Sentei e, alguns minutos depois, ela colocou uma xícara de chá à minha frente. Eu bebi, sem saber o que dizer.

"Então", ela disse, sentando diante de mim.

Olhei para ela e perdi a convicção do que eu estava fazendo ali. Era uma bela casa e uma família morava ali; duas crianças lindas e amadas, dois cachorros dóceis. Por que eu estava trazendo toda aquela infelicidade até eles?

"Talvez seja melhor eu ir embora", eu disse. "Não quero incomodá-los."

"Não está incomodando", ela respondeu. "Nem um pouco."

"Acontece que eu precisava vir." Senti o peso de todos

aqueles anos crescendo dentro de mim. "Preciso conversar com ele. Preciso explicar."

"Explicar o quê?"

Olhei em seus olhos. Sacudi a cabeça. Se eu não conseguia encontrar as palavras nem para dizer a ela, como encontraria para conversar com ele?

O rosto de Marthe mudou e seu sorriso sumiu. "Oh", ela disse e, naquele instante, ouvi o som de uma chave na porta. Levantei de um salto, com medo, como se houvesse a possibilidade de eu não sobreviver àquele momento. Ela se virou, olhou para o corredor e sussurrou o nome dele conforme ele veio em nossa direção.

"Que dia!", ele veio dizendo. "Einar atrasou as faturas e, quando finalmente terminou tudo, percebeu que tinha..."

Ele parou quando me viu, uma expressão de surpresa no rosto. Senti o acúmulo de vinte anos de falsidade e mentiras, de traumas e crueldade, e reconheci minha participação naquilo — eu tinha deixado aquele homem sozinho com meu sobrinho para fazer o que quisesse com ele.

E a dor se avolumou dentro de mim, as lágrimas surgiram e eu caí sentado na cadeira, chorando como nunca tinha chorado antes. "Eu sinto muito", eu disse, as palavras estranguladas pela emoção, sem nem mesmo um olá ou um cumprimento. "Eu sinto muito... Eu não sabia... Por favor, me perdoe, Aidan, eu juro que não sabia..." E o restante das palavras foi distorcido, pois àquela altura havia lágrimas e saliva e catarro e eu tinha desmoronado sobre a mesa como um farrapo de homem conforme Marthe olhava estarrecida para a cena diante de si, a mão na boca, e Aidan, aquele bom homem, melhor que todos eles juntos, deixou a pasta no chão e veio até mim, pôs o braço sobre meus ombros e me puxou em sua direção, dizendo: "Pare de chorar, tio Odie. Pare de chorar. Pare, senão eu também vou começar e talvez nunca consiga parar".

***

Nos encontramos duas noites depois, em uma bar de Oslo. Fiquei por pouco tempo na casa de Aidan e Marthe; após a emoção daquela primeira meia hora, um clima tenso surgiu entre nós e ele ficou muito calado, olhando para o chão enquanto Marthe mantinha uma conversa vazia comigo, até que por fim sugeri que talvez fosse melhor eu ir embora.

"Eu peguei você de surpresa", eu disse. "Devia ter avisado que estava vindo. Mas eu posso vê-lo daqui a uns dias, depois de você ter um tempo para pensar nas coisas, o que acha?"

Observei o rosto de Aidan, agora bronzeado e com marcas de expressão por causa do trabalho ao ar livre, e ele ficou pensativo. Estava com uma barba de três dias que parecia ser daquelas que não ficam mais longas nem precisam ser aparadas. Eu via Kristian em seus olhos e Hannah na maneira como se virava para me observar quando achava que eu não estava prestando atenção. Não havia mais nada do menino exibicionista nele; era um homem completo.

"Quanto tempo você vai ficar na Noruega?", por fim ele perguntou.

"O tempo necessário", eu disse. "Fiz uma reserva em um hotel de Oslo para algumas noites, mas, se você disser que prefere que eu volte para Dublin, é isso que eu farei."

Ele fez que sim, mas sua expressão era um mistério. Olhei para Marthe, mas não havia nada em seu rosto que sugerisse uma possível intervenção.

"Vou deixar as informações de contato", eu disse, anotando o endereço. "Me ligue, se quiser conversar."

E, sem mais nenhuma palavra entre nós, eu parti.

376

Passei o dia seguinte visitando pontos turísticos, mas minha mente estava em outro lugar, observando os jovens de férias com o passe InterRail e me perguntando como seria ter vinte anos outra vez — ter vinte anos *agora*, em 2012, quando tudo era diferente — antes de empurrar a ideia para longe, pois apenas tristeza me aguardava nessas fantasias. À tarde, fui à catedral e acendi uma vela diante da Madona com o Menino. Quando voltei ao hotel, havia uma mensagem de Aidan, na qual ele dizia que estaria em Oslo a negócios no dia seguinte e que, se eu estivesse disposto, poderíamos nos encontrar para um drinque às sete horas num bar em Aker Brygge Wharf.

Quando cheguei lá, encontrei-o sentado sozinho com uma cerveja, lendo o caderno de esportes do jornal. Ele levantou o rosto conforme me aproximei e ofereceu um meio sorriso.

"Não consigo me acostumar com você em roupas normais", ele disse. "Eu nunca tinha te visto sem a batina."

"Colarinho aberto não combina comigo", respondi.

"Quer uma cerveja?"

"Quero."

Ele sinalizou o pedido de uma nova rodada e dei boas-vindas aos copos altos que vieram. Eu estava com sede, e a bebida nos daria algo para fazer enquanto quebrávamos o gelo.

"Marthe parece ser uma garota incrível", eu disse.

"Sim, ela é."

"Ela é médica?"

Ele assentiu. "Pediatra. Tem clínica própria em Lillehammer".

"Não é a mulher com quem você morou em Londres há muitos anos?"

"Não, aquilo não deu certo. Conheci Marthe quando me mudei para cá."

"E você?", perguntei. "O que você faz?"

"Sou dono de uma construtora", ele disse. "Ou melhor, um dos donos. Meu primo, Einar, está nessa comigo."

"Eu me lembro de Einar", comentei. "De quando sua mãe e seu pai se casaram."

"Não, deve ter sido o pai dele. Einar tem vinte e poucos anos. Einar Junior."

"Ah, entendi. Einar, Svein, seu pai e eu viemos juntos do aeroporto e bebemos vodca o caminho todo. Ficamos muito bêbados. Como eles estão?"

"Einar está ótimo", ele respondeu. "Mora perto de nós. Mas Svein morreu faz alguns anos. Câncer."

Senti uma inexplicável onda de tristeza por um menino com quem convivi apenas alguns dias, trinta anos antes. "Que horror. Ele era novo, não era?"

"Sim, tinha apenas quarenta e poucos."

"Ele se casou?"

"Duas vezes. Casamentos ruins, os dois."

Suspirei. "E seus filhos", eu disse. "Morten e Astrid".

"O que tem eles?"

"Nada. Foi bom conhecê-los, só isso."

Ele assentiu e deu um longo gole na caneca antes de olhar para uma televisão no canto do bar, que transmitia uma partida de futebol. Acompanhou por um momento antes de franzir as sobrancelhas e baixar os olhos para a mesa, passando a unha por uma ranhura na lateral.

"Eu devia ter escrito", eu disse, enfim. "Acho que teria sido melhor."

"Achei que você viria meses atrás", ele respondeu, me surpreendendo.

"Achou?"

"Jonas me contou que você tinha pedido meu endereço. Achei que você vinha naquela semana."

"Eu não sabia se você me receberia", respondi. "Afinal,

fazia anos que não nos víamos. E tanta coisa aconteceu nesse meio-tempo."

"Comigo, sim. Mas eu aposto que sua vida não mudou nada, ou mudou?"

Desviei o rosto. Teria sido crueldade proposital da parte dele? Ou apenas uma afirmação sem significados ocultos? De qualquer maneira, ele estava certo. Com a exceção de eu agora estar em uma paróquia, não mais no Terenure, minha vida não havia mudado quase nada desde que ele era criança.

"Vou pedir mais uma", eu disse, chamando a atenção do garçom, que serviu mais duas canecas e trouxe para nós.

"Calma", disse Aidan. "Acabamos de chegar."

"Não se preocupe, eu comi. E, hoje, sinto que preciso beber."

Brindamos com as canecas.

"*Sláinte*", eu disse.

"*Skål*", ele respondeu.

Um silêncio pairou entre nós e, por algum tempo, achei que nunca mais conseguiríamos quebrá-lo.

"Você viu o Grand Hotel?", ele me perguntou.

"Na praça?", perguntei. "Sim, eu vi."

"O vencedor do prêmio Nobel da paz se hospeda lá todo dezembro para ir à cerimônia", ele disse. "Marthe e eu nos hospedamos lá também, sempre no mesmo fim de semana da premiação. Foi lá que nos conhecemos. No bar daquele hotel. Mohamed ElBaradei, da Agência Internacional de Energia Atômica, foi premiado naquele ano. Era o dia seguinte à cerimônia e ele parecia estar apenas relaxando, bebendo alguma coisa. Marthe pediu que eu usasse a câmera dela para tirar uma foto dos dois, e eu tirei; então pedi que ela fizesse a mesma coisa por mim, e ElBaradei estava de tão bom humor que pagou bebidas para nós dois. Eu e Marthe ficamos tão contentes que continuamos a conversar depois que ele foi embora. Estamos juntos desde então."

"E vocês vão para lá todo ano?"

Ele olhou para os próprios dedos e começou a listar nomes; imaginei que aquele era um jogo que ele e Marthe jogavam todo dezembro, a dificuldade aumentando a cada ano com um novo nome acrescentado à lista. "Foi Yunus no ano seguinte", disse Aidan. "E então Al Gore, depois um cara finlandês de que eu nunca lembro o nome, depois Barack Obama, mas não pudemos entrar no hotel naquele ano por causa de toda a segurança, e depois… "

"Aidan", eu disse baixinho, pousando a mão aberta na mesa e fechando os olhos.

Ele parou de falar e sacudiu a cabeça. "Não adianta falar nisso", ele disse.

"Claro que adianta. É por isso que estou aqui."

"Você sabia esse tempo todo?", ele perguntou, olhando diretamente nos meus olhos.

"Você não acreditará em mim se eu responder. Vai achar que estou mentindo."

"Se você me responder, acreditarei na sua palavra."

"Não. Eu não sabia", respondi. "Deus é testemunha quando eu digo que nunca passou pela minha cabeça. Faz apenas alguns meses que eu entendi o que aconteceu. Eu estava assistindo a *The Late Late Show* e havia uma mulher com o filho, um advogado que trabalha com vítimas de abuso. Eles conversaram sobre a infância dele e sobre o homem que o tinha machucado, as coisas que ele tinha feito. Foi horrível ouvir, Aidan, horrível. Então o apresentador se vira para a mãe e pergunta se ela havia notado alguma mudança no filho, se houve algum momento em que ela pensou que alguma coisa talvez estivesse errada. E ela disse que sim, que tinha notado, mas que atribuíra à idade. Ela disse que ele sempre fora um menino alegre, um desses meninos que animam todo mundo com sua energia, que foi assim desde que tinha aprendido a falar. E então, um dia, ela disse, ele simplesmente mudou. Num piscar de olhos. Antes cheio de alegria, ele passou a ser cheio de raiva. E eu estava sentado assistindo àquilo, Aidan, e lembro que estava bebendo uma xícara de chá escaldante, porque derrubei, ainda cheia, e senti algo subir dentro de mim e a sala começou a girar e eu achei que estava morrendo. De verdade, achei que estava tendo um ataque do coração ou um derrame. Fiz um esforço para levantar da poltrona e puxei o colarinho eclesiástico, mas não consegui soltar. Estava bem preso em volta do meu pescoço. E eu me ouvia lutando para respirar, sem conseguir, então eu caí no sofá e acho que desmaiei por alguns minutos, mas então um dos outros padres do presbitério entrou correndo e arrancou o colarinho e me deu um pouco de água. Ele queria que eu fosse ao médico, mas eu disse que não, que eu ia ficar bem logo, e voltei para meu quarto. E fiquei ali sentado, na beirada da cama, e pensei em você, Aidan, pensei em você quando era pequeno, na sua cantoria e sapateado e nas piadas todas que contava, e então pensei em como você tinha mudado, tão repentino, tão inesperado, e me lembrei daquela noite, a noite do enterro da minha mãe..."

"Pare. Por favor, pare", ele disse. Olhei para ele. Seus olhos estavam fechados e ele estava pálido. Tirei meu lenço do bolso, pois sentia as lágrimas descendo pelas minhas bochechas.

"Foi naquele dia, não foi?", eu perguntei.

"Sim", ele respondeu.

"Foi só aquela vez?"

"Sim."

"Você vai me falar o que aconteceu?"

Ele sacudiu a cabeça. "Não."

"Eu não sabia, Aidan", eu disse, me inclinando para a

frente. "Eu juro por tudo que é mais sagrado que eu não sabia. Se eu soubesse que Tom fazia aquelas coisas, eu nunca teria..."

"Não diga o nome dele, por favor", interveio Aidan.

"Eu nunca digo o nome dele."

Senti uma convulsão no estômago, uma repulsa por tudo em que eu passara minha vida acreditando. E ódio, ódio puro do meu velho amigo. "Eu sinto uma vergonha e uma culpa avassaladoras", eu disse a Aidan, enfim, e agora ele olhou nos meus olhos, uma expressão de quase perdão em seu rosto.

"Não precisa sentir", ele respondeu. "Você não fez nada."

"Eu o deixei sozinho com você."

"Você não tinha como saber o que ele faria."

"Mas eu era seu tio", eu disse, sentindo o peso de tudo que aquele pobre menino tinha carregado. "Eu devia ter cuidado de você. Eu devia ter protegido você."

Ele deu de ombros. "Você nunca percebeu?", ele perguntou.

"Não."

Ele sacudiu a cabeça. "Você nunca percebeu?", repetiu.

"Não."

"Acho difícil de acreditar. Não estou atacando você, Odran, mas preciso ser sincero. Eu acho isso muito difícil de acreditar."

"Você acha que, se eu tivesse percebido quem ele era, eu o teria deixado sozinho com você?"

"Você talvez tivesse medo de enfrentá-lo."

"É por isso que você me odiou por tanto tempo, não é?", perguntei. "Por isso se manteve tão longe de mim. Você me culpa pelo que aconteceu."

"Não, o culpado é ele", disse Aidan. "Mas, sim, você o trouxe para a nossa casa. Você o deixou sozinho comigo.

Entendo que você se sinta culpado e que você não pode ser responsabilizado pelas ações de outro homem, mas essa foi uma longa estrada para mim, uma estrada de vinte anos. Os danos que aquele homem causou em mim numa única noite são danos que eu levarei para o túmulo. Portanto, não é fácil esquecer sua participação nisso."

Concordei com a cabeça. Pus as mãos nas bochechas e enxuguei devagar. "Não posso tirar sua razão por se sentir dessa maneira", respondi. "E o que você disse está certo. Eu realmente o levei para a sua casa. Eu realmente o deixei sozinho com você. Você era meu sobrinho e eu não devia ter permitido que coisas ruins acontecessem com você. Não tenho nada a lhe dizer, Aidan, exceto que sinto muito e que este é o maior arrependimento da minha vida. Eu sinto muito", repeti.

"Sim", ele disse. "Eu sei que você sente."

Então olhamos um para o outro, um momento de ternura, e eu soube naquele instante que ele não queria mais continuar furioso comigo, mas que seria impossível para ele enterrar a dor de uma vez ou me perdoar por completo. Ainda assim, talvez houvesse esperança para nós.

"Posso fazer uma pergunta?", eu disse, depois de um tempo.

"Pode", ele respondeu, defensivo.

"Por que você não voltou? Por que não testemunhou no julgamento?"

Ele deu de ombros. "Ninguém me pediu."

"Mas você deve ter lido sobre o caso. Deve ter sabido que estava acontecendo. Ou não? Se sabia, por que não falou com os Gardaí?"

Ele pensou naquilo. "Eu fiquei sabendo, sim", admitiu. "E eu talvez devesse ter ido. É difícil explicar. Aprendi a lidar com isso da minha maneira. Tive terapeutas em alguns momentos. Eles não ajudam muito, para ser sincero.

383

Mas Marthe, ela ajuda. Descobri meu próprio jeito de superar. Se eu queria voltar à Irlanda e reviver tudo em uma corte? Não. Talvez tenha sido um erro da minha parte, mas não, eu não queria. Eu sabia que havia pessoas suficientes testemunhando para garantir que ele fosse para a cadeia, mas sabia também que eu não suportaria ficar num tribunal com aquela pessoa. Se eu ficasse, apenas um de nós sairia vivo. Eu tenho um filho, Odran. Eu tenho uma filha. Fiz uma escolha. Nos dias em que o julgamento estava acontecendo, eu estava em Lillehammer com eles. Tirei uma folga. Passei meus dias com eles, só nós três. Eu os levei para andar de barco. Passeei com eles no Maihaugen até eles reclamarem que estavam cansados. Marthe e eu os levamos em uma viagem de trem a Estocolmo e tivemos os melhores quatro dias de nossas vidas. Voltar a Dublin e imergir naquele caldeirão ou estar aqui, com a minha família, amar e ser amado? Não havia o menor dilema."

Concordei com a cabeça. "E você não voltaria, agora que tudo acabou?"

"Para morar, você quer dizer?"

"Sim."

Ele fez que não. "Eu jamais moraria naquele país outra vez", ele disse. "A Irlanda está podre. Apodreceu por completo. Desculpe, mas vocês, padres, a destruíram."

Não tive resposta para aquilo. Eu não tinha como dizer que ele estava errado. Eu não tinha certeza nem de que ele estava errado de fato.

"Jonas sabe de tudo isso, não sabe?", perguntei.

"Sim. Contei a ele faz muito tempo."

"Mas nada aconteceu com ele naquela noite?"

"Não."

"E quanto à sua mãe? Você contou para ela?"

Ele negou. "Não contei. Mas acho que ela sabia."

"Eu também acho", eu disse, me lembrando de uma

coisa que ela dissera no dia em que eu e Jonas a levamos para o asilo Chartwell.

"Você me aceita de volta na sua vida?", eu perguntei, com medo da resposta. E, naquele momento, o time na televisão deve ter marcado o gol da vitória, pois um grito emergiu da multidão. Aidan olhou à volta e se uniu à torcida.

"Aidan", eu disse quando ele se virou para mim outra vez. "Você me aceita de volta na sua vida?"

Ele engoliu em seco e respirou fundo antes de fechar os olhos. Eu não disse mais nada, apenas esperei. Pareceu uma eternidade. No fim, ele abriu os olhos e parou uma garçonete que passava.

"Pode trazer outra cerveja?", ele pediu a ela.

"E seu amigo?", ela perguntou.

"Na verdade, ele é meu tio", ele disse. "E, sim, ele também quer. Traga o cardápio também, por favor. Nós vamos jantar juntos."

Ela assentiu e eu baixei os olhos para a mesa. Precisei de algum tempo antes de me sentir capaz de levantá-los outra vez.

"Conte-me sobre seus filhos", eu disse, enfim. "Conte-me tudo sobre eles."

Com isso, o rosto de Aidan se abriu e pude ver outra vez o menino que ele tinha sido, aquele menino tão cheio de alegria, amor e vida. Ele ainda estava ali, em algum lugar, escondido sob a dor. E tudo o que foi preciso para ele se revelar outra vez foi a menção àquele menininho e àquela menininha ao norte, em Lillehammer, provavelmente encolhidos no sofá enquanto a mãe lia uma história e os cachorros roncavam.

2013

Ouvi um boato sobre o retorno do padre Mouki Ngezo à Nigéria e por isso marquei uma reunião com o arcebispo — o *novo* arcebispo — para perguntar se eu poderia finalmente voltar ao Terenure College. Foi minha primeira visita ao Palácio Episcopal desde sua nomeação e muitas mudanças tinham acontecido nesse meio-tempo. Os símbolos de luxo do velho mundo se foram, substituídos por uma modernidade quase corporativa. O armário de bebidas desaparecera; em seu lugar estava uma escrivaninha que parecia vinda de uma galeria de arte moderna, com um monitor *widescreen* sobre ela. Padre Lomas, que costumava ficar na antessala para servir o arcebispo Cordington de maneira incondicional, não estava mais lá. Agora, havia duas escrivaninhas nos lados opostos da antessala, equipadas com um sistema de comunicação que não teria ficado deslocado na Nasa. Em uma delas estava um jovem de terno, cabeça raspada e barba rente, que se apresentou como assistente pessoal do arcebispo. Na outra, ficava uma mulher que parecia recém-saída de um desfile de moda; fui informado que era a nova consultora de mídia da diocese.

"O que aconteceu com padre Lomas?", perguntei a ela. "James foi transferido", ela me disse. "Estamos tentando mobilizar nossos recursos de maneira mais produtiva."

"Certo", respondi.

Pediram que eu esperasse numa poltrona que não parecia uma poltrona e ela praticamente me forçou a tomar um cappuccino. Enquanto eu aguardava, ela fez ligações através de um *headset*, sacudindo as mãos no ar como se conduzisse uma orquestra.

"Você está no Twitter?", ela me perguntou.

"Estou onde?"

"Você está no Twitter?", ela repetiu. "Não consigo encontrar seu nome. Ou usa um diferente?"

"Não, não estou", eu disse, tentando não rir. "Que assunto eu teria para tuitar? Duvido que alguém esteja interessado no que comi no café da manhã."

"Este é um equívoco bastante comum sobre a função do Twitter", ela respondeu, girando os olhos.

"Meu sobrinho sugeriu que eu criasse uma página no Facebook, mas nunca cheguei a fazê-lo."

"E por que criaria?", ela perguntou. "Não estamos mais em 2010."

Para meu alívio, uma das luzes em sua escrivaninha piscou antes que ela pudesse me importunar mais e ela indicou a porta com a cabeça. "Ele está pronto para recebê-lo", ela disse. "Dez minutos, está bem? Preciso dele na Today FM em meia hora."

Fiquei em silêncio. Eu não era a secretária do sujeito; minha conversa levaria tanto tempo quanto fosse necessário.

"Padre Yates", disse o arcebispo quando entrei, sacudindo minha mão e apontando para uma cadeira do lado esquerdo de sua escrivaninha, de costas para o aposento, posicionada de maneira que a pessoa sentada ficasse à direita dele. Eu tinha visto disposição parecida em algum lugar, mas não consegui me lembrar onde. Parecia esquisito, de certa maneira. "Fico contente que tenha vindo me visitar."

Trocamos algumas gentilezas, mas, consciente de que aquela mulher chegaria para me expulsar em oito minutos e meio, fui direto ao assunto e disse a ele o motivo da minha presença. Quero ir para casa, eu disse. Quero voltar para a minha escola.

"Você está exatamente onde precisamos", ele respondeu, abanando a cabeça e sorrindo para mim, como se não entendesse por que eu pediria uma coisa daquelas. "Pelo que consta, você está fazendo um ótimo trabalho naquela paróquia. Padre Burton tem muito apreço por sua presença. E por que você iria querer voltar para aquela escola, com todos aqueles moleques? Eles esgotariam você, é isso que eu acho. Tive que participar de um evento em Blackrock, faz pouco tempo, e achei que ia desmaiar com o fedor de todos aqueles meninos. Eles nunca tomam banho? Deve ser coisa de adolescente, eu acho."

"A frequência dos fiéis na missa de domingo está diminuindo", eu disse, disposto a me menosprezar, se isso ajudasse a conseguir o que eu queria. "Os pratos de coleta ficam pela metade. Não temos mais coroinhas, apesar de a decisão ter vindo deste escritório, claro."

"É mais seguro sem eles", ele respondeu baixinho.

"No geral, vossa excelência, creio que não tenho feito um trabalho exemplar."

"A maior parte disso não é culpa sua", ele disse. "Vivemos tempos difíceis, não vivemos? Tempos muito difíceis. Esta última década foi terrível para a Igreja. E reconstruir as coisas depende de homens como eu e você. Ir adiante", ele acrescentou, com um sorriso.

388

O Salão Oval. Foi onde vi cadeiras dispostas daquele jeito. O presidente coloca os visitantes em ângulos ridículos. Imagino que seja para reiterar de quem é o poder verdadeiro.

"Quando o cardeal Cordington me pediu para assumir a paróquia", eu disse, "prometeu que seria uma coisa temporária."

"Prometeu, foi?", ele perguntou, olhando para mim com uma expressão aborrecida, como se meu desrespeito fosse algo que ele não aturaria por muito tempo.

"Sim", respondi, encarando-o de volta. "Ele prometeu."

"Bom, às vezes não podemos cumprir nossas promessas."

"Sei muito bem disso, pode ter certeza. Vejo votos quebrados por toda parte. Mas acontece que estou lá faz seis anos, e já basta. Ouvi dizer que padre Ngezo está voltando para a Nigéria, o que significa que há uma vaga para capelão na escola, e eu gostaria de assumi-la." Tentei um tom mais conciliatório. "Cá entre nós, vossa excelência, não estou ficando mais jovem. Tenho quase sessenta anos. Quero viver meus últimos dias ali. É o ideal para mim, percebe? Me dedico muito àquela biblioteca. E tenho sempre um bom relacionamento com os meninos."

"Sinto muito, padre Yates", ele respondeu — nada daquela bobagem de *Odran* ou *padre Odran* da parte dele —, "mas tenho um jovem rapaz muito capacitado em mente para assumir o lugar do padre Ngezo quando ele partir. Prometi que ele começaria no outono e ele aguarda com ansiedade. Parece que é amigo próximo de Colin Farrell, o ator. Estudaram juntos. A gente talvez consiga que ele faça uma palestra para os meninos."

"Bom, como o senhor mesmo disse, vossa excelência, às vezes não podemos cumprir nossas promessas."

O sorriso permaneceu, mas ele sacudiu a cabeça. "Não será possível", ele disse. "Aceite isso."

Tentei não rir. Quantos anos ele tinha? Quarenta? Quarenta e cinco? *Aceite isso?*

"O senhor deve estar certo", eu disse.

"Tenho certeza de que estou."

"Afinal, o cardeal Cordington não me pediu para assumir a antiga paróquia de Tom Cardle para que ele pudesse transferi-lo para um lugar seguro, não é?"

"O que disse?", ele perguntou.

"Estou só dizendo que toda essa conversa de investigação criminal sobre o cardeal é uma coisa terrível. Não teria acontecido nada disso na época de John Charles McQuaid, pode ter certeza. O DPP disse não ter provas suficientes para fazer uma acusação contra ele. Ainda bem. Afinal, ele diz que não sabia nada sobre os abusos de Tom. Eu, pelo menos, acredito nele. O senhor não acredita? Apesar de, pensando bem, no dia em que estive no escritório dele, quando me pediu para ser transferido, ele deu a entender outra coisa. Ia me dizer, mas pensou duas vezes e mudou de ideia. Disse que era algo delicado, que não devia chegar aos ouvidos do público. Do que o senhor acha que ele estava falando?"

"Você está entrando em terreno muito perigoso, padre Yates", disse o arcebispo, baixinho, desviando os olhos por um instante para um telefone que vibrava sobre a escrivaninha, pegando-o, deslizando o dedo sobre a tela e baixando-o outra vez.

"Por quê?", perguntei. "Uma coisa dessas jamais viria a público, não é? Ele teria muitas explicações a dar, se isso acontecesse. E este escritório sofreria a maior parte do dano, eu diria. Não que eu falaria no assunto, claro. Com um jornalista. Ou...", e parei por um instante antes de pronunciar as três letras monstruosas que a Igreja Irlandesa detestava mais que o diabo, "com a RTÉ."

A verdade era que eu não aguentava mais. Fui submisso a eles durante minha vida toda — primeiro ao padre Haughton e à minha mãe; então ao arcebispo de Dublin; depois ao monsenhor Sorley e aos cardeais de Roma, que em setembro de 1978 me forçaram a ficar em silêncio quando eu deveria ter me manifestado; então ao papa polonês, que me dispensou antes do tempo e a cujas regras obedeci por décadas antes de me dar conta do tipo de homem que ele era — e agora eu não aceitaria mais a submissão. Muito menos a um fedelho como aquele, que mal tinha chegado ao cargo. Com os malditos iPhones e iPads e babaquices tuitadas. Tinha chegado a hora de um basta. O país inteiro não aguentava mais.

"Quantos anos você tem agora, padre Yates?", ele, enfim, me perguntou. "Cinquenta e cinco?"

"Cinquenta e oito."

"E com quantos anos você acha que se aposentará? Sessenta?"

"Não, tenho certeza de que estou muito saudável. Digamos, sessenta e cinco. Como todas as outras pessoas da Irlanda."

"Sete anos, então."

"E, no meu caso, sem diminuição de pena por bom comportamento."

"É para ser uma piada?", ele perguntou, estreitando os olhos, e desviei o rosto. Não fazia sentido abusar da minha sorte.

"Eu era bom no meu trabalho na escola", eu disse, agora tentando parecer conciliatório. "Eu era feliz ali. E me prometeram que eu voltaria. Eu *quero* voltar. Por favor, deixe-me voltar. Faria tanta diferença para o senhor?"

Ele suspirou, derrotado, e jogou as mãos para cima.

Pensei em Henrique II, desejando que alguém o livrasse de seu incômodo padre, e agradeci a Deus por não haver um carrasco esperando por mim no cadafalso. "Tanto faz", ele disse. "Pode voltar para o novo período, em setembro, já que faz tanta questão."

Tanto faz? Era como se aquele sujeito passasse todas as suas noites assistindo a seriados americanos. Era um homem de meia-idade falando como uma criança mimada. De qualquer forma, em resumo, pude voltar para casa. Ao meu antigo quarto, aos meus antigos colegas, à minha antiga biblioteca. Os livros estavam uma baderna, claro. As sessões, totalmente misturadas. Com a ajuda de dois meninos do quarto ano, conseguimos restabelecer a ordem ao longo de algumas semanas, e atribuí a dois alunos mais novos, gênios da informática, a tarefa de criar um catálogo de tudo o que tínhamos nas prateleiras. Eles ficaram muito contentes e me falaram sobre tabelas do Excel e bancos de dados e todo tipo de coisa, até que eu disse: "Meninos, não tenho o menor interesse em nada do que estão me dizendo; apenas façam o trabalho e fico muito agradecido".

Todos os meus antigos alunos tinham se formado havia muito tempo, como era de se imaginar. Os meninos que estavam no primeiro ano quando fui embora deviam estar no Trinity, ou na UCD, ou talvez mais longe, guerreando pelo Talibã. Havia novos alunos, que ficaram surpresos com um velho como eu aparecendo entre eles, mesmo com a propagação do boato sobre eu ter passado vinte anos ali, antes de um período de licença. Eles não imaginavam que estive por perto, do outro lado do Liffey. Ouvi um menino dizendo que eu havia morado com uma mulher em Glasthule e que o relacionamento não tinha dado certo. Outro disse que não, que eu fora membro da Câmara Baixa, um Teachta Dála do Partido Verde, e que perdera meu cargo na eleição. Um terceiro afirmou que eu tinha sido casado com a cantora Twink, e um quarto, que eu nunca tinha estado ali como padre, e sim como freira, e que passara por uma cirurgia de mudança de sexo nos anos desde então. Eles me admiravam, pensei. Eu nunca tinha feito nada tão empolgante quanto aqueles boatos. Pena.

Quando Hannah morreu, logo depois do Natal, subi ao altar da Good Shepherd Church enquanto Jonas e Aidan, Marthe, Morten e Astrid se sentaram no primeiro banco e eu contei histórias sobre minha irmã e sobre a vida que compartilhamos.

Contei a eles sobre como ela tinha escrito para Robert Redford toda semana a partir do fim de 1973 — quando o viu beijar Barbra Streisand do lado de fora do Plaza Hotel, na cidade de Nova York, no final de *Nosso amor de ontem* — até os últimos meses de 1974, quando decidiu que não perderia mais tempo com ele. Tinha lhe custado uma fortuna em selos internacionais, contei; onde ela tinha conseguido o dinheiro, eu não sabia. Robert Redford não respondeu nenhuma vez, o que foi muita falta de consideração, pois um simples cartão-postal teria levado minha irmã às nuvens.

Contei a eles sobre como passamos uma semana na praia Curracloe quando crianças, a família toda, e como eu, com a ajuda de nosso irmão menor, Cathal, tinha enterrado Hannah na areia até as axilas, e como ela havia gritado e implorado para ser libertada, e mamãe me dera um tapa no bumbum por ter feito aquilo, dizendo que era daquele jeito que acidentes aconteciam.

Contei a eles sobre como ela às vezes mandava caixas de mimos de Dublin quando eu estava em Roma, repletas de coisas das quais eu sentia falta e não conseguia encontrar na Itália — batatas Tayto, Lucozade, Barry's Tea, Curly

Wurlies —, e o quanto aquelas caixas eram significativas para mim, mesmo decerto custando muito mais que todas as cartas enviadas a Robert Redford.

Contei a eles sobre como ela trouxera dois meninos maravilhosos ao mundo e os criara com amor. Ali estava um deles, eu disse, apontando para o primeiro banco, administrando sua própria empresa na Noruega, marido e pai dedicado. E ali estava o outro, eu disse, escrevendo todos aqueles livros e tornando-se famoso com romances que todos amavam, especialmente os jovens, mesmo repletos de palavrões e todo tipo de sexo selvagem, e a congregação riu alto, Jonas enterrando a cabeça nas mãos, outra vez constrangido como um adolescente.

Contei a eles sobre como ela tinha conhecido o marido, Kristian, quando ele ia ao Bank of Ireland no College Green toda tarde para trocar coroas norueguesas por libras irlandesas, e como ele um dia não telefonou para ela como tinha dito que faria, e como ela resolveu tomar uma atitude e ligar ela mesma, e como nossa mãe havia desligado o telefone da parede depois disso, dizendo que nenhuma menina decente ligaria para um menino por iniciativa própria. E sobre como tinham se casado ainda jovens e perdido um ao outro ainda jovens, e como fora uma tragédia, mas agora eles haviam se reencontrado, ou ao menos eu acreditava que sim, e poderiam passar a eternidade juntos, pois eu não conhecia nenhum casal que se amasse mais do que eles.

E contei a eles sobre a luta contra a deterioração da mente ao longo dos últimos dez anos de sua vida, e sobre como tinha sido injusto e como, em ocasiões como aquela, talvez esperassem que um homem como eu, com as crenças que eu tinha, dissesse que tudo fazia parte dos desígnios de Deus; mas contei que eu não poderia dizer aquilo, pois não sabia muito bem se era verdade, e, se fosse, eu não compreendia nada, pois ela havia ficado doente ainda jovem e a doença a tinha levado. Não parecia haver justiça em nada disso.

Mais tarde, quando estávamos todos reunidos na casa dela, foi estranho para mim ser o último membro sobrevivente da minha família — papai tinha morrido fazia tempo; o pequeno Cathal havia partido por razão nenhuma; mamãe falecera na igreja e agora Hannah também tinha me deixado —, mas então me dei conta de que eu não era apenas um, e sim um entre seis, e eu teria que me esforçar para continuar assim. E, quando perguntei a Aidan se eu poderia levar Morten e Astrid ao cinema no dia seguinte, ele disse que sim e que, se eu não me importasse, poderia levá-los também para um lanche, que isso ajudaria muito, pois havia muito trabalho a ser feito para limpar a casa de sua mãe. Decidi naquele instante que faria questão de ser parte da vida de todos eles, dali em diante. Os voos para a Noruega não eram tão caros e a viagem de trem para o norte oferecia uma bela paisagem.

Antes de nos despedirmos naquela noite, Jonas disse que devíamos almoçar juntos quando ele voltasse da viagem aos Estados Unidos, e eu disse que seria ótimo. Ele sacou o telefone dele e eu saquei o meu — sim, agora eu tinha um — e ele perguntou, que tal no dia 26 do mês seguinte, assim eu terei tempo de me recuperar do *jetlag*, e eu sacudi a cabeça e disse que não, no dia 26 não era bom para mim, tenho um compromisso agendado para o dia 26, podemos pensar em outro dia?, e ele disse que não tinha problema e escolhemos uma data diferente e eu sabia que esperaria ansiosamente para vê-lo.

A manhã do dia 26 chegou e minha consciência estava em crise pelo que eu tinha planejado fazer. Eu podia não me envolver. Podia seguir com minha rotina, ficar na escola e mergulhar no meu trabalho; a editora de Jonas enviara duas caixas de livros para a biblioteca e era necessário separá-los e catalogá-los. Qual motivo havia, afinal, para eu ir em frente com o meu plano? Eu não poderia contar a ninguém, claro, muito menos para meus sobrinhos, que considerariam aquilo uma traição — e, de qualquer forma, eu nunca teria vontade de falar no assunto. Mas eu estava decidido e, por isso, parti.

Cinco anos antes, quando Tom Cardle foi enfiado em um carro policial e levado para a prisão Mountjoy, parecia que o mundo inteiro esteve no Four Courts, mas a mídia não mostrou o menor sinal de interesse por sua soltura. Um novo pacote de obsessões nacionais — a recessão, os banqueiros, a morte desnecessária de uma mulher em um hospital que deveria ter cuidado dela — havia assumido o controle, e os casos criminais envolvendo padres tendiam a receber menos atenção. Era mais do mesmo, pensava o povo; não era mais considerado notícia.

Fiquei no carro, observando o prédio repressivo do outro lado da rua e imaginando os horrores que se passavam atrás de suas paredes de pedra. As portas se abriram e um jovem surgiu, um tipo marginal com um conjunto de moletom branco; uma moça saiu de trás de uma árvore, saltou em seus braços e os dois começaram a quase procriar no meio da rua. Desviei o rosto e fiquei aliviado quando eles chamaram um táxi e foram embora.

Alguns minutos depois, as portas se abriram outra vez e ali estava ele. Se ele tivesse passado por mim na rua, eu talvez não o tivesse reconhecido. Ele estava cinco anos mais velho desde a última vez que o vi — eu não o visitei nem uma única vez na prisão —, mas parecia que havia se passado duas ou três vezes mais tempo. Uma magreza impressionante, os olhos afundados no rosto. Seu cabelo, outrora preto e espesso, estava quase todo branco. Ele mancava, apoiado em uma bengala; ouvi boatos de que fora seriamente atacado no pátio da prisão e levado golpes nas pernas, e a certa altura houve rumores de que ele nunca mais andaria, mas agora ali vinha ele, cambaleando ao atravessar a rua, conferindo o tráfego à esquerda e à direita enquanto eu ficava imóvel, sem levantar a mão para cumprimentá-lo.

Era um velho. Um criminoso sexual. Um pedófilo. A diocese providenciara um apartamento para ele, um lugar péssimo perto da Gardiner Street, no quarto andar, com um elevador que tinha uma placa permanente de EM MANUTENÇÃO; me perguntei como ele conseguiria subir e descer com a perna machucada. Ele receberia uma pensão e esperava-se que vivesse com discrição. Estava proibido de dar entrevistas. Seria obrigado a obedecer à ordem do tribunal de manter os Gardaí informados de sua localização o tempo todo. Visitaria o agente de condicional toda semana. Estava proibido de contatar qualquer pessoa na hierarquia da Igreja, mas poderia frequentar a igreja de sua preferência, e a confissão era um sacramento aberto a todos, claro, caso ele optasse por usufruir dela.

"Odran", ele disse, abrindo a porta do passageiro.

"Você veio me buscar."

"Eu disse que viria."

Eu tinha escrito para ele um mês antes, quando a data de soltura foi estabelecida, e disse que estaria aguardando para levá-lo ao destino que ele quisesse. Foi um recado curto e sem rodeios, como dizem; não fiz nenhuma referência às cartas esporádicas que ele me mandou durante o cárcere, tampouco ao fato de que eu ignorara cada uma delas. Sem saber quantas pessoas poderiam estar à espera diante da prisão, eu o informei sobre a marca e o modelo do meu carro e disse que ficaria no veículo e manteria o motor ligado, e que ele deveria procurar por mim. Me senti como um ladrão de bancos, um criminoso pronto para fugir da cena do crime.

"Foi gentil da sua parte", ele respondeu, sentando no banco do passageiro e fechando a porta. Ele respirou fundo e fechou os olhos por um momento. Estava livre; imagino que estivesse absorvendo a ideia. "E como você está?"

Ele se virou e sorriu para mim, como se eu tivesse acabado de chegar a uma de suas paróquias para uma visita depois de uma longa ausência.

"Estou bem. E você?"

"Nunca estive melhor." Ele hesitou por um instante. "Feliz por voltar ao mundo real."

"Então, vamos."

Seguimos em silêncio, eu me perguntando se devia tê-lo deixado encontrar o próprio caminho, ele pensando sabe-se lá o quê. Ele ao menos teve a decência de ficar calado, de não fingir que as coisas estavam normais entre nós.

Estacionei em frente a seu novo apartamento e subimos pelas escadas, entrando com a chave que a arquidiocese me entregara no dia anterior. Era asqueroso. Pequeno e úmido, papel de parede descascando, barulho vindo do apartamento ao lado, música aos berros acima. Acho que eu teria preferido pular da janela a morar ali, e ele percebeu a expressão de horror no meu rosto.

"Não se preocupe", ele disse. "Está melhor do que antes."

Ele devia ter razão.

"Não estou preocupado", respondi. "Só estaria se fosse eu quem viesse morar aqui. É bom o suficiente para você, na minha opinião."

Ele concordou com a cabeça e sentou em uma das duas poltronas. "Você está bravo comigo, Odran", ele disse baixinho.

"É melhor eu ir embora."

"Não vá", ele disse. "Acabamos de chegar. Fique uns minutos."

"Apenas uns minutos", respondi, me sentando. "O trânsito vai piorar."

"Você está bravo comigo", ele repetiu após uma longa pausa. Quase ri do eufemismo.

"Eu não entendo você, Tom", respondi. "É essa a verdade."

"Eu também não. Passei os últimos cinco anos tentando entender."

"Chegou a alguma conclusão?" Ele deu de ombros. "Meu pai teve muito a ver."

"Seu pai?", eu disse, uma risada curta e amarga escapando da minha boca. "Aquele velho com o trator?"

"Não tire conclusões precipitadas. Você não sabe como ele era."

"Não teve nada a ver com ele. Foi só você."

Ele concordou com a cabeça e olhou pela janela por um instante; era uma vista deplorável, mas ao menos era uma vista. Ele não teve para onde olhar por anos.

"Faça como quiser", ele disse.

"Bom, você fez como bem quis por tempo demais. Acho que é a vez de outra pessoa."

Ele se virou na minha direção e fixou o olhar em mim, e percebi que havia pouco medo em seus olhos, apenas exaustão. Eu não tinha ideia do que acontecera com ele na prisão e não queria saber, mas suspeitava que houve momentos em que ele foi forçado a se defender fisicamente, algumas vezes com certa vantagem, muitas outras vezes sem vantagem nenhuma.

"Há alguma coisa que você queira me dizer, Odran?", ele perguntou. "Porque eu agradeço a carona para cá, mas se você quer apenas me agredir..."

"Você se perguntou alguma vez se era errado?", perguntei. "As coisas que você estava fazendo?"

Ele pensou um pouco e então sacudiu a cabeça. "Acho que nunca pensei nisso nesses termos", ele disse. "Conceitos de certo e errado. Eles não faziam parte."

"E as crianças, você nunca pensou no quanto as estava machucando?"

"Eu mesmo era praticamente uma criança", ele respondeu.

"No começo, talvez. Mas depois, e até o fim, de jeito nenhum."

"O problema é que, uma vez que eu tinha começado, não havia como parar. Eu nunca devia ter sido padre, essa é a verdade. Jesus Todo-Poderoso, eu nem acredito em Deus. Acho que nunca acreditei."

"Ninguém forçou você a ser padre."

"Isso não é verdade", ele retrucou. "Fui totalmente forçado. Eu vivia aterrorizado com meu pai, que insistia que essa era a vida para mim. Você mesmo foi forçado, Odran. Não finja que não foi."

"Você podia ter ido embora."

"Não, não podia."

"Você fugiu uma vez."

"E ele me trouxe de volta no trator, lembra?"

"Você podia ter se recusado."

"Não, não podia. Você não sabe o que aconteceu comigo naqueles dias."

"Você tinha dezessete anos", insisti. "Podia ter pegado a balsa para a Inglaterra. Podia ter começado uma vida nova."

"Odran, você talvez nunca mais acredite em nada do que eu disser, mas acredite nisto: você não tem ideia do que está falando. Nenhuma. Não tem a mínima noção do que foi a minha infância. De todas as coisas que aconteceram comigo antes de eu chegar a Clonliffe."

"E não quero saber", eu disse a ele. "Nada que possa ter acontecido com você no passado faz as coisas que você fez serem aceitáveis. Não justifica nada. Você não enxerga?" Ele suspirou e desviou o rosto, olhando para os apartamentos e complexos empresariais do centro da cidade. O que se passava dentro daquela mente confusa? Eu não conseguia nem imaginar.

"Sem contar o que você fez com o resto de nós", continuei baixinho. "Você e todos os homens como você. Chegou a pensar nas consequências que isso teria para os padres que se dedicam? Para os que têm uma vocação?"

Ele riu de mim. "Você acha que tem uma vocação, Odran?"

"Sim, eu acho."

"Você só pensa assim porque sua mãe disse que você tinha."

"Você está enganado", respondi. "Ela pode ter posto a ideia na minha cabeça, mas o fato é que ela estava certa. Eu tenho vocação. É o que fui destinado a fazer."

Ele sacudiu a cabeça sem dizer nada, como se escutasse a ladainha de um imbecil.

"Eu devia ter entregado você há muito tempo", eu disse.

"Devia o quê?"

"Em Clonliffe", respondi, agora todo defensor da virtude. "Eu vi. Quando você tirou a camiseta. Os machucados no seu ombro."

Ele franziu as sobrancelhas. "Não estou entendendo, Odran", ele disse.

"Daniel Londigran", continuei. "Na noite em que O'Hagan saiu para visitar a mãe no leito de morte. Foi você quem o atacou. Ele tentou se defender. Foi expulso por causa disso."

Tom olhou para mim por um instante, as engrenagens girando, antes de seu queixo cair, estupefato, e ele permitir que uma risada escapasse. "Danny Londigran?", perguntou. "Está brincando?"

"Não."

"Você não entende nada, Odran. Percebe? Você não sabe de porra nenhuma."

"Sei que você tentou atacá-lo e que ele conseguiu impedir. Sei que ele acertou você e que você fugiu com medo." Ele riu outra vez e sacudiu a cabeça. "Danny Londigran", disse calmamente, "era tão avesso à ideia de ser padre quanto eu. Ele tinha revistas pornográficas contrabandeadas por um primo e nós víamos juntos, e uma coisa levou à outra. Estávamos vendo fotos de mulheres, Odran, você sabe, não é? Mas tocávamos um no outro para aliviar a frustração. Numa noite, quando o companheiro de quarto dele estava fora, o padre Livane chegou quando estávamos conversando e tentando o melhor que podíamos consolar um ao outro sobre o nosso dilema. Danny era como eu, não queria estar ali de jeito nenhum. O padre Livane entrou, as luzes estavam apagadas, Danny tomou um susto e me acertou um golpe, e eu fugi. E é claro que ele teve que inventar uma história para explicar tudo. Você acha que eu o ataquei?" Tom riu com amargura. "Só pode ser piada. Eu não fiz nada com ele que ele não tenha feito comigo."

Desviei o rosto, sem saber como responder. "E você espera que eu acredite nisso?", perguntei, depois de um tempo.

"Pode acreditar no que quiser, não faz a menor diferença para mim. Você acha que tem alguma importância agora?"

"Você estragou tudo", eu disse, levantando a voz por

causa da frustração. "Nenhum de nós será considerado digno de confiança, nunca mais."

"Talvez seja melhor assim", ele respondeu. "Você não acha que este país ficaria melhor se a Igreja católica desse o fora daqui?"

"Não", eu disse. "Não, eu não acho. E como você ousa dizer isso, depois de tudo..."

"Essas pessoas destruíram minha vida", ele respondeu, a voz grave e furiosa. "Eles me destruíram, Odran, você não entendeu? Pegaram um infeliz de dezessete anos, um inocente que não sabia nada sobre o mundo, e o trancaram numa prisão por sete anos. Disseram que tudo o que me fazia humano era vergonhoso e imundo. Me ensinaram a odiar meu corpo e a sentir que eu era um pecador se olhasse para as pernas de uma mulher andando na rua. Ameaçaram me expulsar de Clonliffe se eu trocasse qualquer palavra com uma menina quando estávamos na UCD e meu pai ameaçou me matar se eles me expulsassem. E não duvide que ele teria feito isso, porque estou lhe dizendo aqui e agora que, se eu tivesse dito que os padres não me aceitariam de volta, ele teria entrado no meu quarto na primeira noite que eu passasse em casa e teria enfiado um forcado na minha cabeça. Eles me deturparam e me distorceram, garantiram que eu não tivesse nenhum alívio dos desejos naturais que todo ser humano tem e depois não se importaram que eu não soubesse como viver uma vida decente."

"Não fizeram com você nada que não tenham feito comigo", eu disse, me inclinando para a frente com raiva. "Nada que não tenham feito com centenas de outros meninos. E não fizemos nada do que você fez. Ser um bom padre é uma coisa tão terrível assim, Tom? Não teria sido suficiente para você? Foi suficiente para mim."

Ele riu e discordou. "Um bom padre?", perguntou. "É

isso que você acha que é? Odran, você não é padre coisa nenhuma."

Olhei para ele, estupefato.

"Odran", ele continuou, agora com a voz calma, como se explicasse uma ideia complexa a uma criança, "você foi ordenado há mais de trinta anos e não passou um único dia numa paróquia até Jim Cordington colocá-lo no meu lugar, quando precisei ir embora."

"Não é verdade."

"É verdade, sim. Claro que é verdade. Você se enclausurou naquela sua escola por vinte e cinco anos, ensinando inglês e botando livros nas prateleiras, e nunca fez nenhuma das coisas que um bom padre, como você mesmo disse, deve fazer. Você se escondeu do mundo. Ainda está se escondendo. Se queria ser professor, por que não foi obter seu *higher diploma* para se tornar professor? Se queria ser bibliotecário, por que não foi atrás de um diploma em biblioteconomia para trabalhar na Kildare Street? Você se considera padre, é? Você não é padre. Nunca foi."

Baixei os olhos. "Cuidei de milhares de meninos naquela escola", respondi baixinho. "Fui um bom amigo para eles. Um bom capelão."

"É mesmo?", ele riu. "Então me diga uma coisa. Ao longo de um ano médio, quantos adolescentes foram consultar você sobre um problema emocional no qual sua ajuda talvez fosse bem-vinda? Cinco? Três? Um? Nenhum? Eu aposto que nenhum. Estou certo? E, se algum tivesse ido, aposto que você sairia correndo para ter certeza de que as irmãs Brontë ainda estavam guardadas juntas."

Levantei, fui até a janela e olhei para Dublin. De onde eu estava, era uma cidade imunda. O Liffey corria negro, as ruas eram um pandemônio, os prédios estavam em ruínas. Havia obras por todo lado e os carros buzinavam ao tentar seguir caminho. Em algum lugar lá embaixo, jovens passavam dinheiro de mão em mão e voltavam aos abrigos para amarrar tubos em torno dos braços e entupir as veias com a única coisa que trazia algum alívio para a miséria que os cercava. Velhotas diminuíam a calefação, pois não podiam pagar pelo aquecimento e pelo imposto residencial, não pelos dois; se morressem congeladas, pelo menos não seriam presas por inadimplência. Rapazes adolescentes passavam as madrugadas nos cais, esperando por almas perdidas que talvez lhe dessem vinte euros para eles se ajoelharem diante de calças arriadas. Os pubs estavam cheios de homens e mulheres jovens, recém-graduados das universidades, amedrontados com o que fariam com as próprias vidas — senhor Deus, agora que não havia nenhum emprego a ser encontrado no país. Para onde iriam? Canadá? Austrália? Inglaterra? Os "navios-caixão" de imigrantes estavam voltando e eles sabiam que era difícil embarcar e deixar as famílias para trás. Homens se aposentavam depois de quarenta anos de serviço e precisavam ser frugais e economizar, pois as aposentadorias tinham sido drenadas por um bando de corruptos do Fianna Fáil — nos quais, mesmo assim, todo mundo votaria outra vez dali a um ou dois anos. Lá no aeroporto, um grupo de europeus estava chegando para nos dizer que não tínhamos mais a inteligência necessária para governar a nós mesmos e que eles assumiriam tal função. Para todos nós, para todo esse povo, era isto que a Irlanda tinha se tornado: um país de drogados, perdedores, criminosos, pedófilos e incompetentes. O que Aidan tinha me dito naquela noite, no bar de Oslo? "Eu jamais moraria naquele país outra vez. A Irlanda está podre. Apodreceu por completo."

Aidan.

Me virei e olhei para Tom, que, após ter definido minha vida para mim, parecia contente por ter virado o jogo.

"Mas, Aidan", eu disse, sentindo as lágrimas surgirem

nos olhos outra vez, pois eu nunca conseguiria me perdoar, e muito menos perdoar Tom, pelo que tinha acontecido. "Por que Aidan? Por que meu sobrinho, Tom? Nós éramos amigos, você e eu. Como você foi capaz de fazer isso?" Ele ao menos teve a decência de desviar o rosto. "Responda", insisti. "Tenho o direito de saber. Não entendo como você pôde..."

"Você é tão culpado quanto eu", ele disse.

"Sou? Como?"

"Eu disse que preferia voltar para a escola com você naquela noite. Você devia ter insistido."

"Eu não tinha como saber que você entraria no quarto dele enquanto ele dormia. Eu não tinha como saber o que você ia fazer com ele."

Ele inclinou um pouco a cabeça e ofereceu algo próximo a um sorriso. "Não tinha como saber, Odran?", perguntou baixinho. "Está dizendo que nunca suspeitou?"

"Claro que não suspeitei", eu gritei. "Se eu soubesse, nunca teria..."

"Estamos só nós dois aqui. Pode mentir para si mesmo, se quiser, mas não adianta muita coisa. Acredite, é uma lição que aprendi nos últimos anos."

"Tom", eu disse, olhando em seus olhos, meu rosto enrubescendo de raiva, "você não pode estar pensando que eu sabia sobre o que estava acontecendo. Sobre o que você é. Sobre..."

"Você me visitou aquela vez em Wexford", ele respondeu. "Quando aquele moleque Kilduff vandalizou meu carro. Foi você quem o entregou para os Gardaí."

"Eu achei que ele estava aprontando, como as crianças aprontam", eu disse. "Eu não sabia de onde vinha a raiva dele."

Ele levantou uma sobrancelha. "É mesmo, Odran?"

"Sim, é mesmo!"

"E todas as vezes que fui transferido, de paróquia em paróquia em paróquia, você nunca se perguntou, nem por um momento, por quê?"

"Havia boatos de que os padres transferidos com frequência estavam fazendo coisas, disso eu sabia, mas nunca pensei que você..."

"Para mim, Odran, você sabia de tudo", ele disse baixinho. "E acho que você nunca quis me enfrentar porque seria uma conversa muito além das suas capacidades. Acho que você foi cúmplice de tudo. Você só serve para colocar os Dickens antes dos Hemingways e para manter as Virginia Woolfs no final. Para mim, você sempre soube de tudo."

"Eu não sabia", eu respondi — e ouvi a insegurança nas minhas próprias palavras.

"E acho que, na noite do funeral da sua mãe, você sabia muito bem que não era sensato me deixar ali com seu sobrinho, mas deixou mesmo assim. Porque era mais fácil fazer isso do que causar uma comoção."

"Não é verdade", sussurrei.

"Para mim, você é como todos os outros, apesar desse seu papel vitalício de sou-mais-virtuoso-que-você. Você sabia, você manteve em segredo, e essa conspiração toda sobre a qual todo mundo fala, essa que vai até o topo da Igreja, ora, ela vai até a base também, aos ninguéns como você, ao sujeito que nunca teve paróquia própria e que se esconde do mundo, com medo de ser visto. Pode me culpar o quanto quiser, Odran, e você estaria certo, pois fiz coisas horríveis na minha vida. Mas você já pensou em olhar para si mesmo? Para suas próprias ações? Para o Grande Silêncio que manteve desde o primeiro dia?"

Ele sacudiu a cabeça, se levantou, pegou a bengala e deu as costas para mim ao seguir para a abertura na parede que levava à cozinha minúscula. "Vá embora, Odran", ele disse. "Saia daqui e me deixe desfazer as malas. Não temos mais nada a dizer um para o outro."

Fiquei onde estava por alguns momentos, incapaz de me mexer, mas então foquei os olhos na porta e caminhei até ela. Senti meu colarinho eclesiástico apertando minha garganta e tive vontade de arrancá-lo e jogá-lo no lixo.

"Nunca mais vamos nos ver, não é?", ele perguntou, se virando para mim enquanto abri a porta para o mundo lá fora.

Eu fiz que não com a cabeça. "Não", respondi. "Não vou voltar."

"Certo", ele disse, dando as costas outra vez, como se não tivéssemos quarenta anos de história entre nós. "Espero que seja feliz".

"Rezarei por você, Tom. Apesar de tudo."

Ele riu. "Reze por si mesmo", ele disse. "Você precisa mais do que eu."

Passei os olhos pelo apartamento uma última vez. "Este lugar é péssimo", eu disse, incapaz de compreender o que tinha levado o menino que ele tinha sido a um lugar como aquele. Ele ficaria ali, imaginei, pelo resto da vida. Algum dia, seria encontrado morto naquele lugar.

"Concordo", ele respondeu. "Mas vou sobreviver."

"Você se sentirá sozinho?"

"Sim, claro", ele disse, sorrindo para mim. "Mas não tem problema, Odran, eu tenho uma história de solidão. Você não tem?"

Não há dormitórios para alunos na minha escola, já mencionei isso? Mas em outros tempos havia. Até o início dos anos 1980, se não me engano. Fecharam aquela parte do prédio um ano ou dois antes de eu chegar, quando o hábito de mandar os filhos passar a semana na escola se tornou coisa do passado e todo mundo tinha carro. Por causa disso, e por causa do tamanho do prédio, podia ser um lugar solitário durante a noite. Todos os sons ecoavam pelos corredores, todas as brisas estalavam uma porta ou sacudiam uma janela. Se você tivesse uma mente inclinada a histórias de fantasmas, aquele seria um lugar que o perturbaria.

Apreensivo com meus pensamentos, ocorreu-me a ideia de pegar o carro e ir à gruta de Inchicore, a mesma gruta que visitei durante tantos anos e onde certa vez vi um padre e sua mãe chorarem juntos, em agonia com a consciência do que ele tinha feito, a quem tinha machucado e como, um dia, ele pagaria por seus crimes.

Estava escuro quando cheguei — tão escuro quanto naquela noite —, mas dessa vez o lugar estava deserto. A lua minguante ofereceu luz suficiente para eu encontrar meu caminho até as estátuas.

Primeiro me ajoelhei e tentei rezar, mas não consegui encontrar nenhuma oração. Então, sem perceber, me descobri deitado no chão, o rosto virado para baixo, a frieza da terra contra minha bochecha, assim como o homem torturado por suas próprias ações. Fechei os olhos e me dei conta de que eu não poderia continuar na minha escola. Apesar de todo o tempo em que ansiei por voltar, havia chegado o momento de seguir em frente, de encontrar outra vida, fosse dentro ou fora da Igreja. Eu não podia continuar me escondendo atrás dos muros daquela escola.

Pensei naquela ocasião, há quase quarenta anos, em Wexford, quando quis operar os trilhos no cruzamento ferroviário. "No meu trabalho, você precisa pensar em todas as pessoas que confiam em você", disse o operador ferroviário. "Imagine se algum deles se machucasse por causa de um descuido seu. Ou meu. Você gostaria de ter isso na sua consciência? Saber que foi responsável por tanta dor?"

Certa vez, em sua raiva, Aidan tinha me perguntado se eu pensava ter jogado minha vida fora, e respondi que não. Eu não me arrependia, insisti. Mas estava enganado. Tom Cardle estava certo. Pois eu soube de tudo, desde o início, e nunca tomei nenhuma atitude. Bloqueei da minha mente, vez após vez, me recusando a reconhecer o que era óbvio. Eu não tinha dito nada quando devia ter me manifestado, convencendo a mim mesmo de que eu era um homem de caráter mais nobre. Fui cúmplice de todos os crimes. Pessoas sofreram por minha culpa.

Eu havia desperdiçado minha vida. Havia desperdiçado cada momento da minha vida. E a ironia derradeira foi ter sido necessário que um pedófilo condenado me mostrasse que, em meu silêncio, eu era tão culpado quanto todos eles.

AGRADECIMENTOS

Os primeiros leitores do manuscrito ofereceram conselhos valiosos. Por isso, agradeço a Con Connolly, Claire Kilroy e Thomas Morris.

Pelo constante apoio e encorajamento, agradeço a meus agentes, Simon Trewin, Eric Simonoff e a todos da William Morris Endeavour, assim como a meu editor, Bill Scott-Kerr, cujos conhecimentos e insights foram de imensa ajuda para o livro. Obrigado também a Larry Finlay, a Pasty Irwin e a todos da Transworld.

Em minha pesquisa, tive a oportunidade de aprender sobre a vida dos padres graças a vários membros do clero de Dublin, que desejam permanecer anônimos, mas sou muito grato à sua franqueza e disposição para discutir o encobrimento de casos de abuso sexual infantil na Irlanda ao longo dos anos. Agradeço também àqueles em Roma, em Oslo e em Lillehammer que ofereceram assistência em minhas viagens de pesquisa.

E, acima de tudo, muito amor às pessoas mais importantes na minha vida: meus pais, Seán e Helen Boyne, minhas irmãs, Carol e Sinéad, Rory, Jamie e Katie, e meu marido, Con.

* * *

É impossível estimar o número de crianças irlandesas que sofreram nas mãos da Igreja católica, ou o número de padres dedicados e honestos que tiveram suas vidas e vocações manchadas pelas ações de seus colegas.

Este romance é dedicado a todas essas vítimas; que venham tempos mais felizes.

ESTA OBRA FOI COMPOSTA EM PALATINO PELO ESTÚDIO O.L.M./ FLAVIO PERALTA
E IMPRESSA EM OFSETE PELA GEOGRÁFICA SOBRE PAPEL PÓLEN SOFT DA
SUZANO PAPEL E CELULOSE PARA A EDITORA SCHWARCZ EM JANEIRO DE 2016

A marca FSC® é a garantia de que a madeira utilizada na fabricação do papel deste livro provém de florestas que foram gerenciadas de maneira ambientalmente correta, socialmente justa e economicamente viável, além de outras fontes de origem controlada.